vlinders

Vlinders in de brugklas

HANS KUYPER • DAAN REMMERTS DE VRIES • NANDA ROEP • LYDIA ROOD

Vlinders in de brugklas

Leopold / Amsterdam

Eerste druk verzamelband 2006

Omslagontwerp: Rob Galema
Omslagillustratie: Joyce van Oorschot
Uitgeverij Leopold, Amsterdam
ISBN 90 258 4987 3 / NUR 283/284

INHOUD

Marikes vijfde geheim

Eersteklas etterbak

Marike wrong zich in de nauwe doorgang tussen haar bed en haar bureau en ging voor het achterraam staan. Tussen de kromme fruitboompjes stond Goos hout te hakken. Waarom was híj niet bang? Hij ging ook voor het eerst naar de brugklas, ook al was hij twee jaar ouder dan zij. Marike stond al dagen zo stijf, letterlijk, van de spanning. Maar Goos deed alsof de zomer eindeloos door zou gaan. Hij had nog niet eens een nieuwe agenda gekocht.

Ze rukte aan het raam, dat ze zelf had vastgeverfd de vorige week omdat ze te lui was geweest het een stukje open te zetten. Eindelijk schoof het omhoog.

'Hé! Goos!'

Hij hield op met hakken en keek naar boven. 'Wat!'

'Kom even.'

Goos schudde zijn hoofd, maar hij sloeg de bijl vast in een blok, veegde zijn handen af aan zijn broek en klom op het houthok. Nu was zijn gezicht vlak onder het raam. Ze boog voorover om hem aan te kunnen kijken.

'Wat is er?' Hij gluurde over de vensterbank en wierp een blik op Marikes bureau, waarop ze alles had uitgestald wat ze misschien morgen nodig zou hebben.

'Wat is er loos?' Goos had soms rare uitdrukkingen. Dat kwam doordat hij geen echte broer was. Hij was vier jaar geleden bij hen gekomen. Marike ging weer staan.

'Niks eigenlijk...'

Hoe kon je nou zeggen dat je op geen stukken na naar school durfde te gaan? Nadat je de hele zomer had lopen opscheppen met je nieuwe rugzak en je agenda en je kaftpapier en je rekenmachine en de beker om chocomel in mee te nemen?

Ze hield een rol kaftpapier omhoog; ze had het plastic er al afgehaald. Ze kon zó beginnen met kaften – Agnes zou haar helpen, die wist hoe het moest.

'Hoe vind je het?' Er stonden tijgers, zebra's en olifanten op in Afrikaans-achtige stroken.

'Leuk, heb ik toch al gezegd. Wat moet je nou?' Hij glibberde een stukje naar beneden en moest zich aan de vensterbank vastgrijpen.

Marike grijnsde.

'Niks, ik wou even weten of je het nog kon.'

'Hé! Kom daar als de sodemieter af!' Uit het huisje achter in de tuin dat ze de Villa noemden, kwam één behaarde arm, met een ongeduldig wapperende hand eraan. Rein wilde niet dat ze het afdak als klimpaal gebruikten. Maar hij was te lui – of te verdiept in zijn werk – om Goos persoonlijk te komen wegjagen.

'Snel!' zei Marike, en ze trok aan Goos' arm. Hij trok zich op en wurmde zich onder het raam door.

'Niet op mijn spullen!' zei Marike, maar het was al te laat: Goos rolde ruggelings op het bureau en plette een van de rollen kaftpapier. Even later was hij op de been en stonden ze elkaar boos aan te kijken.

'Nou krijg ik Rein weer op mijn dak!' zei Goos giftig.

'Hoezo, weer? Hij trekt jou ten eerste altijd voor en ten tweede is hij helemaal niet boos en ten derde...' Ze wist geen derde punt. 'En ten derde kun je best een keer...' Daar was al helemáál geen vervolg op. Goos was op haar bed gaan zitten en pakte het boek op dat daar lag. '*Droomkoninkje*... dróómkoninkje?! Jech!'

'Helemaal niet,' zei Marike – maar ze had het allang opgegeven Goos wijs te maken dat lezen lekker was. Ze keek naar hem, zoals hij op de wijnrode deken zat in zijn oude, vuile T-shirt en met zijn zwarte haar door de war. De zon, die al naar het westen zakte, verlichtte hem van achteren. Soms vond ze hem een rotzak. Maar soms – en nu was zo'n keer – moest ze hem gewoon vertrouwen. Omdat hij nou eenmaal de enige was die… die haar kende.

Ze ging op haar draaistoel zitten en keek naar de planken vloer.

'Ik wou dat we naar dezelfde school gingen,' zei ze.

Goos smeet het boek op haar kussen. Rein had hem al honderdduizend keer gezegd dat hij voorzichtiger met boeken moest omgaan, maar dat had hij gewoon niet in zich. Het was gelukkig maar een pocket.

'Oho! Nou snap ik het! Je schijt in je broek voor morgen!'

'Helemaal niet,' begon Marike, voor ze bedacht wat ze van hem wilde. 'Ja. Eigenlijk wel dus.'

'Nou, ik niet,' zei Goos.

'Maar… schaam jij je dan helemaal niet?'

'Waarvoor?' Goos was zó verbaasd dat Marike hem in gedachten een aai door zijn haar gaf. Ze wees om zich heen.

'Om waar we vandaan komen,' zei ze.

'Hè?' Goos snapte echt niet wat ze bedoelde. 'Je schaamt je toch niet voor je kamer? Ik wil wedden dat niemand zo'n reusach-'

'Nee,' zei Marike, 'natuurlijk niet, doe niet zo achterlijk. Maar…'

'Waarom dan in godsnaam?'

Marike wreef met haar blote teen door een naad in de vloer.

'Weet ik het.' Misschien schaamde Goos zich niet zoals zij dat deed. Hij kon altijd zeggen: o, het zijn mijn pleegouders maar hoor. Drie pleegouders? zouden ze misschien vragen. Maar Goos kon zijn schouders erover ophalen.

Goos liet zich achterover vallen en keek door het raam.

'Weet je dat je blind kan worden als je te lang achter elkaar in de zon kijkt?' vroeg hij.

'Jaha. Al honderd jaar. Doe het dan niet.'

'Ik doe wat ik wil,' zei Goos stoer.

'Helemaal niet. Je doet wat Elly wil. En Elly wil wat Rein

wil.' Ze dacht even na. 'We doen allemaal wat Rein wil.'

'Nou en,' zei Goos. Het leek er niet op dat hij geluisterd had.

'Het is gewoon,' zei Marike, 'het is gewoon... Zie jij je al een vriend mee naar huis nemen?'

'Waarom niet?' vroeg Goos. 'Of een vriendin. Of een leraar. Of de hele school. Gezellig allemaal in dat hok van mij.' Hij stond op.

'Etterbak,' zei Marike. Goos was de enige met een echte eigen kamer, een kamer die uitzag op de tuin, de trap en de badkamer, en die daarom de Brug heette. De kamer die Marike ook wel had willen hebben.

'Nou zus, als er verder niks van je dienst is.'

'Etterbal.'

'Dan ga ik maar weer.'

Morgen rooster en boeken halen, overmorgen kaften, woensdag de eerste les. Ze had het al ongeveer een miljoen keer gerepeteerd. Maar het hielp niks. Ze werd er nog steeds zenuwachtig van. Gek dat ze tegelijk toch zo opgewonden was, alsof er iets heerlijks te gebeuren stond!

Ze liet zich op bed vallen en pakte haar boek. Het was haar beurt om te koken, samen met Agnes, maar Agnes zou haar wel roepen. Toch kon ze niet lezen. Goos schaamde zich niet voor het zootje ongeregeld onder de drie daken van de Kersentuin, en dat was fijn. Maar hij had haar op geen enkele manier geholpen, en daarom was hij toch een etterbak. Een eersteklas etterbak.

'Ik was ook zenuwachtig,' zei Agnes terwijl ze de spinazie fijnhakte op een plank. Er liep groen water uit en Marike keek er begerig naar.

'Mag ik dat?' Ze boog voorover en slurpte het water van de snijplank.

Agnes lachte. 'Na de tweede pauze is het over.'

'Wat?' vroeg Marike.

'Die zenuwen. De eerste pauze weet je nog niet waar je moet blijven, en met wie. Maar de tweede pauze heb je al iets tegen iemand gezegd, of iemand tegen jou, en dan is er niks meer aan de hand.'

Elly, die aan tafel zat met een glas wijn en de krant, lachte. Maar niet echt vrolijk.

'Nou, bij mij helaas wel. Bij mij heeft het tot de laatste pauze geduurd, de laatste pauze van de laatste dag van het eerste jaar.'

Marike keek haar verschrikt aan. Elly was haar moeder – misschien was het erfelijk.

'Echt?'

Elly knikte, maar ze lachte tegelijk lief. 'Ik had nul vriendinnen, de hele eerste klas lang. Maar dat gebeurt jou niet hoor. Jij bent heel anders dan ik.'

Marike liet de spaghetti in de steek en ging bij haar moeder aan de groene tafel zitten.

'Vind je dat?' vroeg ze.

Elly streek even door Marikes haar en boog zich weer over de krant. Boven hun hoofden klonk de muziek van Goof. Vaag hoorden ze ook het gekrakeel van de jongens. Zij hadden weer een fort gebouwd van hun bedden en zo te horen was de vijand in aantocht.

'En in de tweede klas?' vroeg Marike. Ze had allang gemerkt dat mensen graag over zichzelf praatten – als ze moest kiezen tussen dat en de krant, zou Elly wel willen babbelen. Zie je wel, nu keek ze op. 'O, de tweede! Dat was een walhalla,' zei Elly. 'Gymnasium 2. Ik kwam in de klas met allemaal domme meisjes en verlegen jongens. Alleen Fran en ik waren anders. Allebei even verlegen. Dus werden we vriendinnen. En dat was dat – fijn geregeld.'

'Hm,' zei Marike. 'In de tweede klas dus. Na een heel jaar.'

'Maak dat kind niet bang El.' Agnes schudde de spaghetti om. 'Hé, maatje, waar blijf je met de nootmuskaat?'

Door de openslaande deuren kwam Rein binnen. Hij zoende Elly op haar hoofd en Agnes op haar mond (Marike hield dat altijd in de gaten, wie haar vader waar zoende. Ze hield er een soort score van bij) en begon zijn handen te wassen, met buitensporig veel zeep en nog meer aandacht. Reins kleren roken naar schaap, maar Rein zelf rook altijd schoon. Elly stond op en ging naar de trap die uitkwam in Agnes' kamer.

'Jongèès! Eéten!' Ze kwam terug en keek vragend naar Marike. 'Weet jij waar Jorinde uithangt? En doe me een lol en roep Goos even. Die hoort het niet, met die herrie.'

Met tegenzin liep Marike naar boven. In de badkamer vond ze haar zusje, die in een wastafel bootje speelde met een slof. Daarna bonkte ze op Goos' deur.

'Eten!' Toen Goos geen antwoord gaf, gooide ze de deur open.

Goos zat aan zijn tafel, recht tegenover de deur. Hij keek op, betrapt. Hij had zijn oude schooltas opgegraven. In één blik zag Marike oude pennen, beschimmelde boterhammen, vergeten knikkers en zijn aftandse etui.

'Zó!' zei Marike. 'Aha!'

Goos grinnikte, maar het zag er onecht uit.

'Het komt door jou. Nou heb ik ook de zenuwen, kreng.'

Marike stormde op hem af. Goos sprong overeind om haar aanval op te vangen. Ze probeerde hem in zijn knieholten te schoppen en na twee mislukte pogingen lukte het. Hij zakte door zijn hoeven en ze kon hem in een van haar twee houdgrepen leggen. Natuurlijk was hij er binnen een mum van tijd uit, want Goos was sterker en slimmer en hij had vaker gevochten. Nu legde hij haar op haar rug, zette zijn knie op haar borst en zei: 'Genade?'

'Au!' zei Marike.

Goos lachte.

'Au? Bij echte meisjes ja. Jij bent zo plat, een liniaal zou zich ervoor schamen.'

Nu was het geen spelletje meer. Marike trok met een ruk

haar knie omhoog. Goos sloeg dubbel, over haar heen. Marike worstelde zich onder hem uit.

Net goed, dacht ze, terwijl ze toekeek hoe de tranen over zijn wangen liepen en hij tegen de misselijkheid vocht. Hij wilde haar uitschelden maar het lukte hem niet, hij hapte alleen maar lucht.

Net goed. Sommige dingen zéi je niet.

Zij zei er toch ook niks van dat hij soms de *Playboy* mee naar de badkamer nam?

'Etterbak,' zei ze bij de deur.

Maar ze had toch spijt.

Tussen de Inekes

Marike had drie geheimen, en ze was vastbesloten die te bewaren. Ze zou er wel voor zorgen dat ze niet bekend werden in de nieuwe klas.

Maar voorlopig had de nieuwe klas nog niet de minste belangstelling voor haar. Ze voelde zich alsof ze in een spiegeldoolhof was; steeds als ze ergens op af liep – stootte ze haar neus. Ze zei wat tegen iemand – en het enige antwoord klonk in haar gedachten. Ze stelde een vraag – niemand hoorde haar. Haar stem was van de ene op de andere dag pieperig geworden, leek het wel. Haar lichaam klein en verwaarloosbaar. Haar grapjes niet grappig. Haar bewegingen verplaatsten geen lucht. Ze was er niet.

En dat was in zekere zin ook maar goed, want zo lette tenminste ook niemand op de dingen die niet klopten. Zoals haar broodtrommel. Ze was heel trots geweest op haar mooie blauwe beker, waar ze de eerste dag met zorg precies genoeg chocomel in had gegoten. Maar die trommel, die van de Chinees kwam – Agnes' triomfantelijke gezicht toen ze hem had afgewassen: 'Díe hoef je alvast niet meer te kopen!' – was iets om je voor te schamen. Haar rugzak was oké. Haar kleren ook: niemand liep er zo bij als zij – dat kon ook niet, want Agnes en zij maakten eigen ontwerpen – en dus was ze uniek en onaantastbaar. Ze zou nooit met het verkeerde merk lopen, want ze droeg haar eigen merk. Op haar uiterlijk was niks aan te merken, en trouwens, het kon haar geen bal schelen wat die achterlijken dachten.

Maar ze was onzichtbaar en dat had ze niet verwacht. Het was ook niet terecht. De meeste meisjes waren giecheltrienen. De meeste jongens gedroegen zich sukkelig en onhandig. En de rest had veel te veel praats. Er waren maar een paar kinderen die moeite waard leken. Maar het gekke was: die zagen haar niet. Ze hadden het veel te druk met zichzelf – en elkaar. Hoe kon dat nou, dat zij elkaar wel herkenden, en Marike hen, maar zij háár niet? Ze had het gevoel dat er een soort fout was gemaakt. Je had Louisa. Die zag eruit als een tuthola, maar als ze wat zei, sloeg het wél ergens op. En ze was tenminste niet zo groot als die anderen. En er was Daphne, mooi en stil, die waarschijnlijk wel eens af en toe ergens over nadacht. En dan had je Douwe, zo'n gewone vrolijke bink, maar niet zo achterlijk als de meesten.

En Olivier. Olivier las boeken. Anderen dachten natuurlijk dat hij die vreemde uitspraken zelf bedacht, maar Marike herkende er af en toe een. Olivier lás. Hij was wat zij voor zichzelf een droomkoninkje noemde – nou ja, hij was niet ziekelijk en hij zag er niet uit of hij doodging – en met hem zou ze wel eens willen praten.

Maar Olivier had nog nooit wat tegen haar gezegd. En Douwe niet, en Daphne niet, en Louisa niet.

Dus praatte Marike ijskoud met niemand. Ze hoefde niet met zichzelf te leuren! Ze stond drie pauzes alleen, de eerste dag, en toen nog een pauze van de tweede dag, en daarna glipte ze ertussenuit en liep naar Goos' school. Daar voelde ze zich ook niet thuis – Goos bleek opeens te roken – maar daar werd tenminste wat tegen haar gezegd. Goos' vrienden vonden haar wel grappig. Hij zei niet dat zij zijn pleegzus was en zij zei niet dat hij haar pleegbroer was. Zijn nieuwe vrienden dachten dat ze verkering hadden.

Dat vond Marike best. Zolang ze maar niet hoefde te zoenen. En Goos sprak hen niet tegen omdat hij het stoer vond, een vriendin.

'Het zijn zeker wel kakkers daar hè?' vroeg een van de vrienden.

'Weet ik niet,' zei Marike. Wat wáren kakkers? Was zij niet ook een kakker? 'Ze zijn vooral...' – ze wist zo gauw niks – 'debiel.'

Dat vonden de jongens van het vmbo kostelijk nieuws. Ze herhaalden het steeds: 'Die lui van het Rhijnvis zijn dus echt debiel weet je!'

Marike was niet van plan zich tijdens de lessen ook onder de zoden te laten schoffelen. Het was hier niet zoals op de basisschool, waar zij soms expres haar mond had gehouden omdat ze niet altijd degene wilde zijn die het goede antwoord gaf, want het niveau lag hier hoger. Dat was prettig, al had ze verwacht dat wiskunde pittiger zou zijn en gingen de vreemdetalenlessen eindeloos traag. Dus als de docent wanhopig om zich heen begon te kijken, stak zij toch maar haar vinger op om te zeggen wat ze dacht dat hij wilde horen. En soms ving ze dan een verraste blik op van iemand die ertoe deed, van Olivier of Daphne.

'Naast wie zit je?' had Elly de eerste dag gevraagd.

Marike kon horen dat haar moeder zich een beetje zorgen maakte.

'O, bij elke les naast iemand anders,' had ze onverschillig gezegd. Dat was ook zo: ze was de eerste lessen als laatste de klas binnengegaan, en op een vrije stoel gaan zitten. Ze konden moeilijk protesteren. Dit was beter dan een plek kiezen en zien hoe de klas volstroomde terwijl de plaats naast haar leeg bleef...

Dus zat ze op de minst populaire plaatsen: vooraan, vaak precies voor de neus van de leraar, naast Ineke en Linda en Hugo en Ingeborg en Jeanette en Abdel en Claire... één keer naast Daphne, maar verder naast de onbeduidende types met wie ze geen woord wist te wisselen. Een van de Inekes, zoals ze ze in gedachten noemde, had haar op een dag gevraagd of ze samen huiswerk zouden maken.

'Best,' had Marike gedachteloos geantwoord. En ze was zich rot geschrokken toen de Ineke enthousiast had gezegd: 'Oké, bij jou thuis dan? Want bij ons wordt verbouwd.'

Haastig had ze de een of andere smoes verzonnen. Die Ineke was wat Rein een 'duts' noemde – en Rein zou zijn mening niet voor zich houden. Voor ze het wist zou het bekend zijn in de klas: van haar gekke vader, die zijn baan bij de krant had opgegeven om iets onduidelijks met schapen te doen. Van haar moeder die beroemd was onder een andere naam, en die de meeste dagen op rubberlaarzen in de tuin banjerde en gedichten schreef. Van de tweede vrouw van haar vader die ook de beste vriendin van haar moeder was. Van de broertjes en pleegbroers en halfzusjes die allemaal bij elkaar onder één dak woonden – nou ja, drie daken, want hun huis was eigenlijk drie huisjes geweest. Ze zouden horen over de kook- en huishoudbeurten en de opblaasstoelen en de tweedehands kleren en de zelf getimmerde tafels en de knoflook uit eigen tuin... Ze zouden haar drie namen horen, haar afschuwelijke, prachtige, literaire namen en haar bijnaam HHH – ze zou bekend komen te staan als de klassengek!

Ze keek het meisje aan (het was inderdaad Ineke) en zei: 'Dat is waar ook, mijn ouders gaan weg, ik ga bij mijn tante logeren.'

Ineke haalde teleurgesteld haar schouders op en het gevaar was geweken. Waarom wilde ze eigenlijk zo graag bij die kinderen horen? Ze praatten als levende meidenbladen. Ze maakten pesterige grapjes over namen en jatten onderbroeken. Onderbroeken! En sommigen waren al bijna dertien!

Marike had zich er, ondanks haar zenuwen, erg op verheugd naar deze school te gaan. Dat merkte ze nu pas. Nu ze zich diep ongelukkig voelde.

'Wat is er, Marike?' vroeg De Haan. Marike keek verbaasd op; ze was bezig haar tas in te pakken. Nu zag ze dat het lokaal al leeg was. Ze had een beetje zitten dromen tijdens de geschiedenisles; een landkaart getekend van een niet-bestaand land. En nu dacht De Haan dus dat ze expres was blijven hangen.

'O, niks hoor,' zei ze. 'Ik ben gewoon sloom vandaag.'

De Haan lachte. 'Dat is niets voor jou!'

Marike keek hem verbaasd aan. Had hij haar opgemerkt dan?

'Meestal maak je de indruk dat je geen seconde op je kont kunt blijven zitten.'

Marike schudde haar hoofd. Wat een onzin. Thuis kon ze uren en uren achter elkaar in dezelfde houding blijven zitten of liggen. Met een fijn boek, of luisterend naar de gesprekken van de volwassenen. Maar ja, als iets saai was, dan werd ze rusteloos, dat was wel waar.

Ze propte haar etui in haar tas en slingerde hem aan één hengsel op haar rug.

'Ik wou je nog vragen...' De Haan klonk aarzelend. Nou nog mooier, dacht Marike; het leek wel of hij bang voor haar was!

'Zou jij geen zin hebben om mee te doen aan – nee, ik moet anders beginnen. Een aantal leerlingen uit de hogere klassen en ik hebben een debatingclubje. Heb je een idee wat dat is?'

'Die-bee...?'

'Debating. Een Engels woord voor discussiëren. Zoals ons woord debat, begrijp je?'

'O.' Marike haalde haar schouders op. Er was een televisieprogramma waarin scholieren debatteerden over actuele onderwerpen. Zoiets zou het wel zijn, maar dan zonder camera's.

'Ik dacht laatst dat het ook echt iets voor jou zou zijn.'

Marike wilde alweer weglopen – ze begon gehecht te raken aan haar onzichtbare staat – toen ze zich bedacht. Waarom niet? Discussiëren was leuk. Een soort sport, maar dan voor je hersens. Een enkele keer stortte ze zich thuis ook in de gesprekken van Rein en Elly en hun vrienden. Als ze het niet eens was met de volwassenen. Soms moest ze dan haar mening verdedigen – en dan kon ze zich er niet, zoals bij Goos, vanaf maken met een knietje.

Wilde ze dat? Ja, dat wilde ze wel. Pech, als haar klasgenoten haar een uitslover zouden vinden.

'Doen er nog meer mee uit onze klas?' vroeg ze voor de zekerheid.

De Haan schudde zijn hoofd.

'Nog niet. Ik dacht eigenlijk aan Douwe... Maar als hij niet meedoet, ben jij er dan toch voor in?'

'Jawel...' zei Marike langzaam. En toen enthousiast: 'Ja, eigenlijk wel!'

'Mooi zo. Volgende week maandag na het zevende uur in het tekenlokaal. Zie ik je daar?'

Marike schrok ineens. Leerlingen uit de hogere klassen, had hij gezegd – die waren nóg veel groter dan zij!

'Mag ik er nog over nadenken?'

De Haan knikte en Marike dacht dat ze ervan af was, maar tot haar bevreemding liep de geschiedenisleraar met haar mee het lokaal uit. En in de gang bleef hij gewoon naast haar lopen. Marike had de neiging om zich heen te kijken of er klasgenoten in de buurt waren, maar in plaats daarvan rechtte ze haar rug en strekte haar hals – kon haar het schelen als ze dachten dat ze een slijmjurk was! Dat kon er nog wel bij!

De Haan keek opzij. Opzij en omlaag.

'Zo'n krielkip als jij bent – je bent pas elf, hè?' Hij bedoelde het niet onvriendelijk, dat kon ze zien. Toch bloosde ze tot onder haar voetzolen.

'Net geworden.'

'Jaja,' zei De Haan, alsof hij er alles van begreep. 'Ik had al zoiets opgevangen in de lerarenvergadering. Klas overgeslagen toch? Nou, ik zie je vrijdag weer.'

Het duurde even voordat Marike genoeg moed verzameld had. Toen moest ze rennen om hem nog in te halen.

'Meneer!'

'Hm?'

'Wilt u er alstublieft uw mond over houden?'

'Waarover?'

Marike fluisterde zo zacht dat ze het moest herhalen en De Haan moest bukken om het te verstaan.

'Over mijn leeftijd. En dat ik een klas overgeslagen heb.'

'O, dat. Ja hoor, best. Het komt toch uit, maar als dat gebeurt, kun je er zeker van zijn dat ík het niet heb doorgekletst.' Hij bleef even staan en keek haar opmerkzaam aan.

'Ik schaamde me er vroeger ook voor,' zei hij – en even dacht Marike dat hij het over zijn leeftijd had. 'Maar dat gaat over. Hoe verder je komt in het leven, hoe meer je er trots op kunt zijn.'

Marike keek hem weifelend aan. Ze geloofde er niets van.

Erger en erger en erger

Het kon altijd nog erger. De wet van Murphy heette dat; alles wat mis kón gaan, ging mis.

Bij Nederlands zat ze ook al vooraan, zodat Van Baal het volle zicht had op haar blozende kaken toen hij bij wijze van ontleedoefening de tekst voorlas die zij boven haar bed had geprikt: '... hielenpezen nerventeder... het broos gebeente kreukloos in mijn hand... de ongeschonden blik van lindebladen...'

Dat ging over háár.

'Ik neem aan dat geen van jullie enig idee heeft wat Van Chaam hiermee wil zeggen,' zei Van Baal met een tevreden grijns.

Elizabeth van Chaam, heette de dichteres, wist Marike – in het dagelijks leven Elly 't Zand. Haar moeder.

Van Baal zei *G*aam in plaats van *K*aam. Niet zeggen, dacht Marike, verraad je nou niet... Maar ze kon het niet aanhoren en opeens had ze het tóch gezegd: 'Van Chaam, met een K! Het wordt uitgesproken als káám.'

Gelukkig had ze het met haar nieuwe piepstem gezegd. En gelukkig hadden de meesten toch niet opgelet bij dit voorbeeld van 'hermetische poëzie' – waar niemand iets van begreep. Dus ging haar opmerking bijna verloren. Bijna. Want Van Baal keek verbaasd over zijn dichtbundel heen en vroeg: 'Wát zeg je!'

Gelukkig had Marike een paar seconden gehad om na te denken.

'Het is een plaatsje in Noord-Brabant. Mijn moeder komt ervandaan. Je moet het met een K uitspreken.'

Daar was nog geen woord van gelogen ook.

'Ah,' zei Van Baal, 'dat wist ik niet, dank je. Tanja, heb jij een idee waar dit over zou kunnen gaan?'

Marike draaide zich nieuwsgierig om. Tanja? Om de een of andere reden had Van Baal haar tot zijn lievelingetje gebombardeerd. Wat heel raar was, want Tanja zag eruit alsof ze zich uitsluitend bezighield met de vraag welke jongen ze vandaag zou versieren.

Maar natuurlijk had Tanja geen idee. Tanja was een typische Anita, met dikke tieten en opgemaakte ogen en van dat doorsneeblonde haar. Haar bijbehorende Johnny scheen op het vmbo te zitten en Marike had horen fluisteren dat die twee 'het' al deden. Van Goos had ze dat. Het interesseerde Goos de laatste tijd nogal welke meisjes wát deden.

Smerig! Marike was pissig geworden om dat verhaal, pissig en een beetje misselijk. Niet om Tanja. Als ze eerlijk was, moest Marike toegeven dat ze als de dood was voor Tanja, die haar soms met zo'n intense minachting zat op te nemen dat Marike haar gedachten bijna kon lezen. *Kind*, scheen Tanja te denken. *Kleuter!*

Van Baal kreeg bij niemand een poot aan de grond. Marike zei natuurlijk ook niks – ze zat alleen het bloed in haar oren naar haar tenen te dwingen. Elly had eigenlijk spijt van dat gedicht, dat ze een jeugdzonde noemde, en Marike was waarschijnlijk de enige op de hele wereld die er tranen van in haar ogen kreeg. Maar dat kwam doordat ze zichzelf als baby'tje zag als ze het las. Want daar ging het gedicht over, over een pasgeboren Marike.

Tot haar verbijstering ging het Van Baal om iets heel anders: 'Goed, je gaat dus zinnen ontleden waar je niets van begrijpt. Een zuiver technische oefening.' Marike raffelde het zo snel mogelijk af; het scheelde een stuk dat zij wél snapte wat de zinnen betekenden, gewoon omdat ze ze al honderden keren gezien had. Ze ging gauw door met de volgende oefening, een stukje uit de krant, ook om te ontleden.

Van Baal keek over de rand van zijn tafel op haar schrift.

'Zo, dat gaat hard!' zei hij.

Marike voelde de ogen van de klas in haar rug prikken.

Toen ze daarna biologie hadden, en ze weer vooraan moest zitten, had ze er genoeg van. Die biologieleraar spuugde nog ook. Ze draaide zich om en haar blik viel op Olivier. Voor de grap zei ze dat hij een koek kreeg als hij met haar wilde ruilen. Tot haar teleurstelling nam hij het serieus. Misschien was Olivier toch niet degene voor wie ze hem aanzag. Maar nu ze toch zijn aandacht had (eindelijk!), ging ze door: 'Twee koeken... drie...' En hij bleef maar weigeren, met een beleefde lach – als een idioot.

Op het lijstje in haar hoofd schoot er een streep door Oliviers naam.

Wie waren er nog over? Daphne? Ze was wel mooi, maar ze gedroeg zich als een koningin, en ze had zelfs een gevolg. En wie zei dat ze gedachten had? Misschien was ze alleen stil.

Louisa dan. Die was trouwens ook mooi, op een andere manier... Zwarte ogen die iedereen uit leken te dagen, halflang, donker haar. Marike droomde weg: stel je voor, Louisa en zij samen op de debatingclub, elke maandagmiddag samen naar huis fietsen... een echte vriendin!

Ze was niet helemáál onzichtbaar meer, want in de grote pauze liep Ravi tegen haar op, zo goed als zeker expres. Hij was een mooi tenger jongetje dat ontegenzeggelijk bij de Inekes hoorde. Hij leek nogal dik met Olivier. Hij maakte zich blozend uit de voeten, en daarvan kreeg Marike opeens moed. In plaats van naar de school van Goos te gaan, stapte ze op Louisa af. Maar die liep langs Marike heen alsof ze niets zag. Ze verdween in de toiletten. Verbluft staarde Marike haar na. Had Louisa haar nou écht niet in de gaten gehad? Of was dit gewoon een staaltje van méisjesmispunterij? Daar had Marike weinig verstand van; ze kende alleen vrouwen (vriendinnen van haar moeder), broers (waar Goos ook bij hoorde) en jongens (de vrienden van Goos). Was dit nou wat ze altijd bedoelden als ze het over meidenstreken hadden?

Ze dacht even na. Als ze zich nu liet afschrikken, kwam het niet meer goed. En zó'n gekke vraag was het toch niet: 'De Haan vroeg of wij op zijn debatingclub wilden, jij en ik...' Dat klonk gewoon genoeg.

Ze duwde de deur open. Bij de wasbakken stond Louisa met Tanja. Tanja's borsten bolden op onder haar T-shirt. En Louisa keek haar lief aan, streelde Tanja's gezicht met haar vingertoppen, boog zich voorover...

Met het bloed kloppend in haar oren liet Marike de deur dichtvallen.

Ze wist dat het bestond. Elly en Agnes hadden twee vriendinnen die met elkaar sliepen. Sanne en Marja, dat was net zoiets als Elly en Rein. Of Rein en Agnes. Maar bij hen in de klás?

Louisa? En Tánja?!

Het bloed bonsde in haar oren en ze hoorde niets anders. Nu had die Tanja ook nog Louisa ingepikt. Met haar borsten en haar make-up.

Marike streepte Louisa ook van haar lijstje.

'Mama,' zei Marike.

Elly keek op van de wortels die ze aan het schrappen was. Marike noemde haar bijna nooit mama, dus ze wist dat het ernstig was.

'Mama,' echode Jorinde. Zij was pas vijf en scheen geen onderscheid te maken tussen haar echte moeder en Elly.

'Stil even,' zei Marike. 'Nu ben ik aan de beurt.'

'Zeg het,' zei Elly met een uitdrukking van Rein.

'Wat zou jij doen... Wat deed jij... als er een schoolfeest was en je kende niemand. Gíng jij?'

Elly legde haar handen in het mandje afvalgroen en zuchtte.

'O jee,' zei ze, 'wie verzint nou zoiets hè. Een ópeningsfeest. Amnesty zou het op zijn lijst van martelmethoden moeten zetten.'

'Ja,' zei Marike uit het diepst van haar hart. 'Dat vind ik nou ook. Ik ken niemand! En trouwens, ze zijn allemaal stom!'

Elly lachte.

'Lach maar! Vandaag werd een gedicht van jou voorgelezen.'

'O ja?' informeerde Elly gretig.

'Ja. September.' Marike was in september jarig.

'O jee,' zuchtte Elly weer.

'Maar dat doet er niet toe. Het was maar bedoeld als ontleedoefening.'

'Ontléédoefening!' Elly was nu toch beledigd.

Marike grinnikte. 'En naderhand zei de leraar dat het over de levensloop ging, nee, kringloop... wat zei hij nou? Iets met de seizoenen of zo.'

'Ging het toch ook over?' vroeg Elly verbaasd. Maar toen ze Marikes gezicht zag, streek ze een lok rood haar uit haar gezicht en zei: 'Nou ja, de seizoenen... oogst, vruchten, zaadjes, kiemen, bloempjes, nieuwe appels, jonge Mariekjes – dat is allemaal hetzelfde.'

'Vind ik niet,' zei Marike. Ze nam zich voor het gedicht van de muur te halen. 'Maar hoe dan ook...'

'Dat schoolfeest.'

'Ja.'

'Wat moet je aan.'

'Nee,' zei Marike, 'daar zorgt Agnes wel voor. Maar met wie moet ik praten?'

'Is er iemand met wie je wílt praten?' vroeg Elly.

'Jawel,' zei Marike, 'misschien een jongen...' Toen vielen Goos en Rein binnen vanuit de tuin, Agnes kwam uit haar kamer met een nieuw vestje voor Jorinde, Jorinde krijste van pret. Goos tilde haar op, Roeland kwam kijken of het eten al klaar was. Rein zoende Elly en zei dat hij weg moest. Elly vroeg waarom in godsnaam, Radboud vroeg Agnes of ze hem met zijn huiswerk wilde helpen en Agnes vroeg Elly of zíj het wilde doen. Rein streek over Marikes haar en donderde: 'Wat gebeurt er eigenlijk in die bol van jou, HHH?' en Radboud liep boos naar buiten omdat hij door Agnes geholpen had willen worden. Opeens knetterde er een brommer buiten – één van Goos' nieuwe vrienden, die van zijn levensdagen nog geen zestien was...

'Praat dan met hem,' zei Elly tegen Marike.

'Oké dan,' zei Marike – maar dat loste haar probleem niet op.

Drie geheimen had Marike gehad toen ze in de brugklas kwam. En daar was er nu één bij gekomen.

Want toen ze, 's avonds in bed, terugdacht aan het moment dat ze Louisa en Tanja betrapt had in de toiletten, merkte ze dat ze niet alleen geschokt was. Ze was vooral jaloers. Op Tanja, dat zij nu vriendinnen was met Louisa? Of op Louisa? Omdat Louisa aan Tanja zat? Dat sloeg nergens op. Ze was toch zeker niet als Sanne en Marja?

Vorig jaar had Rogier uit groep acht verkering aan haar gevraagd. Via een vriendje. Voor de grap had ze toen 'ja' gezegd, omdat ze wel eens wilde zien wat er dan gebeurde. Dat had ze geweten! Tijdens een verstopspelletje had hij haar achter een schuurtje getrokken en haar gezoend. Zijn lippen waren vochtig en hij had ook nog zijn tong naar buiten gestoken. Nat en vies! Nog twee dagen daarna had Marike haar mond af lopen vegen.

En bij het verkleden voor de gymles had ze het nooit kunnen laten te gluren naar Evelien, die soms al een bh droeg.

Maar betekende dat dat ze... op een meisje?

Ze voelde aan haar wangen, die gloeiden. Wel dus.

God, dacht ze, als je bestaat, zorg dan alsjeblieft dat Goos er nooit achter komt. En niemand en niemand.

Jammer genoeg geloofde ze niet in een god; daarvoor had ze te veel gelezen.

Het kon alleen maar erger worden. En volgende week was er

nog een schoolfeest ook. Alsof de rampspoed niet al erg genoeg was.

Om zichzelf te harden telde ze alles bij elkaar op. Eén: Marike Lutgardis Colombina 't Zand, ook bekend als HHH, kwam uit een volstrekt lijpe familie. Strikt geheim.

Twee: Marike HHH 't Zand was pas elf omdat ze – onvergeeflijk – de achtste groep erbij had gedaan terwijl ze in groep zeven zat. Ze dacht sneller dan ooit iemand aan de weet mocht komen.

Drie: Marike Lutgardis Colombina was klein voor haar leeftijd en zou ook klein blíjven en nooit borsten krijgen of haren op al die plekken waar andere meisjes ze hadden (om maar niet te denken aan jongens!). Eenvoudig omdat ze te veel hersens had gekregen en te weinig hormonen. Absoluut topgeheim.

En nu was daar nog een vierde geheim bij gekomen. Ze viel op Louisa, of op Daphne, of misschien zelfs op Tanja, maar in ieder geval op meisjes in plaats van jongens. En dat was zó gênant dat ze zelfs bloosde in het donker. Zo geheim dat zelfs Goos er nooit achter mocht komen. En zó taboe dat ze het niet eens in zoveel woorden durfde te denken.

Er zat maar één ding op. Op het schoolfeest moest ze doen alsof ze verliefd was op een jongen. Op Olivier. Of op die Ravi desnoods, die tegen haar op was gebotst. Op wie dan ook. Als het maar een jongen was.

Een groen-met-blauwe dag

Elly was niet in de keuken, daarom klopte Marike op de deur van de Kluis en ging naar binnen. Haar moeder had zich gedoucht en aangekleed, maar ze zat te lezen alsof het een vrije dag was. Marike plofte naast haar op de opblaasbank en zette de televisie aan.

'Uit dat ding,' zei Elly.

Marike drukte op de afstandsbediening.

'Ik ga vandaag niet naar school. Ik word ziek als ik eraan denk. Het is toch al vrijdag.'

Ze wreef over het plastic met haar mouw in de hoop dat het statisch werd. Ze hadden allemaal opblaasbanken en -stoelen. 'Zodra er geld is, maak ik echte meubels en Agnes maakt kussens,' had Rein jaren geleden gezegd, maar het was er nog niet van gekomen en Marike dacht niet dat zij het nog zou beleven. Als ze zeventien was, ging ze studeren in de stad en daar kwam je niet met de fiets. Dus zou ze in de stad moeten gaan wonen. Geld of geen geld, ze zóu zorgen dat ze er kwam. Niet dat ze niet van De Kersentuin hield, en van alle mensen erin. Nergens voelde ze zich zo thuis als thuis. Maar het viel gewoon niet te combineren met een normaal leven.

'Zeg,' zei Elly, 'dat je niet naar school wil, dat moet je zelf weten – je weet zelf wel dat je daar alleen jezelf mee hebt. Maar je gaat niet de hele dag rondhangen. Je helpt mij in de tuin, óf je gaat met Rein mee. Hij gaat hekken repareren vandaag.'

Marike kreeg een warm gevoel vanbinnen. Dat Elly dat wist, betekende dat haar vader bij háár had geslapen vannacht. Dat was goed.

'Dus, wat wordt het? En o ja, let jij ook maar op Jorinde vandaag. Haar juf heeft weer eens ATV.'

Marike sprong op. De hele dag vrij!

'Schrijf jij dan een briefje?' vroeg ze.

'Zeker niet!' zei Elly. 'Je kletst je er zelf maar uit.'

'Misschien merken ze het niet...' zei Marike. Onzichtbaar zijn had zo zijn voordelen.

Haar zusje was nergens te bekennen, dus duwde Marike de deuren van de keuken open en slenterde de tuin in. Het was een prachtige dag, vochtig en groen en geurend naar appels. Ze liep onder de fruitbomen door, naar het gebouwtje achterin. Ooit, vóór zij er waren komen wonen, waren het drie schuurtjes geweest. Het linkerdeel was verbouwd tot de Villa des Rosses, een onderkomen voor Rein en zijn boeken. In het middelste deel stonden de wasmachine, de droger en een strijkplank die alleen Agnes gebruikte, voor haar naaiwerk. Rechts was een kleine stal voor ooien die op het punt stonden te werpen. Buiten het dorp, op het land, was nog een veel grotere loods voor de schapen, maar daar kwam Marike haast nooit. Ze had niet veel op met schapen.

Ze klopte op de deur van de Villa.

'Rein? Is Jorinde bij jou?'

'Morgen HHH. Nee, niet gezien.'

Rein stond zich te scheren boven een ouderwetse waskom. Het rook in de kamer, behalve naar boeken, naar man. In huis hing die geur niet, maar – 'Rein? Vind jij dat het in huis naar vrouw ruikt?'

'Natuurlijk!' zei Rein verbaasd. 'Ruiken jullie dat zelf niet?'

Dat was zo fijn van haar vader, hij ging altijd in op wat je zei, hoe raar of hoe onbenullig het ook was. En hij verdeed nooit tijd met gewone vragen, zoals Moet jij niet naar school of Heb jij geen huiswerk.

'Ik heb vanavond een schoolfeest,' zei Marike.

'O jasses,' zei Rein.

Marike grinnikte.

'Ik weet nog niet eens of ik ga.'

'Mooi,' zei Rein. Rein begreep vaak niet wat je zei, omdat hij zijn eigen gedachtelijn volgde.

'Ik moet Jorinde zoeken,' zei ze.

Rein klopte haar op haar hoofd. Het voelde lekker.

'Plant op uw illusies een theepet,' zei hij – een dichtregel waarschijnlijk.

Marike betrapte zich op huppelen.

Ze doorzocht het hele huis, maar vond haar zusje uiteindelijk bij de overburen, waar ze met haar vriendinnetje naar een tekenfilm keek. Dus at Marike in haar eentje aan de reusachtige eettafel verse vruchten met yoghurt – de jongens waren intussen naar school – en daarna klopte ze aan bij Agnes, die aan het werk was.

'Ik kom je helpen,' kondigde ze aan. Ze streelde de blauwpaarse stof waarmee Agnes bezig was, en hield er een stukje pauwblauw fluweel naast.

'Wat een prachtige combinatie!'

'Nou hè! Hier' – ze wierp Marike een lap toe – 'speld jij daar eens even het patroon op, dan kan ik het zo knippen.'

'Ik kan ook best knippen hoor.'

'We zullen zien.'

De zon maakte lichtplekken op de planken vloer. Uit de keuken dreef de geur van koffie, die Rein aan het zetten was. Door het open raam hoorde ze het flubbergeluid van haar moeders laarzen. Het textiel was zacht en willig onder haar handen. Marike was volkomen gelukkig. Ze had opeens zelfs zin in het openingsfeest.

'Hou je stof over?' vroeg ze.

'Niet genoeg,' zei Agnes om de spelden in haar mond heen.

Marike keek haar aan.

'Ik dacht, voor het schoolfeest vanavond. Zo'n jasje zou geweldig zijn!'

'Maar ik heb niet genoeg voor nóg een,' zei Agnes. 'Hier haal je hooguit de mouwen en de voorpanden uit. En dan bedoel ik dus uit het blauw én het paars.

'Maar je hebt toch nog die groene stof van laatst, waar je die rok van hebt gemaakt? Kan daar het rugpand niet uit? En één mouw?' Ze werd enthousiast. Wie niet rijk was, moest slim zijn. Ze liet het patroon in de steek en begon in het stoffenkastje te rommelen. Alles lag er keurig op stapels. Agnes was zó geduldig dat ze zich zelfs niet verveelde als ze dingen opvouwde. Ze vond de groene stof, die ook fluweelachtig was, alleen dikker, en een lap donkerrode voeringszijde. Het zou meer dan genoeg zijn.

'Mag het?' vroeg ze bedelend aan Agnes, die met haar rug naar haar toe aan de naaimachine was gaan zitten. Haar donkerblonde vlecht hing op haar rug. De lamp die aan de bodem van het bed boven haar hoofd was gemonteerd, wierp een vredig licht op haar kruin. Soms dacht Marike dat ze nog meer van Agnes hield dan van haar eigen moeder – nee! Vandaag schrok ze van die gedachte.

Agnes draaide zich om.

'Je hebt gelijk. Een Van Goghcombinatie, die kleuren. Je mag de stof hebben. En mijn ontwerp. Maar je moet het zelf naaien, want ik moet nog iets afmaken vandaag.'

Marike gooide de lapjes in de lucht. Het was een geluksdag! Ze zou die arrogante kinderen in haar klas laten zien wie ze was vanavond. Alles kwam goed.

Als ze maar niet aan dat ene dacht. En dat was makkelijk genoeg, want daar wílde ze niet aan denken.

'Ga jij anders mee naar het feest,' vroeg Marike aan Goos. Hij zat op haar bed in het Duet, de kamer die ze met haar zusje deelde, en zij hing aan de ringen in de hanenbalken. Jorinde praatte in haar eigen hoek met haar beren.

'Ik? Naar die kakschool van jou?' vroeg Goos ontzet. 'Je zegt zelf dat het allemaal eikels zijn.'

'Ja nou ja, maar ik zit er maar mee. Anders ben ik alléén tussen die eikels.'

'Komt er een band?' vroeg Goos.

'De schoolband,' zei Marike aarzelend. 'Leerlingen uit de hogere klassen. Ze schijnen wel goed te zijn.'

'Hier, daar heb je het al. Niet eens een fatsoenlijke band. Ik zie me al, tussen die stuudjes.'

'Ik ben er toch,' zei Marike, maar dat was geen argument, dat snapte ze al vóór ze Goos' blik zag.

'Waarom ga jíj dan?' vroeg hij.

Marike zette zich af en zwaaide voor zijn neus langs.

'Omdat ik wel moet, snap je dat niet. Ik zit met ze opgescheept. Voor jaren. Ik ben trouwens zelf een stuudje. En er zijn best een paar aardige bij.' Ze kreeg een idee. 'Die Tanja, weet je wel?' Tot haar schrik bloosde ze. 'Die met die... Je weet wel, decolletés en zo.'

Maar hij trapte er niet in.

'Die heeft een vriend,' zei hij kortaf. Hij begon opeens aan de rand van haar bed te krabben, waar heus niks aan zat, geen kauwgum, geen snot – zodat Marike begreep dat ze op een geheim gestuit was. Ze zwaaide nog harder. Dacht dan iedereen alleen maar aan...

Goos stond op.

'Ga je dan mee?' vroeg Marike. Als ze met haar pleegbroer verscheen, zou iedereen denken dat ze verkering had. Dan zou niemand op de gedachte komen dat... Dat ze niet op jongens viel.

'Mooi niet dus,' zei Goos. Hij duwde haar uit balans toen hij langs haar liep. Even later sloeg de deur van de Brug en nog even later daverde zijn muziek over de verdieping. Rotmuziek, dacht Marike. Voor straf zou ze zijn *Playboy* verstoppen.

Maar eerst verkleedde ze zich in het mooie nieuwe jasje. Ze had er alleen een spijkerbroek bij, maar dat gaf niet. De keuze van een T-shirt was moeilijk: het jasje zag er zo duur en glanzend uit dat een vaal T-shirt er niet bij zou passen.

'Wil je mijn vest aan?' Jorinde groef in haar deel van de klerenkast en hield haar nieuwe vestje op, dat van heel dunne, zachte wol was gemaakt. En het was blauw. Marike bekeek het kritisch. De armsgaten waren groot genoeg. Het vestje zou strak zitten, en boven haar navel ophouden, en de mouwen zouden amper haar ellebogen bereiken. Maar het zou góed staan!

'Je hebt het zelf nog niet eens aangehad!' zei ze. 'En als ik het aantrek, rekt het uit.'

'Geeft niet,' zei Jorinde. Ze stak haar het vestje toe. Voorzichtig trok Marike het aan. Soms was het handig dat je geen borsten had. Ze keek in de spiegel. Het stond gewéldig. Ze trok het jasje eroverheen. Ze zag er spetterend uit. En het was een belangrijke avond. Ze moesten haar eindelijk zíen.

Maar Jorindes nieuwe vestje?

'Je bent een schat,' zei ze. 'Ik hou het aan. En ik zal tegen iedereen zeggen dat het van jou is, goed?'

Maar Jorinde zat alweer bij haar beren.

'Zeg, mevrouwtje, moest jij niet onder de douche?'

'Ik heb al gedoucht,' zei Jorinde zonder op te kijken.

Marike lachte. Dat was voor geen meter waar, maar ze kon wel iets terugdoen.

'O, dat had ik niet gemerkt. Nou, welterusten dan hè. En dankjewel.' Ze gaf haar zusje een kus op haar neus en holde de trap af.

'Zóó hé!' zei Roeland, die de haard probeerde aan te maken met veel te strak opgerolde kranten. Marike grijnsde tegen hem. Uit de Kluis klonken de stemmen van Elly, Rein en Agnes. Ze stak haar hoofd (alleen haar hoofd) om de deur.

'Ik ben weg!'

Ze zag nog net een glimp van Agnes' verbaasde gezicht, die natuurlijk het jasje had willen zien, maar vóór iemand iets kon zeggen, deed Marike de deur weer dicht. Ze trok haar fiets uit de kluwen tegen de achtermuur en sprong erop.

Rhijnvis Feith, here I come! zong ze zonder haar mond open te doen.

Dit is het keerpunt, dacht ze terwijl ze stond te dansen. Ze hadden haar eindelijk gezien. Ze had met Olivier gedanst (oké, ze had er flink om moeten zeuren) en met Ravi, en alleen.

Ze had met Daphne gedanst, die het heel goed kon, en met een meisje uit de tweede dat ze niet eens kende, een kind dat er net zo ánders uitzag als zijzelf. Marike danste de hele avond! Toen ze het warm kreeg, trok ze haar jasje uit. Ze had een paar jongens naar haar zien kijken en ook Louisa en Tanja – en die blikken zeiden niet dat ze haar stom vonden. Ze zag er nog steeds mooi uit, in het zachte vestje van Jorinde.

Ze had zelfs een klein gesprekje gevoerd, met Laurens, al liep dat op niks uit. Ze had geërgerd gezien hoe Claire en Daphne stonden te zwijmelen vooraan, terwijl de band maar een paar akkoorden scheen te kennen en de teksten om te huilen waren. 'Gravediggers,' had ze smalend gezegd. 'Ze hadden zich beter The Pinheads kunnen noemen.' Laurens had haar even aangekeken: 'Pinheads? Waarom?'

Je hebt zelf een kop als een speldenknop, had Marike bíjna gezegd. 'Moet je dat nou zien,' had ze nog gewezen; Daphne stond zich vlak voor het podium in de aandacht van de gitarist te kronkelen. Met als enig resultaat dat Laurens óók naar Daphne ging staan gapen. Maar goed, het wás een gesprekje geweest.

En ze had ook nog door de hele school achter Olivier aan gezeten, letterlijk, zodat iedereen nu wel móest denken dat ze verliefd op hem was. Hij incluis, maar dat gaf niet. Hij was zelf tóch op Daphne; hij dacht maar raak.

Een paar Inekes waren eruit geplukt om twaalf uur, door vaders die gegeneerd bij de ingang bleven wachten terwijl zij hun jassen aantrokken. Olivier was ook verdwenen, en Daphne (toevallig!) ook. Ravi had het opgegeven toen zijn vriend vertrokken was. Maar Marike bleef! En toen ze even stond uit te puffen en ze zag dat De Haan naar haar toe kwam, vond ze het helemaal niet erg.

'Weet je al of je maandag komt?' vroeg hij.

'Ja,' zei Marike. 'Ja. Ik weet het al en ik kom.'

'Leuk.' Het klonk nog of hij het meende ook. 'Douwe doet ook mee.'

Douwe. Die had een moeder die dominee was, scheen het, dus hij had ook iets raars. Prima. Dan was Douwe nu haar doelwit. Hij had wel een toffe spreekbeurt gehouden vorige maandag, al moest hij het vooral van zijn illustratiemateriaal hebben. Maar... er zou er toch zeker wel één zijn in de klas met wie ze kon opschieten!

Marike zwaaide zo'n beetje naar de leraar geschiedenis en wervelde met de muziek mee tot ze tussen de dansers verdween. Ze maakten zowaar plaats.

Een bloedrood badpak

Met gloeiende wangen van het fietsen kwam Marike thuis. Ze bekeek het huis, ze had zin in nakletsen. Overal waren de lichten al uit: in de Kluis van Elly, op de Brug, in Agnes' Endymion en in de keuken. Alleen in de Villa brandde nog licht, maar als ze nu naar Rein toe ging zou ze bedolven worden onder een stortvloed van verzen en geouwehoer, want 's nachts raakte hij op zijn praatstoel. Daarom besloot ze toch naar de Brug te sluipen en Goos desnoods wakker te maken.

Op haar klopje kwam geen gehoor en toen ze de deur opendeed, voelde de kamer leeg aan. Marike deed het licht aan: een onopgemaakt bed, cd-hoesjes op de vloer, de opblaasbank vol kleren, maar geen Goos. Goos was uit. Uit! Marike was teleurgesteld. Goos gedroeg zich plotseling als een grote jongen, en dat sloeg nergens op, want hij was net zo'n brugpiepertje als zij en hij moest er nog harder voor werken ook. Als haar ouders het wisten, kreeg hij op z'n sodemieter. Opeens herinnerde ze zich dat ze boos op hem was – waarom ook weer? Omdat hij haar school had afgekraakt. Ze tastte achter de bank naar de laagste plank van zijn cd-kast. Daar lagen zijn geheimen. Op het gevoel trok ze de *Playboy* tevoorschijn, die er heel wat beduimelder uitzag dan de vorige keer dat ze hem had gezien. Gauw deed ze het licht uit en trok zich terug in het Duet. Ze deed het lampje boven haar bed aan en bekeek zichzelf in de spiegel aan de binnenkant van de kast. Mooi. Toen kleedde ze zich uit en keek nog één keer. Minder mooi. Om niet te zeggen waardeloos. Zoals Goos had gezegd: een liniaal zou zich ervoor schamen. Waarom groeide haar lijf niet gelijk op met haar verstand?

Ze hing het mooie nieuwe jasje op en rook aan het blauwe vestje. Dat ging nog best. En het was niet eens erg uitgerekt. Ze legde het aan Jorindes kant van de kast en keek naar haar zusje. Jorindes duim was uit haar mond gegleden en ze maakte smakkende geluidjes met haar lippen. Marike liep naar haar bed in de dakkapel en pakte de *Playboy* op. Waar zou ze hem verstoppen? Ja, onder het flanellen onderlaken om haar matras. Daar zou Goos van zijn levensdagen niet komen. Het was een hoeslaken en het zat strak.

Ze stapte in bed en bekeek het omslag. Zó hoorde een vrouw eruit te zien! Ze keek achterom naar haar zusje – dat gewoon doorsliep – schoof dieper onder de dekens en sloeg het blad open.

Ze kon niet ophouden met kijken. Er waren blote en minder blote vrouwen, donkere en blonde, hoerige en ingetogen types, met bescheiden borsten of opgeblazen ballonnen – maar allemaal leken ze vol zelfvertrouwen. Ze waren trots op hun lijf en ze hádden ook wat om trots op te zijn. Marike streek over haar eigen tepels. Die tintelden, maar ze zagen er niet uit of ze daar recht op hadden. Marike keerde terug naar een pagina waarop languit een vrouw lag met lang blond haar; ze speelde met een lok die over haar borst hing. Rond en vol en stevig, zoals het hoorde... Zouden ze zwaar wegen, in je hand?

Ze deed het licht uit en lag met kloppend hart achterover op haar kussen. Haar hand rustte nog op de pagina.

Ze wilde het licht weer aandoen.

Ze durfde het licht niet aan te doen.

Op de tast stopte ze het tijdschrift diep weg, aan het voeteneind, waar ze het zou kunnen vergeten.

Maar de volgende ochtend was ze het niet vergeten. Haar hart klopte nog steeds, of opnieuw, als een gek. De droom waar ze zo van was geschrokken (wás het schrik? Of iets anders?) bleef in flarden hangen. Tanja en zij in het zwembad. Tanja die zei dat ze hun zwempakken uit moesten doen, dan konden ze harder zwemmen Tanja trok haar bloedrode badpak uit en staarde met een scheef lachje naar Marike, die niet wist waar ze kijken moest. Maar ze had toch gekeken. Want ze herinnerde zich nu ze wakker was hoe Tanja eruitzag zonder kleren.

De *Playboy* kraakte onder haar voeten. Ze wilde hem weer tevoorschijn halen, nog een keer kijken, één keer nog. Naar die... En daarna zou ze het vergeten.

Toen sprong Jorinde op Marikes bed en vroeg: 'Vonden ze mijn vestje mooi?' Marike vertelde hoe iedereen het bewonderd had en hoe ze gedanst had de hele avond en vergat het – even.

Maar ze hield die dag een vaag onbevredigd gevoel, alsof er iets had moeten gebeuren wat niet gebeurd was. Alsof ze op een schommel zat die bleef hangen op het hoogste punt. En onder dat gevoel, waar ze niet wilde komen met haar gedachten, broeide de schaamte.

Gelukkig was er genoeg te doen. Het was zaterdag, schoonmaakdag, en het was de beurt van haar en Goos, zodat ze gezellig ruziënd het hele huis door stommelden met de stofzuiger en emmers sop. 's Avonds kwamen er vrienden langs, een van Goos, twee van Rein en Elly, en een van Agnes, zodat de stoelen om de lange eettafel allemaal bezet waren en de ruiten besloegen. De ene fles wijn na de andere ging open; Rein zette zich, zoals te verwachten was, op zijn praatstoel en kwam er voorlopig niet meer af. Marike zat te luisteren en hoorde allerlei dingen waarvan ze nog nooit gehoord had. Over een Rus die Raspoetin heette (daar schold Rein de vriend van Agnes om de een of andere reden voor uit) en over dansende tafels en hypnotiseurs, over mensen die in kevers veranderden en over iets wat hokjesgeest heette; ze borg die informatie op in nette pakketjes in de laatjes in haar hoofd om er later over na te denken en ging zo laat mogelijk naar bed. En toen ze daar eenmaal in lag, was ze te moe om zich nog ergens over te schamen; het geknisper onder haar voeten hoorde ze niet eens.

Op zondag vertelde ze Elly over de debatingclub.

'O, dát is leuk!' zei Elly. Ze zag er opgelucht uit. Marike dacht dat ze wel begreep waarom. Haar moeder zei de helft niet van wat ze dacht, maar dat betekende niet dat ze zich geen zorgen maakte. Marike lag languit op de bank met haar blote tenen in een schapenvacht en keek naar het plafond.

'Denk je dat ik dat kán?' vroeg ze. 'Die andere kinderen zijn allemaal ouder. Tweede- en derdeklassers, zei De Haan. En nou ja, Douwe uit onze klas, maar zíjn moeder is dominee.'

'Hoho,' zei Elly, 'de jouwe is toevallig een landelijk bekende dichteres.'

'Maar jij discussieert nooit,' zei Marike. 'En dominees wel, dat moeten ze wel, omdat iedereen zich afvraagt of er wel een god bestaat. Weet je nog dat ik zei dat god niet kan bestaan omdat hij er anders voor zou zorgen dat er geen oorlog en honger zouden zijn?'

Elly lachte en kwam overeind.

'Jazeker. Je was vijf. En ik weet nog dat Fran, die toen net op bezoek was, stil was van schrik. Met dat kind krijg je nog last, zei ze. En daar had ze wel gelijk in.'

'En toen heb ik het op school ook een keer gezegd,' zei Marike, die het zich opeens weer herinnerde. 'En de juf werd boos en zei dat het te moeilijk was voor mij om te begrijpen, maar dat God de mensen een vrije wil had gegeven en dat alle slechte dingen die gebeurden daardoor kwamen. Omdat de mensen verkeerde keuzes maakten. Ze liet me voor straf een opstel schrijven over God.'

'Och jee ja,' zei Elly. 'Ik heb het bewaard. Maar toen was je zeven.'

'Maar El... dat is toch onzin, van die vrije wil? Want als je al het slechte daarop gooit, dan kun je net zo goed het góede daarop gooien. En dan heb je die hele omweg van een God niet nodig. Dan heb je genoeg aan de mensen, de mens zeg maar, als je wilt uitleggen hoe de wereld in elkaar zit. Waarom er gebeurt wat er gebeurt.'

Weer lachte Elly.

'Help! En jij denkt dat je niet mee kunt komen op een debatingclub!'

'Denk je echt?' vroeg Marike, opeens weer onzeker.

'Ach kind, jij kletst ze allemaal van de sokken. Alleen moet je leren niet door anderen heen te ouwehoeren – ik wilde dit eigenlijk even horen.' Ze wees op de televisie.

Later maakten ze broodjes en gingen ze naar Reins land, de kinderen om te spelen en de groten om het dak van de schapenschuur te repareren. Het weekend was voorbij voor ze er erg in had.

Weer op school komen was andere koek. Daphne zei 'hoi' en Louisa ook. Tanja keek opzij om te zien tegen wie Louisa het had en glimlachte naar Marike, waarop Marike gauw op haar plaats schoof met het gevoel dat het bloed uit haar wangen spatte. Ze zag meteen weer het beeld uit haar droom: Tanja bloot in het zwembad, en ze hoopte maar dat niemand haar zag. Alsof ze niet al genoeg te verbergen had!

Om het nog erger te maken vuurde Olivier een van zijn rotgeintjes op haar af.

'Ah, de koningin van de nimfen,' zei hij in het voorbijgaan met een buiging. Het was maar een klein buiginkje en wat hij zei klónk aardig. Maar Marike begreep hoe gemeen het was. Want een nimf was een soort watergodin. Maar het had nog een betekenis. Een onvolgroeide waterjuffer, dat hadden ze de eerste week bij biologie gehad. Olivier wist natuurlijk dat zij zich dat zou herinneren. En hij wist dat zij wist dat hij zich dat ook herinnerde. Dus hij wist dat zij wist dat hij het gemeen bedoelde.

Ze haalde diep adem en telde tot tien. Toen sprong ze overeind en smeet hem van zijn stoel op de grond. Zoals ze bij Goos zou doen, ging ze op zijn borst zitten.

'Klo–' Ze zag Van Baal de klas binnenkomen en hield in.

'–jo!' Om hen heen werd dommig gegrinnikt. Niemand wist kennelijk raad met de situatie.

Olivier was rood aangelopen, maar hij keek nadrukkelijk naar haar benen aan weerszijden van zijn ribben en zei zachtjes: 'Of had ik moeten zeggen: nymfomaantje?' En dat was nog veel gemener, want ze dacht dat nymfomaan, een woord van Rein, seksmaniak betekende. Abrupt liet Marike hem los en stond op. Ze liep de klas uit zonder op het protest van Van Baal te letten. Ze liep door de gangen tot de uitgang, voorbij de verbaasde uitroep van de conciërge, over het terrein en door het hek. Ze liep door de straten tot haar ogen waren opgedroogd en haar wangen niet meer gloeiden.

Als hij niet gelijk had gehad. Dan was het niet zo erg. Dan had ze wel een vinnige opmerking terug weten te maken.

Maar hij had zo verschrikkelijk gelijk. Hoe kon je tegelijk een larf zijn en een seksmaniak? Maar dat was wat zij was.

Ze hing bij het hek van de school van Goos rond tot het eindelijk pauze was. Gelukkig duurden de lessen daar maar veertig minuten. Zodra ze Goos in het oog kreeg, schoot ze op hem af.

'Kan ik je even spreken?' vroeg ze zo beheerst mogelijk.

Goos keek haar verbaasd aan. Zo deftig gingen ze meestal niet met elkaar om. Hij keek met een scheef lachje naar zijn vrienden, haalde zijn schouders op en liep zogenaamd onwillig met haar mee – tof van hem.

'Wat is er met jóu?'

'Ik ga niet meer naar die kutschool!' zei ze. 'Ze... ze zijn allemaal stom en verwaand en bekakt en aanstellerig en opschepperig en arrogant en... en stóm!'

'Hé joh,' zei Goos, 'moet ik een emmer water over je heen gooien of zo? Gil niet zo, ik schaam me dood.'

Marike haalde haar neus op. Ja, natuurlijk, Goos moest zich ook nog invechten – het zou gemeen zijn om nou zíjn reputatie ook meteen naar de haaien te helpen.

'Sorry.'

'Maar wat is er dan gebeurd?'

'Niks eigenlijk. Nou ja, een jongen schold me uit.'

'Wat zei hij dan?' zei Goos strijdlustig.

Marike zweeg. Goos zou het nooit begrijpen, die subtiele belediging van Olivier. Hij zou niet snappen dat een woord als 'nymfomaan' zo hard kon aankomen.

'Hij schold me uit voor seksmaniak,' zei ze ten slotte.

Goos barstte in lachen uit.

'Jij?! Maar jij bent...'

Marike gaf hem een duw om hem de mond te snoeren. Ze wist het nu wel, van die liniaal.

'Waarom in godsnaam?'

'Omdat ik hem achternagezeten heb door de school, denk ik. Vrijdag op het schoolfeest.'

'Wie doet dat dan ook,' zei Goos. 'Geen wonder dat hij denkt dat je wat van hem wil. Zou ik ook denken.'

'Ja maar ik deed het alleen...'

'Wat?' Goos stond zenuwachtig om zich heen te kijken. Hun gesprek duurde zeker al te lang. Verkering hebben was stoer, maar ál te lang met een meisje praten zagen ze hier waarschijnlijk als een teken van zwakte. 'Waarom dan?'

Nou ja, waarom ze zo graag wilde dat ze dachten dat ze op jongens viel, kon ze ook niet zeggen.

'Niks, laat maar,' zei ze. 'Ik ga wel weer.'

Goos wilde dolgraag weg. Maar even keek hij nog naar haar.

'Ik weet wat. Kom naar de snackbar op de Reigerweg. Dan spijbel ik wel een uurtje.'

Marike keek hem aarzelend aan. Als ze ging spijbelen, zou ze het lef niet meer hebben om naar school terug te gaan. Dan zou ze de debatingclub ook missen. En dan zou ze volgende week niet meer durven.

'Nee, laat maar,' zei ze. 'Ik ga wel gewoon terug.'

'Red je het dan?' vroeg Goos.

'Ja, ga maar. Ik zie je thuis wel.'

Hij was opgelucht dat hij weer naar zijn vrienden kon, dat was duidelijk. Dat gaf niet. Het had haar toch geholpen, dat ze het even aan hem had kunnen vertellen. En als ze het vroeg, zou hij Olivier voor haar in elkaar slaan, daar was ze zeker van.

Ze was nog op tijd voor de Franse les en niemand scheen haar gemist te hebben. Of ze deden alsof... Marike had zich vorig jaar erg verheugd op Frans, eigenlijk vanwege de liedjes die ze op haar oude school hadden geleerd: *Au clair de la lune* en *Sur le pont d'Avignon*. Frans had zo'n vrolijke klank. Maar de lessen vielen tegen. Ze vond mevrouw Lindhout een aanstellerig mens dat ook nog toestond dat er veel tijd voorbijging met gegiechel en geklets. Tanja en Louisa stonden voor de klas de slappe lach te hebben en daar deed Lindhout niks aan. Marike werd er wrevelig van. Daar kwam ze niet voor, voor de slappe lach van die twee slagroomsoezen! Als ze hier geen Frans leerde, bleef ze net zo lief thuis.

Ze wist best dat ze jaloers was. Zij hád niemand om de slappe lach mee te hebben.

In de pauze zag ze hoe Douwe een grapje maakte tegen Tanja, hoe Tanja iets terugzei, hoe Douwe lachte...

Pikte Tanja nu ook Douwe al in?

Letten jongens dan echt alleen op meisjes met tieten? Zou zij nooit een kans maken om vrienden te krijgen, alleen maar omdat ze zo plat was als op de dag dat ze werd geboren?

Ze draaide zich om en zei iets tegen Claire, iets doms, zomaar iets. Claire lachte verrukt. Ineke schuifelde dichterbij, Ingeborg draaide zich naar haar om. Gut gut. Wat had ze helemaal gezegd? 'Heb je een zakdoek voor me?' De Inekes lagen dubbel.

Veroordeeld tot de Inekes. Nou goed, dan moest het zo maar. Marike Lutgardis Colombina, koningin van de Inekes.

'Ga je zaterdag mee winkelen?' vroeg Claire aan Ingeborg. Marike deed haar ogen dicht.

Thuis had ze Elly, Agnes, Rein en al hun vrienden. En Goos.

Larfje met een grote bek

Na het zevende uur treuzelde ze om niet als eerste in het lokaal te zijn, en schoot toen nét voor het laatste groepje het lokaal in. De Haan ving haar op, maar hij deed het precies op de goede manier, met niet te veel nadruk, maar ook niet zo dat niemand haar opmerkte.

'Dit is Marike, Douwe kent haar al,' zei hij. 'Help de tafels even in een hoefijzer zetten, Marike, dat praat makkelijker.'

En voor ze het wist, was ze er deel van.

Er waren drie groepen: de voorstanders, de opponenten, en de publieksjury. Verder was er een gespreksleider. Vandaag werd die rol vervuld door een jongen uit de vijfde, een puisterig type met stekeltjeshaar, die verrassend goed uit zijn woorden kwam. De Haan schreef een stelling op het bord. Eerst moest de jury daarover stemmen om achteraf te kunnen bepalen of de discussie hen van mening had doen veranderen. De stelling luidde: 'Mensen hebben meer rechten dan dieren'. Er werd geloot welke groep de stelling moest verdedigen; de andere groep moest tegenargumenten aandragen. Marike zat in de eerste groep. Maar ze was het eigenlijk niet met de stelling eens. Dat was moeilijk.

'Stel,' zei Remco, de gespreksleider, 'je rijdt op je scooter op een fietspad en links springt een hond op het pad en rechts staat een kindje. Wijk je naar links of naar rechts uit?'

Marike luisterde toe terwijl er druk gediscussieerd werd over de vraag welke van de twee gespaard moest worden. Haar groepje beweerde dat een mensenleven meer waard was dan dat van een dier, omdat de mens het hoogst stond op de ranglijst van het leven. De tegenstanders zeiden dat een kind slim genoeg was om opzij te springen en dus zichzelf kon redden, en dat de hond beschermd moest worden omdat hij dommer was.

Marike had het gevoel dat ze allebei de plank missloegen, maar ze kon niet bedenken waarom.

'Ik heb nog niet iedereen gehoord,' zei Remco – en hij keek naar háár. Marike bloosde. Haar mond werd kurkdroog. Het werd heel stil in de klas. Marike wenste dat die groters niet zo beleefd deden. Ze keken haar allemaal vriendelijk afwachtend aan en hielden hun mond tot zíj wat zei.

'Ik... ik weet niet,' stamelde ze. 'Volgens mij... is het anders... ik weet niet...'

Maar toen wist ze het opeens wél: 'Jullie draaien eromheen. De stelling gaat over rechten. Maar wie deelt rechten eigenlijk uit? God? Of de mensen, regeringen en zo? Ik denk dat als je het aan een mier zou vragen, dat hij zou zeggen dat mieren de meeste rechten hebben.'

Er werd gelachen en Marike voelde dat ze nog roder werd, maar ze wilde niet uitgelachen worden als ze gelijk had, dus ging ze door: 'Jullie lachen omdat jullie mieren niet belangrijk vinden. Daar gaat het dus over, over belangrijk zijn.' Ze keek hulpzoekend naar de leraar, die haar toeknikte. Er glom iets in zijn ogen.

Marike haalde snel adem. 'Wie de meeste macht heeft, bepaalt wie de meeste rechten krijgt.' Als je het eenmaal zag, was het verrassend simpel. 'Mensen hebben behoorlijk veel macht, dus mogen wij het uitmaken. We zouden ook kunnen zeggen dat wij dieren evenveel rechten gunnen als... als onszelf.'

'Juist!' zei een groot meisje van de andere partij. 'Maar die rechten kunnen we dan dus ook elk moment weer intrekken!' Ze luisterde even naar haar eigen woorden. 'En dan zijn het dus geen echte rechten.'

'Ik bedoelde eigenlijk,' zei Marike, 'dat je de vraag niet kunt beantwoorden zonder te kijken naar wie je zelf bent. Je kunt het niet los zien.'

Er viel een diepe stilte. Marike keek naar de grond en hoopte dat de kleur af zou zakken. Dat iemand anders weer wat zou zeggen. Eindelijk klonk er een geluidje. Ze keek verlegen op. Het was Remco, die ingehouden zat te proesten.

'Goed,' zei hij, 'volgens mij heeft de jongste van ons de hele discussie onderuit gehaald.'

Marike durfde niemand aan te kijken. Had ze iets doms gezegd? Had ze een te grote mond gehad?' Ze wierp een schichtige blik op De Haan. Die zag eruit alsof hij een cadeautje had gekregen, maar hij zei: 'Al komt het me voor dat dit argument koren op de molen is van de tégenpartij, Marike. Als verdediging van de stelling stelt het weinig voor.'

Marike zweeg verward. Ging het dan niet om wat wáár was? Kennelijk niet. Ze had een argument moeten aandragen dat de stelling ondersteunde. Ze schaamde zich dat ze zo dom was geweest, maar ze was tegelijk opgetogen. Dit was een nieuw en moeilijk spelletje, en zelfs een beetje gevaarlijk! Want iedereen scheen te vinden dat het ertoe dééd wat je zei. Je werd erop beoordeeld. Het had gevolgen. Haar hart ging als een gek tekeer. Dit was leuk!

Ze kreeg Douwe in het oog, van de andere partij, die haar een vette knipoog gaf.

Ja, dit was geweldig!

'Hoe gek het ook klinkt, ik ken hier nog geen mens,' zei de dikke vrouw aan de keukentafel tegen Rein en Agnes. 'Ik sta elke zondag handen te schudden, maar er is toch nog niemand die ik kan bellen als ik met een lekke band sta.'

Marike liep op haar af om een hand te geven. Rein en Agnes keken op.

'Ah, HHH!' zei Rein en wendde zich weer tot de vrouw. 'Dit is mijn dochter Marike–'

Laat de rest nou eens een keer weg, dacht Marike.

'–Lutgardis Colombina. De oudste en soms denk ik wel eens de best gelukte.'

'HHH?' vroeg de vrouw.

Marike probeerde niet naar haar enorme borsten te kijken. 'Sorry, ik ben Jeltje Veenstra. Mijn ouwe trouwe Peugeotje staat voor de deur lek te wezen.'

'Dóminee Veenstra,' zei Rein. Trots, alsof ze van hem was.

Marike schrok. De dominee. Dat moest dan wel de moeder van Douwe zijn.

'HHH? Waar is dat een afkorting van?'

'Alleen door mijn vader,' zei Marike verlegen.

'Hoer, heilige, helpster,' zei Rein.

'Ah, ik snap het. Marike de hoer – Mariken van Nimwegen, niet? En de heilige Lutgardis en dan Colombina, het dienstmeisje uit de Italiaanse komedie?' Ze keek vragend naar Rein.

'Precies. U mag van mij vaker een lekke band krijgen.'

'Jij,' zei de dikke dominee. 'En Jeltje. En als dat een uitnodiging is, graag.'

'Waar is Elly?' vroeg Marike. Ze wilde zich graag uit de voeten maken. Als Rein al te goeie maatjes werd met die dame, kon zíj het wel schudden op school.

'Vuile handen maken,' zei Rein.

'Jouw moeder kan wél banden verwisselen,' zei de dominee.

Alsof Marike dat niet wist. Ze liep langs de tafel naar de deur aan de straatkant. 'Ik ga wel even helpen.' Maar net toen zij de voordeur opendeed, kwam haar moeder achterom. Ze begon lachend haar handen en haar armen te wassen, die tot aan de ellebogen onder de smeer zaten. En omdat Marike brandde van verlangen Elly te vertellen over de debatingclub, bleef ze beneden hangen.

Elly verdween weer even naar buiten en kwam terug met vier emmers appels, die ze begon te schillen. Marike pakte ook een mesje. Het was een heidens karwei elk jaar; je vingers werden er bruin en korrelig van en je kwam onder de sneetjes te zitten, maar als het sap dan eindelijk was ingekookt tot appelstroop, waren Elly en zij altijd innig tevreden – en niet alleen omdat het de lekkerste appelstroop ter wereld was.

'Doet ze dat uit zichzelf?' vroeg de dikke dominee – alsof Marike er niet bij was, maar het was een soort grapje.

'Soms,' zei Elly. 'Soms moeten we haar eerst een uur aan haar duimen ophangen voor ze het doet.'

Onder het gelach klonk de plop van de kurk die Rein uit een fles wijn trok. Het was weer zo'n dag. Over een uur zou Elly of Agnes vragen of de dominee bleef eten. En dat kon niet, want de dominee was de moeder van Douwe.

'We hadden debatingclub,' zei Marike. Ze moest Jeltje Veenstra aan haar zoon herinneren. Het was een risico voor haarzelf, maar het werkte.

'Ah, de debatingclub! Zit je op het Rhijnvis Feith? Mijn zoon zou ook naar die club gaan, vandaag voor het eerst. Ken je hem? Douwe, een knappe jongen al zeg ik het zelf.'

Zie je wel, daar had je het weer. Douwe was een knappe jongen, en Marike had dat niet eens opgemerkt! Ze bloosde en bukte zich naar een appelemmer.

'Ja, hij was er ook bij vandaag.' Ze dacht na; had Douwe niet iets bijzonder slims gezegd vandaag? Hij had de bijbel aangehaald, iets over god die de mens boven de dieren had gesteld...

'Hij zei dat in de bijbel staat dat mensen meer rechten hebben dan dieren.'

Jeltje Veenstra lachte voluit. Ze gooide haar hoofd achterover; Marike zag dat er groeven liepen door haar hals.

'Hij citeert de bijbel?! Mijn zoon Douwe? O hemel, ik moet naar huis om zijn temperatuur op te nemen!' Maar ze bleef rustig zitten. 'Ik was het er niet mee eens,' zei Marike. Waarom zei ze dat nou? Ze hoefde toch niet meer aandacht op zichzelf te vestigen? Het kwam doordat ze haar aardig vond, die dikke dominee.

'Nee? Waarom niet?'

Daar moest Marike even over nadenken.

'Er zijn zoveel boeken,' zei ze toen. 'Je kunt alles wel geloven. Ik heb *In de Ban van de Ring* gelezen, daar wordt ook in getoverd en zo. Dat kun je net zo goed geloven.'

Tot haar verbazing zei Jeltje Veenstra: 'Van mij mag je.' Waarop Rein weer verschrikkelijk begon te lachen.

Elly keek Marike aan en zei zachtjes: 'Ik hoor straks wel hoe het ging.'

Marike knikte. Grote kans dat het er niet van zou komen: zo meteen zouden Roeland en Radboud binnenkomen, die Elly altijd voor het een of ander nodig hadden, of Agnes zou iets te bespreken hebben, of Goos kreeg een aanval van puberteit of er kwam weer iemand binnenvallen. Het gaf niet. Het was lief dat haar moeder eraan gedacht had, en Elly zou het niet vergeten ook.

De dominee nam de laatste slok uit haar glas en stond op.

'Geweldig bedankt,' zei ze. 'Ik moet die puber van me gaan voederen. En de acceptgiro van de Wegenwacht opsnorren.'

Rein schonk haar glas weer vol.

'De dwingelandij van de acceptgirokaart. Ik heb zó'n hekel aan die hokjes – "deze ruimte niet beschrijven" – ik schrijf verdomme waar ik wil! Een deurwaarder is veel gezelliger. Die drinkt nog eens een glas mee.' Hij hief zijn glas op naar de dominee, die met een glimlach terugproostte. Maar ze ging niet weer zitten, ze nam het glas in haar hand en ging bij de deuren naar de tuin staan. Ze zuchtte. Marike vroeg zich af waarom. Ze kreeg meteen antwoord.

'Zo'n erf,' zei Jeltje. 'Douwe zou er een moord voor doen. Hij houdt niet van nieuw en geregeld.' Ze draaide zich om en keek op Marike neer.

'Mag ik hem eens meenemen?'

Marike bloosde alweer. Wat moest ze nou zeggen? Aan de ene kant zou het best leuk zijn als ze op deze manier vriendschap kon sluiten met Douwe. Die bovendien niet van nieuw en geregeld scheen te houden. Aan de andere kant: hij was een allemansvriendje. Zelfs met Tanja was hij dik. Stel je voor dat Tanja en Louisa zouden horen hoe het bij haar thuis toeging!

'Ik zie iets op je gezicht.'

'O ja?' vroeg Marike. Oeps, dat was brutaal. Maar inslikken kon niet meer.

'Ja. Fout idee dus?' De dominee keek verbaasd. Ze trok een stoel naar zich toe en ging erop zitten, zo'n beetje naast Elly, tegenover Marike.

'Ik denk altijd dat iederéén mijn Douwe geweldig moet vinden,' zei ze. 'Maar daar vergis ik me misschien in.'

'Nou...' zei Marike. Hoe moest ze zich hieruit redden? Er zat niets anders op dan eerlijk te zijn.

'Als u even mee naar de tuin gaat,' zei ze.

'Je,' zei ze opnieuw. 'En Jeltje.'

'Dan laat ik u – dan laat ik je het schapenhok zien.'

Er was helemaal niets te zien in het schapenhok – alleen in de lente stonden daar ooien met hun lammeren – maar ze moest haar even bij Rein weg zien te krijgen.

Ze liepen samen de tuin in. Het gras begon er al nattig uit te zien. Hoe moest ze nou beginnen?

'Was ik té vrijpostig?' vroeg Jeltje Veenstra. 'Heb je toevallig een hekel aan Douwe?'

'Nee, dat niet,' zei Marike haastig. 'Hij is aardig. Maar...' Ze wees eerst op het rommelige erf, toen op de drie kleine achtergevels die samen hun huis vormden. 'Zou u het erg vinden om niet te zeggen dat ík hier woon? Ze weten in de klas niks van... van...'

Hoe zei je dat nou zonder de mensen van wie je hield te verraden?

'Later word je wel wijzer,' zei de dominee.

'Dat kan wel zijn,' zei Marike. Ze was opeens niet bang meer. 'Misschien hou ik wel eens op me te schamen... maar het is beter als dat op míjn moment is, snap je.'

'Natuurlijk snap ik dat,' zei Jeltje. Ze leek opeens een beetje boos. 'Ik heb zelf nota bene nog pas staan preken over hoe niemand je begrijpt als je jong bent. Mooie dominee zou ik zijn, als ik jouw wens niet zou respecteren.'

Marike keek haar aan.

'Ik vind u nog aardiger dan Douwe,' zei ze. Toen moest ze lachen. 'Jou bedoel ik.'

'Soms vind ik dat zelf ook,' zei Douwes moeder. 'Maar hij wordt ook nog wel wijzer. Kom, ik ga ervandoor, anders schenkt je vader mijn glas weer vol.'

'Dik kans,' zei Marike. 'Laat het maar hier op het afdak staan. Dan neem ik het wel mee.'

Toen ze uren later in bed lag – door het bezoek van de dominee was er pas laat gekookt – merkte ze dat er alvast één klasgenoot was voor wie ze niet meer bang was. Douwe. Ze had zijn moeder aan haar kant.

En met de rest zou ze ook nog wel raad weten.

Op den duur.

Paarse schaamte

Het was zo'n kille dag dat je verkleumd raakte tot op het bot. Marike dronk thee in een gebakjeszaak, maar ze voelde zich ongemakkelijk omdat ze zich bekeken voelde door kwebbelende dames. En ze kreeg honger ook van die zoete lucht, maar geld had ze niet voor zulke luxe (thee was het goedkoopst). Ze dacht verlangend aan de bruine boterhammen in haar tas. Straks, nu éven warm worden nog.

Opeens viel de naam Daphne aan het tafeltje naast haar, en ze pakte de kaart om niet te laten merken dat ze luisterde. Uit haar ooghoeken zag ze de hoogblonde dame die de moeder van een Daphne was – maar waarschijnlijk niet de Daphne uit hun klas; ze leken totaal niet op elkaar.

'Maar wat zou jij nou doen als ze om de pil kwam vragen?' vroeg de andere dame, die zwartgeverfd haar had. 'Ik bedoel, het is nu natuurlijk nog heel onschuldig allemaal, maar dat kan zomaar omslaan. Vooral als het echt vast wordt.'

De dames hadden het over de verkering van hun dochters. Marike huiverde. Er was kennelijk geen ontkomen aan. Ze betaalde en liep de winkel uit. Ze liet haar fiets staan; van fietsen kreeg je koude handen en ze wilde haar brood opeten. Ze stond even stil om haar broodtrommel uit haar tas te halen. Jammer dat zo'n bakje van de Chinees niet wat sneller kapotging. Het was een dure Chinees. Goede bakjes. Ze beet in een boterham en liep verder. Na een tijdje merkte ze dat ze op de een of andere manier weer achter die vrouwen van daarnet terecht was gekomen. Ze namen net afscheid, en de moeder van die Daphne zei dat ze met haar man had afgesproken in de televisiewinkel. Uit pure nieuwsgierigheid stak Marike ook de straat over en ging voor de etalage naar de walkmans staan kijken – alsof ze daar ooit geld voor zou hebben! Ze mocht pas over vier jaar betaald werk doen.

Ze keek naar de Daphne-dame, die in het brede portiek van de ene voet op de andere stond te wippen en steeds op haar horloge keek. Opeens deed ze een paar stappen naar voren en omhelsde een grote, blonde man.

'Waar bleef je nou!' zei ze. 'Ik dacht dat je om half één lunchpauze had! Daphne heeft de laatste twee uur vrij omdat ze niet naar gym kan en ik wil vóór haar thuis zijn.'

Marike kreeg een soort elektrische schok. Het was hún klas die de laatste twee uur gym had. En Daphne had haar pols verstuikt. Dus dit waren haar vader en moeder. Gek, dat ze zo blond en blauwogig waren allebei. Daphne was donker, zag er meer Italiaans-achtig uit.

Ze wilde al achter het echtpaar aan naar binnen gaan, maar bedacht zich. Waar sloeg dat op? Oké, ze had niets beters te doen, maar om nou de ouders van zomaar een meisje uit haar klas te gaan bespioneren. Niet zomaar een meisje – Daphne – maar toch... Ze draaide zich om.

Dit sloeg echt helemaal nergens op. Zó interessant was die Daphne nou ook weer niet. En trouwens, als ze flink doorliep, vergat ze de kou zo.

Toen Marike genoeg had van het rondlopen, haalde ze haar fiets en begon doelloos door het dorp te rijden – de bibliotheek was nog niet open en van het winkelcentrum kreeg ze hoofdpijn. Ze kwam niet te dicht bij het Rhijnvis Feith natuurlijk. Opeens zag ze Goos in de verte en ze trapte hard door om hem in te halen. Haar handen zagen nu blauw en haar voeten vóelden blauw. Haar spieren waren te stijf om te fietsen.

'Goos!'

Hij keek om en hield in.

'Heb jij al vrij?' vroegen ze tegelijkertijd. Goos kreeg een kleur. Marike niet. Ze grijnsden schaapachtig naar elkaar.

'Betrapt,' zei Marike.

'Wie, jij of ik?' Goos' stem klonk fel.

'Allebei, denk ik.'

'Ik háát wiskunde!' Goos keek voor zich, op de klinkers, maar Marike kon zien hoe geladen hij was, aan zijn strakgespannen kaak en zijn bleekheid onder de koublosjes. 'Die klootzaak... hij... de vorige keer... Dus ik dacht: hij kán me wat.'

'Duidelijk verhaal,' lachte Marike. 'Wat is er de vorige les dan gebeurd?'

'Gisteren. Eerst zat hij Sahid de hele tijd af te zeiken,' zei Goos, 'alleen maar omdat hij Marokkaans is. Hij denkt dat Marokkanen niet kunnen rekenen of zo. En toen moest hij mij hebben.'

'Wat dan?' vroeg Marike. Ze moest bijtrappen, want Goos begon in zijn kwaadheid steeds harder te fietsen.

'Nou, ik had mijn huiswerk dus niet gemaakt.'

Marike schrok. Ze had Goos beloofd hem in het weekend te helpen met zijn wiskundehuiswerk. En ze was het helemaal vergeten. Ze zei niets. Had hij er zelf maar mee moeten komen.

'En toen vroeg hij of de schapen mijn boek soms ondergescheten hadden.'

'Zei hij dat zó?!'

'Nou ja, bíjna.'

'Schaamde je je niet dood?'

'Waarom zou ik me schamen!' Goos keek woedend opzij. 'Hij deed alsof ik in een schapenhok woonde of zo. En toen zei hij dat er van mij ook weinig te verwachten viel, omdat ik het ene na het andere pleeggezin was uitgeschopt – en dat dat wel niet voor niks zou zijn. Zo voor de klas!'

Marike kneep haar lippen op elkaar. Rein met zijn schapen... maar het was toch niet eerlijk. Ten eerste was Goos al heel lang bij hen en zou hij er niet uitgeschopt worden. Ten tweede hoefde die leraar daar toch niet over te beginnen waar de hele klas bij was!

'Wat een klootzak,' zei ze ten slotte.

'De anderen vonden het wel stoer,' zei Goos – maar hij zag er ongelukkig uit. 'Tenminste, dat ene groepje. Je weet wel, de lefgozers van de klas. Maar...' Hij maakte zijn zin niet af.

'Wat bedoel je, maar? Vind je het niet gaaf dan, als je populair bent?'

Goos keek haar even aan.

'Jij hebt makkelijk praten,' zei hij. 'Jij haalt tóch je vwo wel.'

Marike was zó verbaasd dat ze niet doorhad dat ze linksaf moesten en bijna geramd werd door Goos' voorwiel.

'Idioot!' riep ze geschrokken. 'Je wilt toch niet naar huis of zo! Het is veel te vroeg!'

'Waar dan heen?' vroeg Goos. 'Jij ziet nu al helemaal blauw. Heb je de hele dag gespijbeld of zo? Waarom eigenlijk?'

Maar Marikes gedachten waren ergens anders. Ze fietsten nu maar rechtdoor, nergens heen. Ze vroeg zich af of Goos school soms net zo belangrijk vond als zij. Of hij daarom niet bij het groepje rotzooitrappers wilde horen. Goos, die altijd deed of hij neerkeek op boekenkennis. Maar toch kennelijk over wilde gaan, zijn diploma wilde halen. Raar toch, dat je met iemand in een huis kon wonen en zo weinig wist van zijn gedachten. En toch was dat maar goed. Stel je voor dat Goos wist dat zij net als hij naar plaatjes van blote meiden keek!

Ze besloot er niks over te zeggen. Goos' geheim was van een soort waar hij zich voor zou schamen. Hij vond het niet erg als ze in zijn klas wisten dat zijn pleegvader een halvegare schapenhoeder met twee vrouwen was. Maar hij zou vast niet willen dat ze wisten dat hij goede cijfers wilde halen.

'Laten we toch maar naar huis gaan,' zei ze. 'Je moet het aan Rein vertellen. Wat denkt die kerel wel! Als je het tegen Rein zegt, zal hij die kerel wel eens... op de ouderavond of zo...'

'Helpt toch niet.' Goos liet minachtend zijn voorwiel stuiteren. Marike dacht dat hij het eigenlijk wel een prettig idee vond.

'Ik zeg het wel,' zei ze.

'Goed plan,' zei Goos liefjes. 'En dan vertel ik Rein waarom jíj gespijbeld hebt, oké?'

'Ik hoef er toch niet bij te zeggen dat je spijbelt, etterbak,' zei Marike.

'Waarom ben jíj eigenlijk niet op school? Hier links, dan rijden we langs de duinen naar huis.'

Ze gingen linksaf. Marike vroeg zich af of ze Goos kon vertrouwen. Maar ze had de laatste tijd níemand in vertrouwen genomen – en Elly had zo weinig tijd.

'Geen zin.' Ze liet haar stuur los en haalde haar schouders op. 'Ik loop er de hele dag voor spek en bonen bij.' Ze wilde niet zeggen dat ze was weggelopen voor de gymles. Omdat de meisjes in de kleedkamer altijd zo naar elkaars lichaam stonden te gluren. En omdat ze een gesprekje had opgevangen over jongens die altijd om de hoek van de meisjeskleedkamer probeerden te kijken en als ze de kans kregen altijd stiekem wilden voelen. Marike had niet willen weten aan wát. Ze vond het smerig en naar en eng en vies en ze wilde er niks mee te maken hebben!

'Ja dumbo, dat is ook je eigen schuld,' zei Goos. 'Je doet ook zo arrogant.'

'Ik? Arrogant?!' Die jongen spoorde niet. Hoe kon zij nou arrogant zijn, als ze zich zo onzeker voelde als een konijn op de snelweg!

'Ja, jij ja. In je hart voel je je beter dan dat hele soepie. En dat merken ze.'

'Ze zien me niet eens!' zei Marike verontwaardigd.

'Ja hoor!' zei Goos. 'Geloof je het zelf?' Hij reed weer bijna dwars door haar heen toen hij hun straat insloeg. Maar Marike merkte dat hij haar voor liet gaan, het pad in naast het huis, en wachtte tot zij haar fiets onder het afdak had gezet – omdat hij wilde weten of ze het echt zou doen, Reins hulp inroepen. En dus liep ze linea recta naar de Villa, terwijl Goos in de tuin bleef doen alsof hij de bijl op scherpte controleerde.

'Met techniek ben ik trouwens de beste!' zei hij.

Rein was bezig aarde of stront onder zijn nagels vandaan te halen met een briefopener. Hij keek op toen Marike binnenviel.

'Kloppen?' zei hij vragend.

'Sorry...' Marike zag nu pas dat Agnes er was, met haar handen om haar knieën op een poef in de hoek. Ze waren kennelijk in gesprek, maar Marike dacht aan Goos, die wachtte.

'Goos is weggelopen bij wiskunde,' zei ze plompverloren, 'omdat die leraar zei dat hij het ondergeschoven kind van een schapenboer was dat er wel nooit iets van zou kunnen en dat hij bij dit pleeggezin ook wel weer eruitgeschopt zou worden. Ze deden alsof hij in een schaapskooi woonde.'

Zoals ze verwacht had, ontplofte Rein.

'Wie is die Neanderthaler? Denkt zich een oordeel te kunnen aanmeten over Goos' pleegouders? Die staartprimaat wordt betaald om Goos iets bij te brengen, niet om hem uit te schelden. Als ik niet zo beschaafd was opgevoed, zou ik...'

'Misschien kun je dat op de ouderavond zeggen of zo,' viel Marike hem in de rede.

'Ouderavond? Ik ga er meteen naar toe! Hiervoor, let op, krijg jij vannacht weer steken, borstkramp, dat je naar adem snakt; dan komen in het holste van 't nachtlijk uur de egels zich op je oefenen en je doorpriemen gelijk een honingraat, met priemen pijnlijker dan bijenangels.'

Marike schudde haar hoofd – dichtregels...

Rein ging door: 'Die monstruositeit moet meteen zijn vet hebben!'

Rein maakte zijn laatste nagel af, blies de briefopener schoon, legde hem netjes naast de pen, de schaar en het schrijfblok op zijn tafel, trok zijn jas aan, klopte Agnes op haar knieën en Marike op haar hoofd, en verliet de Villa. Marike liep door de open deur naar buiten, zag Rein zijn fiets uit de bos trekken en hoorde Goos verlegen grinnikend zeggen hoe de wiskundeleraar heette.

Nooit iets thuis vertellen over lullige opmerkingen van leraren, nam Marike zich voor. Anders meldde Rein zich briesend bij háár op school. Maar Rein was niet naar de school van Goos gereden, hoorde ze een uur later. Hij had het adres opgevraagd en had de man thuis opgezocht, waar hij onder de verbijsterde blikken van zijn vrouw en kinderen héél rustig en beschaafd... tekeer was gegaan.

Toen Goos na het eten de trap in de keuken op sjokte, ging Marike hem achterna. 'Durf jij je nou morgen op school wel te vertonen?' vroeg Marike.

Goos keek verbaasd.

'Waarom niet? Niemand weet er toch iets van?'

Dat was wel waar.

'En trouwens, wat dan nog? Híj zat toch fout! Hij heeft me niet uit te schelden. En al was het waar, al wás ik overal uitgetrapt... dan...' Goos werd weer kwaad. 'Dat betekent nog niet dat ik dom ben!'

'Niemand zegt toch dat je dom bent!' zei Marike fel.

'En al was ik dat wel!' zei Goos. 'Dan nog!'

'Ja, dan nog,' gaf Marike toe. Ze las iets op Goos' gezicht, er zat iets in zijn mondhoeken en ogen wat ze niet goed begreep. 'Maar toch... ik zou me...' Maar toen zag ze wat er was, met Goos. Goos schaamde zich helemaal niet. Hij was tróts. Hij was er trots op dat Rein voor hem was opgekomen.

'Ja jij,' zei Goos. 'Jij zou je zeker weer rotschamen. Jij schaamt je overál voor. Zonde van de tijd.'

Hij liet haar staan, ging zijn kamer in en trapte de deur achter zich dicht, pal voor haar neus.

Marike deed haar best het leuk te vinden dat ze nu iemand had om mee te praten. Daphne en Claire en een paar van de Inekes schenen te vinden dat ze er nu bij hoorde, en vroegen haar of ze mee naar de kantine ging in de pauze of juist mee naar buiten. Maar Marike verveelde zich enorm. En ze zei ook telkens de verkeerde dingen.

'Van mijn tante kreeg ik een middagje winkelen,' zei Ingeborg, die jarig was geweest, en meteen had Marike er al uitgeflapt: 'Jech, hoe verzint ze het' – maar de anderen bleken dat nu juist een wereldS cadeau te vinden. Toen Claire vroeg of ze Olivier ook zo'n eikel vond, zei Marike gewoon 'Soms wel,' maar de anderen begonnen te giechelen en te hinten dat Claire juist op hem viel. Zucht, dacht Marike, zeg dát dan – of hou je mond. En toen Daphne eerder naar binnen was gegaan omdat ze het huiswerk voor de volgende les wilde nakijken, zei Ineke dat Daphne jaloers was omdat ze verkering had met Olivier of zoiets... Verkéring! En Ingeborg en Ineke en Claire begonnen een hele discussie over de vraag of dat echt waar was, terwijl ze het een paar seconden eerder gewoon aan Daphne hadden kunnen vragen. 'Waarom vroegen jullie dat dan net niet aan haarzelf?' zei Marike. En toen keken ze haar alle drie aan alsof ze er niets van begreep. Ze ging ook naar binnen. Het gezelschapsspelletje 'praten achter elkaars rug' lag haar niet. Ze begon alweer spijt te krijgen dat ze naar school was gekomen.

Ze hadden techniek. Tanja zat weer te kloten en te praten en werd naar voren gehaald. En naast Marike gezet – want zij was de enige die alleen zat. Ze kregen een opdracht die sámen moest: een bewegende constructie bouwen van ijzerdraad, waarin het principe van de scharnier werd gebruikt.

'Een beest,' zei Marike. 'Laten we een dier maken, een giraf bijvoorbeeld. Gewrichten zijn ook een soort scharnieren.'

Tanja keek haar nietszeggend aan. Er zat een zwart randje om haar ogen, maar ze was niet meer zo verschrikkelijk ordi opgemaakt als eerst. Haar borsten lagen half bloot in haar T-shirt. Marike keek snel weer voor zich. In de houten tafel zaten kerven en krassen met blauwe pen. 'SAMIR' had iemand er met grote letters ingegroefd. Marike staarde ernaar en vroeg zich af wie dat was – zonder het zich echt af te vragen.

'Een dier,' zei Tanja.

'Dat dacht ik,' zei Marike. 'Ik kan het voor me zien, jij niet?

En wat je voor je ziet, is makkelijker te maken.'

De witte borsten bewogen in haar ooghoek. Doe ze weg, dacht Marike. Hang er een gordijntje voor.

'Mij best,' zei Tanja – op een toon van: ik interesseer me niet voor zoiets stoms als techniek. Dat was waar ook: Tanja was van de versjes en de liedjes. Tanja was Artieste.

Haar best. Ze zou zelf wel een giraf fabrieken. Ze stond op om ijzerdraad te pakken en twee tangetjes, een om te knippen en een om te buigen.

'Kun jij goed tekenen?' vroeg Marike. 'We moeten het eerst tekenen.'

'Dat doet niemand,' zei Tanja, met een blik om zich heen.

Marike keek om zich heen. De meesten zaten maar wat te kloten. Alleen Olivier en Ravi zaten ernstig gebogen over nette hoopjes ijzerdraadjes van verschillende lengtes.

'Het is leuker om het goed te doen,' zei Marike.

'Hm,' zei Tanja. In plaats van iets zinnigs te tekenen, zat ze met potlood een hart te schetsen om die ene naam op de tafel.

'Ken je die?' vroeg Marike.

'Wie?'

'Die Samir?'

'Welnee,' zei Tanja verbaasd.

Het was gewoonweg onmogelijk om haar boezem niet te zien. Marike kreeg het er Spaans benauwd van.

'O, ik dacht het,' zei ze. 'Ik dacht dat je er daarom zo bloot bijliep. Omdat je verkering zocht.'

Het was een van die momenten dat iedereen toevallig tegelijk is opgehouden met praten. Haar opmerking viel in een gat van stilte. Iedereen keek naar Tanja. En daarna naar Marike. En daarna naar Tanja's heuvellandschap. En daarna naar Marikes laagvlakte. Of zo leek het.

Marike bloosde niet. Maar al het bloed trok uit haar hoofd weg. Ze dacht even dat ze flauw zou vallen. En toen het geroezemoes weer begon, knalde het bloed als een vloedgolf weer terug naar haar hoofd. Ze moest paars zien. Als schaamte een kleur had, was het paars. En Tanja zat haar aan te kijken.

'Daar schrok je zelf van,' zei ze. 'Geeft niet hoor. Ik kan het wel hebben.' En ze lachte. Ze lachte ook nog! Marike knipte zo woest in het ijzerdraad, dat er een stuk wegsprong tot aan de volgende tafel.

'Kijk je effe uit!' riep Bart verbolgen.

Goos had makkelijk praten, dat het zonde van je tijd was om je te schamen. Die was háár niet. Als je Marike was, zorgde je zelf wel dat je niets anders kon doen dan je schamen... voor elk woord dat je eruitflapte... de hele dag.

Douwe

Toen Marike thuiskwam, stond er een auto voor de deur – auto's hadden zij niet. Ze herkende de witte Peugeot van Jeltje Veenstra. Als ze Douwe maar niet had meegebracht... Of juist wel? Ze dacht even dat ze in de auto een hoofd zag wegduiken en schoot snel het paadje naast het huis in. De dominee zat in de keuken met Rein en Agnes te praten. Marike groette en vluchtte Elly's kamer in. Elly was bezig planten te verpotten; de planken vloer lag vol aarde.

'Waarom doe je dat niet buiten?' vroeg Marike.

'Dat vroeg ik me zelf ook net af.'

'Ik weet wel waarom,' zei Marike.

'Waarom dan?'

'Je wilt niet langs de dikke dominee. Dan moet je blijven praten en daar heb je geen zin in. Wat komt ze doen trouwens?'

'Ik vind haar aardig,' zei Elly.

'Wat heeft dat er nou mee te maken?'

Elly haalde haar schouders op.

'Je hebt gelijk – ik had meer zin in alleen zijn.'

'Sorry,' zei Marike. Ze wachtte af.

'O, maar van jou heb ik geen last,' zei Elly. 'Ik kan mijn eigen gedachten denken als jij er bent. Veeg jij die aarde even op, de stoffer ligt daar, achter die pot.'

Terwijl ze de rotzooi achter haar moeders kont opruimde, probeerde Marike te vertellen hoe afschuwelijk het was op school. Maar ze kwam niet ver. Je kon je moeder niet vertellen dat je je voor haar schaamde. En je kon ook moeilijk zeggen dat je van streek was omdat je op meisjes viel.

'Maar die debatingclub,' zei Elly, 'dát vind je toch leuk?'

'Dat is één keer in de week,' zei Marike.

'Ja, nou ja... maar daar leer je toch andere mensen kennen.'

'Ze zitten allemaal in de hogere klassen. En ik bén al zo klein!' Nu had ze toch iets laten merken van wat haar dwarszat. Maar Elly ging er niet op in.

'En die dinges dan, die Douwe?'

'O, die,' zei Marike.

'Ja, waarom sluit je daar geen vriendschap mee?'

'Dat moet hij dan eerst ook nog willen,' zei Marike mokkig. Ze had geen zin in oplossingen. Ze had zin om te zeuren.

Op dat moment klonk de stem van Douwe in de keuken. Of was ze nou totaal mesjoche geworden? Je kon visioenen krijgen als je lang niet at... Maar nee, het was echt de stem van Douwe en hij praatte met zijn moeder.

'Wat komt de dominee eigenlijk doen?' vroeg Marike nog eens. 'Ze kwam Rein een boek brengen,' zei Elly. 'Wat is er?'

'Douwe,' zei Marike bijna onhoorbaar. 'Hier in huis!' Ze voelde paniek opkomen. Die jongen was walgelijk populair. Hij zou haar kunnen maken en breken. De grote kamer van Elly, die de hele verdieping van het voormalige arbeidershuisje besloeg, leek ineens klein en benauwd. En er was maar één uitgang: de deur naar de keuken. 'Shit mam, wat moet ik nou!'

'Doen wat je normaal ook zou doen,' zei Elly rustig. 'Jij woont hier.'

'Dat is het nou juist!' flapte Marike eruit.

Elly's handen bleven in de pot liggen waarin ze de nieuwe potaarde aan het aandrukken was geweest. Ze keek op.

'Oho! Dus dát is het!'

Marike sloeg haar ogen neer.

'Je bent niet goed bij je verstand,' zei Elly bits.

'Ja, jij hebt makkelijk praten!' Marike vergat te fluisteren. 'Jij kwam uit een gewoon gezin! Maar ik... ik hóór er al niet bij! En als ze alles zouden weten...'

'Dan zouden ze begrijpen wie je bent,' zei Elly. 'Dat zou veel makkelijker voor je zijn. Dan hoefde je geen toneel te spelen – waar je trouwens slecht in bent. En je zou vanzelf vrienden krijgen.'

'Jaja,' zei Marike boos. 'Vást!'

Elly ging weer door met haar werkje en gaf geen antwoord meer.

'Jij weet niet hoe het is!' siste Marike.

Maar Elly bleef koppig zwijgen.

Marike moest plassen. Ze had al nodig gemoeten op school, maar ze was het vergeten omdat ze de dominee wilde ontvluchten. En nu het onmogelijk was om te gaan, moest ze júist. Ze kon het misschien nog een minuut ophouden – maar eigenlijk niet meer.

De wc-deur lag net buiten Elly's kamer. Als ze geluk had, zat Douwe bij zijn moeder aan het andere einde van de grote keukentafel, net buiten het zicht. Dan kon ze snel de wc in glippen en desnoods daar wachten tot ze weg waren. Wat deed hij ook hier?!

'Stel je niet zo verschrikkelijk aan,' zei Elly. Ze was nog steeds kwaad. 'Ga normaal naar de wc en groet je klasgenoot.' Ze schudde haar hoofd. Het leek alsof ze iets ging zeggen in de trant van: waar heb ik zo'n kind aan verdiend? Marike wilde dat niet horen, en daarom schoot ze toch snel de deur uit, en de wc in. Ze keek niet om het hoekje. Maar ze hoorde Douwe zeggen: 'Hé!'

Het duurde wel tien minuten of een kwartier voor ze uitgeplast was, en al die tijd had ze het gevoel dat Douwe luisterde naar het geklater. Nou goed, dat kon er ook nog wel bij. Met een vuurrode kop kwam ze weer tevoorschijn.

'Hé, Marike!'

Nou móest ze wel omkijken. Maar ze was nog niet vergeten dat hij weggedoken was in de auto. Ze keek hem onvriendelijk aan. 'Hé.'

'Ik wist niet dat jij hier woonde.'

Intelligente opmerking, dacht Marike. Ze keken elkaar aan zonder iets te zeggen, Marike staande bij de deur naar de Kluis, Douwe aan de groene tafel naast zijn moeder. Toen greep Jeltje Veenstra in.

‘Heb je nou nog steeds zo’n haast?’ vroeg ze aan haar zoon. ‘Of kan ik toch dit gesprek even afmaken?’

Douwe keek nors. ‘Mijn huiswerk, weet je nog,’ zei hij. ‘Je zei dat het maar even zou duren. En toen liet je me gewoon in de auto zitten.’

Agnes lachte.

‘In dit huis duren bezoekjes nooit maar even,’ zei ze. ‘Dat komt door Rein. En soms door mij; waarom blijven jullie niet eten?’

O ja, lekker, dacht Marike. Zíj zou koken, samen met Agnes. En als er dan iets aanbrandde of zo, kon Douwe dat ook nog fijn vertellen op school. Maar waarschijnlijk zou hij niet eens willen. Huiswerk. En afgrijzen of zoiets.

Douwe en Jeltje keken elkaar aan en Marike dacht dat ze heel subtiel tegen elkaar knikten.

‘En je huiswerk?’ vroeg Jeltje.

‘Nou ja, daarna dan maar.’

Nu ze tóch met hem zat opgescheept, moest Marike hem weg zien te lokken bij de volwassenen. Waarschijnlijk dacht hij dat Agnes haar moeder was; Elly had hij niet gezien. Houden zo. Ze zei: ‘Ga mee naar–’ Nee, in het Duet wilde ze hem niet hebben. Zaten ze daar naar elkaar te koekeloeren. ‘–naar buiten. We hebben klimbomen.’

Klimbomen, welja. Dat zou hij vast kinderachtig vinden. Waarom had ze niet iets anders bedacht?

Tot haar verbazing was Douwe er meteen voor in. Buiten draaide hij zich om en keek naar de achtergevel.

‘Grappig,’ zei hij. ‘Het zijn drie huisjes geweest hè? Waar slaap jij?’

Marike wees, narrig, maar niet té – anders zou hij weer naar binnen gaan. Douwe bleek zich nogal te interesseren voor de architectuur van hun huis.

‘Er zitten zeker veel onverwachte hoekjes in hè?’

‘Kruipgangetjes onder de schuine daken,’ zei Marike. ‘En

met de trap is het een beetje raar. Er zaten er eerst drie, maar dat vrat ruimte, dus nu is er nog maar één. Alleen moeten mijn zusje en ik nu door de badkamer om naar beneden te kunnen. En de jongens vinden het dus ontzettend grappig om de deur op slot te doen als ze gaan douchen – dan kunnen wij geen kant meer op. Mijn broertjes, begrijp je. Ik kan wel door mijn raam naar buiten komen, maar Jorinde is pas vijf.'

Douwe keek haar nieuwsgierig aan.

'Is het leuk, met zoveel kinderen?'

Marike haalde haar schouders op.

'Meestal wel.'

'Ik ben enig kind,' zei Douwe.

'O.'

'Dat is ook wel leuk. Mijn moeder kan zich niet permitteren ruzie met me te krijgen, zie je.'

Nu moest Marike lachen. Dat was ook een manier om het te bekijken. Lastig dat Douwe eigenlijk zo aardig was.

'Je verstopte je,' zei ze toch nog. 'Je dook weg toen je mij aan zag komen.'

'Huh?'

'Toen je nog in de auto zat. Toen ik eraan kwam.'

'Hè? Nee hoor. Waarom zou ik.' Ineens lachte hij. 'O, zeker toen ik... ik had iets laten vallen.'

'Ja hoor,' zei Marike. Hij dacht zeker dat ze achterlijk was.

'Nee, echt, een... een fotootje.' Hij bloosde tot achter zijn blanke oren.

Nu geloofde Marike hem.

Douwe probeerde eroverheen te praten: 'Je had het over klimbomen.'

Marike wees.

'Goos en ik zijn van de zomer begonnen een hut te bouwen in de kersenboom. Het is een oude boom, maar er komen haast geen kersen aan omdat wij er altijd in ronddarren.'

'Die hut is nog niet af,' zei Douwe. 'Zullen wij ermee verdergaan? Of vindt die – hoe heet hij? – dat niet goed? Is dat ook een broer?'

'Goos. Ja.' (Er was geen reden Douwe aan zijn neus te hangen dat Goos 'geleend' was, zoals Rein het uitdrukte.) 'Nou, hij vindt het wel goed, denk ik. Het was voor de jongens en mijn zusje, maar we kregen hem niet af omdat het huis geschilderd moest worden.'

Ze liep naar een stapel oude planken die nog over was van de verbouwing van de Villa. Daar mochten ze mee doen wat ze wilden. Spijkers, hamers, touw en zagen lagen in het washok.

Even later waren ze druk bezig. Met Douwe kon je goed samenwerken, merkte Marike. Hij snapte wat je bedoelde en hij vond het niet erg een plank vast te houden als jij hem vasttimmerde.

Opeens liet Douwe de plank los.

'Hoe oud ben jij eigenlijk?' vroeg hij. De plank viel net naast haar voet.

'Hé joh!' Maar dat ze rood werd, had niets met boosheid te maken. Daar had je het.

'Hoezo?' vroeg ze agressief.

'Gewoon, ik vroeg het me af. Op school geef je soms van die volwassen antwoorden. Of je zegt niks. En je doet nooit mee met flauwe rotgeintjes. En je kookt en je verft huizen. Maar eh... niet lullig bedoeld of zo, maar je bent niet zo groot en... ik weet niet.'

'Je weet het wel maar je wilt het niet zeggen,' zei Marike. Ze pakte de plank vast en timmerde door, venijnig. 'Je denkt: thuis bouwt ze boomhutten als een kind. Maar moet je dan het een, óf het ander zijn? Óf helemaal volwassen, óf kinderachtig?'

'Nee...' zei Douwe. 'Zo bedoelde ik het niet.'

'Nou, daar leek het anders wel op,' zei Marike. 'Ik vind boomhutten bouwen gewoon leuk. Ik ben er goed in ook.'

'Het ís toch ook leuk,' zei Douwe, en hij sprong uit de boom om een nieuwe plank te halen. Hij stak hem omhoog naar Marike en klom erachteraan. 'En trouwens, zo makkelijk is het niet eens, als je het goed wilt doen.'

Ze werkten door. Marike was tevreden: Douwe had niet gemerkt dat ze haar leeftijd niet had opgebiecht.

Maar daar begon hij weer te praten: 'Jouw vader is wel een apart figuur hè?'

En het was de manier waarop hij dat vroeg, helemaal niet achterbaks of met leedvermaak, maar juist met dat samenzweerderige 'hè' erbij, die maakte dat Marike opeens opgelucht ademhaalde. Ze knikte.

Douwe ging door: 'Ik dacht dat ik de enige was met een geschifte in huis.' Hij zei het lachend, en Marike lachte vanzelf mee.

'Jeltje is helemaal niet geschift.' Ze dacht even na. 'Maar mijn vader... nou ja.'

'Leuk juist,' zei Douwe. 'De vorige keer kwam mijn moeder helemaal lacherig thuis. Ze vergat zelfs te vragen wat ik had uitgespookt – nou, en dat zegt wat!'

'Bij mij thuis vragen ze nooit iets,' zei Marike. Ze had haar hamer laten zakken. Voor het eerst sinds ze in de brugklas was gekomen, voelde ze zich een beetje normaal. 'We zijn met te veel.'

'Is misschien ook niet alles,' zei Douwe. Hij keek op zijn horloge. 'Hoe laat eten jullie eigenlijk?'

Marike lachte. 'Dat hangt ervan af. Ik moet koken vanavond, dus...' Ze stak het gereedschap in de zakken van haar broek, veegde wat spijkers bij elkaar die ze in haar jak stopte en liet zich zakken door de opening in de vloer van de hut. 'We kunnen maar beter naar binnen gaan.'

'Volgende keer maken we meteen een trap,' zei Douwe, toen hij zag dat ze op de grond lag naast een hoopje spijkers. 'Als eh...'

'Goos,' zei Marike.

'Goos het goed vindt.'

De volgende keer, dacht Marike, dus Douwe denkt dat er een volgende keer komt. Ze vond het niet eens erg.

Bij de deur hield Douwe haar tegen. 'Wat vind jij van Olivier eigenlijk?' Hij deed onverschillig, maar hij had haar speciaal tegengehouden, dus daar trapte ze niet in.

'O, Olivier,' zei ze. 'Ik weet het nog niet. Hij stelt zich soms verschrikkelijk aan. Maar misschien is hij niet echt zo.'

'Nee ik dacht... omdat je hem op zijn bek hebt geslagen,' zei Douwe.

'Geslagen nog wel!' Marike schudde haar hoofd. 'Ik heb hem alleen maar op de grond gegooid! En dat was omdat...'

'Ja, hij zal tegen jou ook wel een van zijn grapjes hebben gemaakt,' zei Douwe. 'Dat doet hij geloof ik tegen alle meisjes. Alle leuke meisjes dan.'

Hij zei het minachtend, maar Marike gloeide. Gelukkig botste ze tegen Goos op, die naar buiten kwam om te zeggen dat ze moest komen koken.

Douwes moeder bleek klaar te staan om naar huis te gaan. 'Volgende keer blijven we eten,' zei ze. 'Maar Douwe en zijn huiswerk, daar wil ik niet tussen komen.' Op de tafel lag een papiertje waarop ze haar naam en adres had geschreven. Zo bol en rond als ze zelf was, zo dun en sprietig was haar handschrift.

'Komen jullie ook vooral eens bij ons langs,' zei Jeltje.

'Hè nee,' zei Douwe. 'We komen wel hier. Eh.. toch? Als eh...'

'Natuurlijk is dat goed,' zei Agnes.

Douwe en Jeltje gingen naar de voordeur. Marike wipte van haar ene voet op de andere. Ze zou gehuppeld hebben – alleen stond dat natuurlijk kinderachtig. Alles was wonderbaarlijk goed gegaan.

Maar toen kwam Elly uit de Kluis en verpestte alles. Jeltje ging haar nog even begroeten en zei tegen haar zoon: 'Dit is Marikes moeder, kende je haar al?' En Marike zag Douwe van

Agnes naar Elly kijken, en toen verwonderd naar háár – en kon wel door de grond zakken. Ze haalde haar schouders op en liet haar hoofd zakken. 'Tot morgen,' zei ze schor tegen de vloer.

De volgende ochtend ging Marike eerst na of ze niet ergens last van had. Keelpijn, hoofdpijn, of een heel klein beetje diarree? Maar er was helaas geen enkele reden om thuis te blijven. Ze voelde zich kiplekker. En ze had beloofd Jorinde naar de kleuterschool te brengen, want daar hadden Agnes en Elly vandaag geen tijd voor. Marike had het eerste uur vrij, en toen ze van Jorindes school naar het Rhijnvis Feith fietste, merkte ze dat ze veel te vroeg was. Nou ja, misschien was dat juist wel goed: zou Douwe het verhaal niet durven vertellen waar zij bij was.

Ze hield hem scherp in de gaten, eerst op het plein en daarna in de gang naar de klas – ze bleef een stukje achter hem lopen. Hij had het ene onderonsje na het andere, want Douwe had haar probleem niet; hij was met iedereen goede vrienden. Zou hij het in de gauwigheid aan allemaal vertellen? *Marikes vader, die heeft een harem!* Hij zou aan een paar woorden genoeg hebben.

Ze kon het hem niet eens kwalijk nemen. Het was een sappig nieuwtje. En als je zo was als Douwe, dan begreep je niet eens dat het iets kon zijn om je voor te schamen. Douwe wist niet wat het was om onzeker te zijn. En hij had Marike een van de 'leuke meisjes' genoemd – hij had geen idee hoe ze zich voelde!

In de pauze liep hij haar voorbij. Hij keek even om en knipoogde. Een knipoog? Dat zag er niet uit of hij achter haar rug rare praatjes rondstrooide... maar je wist het nooit.

'Hoi,' zei ze verbouwereerd, te laat, en veel te zacht, en met haar piepstem.

'Ga je mee naar de kantine?' vroeg Ineke. 'Er zijn kaassoufflés vandaag.'

'Nee, geen zin,' zei Marike.

Maar toen ze buitenkwam, merkte ze dat alle anderen van haar klas kennelijk voor de kantine hadden gekozen. Het miezerde, en alleen leerlingen uit hogere klassen trotseerden het weer – om te kunnen roken. O, en Louisa, die bij een paar tweedeklassers stoer stond te doen. Met een sigaret in haar mond. Moest zij weten. Keek ze nou haar kant op?

Marike draaide zich om. Ze staarde naar de weg. Zou ze naar Goos' school lopen? De rest van de dag wegblijven?

Ze wierp een blik in de richting van het groepje waar Louisa bij hoorde. Nu zag ze duidelijk dat Louisa en twee anderen naar haar stonden te loeren. O, juist ja. Dus Douwe had het wel verteld, aan Tanja zeker, en Tanja aan Louisa. Daarom hadden ze zo zitten fluisteren bij biologie. En nou vertelde Louisa het weer door. Die tweedeklassers konden haar niet schelen, die kende ze tóch niet, maar als die het nou weer doorkletsten aan de kinderen uit de debatingclub? Toen Louisa in de gaten kreeg dat Marike haar kant op keek, draaide ze zich met een ruk om.

De bel ging.

'Ik mail je wel!' zei Louisa duidelijk hoorbaar tegen een van de tweedeklassers, voor ze naar binnen liep.

'Tsss!' deed Marike – maar er was niemand om het te horen.

Ze begon te lopen, in de richting van het hek. Ze wilde niet meer. Van het eerste begin op deze school was het spitsroeden lopen geweest. Ze was moe, doodmoe van het hele gedoe. Ze wou... ze wou... Ze wilde niks meer. Alleen maar wég!

Verkeerd in elkaar gezet

Toen ze op de gewone tijd thuiskwam en meteen doorliep naar boven – in huiswerk had ze geen zin maar in lezen wel – ving Goos haar op in de badkamer.

'Jorinde is ziek. Elly zit bij haar, en Elly weet het.'

'Weet wat?' vroeg Marike. Ze had haar stem gedempt, omdat hij dat ook deed.

'Dat je spijbelt. Er is een brief gekomen. Ze zat hem aan Agnes voor te lezen toen ik binnenkwam.' Goos had haar meegetrokken, over de overloop naar de Brug. Het was er redelijk opgeruimd voor de verandering. Er stond zacht een cd op van een zangeres die te soft leek voor Goos. Marike liet zich op zijn bank ploffen, die nu eens niet vol vuile broeken lag. Wisselend zonlicht viel door de dakkapel in banen over de houten vloer. De dakpannen op het schuine dak waaronder Roeland en Radboud sliepen glommen. Afgewaaide blaadjes gleden erlangs naar beneden. Marike wou dat ze nooit meer naar school hoefde.

'Ik snap niet waarom je het doet,' zei Goos. 'Jezus man, jij zou ik weet niet wat voor cijfers halen! Je wil studeren en alles. Waarom verpest je dat… nu al?'

Marike haalde haar schouders op. Ze begreep het zelf ook eigenlijk niet. Wat had ze nou met die andere kinderen te maken? Waar was ze eigenlijk bang voor – dat ze haar geheimen zouden raden? Ze konden toch niet in haar hoofd kijken!

Goos hing met zijn billen op zijn bureaustoel en keek haar aan.

'Er zitten jongens bij mij in de klas,' zei hij, 'die zijn ook zo begonnen. Veertien, eentje van vijftien. Eén gast komt er van het Rhijnvis Feith, deed gymnasium zelfs. En de andere twee begonnen in havo/vwo. Paar keer blijven bakken en nou zitten ze bij ons in de brugklas. Voeren nóg geen moer uit. Zonde, man.'

Marike haalde haar schouders op. Zij was die jongens niet.

'Ik vind het saai op school,' zei ze. 'Ik haal toch wel goede cijfers. Ook als ik spijbel.'

'Ja, nu nog,' zei Goos. 'Maar iedereen weet dat ze makkelijk beginnen in de eerste. Na de kerstvakantie wordt het opeens een stuk moeilijker.'

Marike trok haar benen op en legde haar kin op haar knieën. Ze volgde een takje dat langzaam van het andere dak naar beneden gleed. Fijn, die wind. Zon en wind samen, en van die wilde wolken in allerlei kleuren grijs, daar hield ze van. Ze herinnerde zich hoe gezellig ze het vroeger op de basisschool had gevonden, als er opeens zo'n herfstbui tegen de ruiten sloeg. Dan zorgde ze ervoor dat ze haar werk snel af had, zodat ze kon gaan lezen. En soms las de meester dan extra lang voor. Ja, vroeger had ze het fijn gevonden op school.

'Ik weet wel,' zei Goos, 'dat je het zó niet redt. En ik zie jóu al bij ons op school!'

En toen zag Marike zichzelf ineens ook op die school. Ze zag zichzelf lopen tussen die straatwijze meiden en die stoere binken – daar zou ze niet zomaar verlegen zijn, maar doodsbang! Panisch, de hele dag! Niet zomaar blozen, maar trillen en zweten! Goos had gelijk. Dat zou pas echt een ramp zijn!

De cd was afgelopen. Het was plotseling erg stil in de kamer. Alleen het gieren van de wind tussen de daken was te horen.

'Bedankt,' zei Marike. Dat klonk alsof er nog iets achteraan hoorde te komen, maar ze wist niets meer.

Goos liep naar de installatie en zette een nieuwe cd op. Het was er een van het gebruikelijke dreunende soort en Marike begreep dat het gesprek wat hem betrof afgelopen was. Toch ging ze nog niet weg.

'Maar hoe doe jij dat dan?' vroeg ze. 'Jij neemt vrienden mee naar huis. Lachen ze jou niet uit dan?'

Goos draaide zich om.

'Jij bent echt gek. Waarom? Zie jij hier iets om te lachen?' Hij wees tevreden om zich heen. 'Bij mij in de klas ben je het lulletje als je geen grote bek weet te geven. Nou, daar heb ik geen enkel probleem mee – vroeger genoeg oefening gehad.'

'Doe je dat ook?' vroeg Marike nieuwsgierig. 'Leraren afzeiken en zo?'

Goos grinnikte.

'Soms. Om even te laten zien dat ze geen geintjes met me moeten uithalen. Maar meestal hou ik me gedeisd. Ik ben al van genoeg scholen af getrapt.'

'Nietwaar!' protesteerde Marike. Hij was alleen een paar keer van school veranderd omdat hij naar een ander pleeggezin ging.

'Nou ja, dat zeg ik hè,' zei Goos.

'Dus jij liegt ook!' zei Marike. 'Jij doet ook anders dan je bent!'

'Een beetje. Soms. Volgens mij doen we dat allemaal. Al die anderen ook.'

Daar moest Marike over nadenken. Zouden de andere kinderen zich ook zekerder voordoen dan ze waren? Olivier bijvoorbeeld, met zijn scherpe opmerkingen? En Louisa, met die arrogantie die wel aangeboren leek? En Tanja, die voor geen enkele leraar bang was, laat staan voor klasgenoten... was dat allemaal maar schijn? Jammer dat Elly in het Duet zat. Anders was ze daar lekker op haar bed over gaan nadenken.

Nou ja, ze zou Elly toch niet lang kunnen ontlopen – straks zaten ze allemaal samen aan tafel.

Goos zette de televisie aan en nu stond vast dat hij haar weg wilde hebben: hij wist dat ze gek werd van het geluid van muziek en de tv tegelijk. Ze stond op.

'Oké, nou, bedankt hè,' zei ze onhandig. Het leek wel of hij haar niet eens meer hoorde. Hij was met een boek op bed gaan liggen – een schoolboek. Muziek, tv en leren... hij moest háár nodig de les lezen! Ze ging grinnikend naar haar eigen kamer. Goos paste wel op zichzelf.

Elly zat aan Jorindes bed en las haar voor. Jorinde reageerde niet toen Marike binnenkwam, en daardoor wist ze dat haar zusje echt ziek was. Ze ging aan haar tafel zitten en pakte haar tas uit. Ze zou om te beginnen vast haar huiswerk voor maandag maken. Had ze lekker het hele weekend vrij – en kon Elly niks zeggen. Maar ze merkte wel dat Elly sneller begon te praten en de bladzijden haastiger omsloeg. En het duurde niet lang of Elly zei dat Jorinde moest gaan slapen en ze naar Marikes deel van de kamer kwam. Ze ging zitten op een van de opblaasstoelen onder het schuine dak. Marike moest wel naar haar kijken.

'Ja, ik spijbel, en nee, ik doe het niet meer,' zei ze.

Elly keek haar aan.

'Echt waar Elly, ik hou er mee op. Het helpt toch niks. Het was alleen dat...'

'Alleen maar dat je je schaamt voor je familie.' Elly's stem klonk scherp.

'Helemaal niet!' zei Marike. 'Alleen, die kinderen... Ze zouden er niks van snappen. Ik vind ze ook niet aardig en – ik weet niet – ik héb gewoon niks met ze!' Dat was een uitdrukking van Elly; misschien zou ze het nu begrijpen.

'Kan wel wezen,' zei Elly, 'maar je gaat niet naar school voor die kinderen.'

'Weet ik, maar...'

'Een tijdje geleden las je allemaal van die kostschoolboeken,' zei Elly. 'Je hoopt toch niet stiekem dat we je op een internaat doen of zo hè?'

Marike keek haar moeder stomverbaasd aan. Elly meende het serieus! Ze barstte in lachen uit.

'O, gelukkig,' zei Elly. 'Ik dacht al dat je die onzin geloofde. Kostschool is een ramp – vraag maar aan Rein. Je vergaat van het heimwee.'

'*De* heimwee,' zei Marike automatisch.

'Nee, het, zoek maar op.' Elly lachte opeens. 'Jij bent toch ook een kind van je moeder hè. Een raar kind van een rare moeder.'

'En een rare vader,' zei Marike. 'En een rare tweede moeder.'

'Je mag je d'r best voor schamen hoor,' zei Elly. 'Je gaat je gang maar. Dan krijgen wij natuurlijk wel een hekel aan je, maar dat vind je misschien wel fijn.'

Marike keek naar buiten. Er zaten haast geen blaadjes meer aan de fruitbomen. De hut zat kaal en grijs en een beetje armoedig tussen de ontbladerde takken. Ze zouden hem moeten beitsen voor de winter, anders rotte hij weg voor ze hem hadden kunnen gebruiken.

'Ik schaam me helemaal niet,' zei ze nog eens, en opeens merkte ze dat het waar was. Elly en Rein en Agnes en Jorinde en de jongens en Goos waren haar familie. Ze hoorden bij haar. Zíj vonden Marike niet anders.

'Ik schaam me helemaal niet,' herhaalde ze gedecideerd, 'en nu wil ik mijn huiswerk maken, want maandag ga ik gewoon naar school en ik wil het weekend vrij hebben.'

'Bon,' zei Elly.

'Praat je moerstaal,' zei Marike.

'D'accord,' zei Elly.

Ze lachten naar elkaar. Elly verliet de kamer, en Marike hoorde haar op Saba stil blijven staan en aan de deur van Goos' kamer kloppen. Maar ze weigerde zich af te vragen of die twee dit samen zo bekonkeld hadden van tevoren. Ze las over de oorlogen van Napoleon en stelde zich voor dat ze door Rusland liep op zwarte, bevroren voeten.

Marike boog zich dieper over de stapel planken waar ze roestige en kromme spijkers uit stond te trekken. Boven haar hoofd hoorde ze Goos en Douwe kletsen. Alsof ze oude vrienden waren. Hoe deed Goos dat toch? Als hij wilde, was hij met iedereen meteen vrienden. Hij hoefde er helemaal geen moeite voor te doen. En zij stond hier nota bene het rottigste werk op te knappen – een beetje voorgezaagde planken vastspijkeren kon iederéén – en hoorde er niet bij.

De nijptang gleed van een spijker af, schoot door en sloeg tegen haar kin.

'Verdómme!' schreeuwde ze.

De jongens lachten. Roeland kwam naar buiten en vroeg of hij mocht helpen. Aan Goos natuurlijk. Maar het was Douwe die toestemming gaf.

'Ga Marike maar helpen,' voegde Goos eraan toe.

Ja, mocht zij daar zelf alsjeblieft ook nog over beslissen! Maar ze zei niets, wees Roeland de planken die al schoon waren. 'Die moet je zagen, net zo lang als die ene daar. En dan schaven. Kun je zagen?'

'Jawel,' zei Roeland, maar hij bakte er niks van, zodat Marike het maar deed en hem liet schaven.

En al die tijd zaten Goos en Douwe in de kersenboom te timmeren en te lachen. Marike strekte haar rug en keek omhoog. Het woei nog steeds, en er zaten blaadjes en houtkrullen in hun haren. Ze hadden allebei rode wangen van de kou, Douwe vooral. Hij zat op te scheppen over zijn vriendinnetje – hij had een meisje in Friesland, dat hij net zo goed verzonnen kon hebben. En Goos, jawel hoor, Goos vroeg naar Tanja. Ze begonnen te mompelen en te grinniken – alsof zij niet kon raden waarover ze het hadden! Ze werd er pisnijdig om – en kon er niets van zeggen.

'Hé!' schreeuwde ze, ineens woedend. 'Daar moest dus het raam komen, ja!'

Douwe keek verbouwereerd naar beneden. Goos vroeg zonder commentaar de nijptang, om de planken los te halen die ze zonder na te denken dwars over het gat voor het raam hadden gespijkerd.

'Je kan toch je hérsens wel gebruiken!' riep Marike. Ze was

extra nijdig omdat het haar heel wat hoofdbrekens had gekost te bedenken hoe ze een soort kozijn moest maken bij het construeren van de zijwand. En nou zat Goos er weer onverschillig aan te rukken – zó stevig zat het geraamte nou ook weer niet in elkaar!

'Hé joh, even dimmen ja!' zei Goos. Hij praatte meteen door met Douwe, stoer. De baas met de opzichter. Ja ja, en Marike had het denkwerk gedaan! Ze gooide de zaag neer en liep naar binnen. Roeland riep haar iets na. De grote jongens hadden niet eens door dat ze ermee kapte.

Even later stond Marike voor het raam van het Duet en keek naar hen. Roeland had het bijltje erbij neergegooid en was ook in de kersenboom geklommen. Douwe zat er niet mee dat Marike naar binnen was, zo te zien, en Goos al helemaal niet. Nou, vriendschap met Douwe kon ze nu wel helemaal op haar buik schrijven.

'Ben je boos?' vroeg Jorinde uit haar bed. Anders kon ze een flinke keel opzetten, maar nu klonk haar stem zwakjes.

'Ja,' zei Marike, harder dan normaal. 'Op Goos en die jongen uit mijn klas. Etterbakken.'

'Ettebakken?' vroeg Jorinde. Marike moest lachen.

'Etterrrbakken. Dat betekent dat ze stom doen.'

Ze trapte haar schoenen uit, liet zich op haar bed vallen en haalde haar boek onder haar kussen vandaan. *Waterschapsheuvel*, over een groep konijnen die allerlei avonturen meemaakten. Ze had het gevoel dat er meer achter zat, dat het verhaal eigenlijk over iets anders ging, maar ze was er nog niet achter wat dan.

Ze was Douwe helemaal vergeten, zat met huid en haar in de konijnenkolonie, toen er ineens op de deur van het Duet werd geklopt. Een klopje dat ze niet kende. Ze schoot overeind. Er werd nog eens geklopt.

'Eh... ja!' riep ze. Haar stem was schor geworden doordat ze zo lang niet had gepraat. De deur ging open en vanachter de kleerkast kwam Douwe tevoorschijn, die drie glaasjes sinaasappelsap tegelijk droeg.

'Eén voor de zieke prinses,' zei hij, 'één voor de boze heks, en één voor mij.'

'Je bent een etterbak,' zei Jorinde toen ze het sap aanpakte. Marike schoot in de lach.

'Sorry, dat heeft ze van mij.'

'Wat een geweldige kamer!' zei Douwe. Hij leek alweer niet beledigd. Die jongen was niet uit zijn evenwicht te krijgen! 'Gaaf, aan allebei de kanten een schuin dak! En die balken hé! Daar kun je gewoon aan gymnastieken!'

'Doen we ook,' zei Marike, en ze wees naar de ringen. Ze was gauw op een van de opblaasstoelen gaan zitten en Douwe nam de andere alsof hij elke dag meisjeskamers bezocht. Misschien kwam dat doordat hij alleen met zijn moeder woonde, dacht Marike. Ze keek naar haar boek. Wat moest ze nou opeens met een jongen op haar kamer?

'Ik blijf niet lang hoor,' zei Douwe, 'je was aan het lezen. Je moeder vroeg alleen of ik Jorinde even haar sap wilde brengen. Eh nee... Elly. Wie is nou ook alweer jouw moeder?'

'Wij hebben twee mama's,' klonk Jorindes stemmetje uit de andere hoek. Marike deed haar ogen even dicht. Ze schaamde zich. Gelukkig hoefde ze geen antwoord te geven, want Jorinde zei: 'Ik kom uit Agnes' buik en Marike komt uit Elly's buik.'

'Juist,' zei Douwe. 'En ik kom uit jouw buik.'

Daar moest Jorinde verschrikkelijk om lachen, sinaasappelsap vloog door haar hele bed, Marike haalde een handdoek en deed boos tegen Douwe, die alleen maar schik had. Terwijl Marike de rotzooi opruimde, begon ze zich te schamen voor haar schaamte. Jorinde en Elly en Agnes en Goos en Rein en de jongens, én zij – ze hóórden toch bij elkaar!

De lucht was opgeklaard. Douwe stond op en verzamelde de glazen.

'Je was opeens weg,' zei hij bij de deur.

'Ja,' zei Marike. Daar liet ze het bij. Ze wist niet hoe ze het uit zou moeten leggen.

'Nou ja,' zei Douwe.

Maar later, toen hij weg was en Marike voorzichtig beneden kwam kijken, kreeg ze haar vet van Goos, die aardappels zat te schillen.

'Jij spoort ook niet hè,' zei hij. 'Je had toch gewoon kunnen zeggen dat jíj wilde timmeren?'

Dus hij had wél begrepen waarom ze boos was weggelopen! Marike keek even om. Rein zat aan het andere eind van de keukentafel, maar hij was Roeland aan het plagen en lette niet op hen.

'Eikel,' zei ze.

'Bij jou zitten er écht een paar schakels los,' zei Goos. 'Je kan toch gewoon...'

'Dank je.'

Goos haalde zijn schouders op.

'Dan moet je het zelf maar weten,' zei hij.

'Je moet ze in een pan water gooien,' zei Marike. 'Anders worden ze zwart.'

'Jij weet alles hè,' zei Goos.

Maar Marike wist niet alles. Want 's avonds in bed kon ze niet slapen en niet lezen. Ze lag maar te denken over die middag. Ze lag zich maar af te vragen wat er toch met haar mis was. Douwe was aardig en hij was knap ook. Dat zei zijn eigen moeder en als hij dat niet was, zou Tanja geen belangstelling voor hem hebben. Zo was Tanja nou eenmaal. Die leuke, knappe Douwe was de hele zaterdag bij hen over de vloer geweest. Daar zou Tanja een moord voor hebben gedaan! En Marike had geen enkel moment de kriebels gekregen. Ze had geen last gehad van giebels of giechels, ze had niet geprobeerd alleen met hem te zijn, en toen hij op haar kamer was, had ze alleen gehoopt dat hij gauw weer weg zou gaan. Vlinders in haar buik?

Nog geen rups!

Ze had zich gedragen als een jongen die middag – een jongen die niet mee mocht doen met de andere jongens, maar toch: een jongen. Dat was nog wel het beste bewijs dat ze anders was.

Een lesbo.

Oké, van tutjes hield ze niet, maar daar hield Goos bijvoorbeeld ook niet van. Maar Daphne, ja, ze kon een warm gevoel krijgen als ze aan Daphne dacht – láng genoeg aan Daphne dacht, wat ze niet wilde, nooit deed. Of Louisa – nee, die had echt té veel kapsones. En Tanja, nou ja, als ze aan Tanja dacht kreeg ze soms kriebels in haar lijf, en geen warm gevoel in haar hart. Maar dat soort kriebels kreeg ze niet als ze aan een jongen dacht, aan Douwe of aan Olivier of Ravi... bij Ravi ook niet? Nou ja, maar die leek op een meisje.

Nee, het was niet haar leven dat verkeerd in elkaar zat. Zij was zelf verkeerd in elkaar gezet.

Ennepe moesa

Tot zondagmiddag was Marike erin geslaagd te vergeten dat ze zich maandagochtend weer moest vertonen. Maar de middag, de avond en de nacht werden door die wetenschap behoorlijk verpest. Langzamerhand vormde zich een knoop in haar maag. Tegen de tijd dat ze aan het ontbijt zat, kon ze van ellende geen hap door haar keel krijgen. Ze kon zelfs haast niet ademhalen.

Maar ze moest.

En ze zou.

Tot haar verbazing werd ze een paar keer, heel normaal, gegroet. Eerst onderweg, door Louisa die achter op de brommer zat bij een grote jongen. Toen in de fietsenstalling, door Ravi en Olivier. Gewoon een onverschillig 'Hoi'. En op weg naar de klas vroeg Douwe ineens bij haar oor of ze nog kans had gezien een trap te maken. Marike schrok er zo van dat ze met haar bibberknieën uit de koers raakte en bijna op de schoot belandde van een jongen in een racerolstoel. Maar ze slaagde erin tamelijk normaal te antwoorden.

Voelde Douwe zich dan helemaal niet schuldig? Of had hij soms aan niemand iets verteld over Marike en haar vreemde familie?

Tot haar verbazing was het zelfs leuk in de les. Ris, de wiskundeleraar en hun mentor, herinnerde hen eraan dat deze week tot 'informaticaweek' was gebombardeerd. Ze hadden nu genoeg lessen op de computer gehad om met internet te kunnen omgaan. Alles wat ze die week aan huiswerk zouden opkrijgen, voor alle vakken, moesten ze uitzoeken met behulp van de computer. De informatie moesten ze van cd-roms en via internet bemachtigen. Ze moesten krantenarchieven induiken en onlinedatabanken opsnorren.

'Weten we toch allang, meneer,' zei Olivier. 'We hebben toch het huiswerk voor vandaag al moeten maken.'

'Jawel,' zei Ris. 'Ik zeg het nog maar even voor de zekerheid. En voor degenen die er vorige week niet waren.'

Hij keek naar Marike. Marike keek terug. Ze had een brief in haar tas, van Elly. Een antwoord op de brief die Ris naar haar huis had gestuurd. Marike wist niet wat Elly had geschreven. Maar ze voelde zich toch rustig. Ze stond op en liep naar de tafel van de leraar.

'Die moest ik u nog geven van mijn moeder.' Zachter zei ze: 'Het meeste huiswerk heb ik wel gemaakt. Maar ik wist het niet, van die informaticaweek. En wij hebben thuis geen computer.'

Ris stuurde haar met een knikje naar haar plaats.

'Voor degenen die geen computer hebben,' zei hij luid, 'jullie weten dat er in de schoolbibliotheek, en in het informaticalokaal buiten de lesuren, computers tot jullie beschikking staan. Er hangt een lijst bij de deur waarop je kunt intekenen, zodat niemand achter het net vist. Verder heeft de bibliotheek in het centrum sinds kort een eigen internetcafé; daar kunnen jullie ook terecht tijdens de openingsuren. En misschien kun je iets regelen met vriendjes die wel een computer hebben. Alles duidelijk?'

Duidelijk wel, dacht Marike. Maar het zou voor haar toch nog een hele klus worden. Geen computer thuis, geen vrienden. Dat betekende dus langer op school blijven en als ze daar niet aan de bak kwam, naar de bibliotheek. Maar zij had thuis ook nog een hele zooi taken. Jorinde van school halen, koken, afwassen, schoonmaken... nou ja, niet elke dag. En misschien kon ze thuis vrijstelling krijgen. Informatica was leuk, en van internet had ze al veel gehoord. Ze had alleen nog nooit de kans gehad ermee te werken. Dat had je met zo'n vader die meer van de middeleeuwen wist...

Het huiswerk voor biologie had Marike niet gedaan, omdat

het niet in haar agenda stond. Ze keek om zich heen en zag dat het over zee-egels en zeesterren ging. Ze draaide zich om, griste het bundeltje printvellen van Olivier naar zich toe en liet haar ogen over de regels vliegen. Als ze zich concentreerde, kon ze heel veel informatie in korte tijd opslaan.

De klas was nog steeds aan het roezemoezen toen ze de blaadjes teruggaf. Slob slaagde er, met al zijn gespuug, niet in de klas stil te krijgen. Marike maakte van de gelegenheid gebruik door te zeggen dat ze haar huiswerk thuis had laten liggen.

'Als je het maar gedaan hebt,' zei Slob.

'Ja hoor,' zei Marike. 'Tot op het laatste trilhaartje.'

Slob glimlachte haar dankbaar toe.

Ook zielig, als je daar dankbaar voor moest zijn!

Stil werd het niet in de klas, want Slob liep van tafel naar tafel om te bekijken wat iedereen aan informatie had opgevist. Marike zag dat Daphne, net als zij, de blaadjes van Olivier aan het doorlezen was. Olivier zat er ontzéttend onverschillig bij te kijken – Marike had het gevoel dat hij de blaadjes, toen hij ze terugkreeg, het liefst onder zijn neus of tegen zijn lippen zou willen drukken.

Slob bleef vooraan bij Daphnes tafel staan. Eerst kon niemand verstaan wat er zich tussen die twee afspeelde, maar toen ontstond er een eilandje van stilte om hen heen dat snel groter werd, tot Slob duidelijk verstaanbaar was: 'Voelt u zich misschien te goed, mevrouw Zelichman, voor een eenvoudige opdracht als deze?' Hij liet een stilte vallen, keek de klas rond, en zei: 'Jullie vergissen je deerlijk als jullie denken dat je met mij kunt spelen.'

Marike hield haar hand voor haar mond om haar grijns te verbergen – de taal van die man! Meestal praatte de klas dwars door zijn woorden heen, maar nu was het voor het eerst echt stil. Slob was op oorlogspad, dat was duidelijk. Misschien hadden ze zich inderdaad in hem vergist.

'Hare majesteit' brulde Slob, 'heeft het niet nodig gevonden haar huiswerk te maken. Niet nodig, dat waren je woorden toch, nietwaar?' De laatste woorden werden heel zacht uitgesproken, maar iedereen verstond ze. Daphne zat er nu zwijgend bij. Ze had een verbeten trek om haar mond die Marike niet thuis kon brengen. Als je op je donder kreeg omdat je het huiswerk niet had gemaakt, keek je onverschillig of bedeesd of in een enkel geval schuldbewust. Of juist brutaal. Maar Daphne zag eruit alsof er een briefje van honderd onder haar schoen lag en ze geen millimeter wou wijken.

'Niet nodig hè. Huiswerk maken is niet nodig. Dus waarom komt u dan naar school, Uwe Majesteit? Om hof te houden? Om uw garderobe te showen? Om pubers het hoofd op hol te brengen?'

Hij haat haar, dacht Marike, omdat ze zo mooi is. Maar waarom zegt zij niet gewoon 'Het spijt me meneer?' Dan zet hij een onvoldoende in zijn boekje en is ze ervan af.

Waarom zou Daphne gezegd hebben dat ze het niet nodig vond haar huiswerk te doen? Brutaal of stoer deed Daphne nooit. Een braaf meisje was Daphne in de klas. Dus moest ze het letterlijk gemeend hebben. Daphne had het écht niet nodig gevonden dat huiswerk te doen. Omdat... Marike fronste.

Zou het iets met thuis te maken hebben? Toen schoten haar opeens de hoogblonde meneer en mevrouw Zelichman te binnen. Daphne leek niet op haar ouders, met haar donkere haar en haar bruine ogen. Zij hoefde geen zee-egels en zeesterren op te zoeken... omdat ze er alles al van wist. Zou Daphne zelf uit dat gebied komen? Want als ze er op vakantie was geweest, had ze dat gewoon kunnen zeggen. Wat het nou precies was kon Marike nog niet zeggen, maar hier moest ze ingrijpen. En alsof ze nog de oude Marike was, in groep acht zat waar zíj het zo'n beetje voor het zeggen had, alsof ze zich volkomen op haar gemak voelde, stak Marike haar vinger op om Daphne te verdedigen. Haar in bescherming te nemen tegen die vlerk met zijn natte lippen.

'Ja?' vroeg Slob.

'Meneer,' begon Marike. Ze aarzelde. Ze kon Daphne redden zonder haar te verraden. Ze had al een manier in haar hoofd – Daphnes geheim was veilig. Maar als ze haar mond opendeed, zou ze haar eigen geheimen prijsgeven. Ze zouden merken dat ze niet maar zo'n beetje voor spek en bonen meedeed. Ze zouden te weten komen dat ze slim was, slimmer dan Slob zelfs. En Daphne – dat was het ergste – zou kunnen snappen dat Marike op haar gelet had. Daphne zou begrijpen dat Marike belangstelling had voor haar – een meer dan normale belangstelling misschien zelfs...

'Meneer...'

'Kun je misschien ophouden met mijn tijd te verspillen, Marike?' zei Slob, zonder zijn blik van Daphne af te wenden. Zachter – gevaarlijk zacht – ging hij door: 'Ik was met de majesteit bezig, dacht ik.'

Marike nam een besluit. Dan moest het maar. Het kón gewoon niet dat hij Daphne zo af stond te zeiken – dat had ze nergens aan verdiend.

'Meneer,' zei ze voor de derde keer. 'Vorige zomer was ik in... eh... Griekenland.' (Ze was nog nooit van haar leven op vakantie geweest. Griekenland kende ze alleen uit de kunstboeken van haar vader en de vakantieverhalen van de buurvrouw.) 'Ze organiseerden daar excursies. Er was ook een dag bij over het onderwaterleven. Zee-egels en anemonen en koraal en poliepen, weet u wel?' Slob knikte ongeduldig. 'Er was ook een videofilm, en kaartjes met uitleg.' Ze kwam op dreef. 'Eerlijk gezegd heb ik mijn huiswerk ook helemaal niet gedaan, meneer. Omdat ik alles nog weet van die excursie. En volgens mij is Daphne ook eh... vaak daar aan de Middellandse Zee geweest.' Ze liet Slobs blik los en keek naar Daphne. 'Heb ik gelijk?'

Daphne liet zichtbaar haar adem ontsnappen en knikte opgelucht. 'Ja,' zei ze. Zachtjes voor haar doen.

'Griekenland?' Dat deed er niet toe, maar ze wilde het graag weten. Had ze goed gegokt?

'Ja...' zei Daphne. Haar blik werd dwingend, hooghartig... maar tegelijk zat er iets smekends in. Sorry, zei Marike in gedachten. Ze maakte zich groot.

'Meneer! Als je iets al weet, hoef je het toch niet meer op te zoeken?' vroeg ze met onschuldig-grote ogen.

Eindelijk keerde de biologieleraar zich van Daphne af. Hij richtte zijn aandacht op Marike.

'Ik geloof dat ik jou maar eens een beurt moet geven,' zei hij. 'Je bent wel érg zeker van je zaak.'

Gelukkig ben ik niet mooi, dacht Marike, of sexy aangekleed – een hekel krijgt hij tenminste niet aan mij. Ze lepelde braaf alles op wat ze onthouden had van Oliviers prints, en dat was nog aardig wat. Slob maakte een aantekening in zijn boekje. Aan Daphne besteedde hij geen aandacht meer.

In de pauze kwam Daphne naast haar staan in de rij bij Maria's buffet. Toevallig? Ze gluurde opzij.

Daphne keek om zich heen en zei zachtjes: 'Hoe wist je dat eigenlijk?'

'Ik raadde maar wat,' zei Marike laf.

Er viel een stilte, opgevuld door het geroezemoes van de leerlingen om hen heen.

'Geloof ik niet,' zei Daphne ten slotte.

'Toch is het zo. Daphne, dat is toch Grieks? Eerst dacht ik dat je joods was. Met die achternaam... Maar ik ben je ouders toevallig tegengekomen.'

'Ja shit,' zuchtte Daphne, 'dan is het meteen duidelijk. Ik ben geadopteerd dus.'

'Dat is toch geen schande!' zei Marike verbaasd. 'Jee, zeg, moest je mijn ouders eens zien! Ik bedoel, jouw vader en moeder houden gewoon van je en zo, je moeder wilde thuis zijn vóór jij kwam en...' Ze zag Daphnes blik, maar gelukkig was ze aan de beurt en ze vroeg gauw een broodje kaas aan Maria. Dat was het goedkoopste. Elly was vergeten brood te halen of te bakken en had haar twee euro meegegeven. Ze wendde zich weer tot Daphne. 'Ik hoorde het toevallig, kan ik er wat aan doen?'

'Wat is er dan met jouw ouders?' vroeg Daphne. Ze was de schrik kennelijk te boven.

'Andra moi ennepe moesa,' zei Marike somber. Ze had het zelf aangehaald; ze moest met de billen bloot.

'Wat?' vroeg Daphne stomverbaasd. 'Dat lijkt wel Grieks... een sóórt Grieks dan. Maar wat het betekent...'

Marike zuchtte. Ze trok Daphne bij de kassa weg.

'Als je het aan niemand doorvertelt.'

'Natuurlijk niet,' zei Daphne. Haar bruine ogen glommen nieuwsgierig.

'Oud-Grieks is het,' zei Marike, nog steeds somber. 'Het betekent "vertel mij, o muze, van de man die..." Verder ben ik het vergeten, maar het gaat over Odysseus. Weet je wel?'

Daphne haalde haar schouders op. 'Ik moest die serie op tv zien van mijn vader. Mijn roots hè.'

'Ja, nou... wij kijken dus geen tv. Maar míjn vader kent dat soort boeken uit zijn hoofd. Boeken van honderden of duizenden jaren oud.' Ze staarde naar buiten. Als je het hardop zei, hoorde je pas goed hoe erg het was. Hoe afwijkend, hoe absoluut vreemd en niet van deze wereld.

'Ja, en?' vroeg Daphne.

'En? En mijn moeder schrijft gedichten die niemand begrijpt. Ze geeft een paar dagen les, maar dat noemt ze een hobby. De enige die echt geld inbrengt bij ons thuis is de tweede vrouw van mijn vader.'

'Zijn je ouders gescheiden?' Daphne leek weinig onder de indruk. Ze kreeg een duw van een jongen uit een parallelklas en begon uitgebreid te schelden. Eindelijk keek ze weer naar Marike.

'Ja, en?'

'Laat maar,' zei Marike. 'Ik wou alleen maar zeggen dat iedereen zijn geheimen heeft.'

Ze moest opeens lachen. Wijze woorden – voor haarzelf!

'Ja hèhè, logisch.' Daphne lachte ook. 'Je hebt gelijk. Als het over een ander gaat, lijkt het niet zo heftig hè?' Ze waren gaan zitten op het trapje naar het podium. Ineens zag Marike hen beiden daar zitten, en ze kreeg een kleur. Ze zagen eruit als vriendinnen, gewone vriendinnen.

'Anyway, nog bedankt hè,' zei Daphne. 'Ik kwam pas op mijn achtste hier, ik heb echt ik weet niet hoeveel zee-egels gezien, drie keer in eentje getrapt... Die stekels breken af weet je, en je krijst gewoon van de pijn. Ik vond het echt niet nodig om daar nou nog eens plaatjes van te gaan zitten opzoeken. Maar ja, ik wou niet voor de hele klas vertellen dat ik geadopteerd ben. Klinkt zo stom. En niet iedereen hoeft het te weten toch?' Ze nam een hap – ze had ook een broodje kaas genomen, hoewel zíj natuurlijk best iets anders zou kunnen betalen. 'Maar hoe jij dat deed... hoe verzon je dat zo snel?'

'Geen idee,' zei Marike met volle mond. 'Het kwam in één keer bij me op.'

'Jee, ik wou dat ik dat had,' zei Daphne. 'Ik zit altijd met mijn mond vol tanden.'

'Nou, ik ook.' Marike dacht aan de keer dat Olivier haar nymfomaan had genoemd. Toen had ze meteen terug kunnen slaan: *Ík hoef het niet met onderbroeken te doen...* Maar daar had ze niet aan gedacht.

'Jij? Jij slaat er gewoon op! Maar ik laat met me sollen.'

'Nee. Jij glimlacht koninklijk en superieur,' zei Marike. 'Daarom noemde Slob je majesteit. Hij wordt zenuwachtig van je...' omdat hij op je valt, wilde ze zeggen. Maar ze hield haar mond.

'Ik was bang dat ik zou gaan janken,' zei Daphne. 'Klootzak.'

'Zo zag je er niet uit, anders,' zei Marike. 'Getver, zijn die broodjes altijd zo kleverig?'

'Moet je de kaassoufflés proeven,' zei Daphne, 'die plakken helemaal tegen je verhemelte. Drie lagen dik soms.'

'Nee, dank je,' zei Marike, 'soms ben ik dankbaar voor mijn zelfbakkende moeder.'

Het ging heel gemakkelijk. Ze deed niet haar best iets te verbergen. En Daphne was nauwelijks verbaasd. Ze zei: 'Ik heb ook wel eens zelf brood proberen te bakken. Maar ik keek steeds of het al rees en toen het uit de oven kwam was het zo plat als een matze!'

'Een matze?'

Daphne grijnsde schaapachtig. 'Van dat platte paasbrood? We zíjn ook joods namelijk,' zei ze. 'Dus nu weet je alles.'

Claire en Ingeborg kwamen luidruchtig naar hen toe en verweten Daphne dat ze haar niet hadden kunnen vinden. Marike kroop weer in haar schulp. Maar toen ze naar de klas liep, hield ze zich voor: ze hebben allemaal geheimen, net als ik. En soms kunnen ze wel janken, net als ik. Alleen ziet het er anders uit – net als bij mij.

Als ze dat nou maar zou kunnen onthouden.

Jongens, meisjes en platte plaatjes

Het ongelooflijke was gebeurd. Daphne had gevraagd of Marike 's avonds met haar naar de bibliotheek ging om te internetten en Marike had ja gezegd. Toen ze klaar waren, was het negen uur en Marike voelde zich afgepeigerd. Ze had ook een idiote dag gehad. Eerst die zenuwen op school, toen de debatingclub – waar ze weer haar mond niet had gehouden, terwijl ze het beter wel had kunnen doen. Toen Elly helpen met uien ophangen in het washok. Daarna had ze moeten proberen te vatten wat Daphne allemaal zo razendsnel deed op dat internet – zij had een computer thuis, waar ze elke zaterdagmiddag op mocht klooien. Om negen uur was ze echt aan haar bed toe. Maar Daphne zei gezellig: 'Ik fiets wel een eindje met je mee' en was helemaal tot aan hun huis meegegaan. Ze waren afgestapt om nog even te praten. En toen had Marike wel móeten vragen of ze even binnenkwam – Daphne scheen daarop te wachten.

Tot Marikes opluchting was er niemand in de keuken. Ze had Daphne meteen mee de trap op geloodst. En nu zaten ze aan haar kant van het Duet – Jorinde sliep al.

Ze had een vreemde mee naar huis genomen!

Net als Douwe vroeg Daphne wat ze van Olivier vond. Werd haar gezicht iets donkerder bij die vraag? Marike kon het slecht zien omdat ze niet veel licht had gemaakt. Ze haalde haar schouders op en zei dat ze dacht dat hij wel meeviel als je hem beter kende. Ze vroeg Daphne wat ze van Louisa en Tanja vond.

Meteen besefte ze haar vergissing. Daphne had naar een jongen gevraagd; zij vroeg naar meisjes.

Daphne haalde haar schouders op en zei dat Louisa haar type niet was, te bazig, maar dat Tanja waarschijnlijk wel meeviel als je haar beter leerde kennen. Daar moesten ze om lachen. En toen werd het weer stil.

Het was net zo lastig om een meisje op bezoek te hebben als een jongen, merkte Marike. Wat moest je zeggen? Ze dacht aan de Australische serie die ze soms bij Goos op de Brug keek. Dat ging altijd over verliefd zijn. Dus vroeg ze of Daphne verliefd was op Olivier.

Meteen stond Daphne op en begon de kamer te bekijken. Ze gaf de ringen een zetje, ging aan Marikes bureau zitten, draaide op de draaistoel, stond weer op, bukte zich naar de boekenkast onder het dak en bekeek de titels... en intussen zei ze ach, hij is wel leuk, ik weet niet, misschien, maar verliefd, ik ken hem nog niet zo goed, soms is hij wel grappig, wat vind jij...

'Hij leest veel, denk ik,' zei Marike. 'Net als ik.'

'Ik hou ook van lezen,' zei Daphne, op een toon alsof het iets was om je voor te schamen. Ze ging gauw door over boeken, en dat was tenminste echt leuk. Ze hadden hetzelfde lievelingsboek: *De gebroeders Leeuwenhart.* Daphne ging op Marikes bed zitten. Ze wipte op en neer, luisterde even, wipte nog eens en vroeg: 'Wat kraakt daar zo? Je geheime dagboek?'

Ze vroeg het, ze graaide niet tussen het beddengoed. Toch stond Marikes hart met één klap stil. De *Playboy*. Helemaal vergeten.

'Nou?' Daphne lachte. Vrolijk, niet gemeen. 'Of brieven van je vriendje?'

Ze moest nu antwoorden, onmiddellijk. Luchtig zeggen dat ze Goos had willen pesten door zijn *Playboy* te verstoppen. Samen met Daphne lachen om die stomme jongens met hun stomme tietenkijkerij.

Nú.

Maar Marike zag alleen die ene foto voor zich, waar ze haar ogen niet van af had kunnen houden. Ze herinnerde zich hoe haar tepels waren samengetrokken en hoe het onder in haar buik gekriebeld had. Bloed hamerde tegen haar trommelvliezen. Haar hart moest weer begonnen zijn met slaan. Maar haar stem deed het niet, haar gezicht was verlamd, en haar handen en armen trouwens ook.

'Nou? Sjee, dat moet wel héél geheim zijn zeg!'

Marike kon nog steeds geen woord uitbrengen.

'Brieven zeker hè?' concludeerde Daphne. 'Heb je een vriendje?'

Dat maakte het er niet beter op. Marike schudde alleen machteloos haar hoofd.

'Ik was eerst op Stef,' zei Daphne. 'Van de Gravediggers weet je wel?' Haar hand trok het dekbed aan de kant.
'Maar ja, hij zit in de vierde... En toen op het schoolfeest...' Haar vingers wandelden over het hoeslaken.
Kraak, kraak, kraak, kraak. 'Olivier is écht leuker als je hem beter kent.' Haar hand verdween onder de hoek van het matras.
'Maar ik dacht dat jij misschien verliefd op hem was.'

Marike schudde haar hoofd, nog steeds het enige wat ze kon. Haar blik kleefde aan die hand, die plotseling ruw het hoeslaken omhoog rukte. Daaronder was alleen het onderlaken te zien. Maar het kraken was nadrukkelijker geworden.

'Van wie zijn die brieven dan?' vroeg Daphne. 'Ik mag het weten. Daar heb ik recht op. Dat ik zeker weet dat ze niet van míjn vriendje komen.'

Het lijkt wel alsof ze de televisie napraat, dacht Marike. Die Australische serie.

Ze stond op. Ze liep naar het bed. Ze duwde Daphnes hand opzij.

'Dit...' zei ze. Eindelijk kon ze weer praten. '... is alleen maar iets van mijn broer. Ik moest wraaknemen. Dus pakte ik zijn dierbaarste bezit.' Ze kreeg er zelfs een lachje uit. Toen haalde ze met een zwaai de *Playboy* tevoorschijn en fladderde hem voor Daphnes ogen heen en weer. 'In mijn bed durft hij niet te kijken, snap je.'

Het gehamer in haar oren werd iets minder. Ze moest nog steeds een kleur hebben. Maar dat kon toch ook van de warmte zijn?

Daphne griste het blad uit haar handen.

'Laat eens kijken!' zei ze gretig. Ze bladerde er snel doorheen, en toen langzamer nog een keer.

'Ongelooflijk,' zei ze, en: 'Moet je dat zien! Jee, wat een ballonnen. Siliconen zeker. En deze heeft hangtietjes. En weet je wat ik nooit begrijp? Het haar groeit bij die meisjes altijd in een streepje. Ik heb een driehoekje. Het hoort toch een driehoekje te zijn? Volgens mij scheren ze het.'

Langzaam was Marikes ademhaling weer normaal geworden. Ze ging naast Daphne op bed zitten en keek mee. Haar kleur kwam terug toen ze de brutale foto's opnieuw zag. Maar Daphne was net zo gefascineerd als zij. Daphne kon ook niet ophouden met kijken.

'Moet je dit zien, gadverdamme!' Daphne hield giechelend een plaatje omhoog van een meid in rood ondergoed. 'Dat jongens die ordi troep lekker vinden! Moet je die ogen zien! Staan veel te dicht bij elkaar. Ze lijkt Silvester Stallone wel.' Ze omarmde het blad of het een mens was en maakte een zoengeluid. 'Mwa! Kom maar Silvestertje, kom maar bij Daphne. Valt je broer op Silvester Stallone?'

Marike kon niet antwoorden. Ze stikte van het lachen. Ze hikte, slikte, probeerde wat te zeggen, en stikte er weer in. Eindelijk kreeg ze weer een beetje lucht, ze haalde gierend adem en snikte het uit.

'Wat heb jij?' Daphne lachte nu ook. Ze deed of ze aan het tijdschrift likte, maar moest ophouden van het lachen.

'Niks... niks... Ik zie mijn broer al... met Sil... Silvester Sta... Stal...'

Daphne hield op met haar theater, ze moest te hard lachen. Ze vielen slap over elkaar heen.

Ik lig met een meisje in bed, dacht Marike opeens. Ik lig met een meisje in bed en we hebben alleen maar de slappe lach. Het was opeens over. Ze ging overeind zitten. Daphne hikte nog wat na.

'Wat jongens er toch in zien hè,' zei ze. 'Die platte plaatjes.'

'Ja,' zei Marike. 'Kun je wel aan zien hoe ze zijn.' Ze keek nog eens naar de *Playboy*, die ineens minder gevaarlijk leek. Gewoon een stel platte plaatjes met twee nietjes erdoor.

Daphne lachte nu ook niet meer. Ze veegde een lok vochtig haar van haar neus en zei ernstig: 'Maar Olivier is anders.'

'Dat weet je nooit,' zei Marike. 'Misschien heeft hij ook wel een verrekijker op zijn vensterbank liggen, weet jij veel.'

'Olivier niet,' zei Daphne. En eigenlijk dacht Marike dat ze gelijk had.

Daphne was opgestaan.

'Ik moet naar huis! Het is bijna tien uur!'

'Ja. Ik moet ook naar bed. Ik lig er meestal om negen uur in.' Dat was een van de dingen geweest waarvoor ze zich schaamde. Ze had het er zomaar uitgeflapt.

'Ik ook,' zei Daphne tot haar verbazing. 'Maar voor een keertje zullen ze het wel niet zo erg vinden.'

'Word jij verwend?' vroeg Marike. 'Omdat je geadopteerd bent?'

'Was het maar waar,' zuchtte Daphne. 'En ik ben nog enig kind ook. Maar ze zijn net zo streng als jouw ouders, reken daar maar op.'

Marike giechelde. 'Mijn ouders zijn helemaal niet streng, eigenlijk. Ze letten nergens op.' Ze liepen naar de deur. Op Saba was het donker. Uit het trapgat kwam wat licht en van beneden klonken stemmen. De geur van brandend fruitbomenhout trok naar boven; straks zou het hele huis ernaar ruiken.

Daphne snoof.

'Lekker,' zei ze op de trap.

Aan de tafel beneden zaten Elly, Rein en Agnes. Bij het fornuis stond Goos een restje op te warmen. Marike deed haar ogen even dicht: Agnes zat bij Rein op schoot.

Ze haalde diep adem en stelde iedereen voor: 'Dit is Daphne uit mijn klas, en dit is mijn moeder...'

'Elly,' zei Elly.

'Rein...'

'De vader,' zei Rein.

'En Agnes,' zei Agnes.

'De vriendin van mijn vader,' zei Marike met doodsverachting.

'En van mij,' zei Elly.

Marike keek haar vertwijfeld aan. Wat moest Daphne dáárvan denken!

'Mijn beste vriendin,' zei Elly. 'En Marikes tweede moeder.'

'Wij houden hier van veel,' zei Agnes.

'Dat heb ik gemerkt,' zei Daphne. Ze keek naar Goos' bord, hoog opgeladen, waarmee hij aan tafel kwam zitten. Ze proestte eventjes.

Marike moest zich inhouden. Ze wist dat Daphne het niet over het eten had. Ze trok haar gauw mee naar de voordeur.

'Prettig kennis te maken,' zei Daphne nog beleefd.

'Met jou ook, Dafnèè,' zei Rein. Marike trok een gezicht naar Daphne: dat is nou mijn vader. Maar Daphne bleef staan.

'Het betekent laurierboom,' zei ze.

'Weet ik,' zei Rein.

'Maar je spreekt het anders uit, in het Grieks dan. Dafnie, meer zoals in het Engels.'

'Zal best,' zei Rein, 'maar oud-Grieks was mooier. Vind je niet? Dafnèè?'

Daphne bleef staan met de deurknop in haar hand, haar hoofd schuin.

'Eigenlijk wel,' zei ze.

'Dacht ik ook,' zei Rein, alsof hij hoogstpersoonlijk het oud-Grieks had uitgevonden.

Marike ging ter plekke door de houten vloer en die van de kelder erbij. Maar Daphne deed heel gewoon toen ze samen naar buiten gingen.

'Zullen we morgen weer?' vroeg ze. 'Naar de bibliotheek bedoel ik, niet vieze plaatjes kijken.' Ze giechelde.

Had ze dan helemaal niet gemerkt hoe raar hun huishouden was?!

'Oké,' zei Marike.

Het werd nog ongelooflijker. Woensdagochtend, juist toen ze met Goos stond te bakkeleien omdat hij haar fiets wilde nemen, stond Daphne ineens achter het huis.

'Ik dacht, ik kom je ophalen. Het is maar een kleine omweg.'

'O,' zei Marike verbijsterd.

'Waarom ga jij dan niet bij je vriendin achterop?' vroeg Goos. 'Jij hoeft pas een kwartier later op school te zijn.' Marike kon hem wel zoenen. *Je vriendin...* zo gewóón zei hij dat! Als dank zou ze hem vanmiddag zijn *Playboy* terugbezorgen. Toen zag ze de krul bij zijn mondhoeken. Hij wilde gewoon haar fiets. Nou ja, voor haar part. Ze keek naar Daphne. Die knikte.

'Zal ik fietsen dan?' vroeg Marike.

'Nee joh! Dan klappen we achterover. Ik fiets wel, jij weegt toch haast niks.'

'Kijk maar uit,' zei Goos, 'ze gaat slaan hoor, als je daar iets van zegt.'

Maar Daphne zweeg hooghartig en nam Marike zonder verdere poespas achterop. Marike zat gewoon met één been aan elke kant, zoals ze gewend was – die deftige dameszit met twee benen naast elkaar vond ze aanstellerij.

'Wiebel niet zo,' zei Daphne. 'Je lijkt wel een kind.'

Gele en rode blaadjes warrelden om haar hoofd, de wind joeg wolken voor de zon langs, de straten roken naar regen en rotting, de spijlen van de bagagedrager sneden in haar billen en de hele wereld was prachtig.

Ze waren te vroeg; ze bleven buiten staan wachten. Marike had op haar gewone schichtige manier vast naar de klas willen gaan – ze háátte te vroeg komen – maar Olivier en Ravi kwamen naar hen toe en even later Louisa en Tanja.

'Hoi,' zei Douwe in het voorbijgaan (want Douwe bleef nooit ergens waar Olivier was) en hij zei het speciaal tegen háár! Marike voelde zich alsof ze in een verkeerd leven terecht was gekomen. Dit was zíj toch niet? Een meisje dat ergens kon gaan staan en dan onmiddellijk de anderen naar zich toe trok? Kijk maar, Claire, Bart...

Nee, natuurlijk niet. Het was Daphne op wie ze afkwamen. Daphne, de koningin van de klas.

Maar Marike hoorde er toch bij. Ze was erbij gaan horen zonder dat ze het in de gaten had gehad. Daphne wilde graag vriendinnen met haar zijn. Douwe vond het belangrijk wat zij van zijn vijand Olivier vond. Als ze haar mond opendeed, zag ze Ravi een van zijn snelle blikken op haar werpen. En Tanja maakte een grapje tegen haar: 'Ik zag je zondag nog, met je vriend. Jullie hadden het zo druk dat je mij niet zag.'

Oké, het was een echt Tanja-grapje, en het sloeg nergens op want ze zou Goos wel bedoelen, maar toch. Ze zagen haar staan!

Omdat ze er verlegen van werd, verliet ze het groepje en liep naar de fietsenstalling, waar ze Douwe in had zien verdwijnen. Met één persoon tegelijk was ze meer op haar gemak.

Maar Douwe was er niet meer. Ze ging vast naar het wiskundelokaal. Ris zat achter zijn tafel. Oeps, ze was die hele brief van Elly vergeten!

'Ah, de boetvaardige zondares,' zei Ris.

Marike grinnikte verlegen. Toen kon ze het toch niet laten: 'Wat schreef mijn moeder?' vroeg ze.

'Hm,' zei Ris. 'Het was meer zo'n brief van volwassenen onder elkaar. Maar daar zul je wel geen genoegen mee nemen.'

'Eigenlijk niet,' zei Marike.

'Ze heeft het uitgelegd,' zei Ris. 'Waarom je niet naar school kwam. En dat je nu wel weer komt, uit vrije wil.'

'O,' zei Marike. Daar had ze veel aan. Wát uitgelegd?

'Moet je horen,' zei Ris, 'ik kan het nu mooi zeggen, er is toch nog niemand. We gaan het anders aanpakken. Jij leest gewoon elk hoofdstuk door en leert de samenvatting. Je maakt alleen de sommen die op dit papier staan.' Hij gaf haar een blaadje in zijn eigen handschrift waarop per hoofdstuk een aantal opgaven waren genoteerd. 'Je werkt in je eigen tempo en je komt elke twee weken na de les even bij me zodat ik kan kijken of je het snapt. Oké?'

Marike knikte opgetogen. Zo kon ze al die saaie sommen overslaan.

'Met collega Van Baal heb ik afgesproken dat je hetzelfde doet,' zei Ris. 'Ik heb begrepen dat ontleden en zo niet zo heel veel geheimen voor je heeft.'

'Fijn,' zei Marike.

'Bij de andere vakken doe je gewoon met de les mee. Dat is redelijk, niet? En je moet zelf maar weten of je het aan de anderen vertelt of niet.'

'Liever niet,' zei Marike. Ze begreep nu wat Elly in haar brief had geschreven: dat Marike het te makkelijk had op school en dat ze daarom wegbleef. Elly was een dijk van een moeder. Ze moest niet vergeten haar dat te vertellen.

'Krijg ik geen straf?' vroeg ze voor de zekerheid.

'O ja, natuurlijk,' zei Ris. 'Dat vergat ik nog. Op spijbelen staat straf. Deze week na je laatste uur ruim je de kantine op. Tafels schoonvegen, rotzooi in de vuilnisbak, vloer aanvegen – alles wat Maria wil. Elke dag, tot en met volgende week dinsdag. Samen met Tanja de Vries. Misschien dat ze zo op tijd leert komen.'

Marike trok een varkensgezicht. Nou ja, je kon niet alles hebben.

Het vijfde geheim

'Nou, ik hou het voor gezien hoor,' zei Tanja. 'Maria is zelf ook al naar huis.'

Marike keek aarzelend de kantine rond. Echt schoon kon je het niet noemen. Ze hield er eigenlijk meer van de dingen goed te doen, ook al was het straf.

'Hé joh, kom op, de schoonmakers doen de rest wel.' Tanja was al op weg naar de gang waar hun jassen hingen.

Marike voelde zich op een vreemde manier aangevallen. Misschien kwam het doordat ze thuis zelf moest schoonmaken. Die schoonmakers zouden ook geen zin hebben in extra troep. Maar ze zei niets; tegen Tanja kon ze nog niet op. Bovendien had ze gemerkt dat Tanja de andere hand was op de dikke buik van Maria, die de kantine beheerde. Ze woonden bij elkaar in de buurt of zoiets. Ze ging op een holletje achter Tanja aan.

'Best leuk,' zei Tanja, 'die stille school. Net of het de school niet is. Moet je zien, nu zie je pas hoe aftands het gebouw is. Die zwarte vegen over de muren.' Ze had gelijk. De school zag er nu uit als een haveloze, verlaten bouwval.

'We kunnen best iets uithalen,' zei Tanja. 'Graffiti op de muur bij het tekenlokaal of zo. Als we spuitbussen hadden…'

'Het barst nog van de mensen,' zei Marike. 'De lerarenkamer zit nog vol, hoor.'

'Nou ja, het was maar een geintje,' zei Tanja.

Marikes jas hing niet op de gebruikelijke plaats.

'Shit,' zei ze.

Tanja keek de lege kapstokken af.

'Is je jas gejat?'

'Misschien…'

'Toch niet die leuke met die verschillende lapjes hè? Die eruit ziet als een babydeken?'

Marike keek haar verbaasd aan.

'Shit hé,' zei Tanja. 'Dat is balen!'

Meende ze dat nou?

'Ik wou dat míjn moeder zo goed kon naaien,' zei Tanja. 'Zat ik niet altijd met die saaie spijkerbroeken.'

Ze hadden de hele week samen de kantine schoongemaakt en Marike had niet één keer gebloosd. Ze had niet als een bezetene naar Tanja's borsten gegluurd en ze had geen enkele rare gedachte gehad. Dat was maar een gedeeltelijke opluchting. Want waarschijnlijk kwam het doordat ze nu verliefd was op Daphne.

'Ga jij maar,' zei Marike. 'Misschien heb ik hem na de pauze aangehouden en ligt hij in een of ander lokaal. Ik zoek hem wel.'

Tanja ging ervandoor en Marike slenterde verder door de school. Ergens in het gebouw hoorde ze vaag stemmen, maar ze wist niet precies waar die vandaan kwamen. Ze ging alle lokalen na waar ze vandaag les hadden gehad. Het tekenlokaal bewaarde ze voor het laatst, omdat dat zo uit de route lag. Ze streek met haar hand langs de witte muur. Prachtig voor graffiti, inderdaad.

Het gepraat klonk nu van dichterbij. Er waren nog mensen in het tekenlokaal! Marike bleef staan om te horen wie het waren. De stemmen waren behoorlijk volwassen. Leraren? Of leerlingen uit de hogere klassen?

'... gek van al die misverstanden,' zei iemand. 'Ik snap niet dat we dat verplicht moeten...'

En toen een volle, donkere stem: 'Nee man, dat is nou juist de dynamiek van het verhaal...'

Marike kende de stem niet, maar ze vroeg zich meteen af wat de woorden betekenden. De dynamiek van een verhaal... Dynamiek betekende beweging, dat wist ze. Maar de beweging in een verhaal? Marike beschouwde een verhaal als een plek. Een plaats om je te verschuilen als om je heen alles een puinhoop was.

Het gesprek ging verder en Marike begreep nu dat de leerlingen in het lokaal wachtten tot de leerlingenraad kon beginnen. Het waren zeker vertegenwoordigers, van die politiekelingen die ook meededen aan demonstraties en zo. Achter haar kwamen voetstappen de gang in. Marike maakte zich van de muur los en ging naar de deur. Ze was te verlegen om naar binnen te gaan, maar ze moest wel om haar jas te zoeken en bovendien was ze nieuwsgierig naar degene die bij die stem hoorde.

Ze liep zo gewoon mogelijk het lokaal in.

'Eindelijk... o nee,' zei een meisje uit een hogere klas.

'Ik zoek alleen mijn jas.' Marike bloosde weer eens.

'Is dat hem niet?' Het meisje, dat zeker in de vijfde of zesde moest zitten, wees naar achter in het lokaal, waar Marikes jas inderdaad naast de gootsteen lag. Om erbij te kunnen, moest ze langs al die groters heen. Nooit had Marike zich zo klein gevoeld als vandaag. Ze probeerde te doen of ze er niet was, zoals ze dat al die weken had gedaan. Gelukkig letten ze niet erg op haar, ze praatten gewoon door.

'Wat kun jij ouwehoeren Samir,' zei een jongen. 'Je moet leraar worden.'

En juist toen Marike vlak naast hem was, zei de jongen die op de tafel zat, vlak naast haar: 'En wie zegt dat ik dat niet wil?' Het was de Stem. Marike bleef staan en keek hem aan. Nieuwsgierig: een leerling die toegaf dat hij leraar wilde worden?

Hij keek terug. Marike zag alles tegelijk. Hij was niet zo heel groot. Tenger, smalle schouders. Lichtbruine huid, zwarte wenkbrauwen, donker, iets krullend haar, en ogen die bij zijn stem pasten: vol en donker. Lange wimpers die even zijn wangen aanraakten toen hij knipperde. Hij rook naar knoflook en iets wat ze niet kon thuisbrengen. Zijn mond vertrok even in een vluchtige glimlach. Maar ze kon zien dat hij met zijn gedachten ergens anders was. Ze liep door naar achteren. Trok haar jas aan. Hoorde hoe anderen de tafels in een hoefijzervorm begonnen te schuiven. De tijd ging langzamer dan normaal. Ze hoorde Samir zeggen: 'Nee, maar even serieus, als je het nog eens leest, zie je dat het helemaal geen slap wijvengezemel is. Het is een satire, scherper en bovendien… hóudbaarder dan *Gulliver's Travels* bijvoorbeeld.'

Marike begreep geen lettergreep van wat hij zei. En ze wilde niet stoppen met luisteren. Ze wilde nog meer horen.

Maar ze moest weg. Ze gingen hier vergaderen.

Samir zat nog steeds op zijn tafel, die nu een eilandje vormde in het midden van het hoefijzer. Hij zag Marike kijken en zei, speciaal tegen haar: 'Die lui hier zíjn me toch een stelletje cultuurbarbaren!'

'Wat zijn dat?' vroeg Marike. Achteraf begreep ze niet hoe ze het gedurfd had. Ze herkende nu Remco van de debatingclub, die antwoordde: 'Hij bedoelt dat wij er niets aan vinden eindeloos oude boeken uit te pluizen, zoals hij. Wij houden hier meer van actie. Nou, professor Saoudi, van die tafel af, dan kunnen we eindelijk eens beginnen.'

'Je naam staat in een tafel gekrast bij techniek,' zei Marike tegen Samir. Hij lachte tegen haar.

'Heb ik zelf gedaan, om eerlijk te zijn. In de brugklas.' Het was raar om te bedenken dat zo'n grote jongen ook ooit een bange brugklasser was geweest. Marike had ruim de gelegenheid om die gedachte te denken. De tijd stond bijna stil.

'Een meisje uit mijn klas heeft er een hart omheen gezet. Maar ze kent jou niet.'

Daar moest Samir om lachen. Hij zei niets meer. Hij tilde zijn tafel op en zwaaide hem over de rij andere heen. Marike keek hem na en liep met tegenzin het lokaal uit. Hij had een spijkerbroek aan en een blauwgrijze bloes. Een blauw met bruine jongen. Hij had dunne benen en vingers. Recht afgeknipte nagels. Scherpe kaken, nog glad als van een kleine jongen.

Maar zijn ogen waren het belangrijkst aan hem. Terwijl Marike verdwaasd de school uit liep, probeerde ze zich die ogen te herinneren. Ze waren bruin, dat wist ze, en ze hadden lange wimpers. Zijn blik was intelligent en een beetje spottend. Maar ze zag die blik niet voor zich. Ze kon zich met de beste wil van de wereld die ogen niet meer herinneren.

Zijn naam wel. Samir. En zijn achternaam: Saoudi. Samir Saoudi. Het werd een liedje in haar hoofd. Ze trapte op de maat ervan naar huis.

'Mam,' zei Marike. Regen sloeg tegen de ruiten, het haardvuur brandde en de keukenramen waren beslagen door de vele mensen die zich in de keuken verzameld hadden. Maar er was zoveel lawaai dat een onderonsje niet opviel. Marike popelde om naar boven te gaan, om op haar bed onder de dakkapel naar de regen te gaan liggen luisteren. Maar ze moest eerst iets weten. 'Hoe weet je of je verliefd bent?'

'Och mens,' zei Elly. 'Dat weet je gewoon.' Ze schudde iets uit een potje in de saus. Marike snoof – en in een flits schoot haar het gezicht van Samir weer te binnen. Elly deed het deksel op de pan en het beeld verdween.

'Wat was dat?' vroeg Marike. 'Wat je net in het eten deed?'

'Komijn,' zei Elly. 'Uit de tuin.'

Dus Samir rook naar komijn.

'El... je gaf net geen antwoord.'

'Jawel... je wéét het gewoon.'

'Ja, maar hoe dan?' vroeg Marike ongeduldig. Ze had haast; ze had een afspraak met zichzelf.

'Als je aan niets anders meer kunt denken,' zei Elly. 'En als je de hele tijd zijn naam wilt zeggen, of haar naam natuurlijk. Maar als je dat hardop doet, heb je er spijt van, want die naam is veel te heilig voor het gewone volk.'

Marike wist genoeg. Ze drong langs Radboud, die op zijn knieën in het vuur lag te blazen, naar de trap. Ze stuiterde door de badkamer, waar Roeland zat te poepen, en sloeg de deur van het Duet dicht. Ze had de neiging er een kastje voor te schuiven, maar dat was belachelijk. Ze schopte haar schoenen uit en ging op bed liggen. Zelfs het nawiegen van de vering irriteerde haar. Ze wilde op haar rug liggen en naar de regen luisteren.

Ze probeerde het met Daphne. Ze wist precies hoe Daphne eruitzag. De afgelopen dagen was ze in slaap gevallen met iets wat Daphne had gezegd in haar oren, iets wat Daphne had gedaan voor haar ogen, of met een glimlach om een van de nieuwe geheimen die ze samen hadden.

'Daphne,' zei ze hardop. 'Daphne Zelichman.'

Maar ze werd ongeduldig van Daphne. Ze wilde aan Samir denken. Aan zijn gezicht. Aan zijn stem. Aan zijn ogen. Even schoten ze voorbij, die ogen, hoe ze keken, hoe hij gelachen had. Hij had naar haar gelachen toch? Het was alweer weg. Ze kon zich met de beste wil van de wereld zijn gezicht niet meer voorstellen.

Ze lag op haar bed en wachtte wat er in haar hoofd zou komen. Samir, Samir, Samir... Samir Saoudi. Na een tijdje was het alleen een naam geworden. Ze had geen idee meer hoe hij eruitzag.

Na het avondeten ging ze meteen weer naar boven. Ze probeerde te lezen, maar na een halve bladzijde had ze er alweer genoeg van. Samir, Samir, Samir...

O, waarom moest het nu juist weekend zijn? Nog twee hele dagen, en dríe nachten tot het weer maandag was! Het enige wat ze kon doen was een takje komijn uit de tuin halen en onder haar kussen leggen...

Zaterdag hoefde ze niet schoon te maken, en daarom had ze met Daphne afgesproken dat ze hun eindpresentatie bij haar thuis op de computer zouden maken. Zolang ze bezig waren, boven in de studeerkamer van meneer Zelichman, ging het wel, dan vergat Marike even het ongeduld dat aan haar vrat. Maar zodra ze hun presentatie voor de laatste keer bekeken hadden en op een schijfje hadden opgeslagen, sloeg het weer toe. Het gebabbel van Daphne stond haar tegen, omdat Daphne over dingen praatte die niets met Samir te maken hadden. Ten slotte kon ze het niet meer uithouden.

'Hoe weet je dat je verliefd bent?' vroeg ze plompverloren aan Daphne. Daphne keek haar verbaasd aan.

'Hoe kom je daar nou opeens bij?' Toen zei ze: 'Als je de hele tijd bij hem wilt zijn. Als je de hele tijd aan hem denkt. Als je de hele tijd zijn naam in je hoofd hoort...'

Ze had een kop als een boei gekregen.

'Ben jij verliefd?' vroeg Marike. 'Ben jij op Olivier?'

Daphne zette de computer uit, wat nog een heel werk bleek te zijn.

'Een beetje,' zei ze toen.

Marike keek haar aan. Een beetje? Kon je dan ook een béétje verliefd zijn?

'En jij?' vroeg Daphne. 'Op wie, hé?'

Marike schudde haar hoofd. Daphne was vooral nieuwsgierig. Als ze het zei, als ze nu zijn naam zei... Ze stond op springen en ze vroeg zich af hoe lang ze het voor zich zou kunnen houden, maar – nee, ze wilde het toch niet hardop zeggen. Ze wilde Samirs naam niet uit Daphnes mond horen. Daarom zei ze: 'Eerst had ik wel vier geheimen. Dat waren dingen waarvoor ik me schaamde. En nu is er een bij gekomen, maar...'

'Vier geheimen?' vroeg Daphne, zoals ze had verwacht. 'Wat dan allemaal?'

'O, over mijn leeftijd en zo.' (Daphne wist nu dat Marike net elf was.) 'En over thuis. En...' Ze lachte. 'En dat ik lesbisch was!' Daphne keek haar onthutst aan.

'Echt?' vroeg ze slepend. Een kleine verandering in haar houding, een subtiel gebaar, een vestje dat verder werd dichtgetrokken, maakte dat Marike begreep waar Daphne aan dacht: dat Marike verliefd was op háár. Ze schaterde. Nu ze zeker wist dat het niet waar was, kon ze er gerust om lachen.

'Maak je geen zorgen, hoor! Ik ben toch op een jongen!'

'Wie? Wie is het dan? Zit hij bij ons op school?'

'Nee,' zei Marike baldadig. 'Eerst zeggen op wie je dan wél verliefd bent!'

Daphnes blos werd dieper.

'Nou ja... niemand. Alleen...'

'Op die Stef hè?' zei Marike. 'Je kunt hem niet vergeten, ook al heb je verkering met Olivier. Min of meer,' voegde ze er haastig aan toe. 'Nou ja, dat gebeurt zo vaak. Rein, mijn vader, werd ook verliefd op Agnes terwijl hij nog gek was op Elly. En hij is heus de enige niet.'

Ze luisterde verbaasd naar haar eigen woorden. Ze geloofde ze nog ook. Zó bijzonder waren haar ouders nou ook weer niet!

'Maar vertel nou,' zei Daphne.

'Nee,' zei Marike – ook al popelde ze nog steeds – 'nog niet. Pas als ik het zeker weet. Ik heb hem pas één keer gezien.'

'Ik kom er toch wel achter,' zei Daphne. 'Echte verliefdheid – dat zie je zó.'

Marike begreep niet hoe ze zo lang op het Rhijnvis had kunnen rondlopen zonder Samir te zien. Nu ze hem kende, ving ze de hele dag glimpen van hem op. En elke keer begon haar hart als een razende te pompen en werd haar mond droog. Toen ze hem passeerde in de gang bij het geschiedenislokaal, werden haar knieën zomaar van het ene op het andere moment slap. Ze bloosde, probeerde niet naar hem te kijken, gluurde toen toch even van opzij om te zien of hij haar herkende... en merkte dat hij haar niet eens had opgemerkt. De rest van de dag hoopte ze hevig dat het nog eens zou gebeuren, en tegelijk was ze er doodsbang voor.

Maar toen het tijd was voor de debatingclub – Marike was zo lang mogelijk buiten blijven hangen, waar wat oudere leerlingen stonden te kletsen – moest ze de hoop opgeven. Het laatste lesuur was voorbij; Samir was vast al lang naar huis.

Ze hoopte niet dat het zo zenuwslopend zou blijven. Hoe lang duurde zo'n verliefdheid? Stel dat Samir haar nou nooit meer zou zien, gewoon omdat ze zo'n onbetekenende brugpieper was? Tegelijk hoopte ze dat het nooit over zou gaan.

Daphne kwam haar achterop gerend, net toen ze het lokaal van De Haan in wilde gaan.

'O, hier zat je! Jij hebt die diskette nog in je tas, ik moest hem aan mijn vader teruggeven weet je wel.'

Marike bleef staan en rommelde in haar rugzak. Bij de debatingclub hoefde je nooit zo heel erg op tijd te zijn. Opeens bleef haar hand stil in haar tas hangen. Ze begon te blozen. Ze draaide zich om, maar keek recht in het gezicht van Douwe, die haar wenkte dat ze naast hem moest komen zitten. Ze draaide nog een kwartslag, maar nu stond ze met haar rug naar Daphne toe en dat was ook idioot.

Door de gang achter haar naderden twee jongens. De stem van Remco klonk dringend: 'Het is echt gaaf, kom nou gewoon. Het is echt niet zomaar een theekransje.'

En toen de Stem: 'Met al die brugklassers erbij...?' Aarzelend, maar niet onaardig.

Marike draaide zich maar weer om.

Ze waren vlakbij. Remco zei: 'Twee maar, en die vallen best mee...'

Toen stond de tijd weer stil. De wereld hield op met draaien. In de oorverdovende stilte hield Samir stil bij de deur van het debatinglokaal, recht voor Marike, en keek haar aan. Lachte. Zei: 'O, het meisje van de jas. O, nou.'

Remco zei iets. Marike hoorde niet wát; ze zag die ogen weer. Spottend, ja, en slim, en ook, toch, ergens daaronder, een tikje onzeker.

'Hoe was jij dan in de brugklas?' zei ze. Het was geen echte vraag. Ze dacht dat Samir zich toen net zo gevoeld kon hebben als zij nu. Te groot en te klein tegelijk.

Hij lachte opnieuw, maar nu alleen met zijn ogen. Marike

keek naar de grond. Te véél kon ze niet hebben. Ze voelde dat Daphne naar haar staarde. Remco zei nog iets en Samir zei iets terug en toen waren ze in het lokaal verdwenen. De Haan kwam naar de deur om hem dicht te doen.

'Hij vindt je léuk!' gilde Daphne. Tenminste, voor Marikes gevoel gilde ze het – eigenlijk was het meer sissen. 'Hij vindt je léuk Mariek! Daarom gaat hij mee!'

Marike greep Daphne bij allebei haar armen beet, en omdat ze bijna uit elkaar barstte – Samir ging meedoen met de debatingclub en misschien, misschien had Daphne gelijk en was het een beetje om haar – omdat ze bijna ontplofte en wel iets moest zoenen, al was het haar rugzak, al was het de deur, trok ze Daphne naar zich toe en gaf haar een kus, pal op haar mond. Daarna veegde ze snel haar lippen af.

Ze keek naar haar hand, ze keek naar Daphne, en lachte.

'Nou weet je het dus,' zei ze. 'Maar please...'

'Natuurlijk niet! Geheim is geheim,' zei Daphne.

Marike gaf Daphne de diskette, greep de deurklink, rukte de deur zowat uit De Haans hand, ging naar binnen, zette koers naar de plaats naast Douwe, ging zitten, zette haar tas op de grond, legde haar armen op tafel, keek op... recht in die ogen.

Samir Saoudi, het mooiste geheim sinds het begin van de wereld...

Oliviers dagboek

Een onvervalste rotdag

Hij zou te laat komen. Hij zou alleen naar binnen moeten, terwijl de klas toe zat te kijken. Het zou de verkeerde klas zijn. Hij had de verkeerde boeken bij zich. Hij zou worden uitgelachen door de leerlingen en worden gestraft door de leraren. Hij wist het nu wel zeker: dit was een onvervalste rotdag.

In de verte lag de school, een hoog, rechthoekig blok met rijen ramen. Die ramen glansden fel in de ochtendzon, kwaadaardig als insectenogen. Ervoor lag een grasveld, met zulke plassen water dat je van een moeras kon spreken. Twee jongens crosten met hun mountainbikes door die plassen, het water spattend achter hun wielen. Kleine vogels renden klapperend weg.

'Prachtig,' zei Olivier zacht.

Zo langzaam mogelijk fietste hij over de weg langs het veld. Overal zag hij de leerlingen komen, meestal groter dan hijzelf.

Het plein, voor de hoofdingang, was druk; leerlingen – kletsend, lachend, achteloos leunend tegen het standbeeld, sommige etend, een paar zelfs al rokend.

Olivier bekeek ze wantrouwig.

Hij was lange tijd Ollie genoemd. Ollie, terwijl hij Olivier heette. Olivier Quint. Die achternaam was zo gek niet. Het was zijn voornaam waar hij zich bezorgd over maakte.

Ollie-krentenbollie.

Ollie-bé-bommel.

Ollie-knollie.

Die bijnamen, daar had hij onder geleden. Ze klopten nog ook, zijn hoofd hád iets knolligs. Alsof het te groot was voor zijn schouders.

Gelukkig droeg hij goeie kleren. Niet te suf. Niet de keurige kleding die zijn moeder doorgaans voor hem kocht. Maar een zelfgekozen gebleekte spijkerbroek en een iets te grote oranje trui met het cijfer 1. Gewone schoenen met veters.

Hij stalde zijn fiets in de kelder onder de school. Zijn zus had hem uitgelegd: 'Je moet om de school heen rijden. Aan de achterkant kun je omlaag, de kelder in. Je ziet 't vanzelf.'

Het was waar. Hij zag 't. Je hoefde de leerlingenstroom maar te volgen. Maar god, wat was hij toch klein! Iedereen stak met kop en schouders boven hem uit, hij leek wel een dwerg. Brugpikkie. Dat had zijn zus 'm ook nog gezegd. 'Je bent nu een Brugpikkie. En als je vervelend bent duwen we je ondersteboven in een prullenbak.'

Dat laatste was in zijn hoofd blijven steken. Hoelang zouden ze hem in zo'n bak laten hangen? En zou hij dan wel genoeg zuurstof krijgen? En wat als hij, ondersteboven hangend, nodig naar de wc moest?...

Had hij trouwens alles wel bij zich? Hij moest dit nog een keer controleren. Olivier stopte met lopen en keek in zijn tas. Meteen botste iemand tegen zijn rug. Hij viel languit voorover. De zorgvuldig gerangschikte boeken en schriften vlogen over de vloer van de kelder.

De jongen die tegen hem op was gelopen – iets langs en sloffends met bril – stapte gewoon over 'm heen. Totaal onverschillig, als een dinosaurus die op een muis is gestapt. Olivier sprong overeind en, zich voortdurend excuserend – sorry, sorry! –, graaide hij zijn spullen bij elkaar.

Een rot-rot-rotdag!

In de grote ruimte in het midden van de school – de aula – stond een menigte leerlingen, net zo klein als hijzelf. Sommigen zelfs nog wat kleiner.

'Moeten we hier zijn?' vroeg hij een gedrongen joch met blond haar.

'Wbettuktal,' zei het joch.

'Wat?'

'Wbettuktal,' zei het joch opnieuw. Hij was werkelijk niet te verstaan.

'Ik heet Olivier.'

'Waulf,' zei het joch zonder 'm aan te kijken.

'Wolf?'

'ROLF!' zei het joch, plotseling hard.

Toen verscheen er een man op het podium. Hij was glimmend kaal, met uitstekende dotten wol links en rechts van z'n hoofd.

Het kale hoofd van de school, dacht Olivier en voor 't eerst die morgen lachte iets in z'n binnenste.

Het hoofd hield een toespraak. Dat ze nu leerlingen waren van het Rhijnvis Feithcollege. Dat ze daar trots op moesten zijn. Dat het Rhijnviscollege 'een school van standing' was, de beste in Zuideroog. Dat ze zich daarnaar moesten gedragen. Dat hij hoopte dat zij 'een vooral nuttige tijd' zouden krijgen. Dat dat grotendeels van henzelf afhing. Hij sloot af met de boodschap dat de leerlingen hun rooster moesten halen in lokaal 13b.

Olivier liep tussen zijn lotgenoten naar het lokaal. Sommigen leerlingen hadden elkaar al gevonden, die liepen kletsend voor hem uit. Hijzelf kende hier niemand. Geen enkele leerling uit groep acht van de Montessori was naar het Rhijnviscollege gegaan; behalve dus hij. Olivier was d'r blij mee. Zo had hij een goeie kans om eindelijk af te komen van die verrotte bijnaam.

Zonder problemen vond hij, ergens op een stapel, het rooster van 1d – zíjn klas.

Woensdag. Eerste uur... Wiskunde. Juist. Dat had hij gisteren al geweten. Waar het om ging was het lokaal. 2c.

Hij zat dus in 1d en moest nu vanuit 13b naar 2c. Van die cijfers moest je niet schrikken. Eigenlijk was 't heel duidelijk.

Meneer Ris

Het lokaal rook naar krijt en naar stof. Een muffe lucht. De deur was open, de klas liep aarzelend naar binnen. Veel leerlingen, vooral meisjes, gingen meteen naast elkaar zitten. Of bij elkaar in de buurt. De tafels stonden twee aan twee. Olivier stond besluiteloos voorin.

Een regel uit een liedje ging door zijn hoofd; een nummer dat zijn vader soms draaide.

Vluchten kan niet meer.

Hij deed een paar stappen naar een tafel bij het raam. Van daaruit zou hij naar buiten kunnen kijken. Naar buiten kunnen springen, als dat nodig was.

Maar net voordat hij er was werd de tafel ingenomen door dat joch, de onverstaanbare Rolf. Nee, daar kon je maar beter niet naast belanden; zat je een jaar lang met dat gesputter.

Olivier nam de tafel erachter. Ziezo. Hij zat. Leuk uitzicht op dat drassige veld. Dat wel.

Nog maar drie leerlingen stonden. Olivier hoopte erg dat hij hier zo zou blijven, heersend over twee tafels. Maar de leraar trad binnen; een zware man met een bril en een baard.

'Toe nu!'

De leerlingen keken verbaasd in zijn richting.

'Ja! Jij gaat daar zitten. En jij daar. En daar is nog een tafel vrij...'

Zo kreeg Olivier een donkere, smalle jongen als buurman. Hij was wat kleiner, zijn haar was zwart en zijn huid wat bruiner. Een moment vroeg Olivier zich af uit welk land dit joch kwam. Maar verdomme! Waar het toch om ging was dat hij bijna de baas was geweest over twee tafels. Bijna. Net niet... *Erg* vervelend, daar zat dat knaapje nu naast 'm.

'Prachtig,' mompelde Olivier nijdig. Vanuit zijn ooghoeken

bekeek hij de nieuwe buurman. Stil, bijna bozig, keek het joch voor zich uit. Hij droeg een broek van ribfluweel, een raar, ouderwets ding. Die broek maakte iets medelijdends bij Olivier los.

'Ik heet Olivier.'

Even keek de jongen hem aan. Meteen daarna schoten zijn ogen weer weg.

'Ravi,' zei hij zacht.

De leraar nam nu het woord.

'Zo! Ik moet jullie het een en ander vertellen. Nee, laat die boeken nog maar even dicht. Ehmmm...'

Het werd stil in de klas. Ook de leraar zei wel een minuut lang niets. Peinzend streek hij door zijn baard. Buiten krijsten de meeuwen. Olivier beeldde zich in dat hij nu door de duinen liep. De wind in zijn gezicht. Vrij om te lopen waar hij wilde...

'Ja!' zei de leraar, plotseling ontwakend. 'Jullie zijn toch 1d?... Ja? Jij ook? Wat? Weet je het niet zeker? Geeft niks. Je zit nu op 't Rhijnvis Feithcollege en er is geen ontsnappen meer aan! Geeft niet hoor, vanmiddag mag je weer naar huis. Goed. Ik ben in ieder geval jullie klassenleraar. Dat betekent niks. Dat betekent alleen maar dat als jullie iets uitgevroten hebben dat je dan met mij moet komen praten. En dan zeg ik dat je dat niet meer moet doen. En daar heb je dus een klassenleraar voor. Als er nou echt iets is kun je dat aan mij komen vertellen. Voor iets kleins ga je naar de conciërge, voor iets belangrijks naar mij. Meestal ben ik in de buurt van dit lokaal te vinden. En anders in de lerarenkamer. Daar mag je niet zomaar in. Op de lerarenkamer staat een bord met 'kloppen'. Dat is om jullie buiten te houden. Hè, toe nu! Jullie daar, ja... Even luisteren graag. Dat bewaren jullie maar voor het volgende uur, dan heb je muziek van mevrouw Van Duin en die is doof. Goed. Mijn naam is Ris. Dat rijmt op Rhijnvis. Dit zeg ik om jullie voor te zijn. Ja, lach maar even... Mooi, dat hebben we weer gehad. Mocht er dus iets zijn dan kunnen jullie altijd in de pauze naar me toe komen. Verder zijn we hier ook nog voor wiskunde. Wiskunde is het mooiste vak ter wereld. Pure kunst. Jullie zullen het nog wel merken. Eens kijken...'

Meneer Ris streek opnieuw door zijn baard.

'Ja! We zullen eens beginnen met het oplezen van de namen.'

Hij dook neer achter zijn bureau.

'Graag even 'ja' zeggen als je je naam hoort. Als je je naam nou niet hoort zeg dan 'nee'. Afgesproken? Goed... Naomi van Akel. Juist... Bart van Akel. Tweelingen? Ja? Laat eens kijken...'

De klas keek naar Naomi en Bart die roze kleurden. Ja, de overeenkomst was duidelijk zichtbaar.

'Goed. Laurens Biesterveld. Jij? Dag Laurens, jongen. Voel je je een beetje prettig? 't Valt allemaal erg mee hoor! Claire Bulthuis... Wat? Bólthuis?... Goed, dan verander ik dat. Wie hebben we hier... Ingeborg Doedens...'

Zo werden de namen een voor een afgewerkt. Bij sommige namen maakte meneer Ris een grapje, maar nooit werden die grapjes gemeen.

'Olivier Quint. Zo Olivier. Hou jij in de gaten wie er over het gras loopt? Heel fijn!'

De klas lachte. Olivier voelde het bloed in zijn wangen.

'Douwe Mansholt... Vincent Rademakers... Ravi Singh... Simon Verkaik-Groeneveld... Tanja de Vries... Linda Wittebrood... Marike 't Zand... En dan ben jij dus Daphne Zelichman.'

Meneer Ris legde de lijst op de tafel. Hij ging staan.

'Mooi, mooi, mooi! Dan komen we nu toe aan de kern der dingen. De aard der zaken, zal ik maar zeggen. De boeken! Heeft iedereen *Getal en ruimte*, deel 1 bij zich? Ja? Iedereen?! Heel fijn! Ik ga erg van jullie houden als dat zo doorgaat! Ja, sla de boeken maar eens open. Doe alsof je thuis bent.'

Muziek

Het tweede uur kregen ze dus muziek. Het lokaal was wel prettig – uitnodigend, vond Olivier. Er ging geen dreiging vanuit, zoals het wiskundelokaal dat had gedaan. Overal stonden de instrumenten en er hingen kleurige posters van concerten.

Maar mevrouw Van Duin, een klein blond wijfje met een Jan Klaassenachtig hoofd, bleek met een trage neusstem te spreken. Haar zinnen vervlogen tussen de tafels. Uit deze voortkabbelende stroom van geneuzel ving Olivier soms een bekend woord – 'klank' of 'symfonie' of 'koperwerk' –, maar het was lastig om daar een verhaal van te maken. Het was haast alsof mevrouw Van Duin in zichzelf stond te praten. En al tijdens haar toespraak stak het gefluister op.

Ook hier zat Ravi naast Olivier. De jongen was eenvoudigweg met hem opgelopen na die wiskundeles. Hij staarde nu naar de grond. Verveelde hij zich? Probeerde hij te luisteren? Je kon 't niet aan hem zien. Hij keek nors voor zich uit.

'Muziek heeft vooral te maken met luisteren,' zeurde de stem van mevrouw Van Duin.

Intussen imiteerde een leerling het geluid van *Roadrunner*.

Vrij plotseling was mevrouw Van Duin klaar met haar toespraak. Iedereen fluisterde of bewoog.

Olivier bestudeerde de meisjes. Er zaten wel een paar aardige tussen. Vooral één – Daphne Zelichman? – trok zijn aandacht. Ze had een spits profiel met een grote neus. Olivier hield van meisjes met grote neuzen. Even streek ze een paar bruine lokken opzij en zo kon hij wat meer zien van haar gezicht. Die glimp maakte hem nog nieuwsgieriger. Ze praatte met een vriendin, een opmerkelijk lelijk meisje met poedelkrullen en een te brede kin. Soms lachten ze zacht.

Vreemd toch, dacht Olivier. Mooie meisjes hebben *altijd* weer een lelijke vriendin... Waarover zouden ze praten?

Mevrouw Van Duin stond nu bij een recorder, die op een tafeltje was opgesteld in de hoek. Ze draaide onhandig aan een paar knoppen. Zonder enig resultaat.

'O!' zei ze, voor het eerst goed verstaanbaar. 'O! Hoe kán dat n... Ik denk dat...'

Ze draaide opnieuw aan de knoppen, nogal rukkerig nu. Weer gebeurde er niets. De leerlingen grinnikten. Mevrouw Van Duin keek wantrouwig de klas in.

'Begrijpt er iemand iets van dit ding?' vroeg ze hard.

'Het stopcontact!' riep een jongen.

Ze hield een hand bij haar oor.

'HET STOPCONTACT!' brulden de leerlingen.

Kippig keek mevrouw Van Duin naar de vloer.

'Ah!'

Ze bukte zich en deed de stekker in het stopcontact. Het apparaat begon onmiddellijk te draaien, eerst even heel snel met als gevolg een gierend, kwebbelend lawaai; alsof er een dwerg werd gewurgd. Sommige jongens deden dit na.

Toen klonk er dan toch een orkest. Violen. Trompetten. Pauken. Het loeide door het lokaal. De leerlingen voorin bedekten hun oren. Maar mevrouw Van Duin leek tevreden. Ze gaf een afgemeten knik.

Twintig minuten lang ging alles verloren in dit orkest. Je kon luisteren, als je wilde, je kon praten, als je zin had, en je kon schreeuwen, het maakte niet uit. Mevrouw Van Duin zat aan haar tafel te roken. Twee keer stak ze haar sigaret in de lucht, waarbij ze iets zei. Olivier zag haar mond dan bewegen.

'Muziek heeft vooral te maken met luisteren,' zei hij, daarbij mooi haar zeurderige stem imiterend. Dit zorgde voor een glimlachje bij zijn buurman. Even gleed een boosaardig, klein lachje als een zonnestraal over dat bewegingsloze gezicht.

Er is humor geconstateerd, zei Olivier tegen zichzelf. Misschien komt alles nog goed.

De zoemer ging, voor de eerste pauze van het schooljaar. Met Ravi liep Olivier door het trappenhuis omlaag. Die eerste pauze, had zijn zus 'm verteld, duurde maar een kwartier.

En daar had je haar net! Lotte. Ze zat in de vierde. Hij had haar die ochtend nog niet gezien. Nu slofte ze kalm door de aula, met Iris en een paar jongens.

Iris was Lottes beste vriendin; ze was lang en slank en ze keek alsof alles haar mateloos verveelde. Olivier bewonderde haar van een afstand. Als ze op bezoek was hing hij meestal rond in haar buurt.

'Niet normaal meer!' kon Iris dan zeggen. 'Kom je daar en dan staat zo'n gozertje je op te wachten, zittend op z'n brommertje. Met z'n integraalhelmpje nog half op! Dat vind ik zóóó stakkerig!'

Het was opwindend, vond Olivier, als ze zulke dingen zei. 'Die Iris,' had hij zijn moeder horen zeggen, 'dat is nou niet bepaald een goeie invloed.' Ook dat was opwindend. Hij bewonderde haar daarom nog meer.

Olivier woof beleefd naar zijn zus. Hij dacht even terug aan die prullenbak.

Wat aarzelend woof ze terug. Ze leek bijna net zo verveeld als die Iris.

Nu kreeg ook Iris hem in de gaten. 'Hé tas!' riep ze. 'Waar ga je naartoe met dat brugklassertje?!'

Het groepje begon te lachen. Haastig liep Olivier verder. Hij bekeek zijn tas. Die leek hem plotseling belachelijk groot.

Nog steeds liep Ravi naast 'm.

'Jij heet dus Olivier,' zei hij, weer zo onverwachts. Het was alsof Ravi telkens wat moest overwinnen voordat hij iets zei.

'Ja,' zei Olivier. 'Inderdaad. Olivier. En zo wil ik ook genoemd worden. Niet iets anders, bedoel ik. En jij heet dus Ravi. Wil je ook zo genoemd worden?'

Ravi haalde zijn schouders op.

'Muziek heeft vooral te maken met luisteren,' zei Olivier.

Ravi grinnikte. 'Dat stopcontact,' zei hij.

'Ja, dat was prachtig,' zei Olivier. 'En dat is mijn zus.'

Ze bekeken het groepje. Iris en zijn zus stonden nu bij een leraar, een man met een hangsnor. Ze maakten zelfs grappen. Lotte was hier duidelijk thuis. Even voelde Olivier iets van trots. Ze hoorde niet bij de sukkels.

Het verhaal van Ravi

Het vierde uur, biologie, werd gegeven door meneer Slob. Meneer Slob had niet alleen zijn naam tegen, hij was ook nog een zenuwpees. Meneer Slob begon zijn zinnen te hard, dan zwakte het volume steeds verder af en uiteindelijk stierven de woorden weg in gemompel. Meneer Slob likte – en dat was echt erg – om de twee zinnen zijn lippen. De tong van Slob kwam dan zachtroze naar buiten, als een weekdier dat uit zijn hol kruipt, en de boven- zowel als de onderlip kreeg een beurt. Het was vreselijk. Het was prachtig.

Zijn blik flitste schichtig door het lokaal. Het leek alsof hij voortdurend verbaasd was, verbaasd dat de klas telkens weer begon met dat zoemende gefluister. In dat gefluister verdween meneer Slob – hij verdween langzaam maar zeker naar de achtergrond.

Olivier deed er vooralsnog niet aan mee. Hij vond biologie een leuk vak. Misschien wilde hij ooit zelf bioloog worden. En dus deed hij zijn uiterste best om oplettend te luisteren. Maar dat gelik aan die lippen, dat was gewoon pijnlijk, telkens kwam die tong weer naar buiten gekropen.

Na dat uur, op de gang, riepen twee meisjes: 'Hij spuugt!' Die meisjes zaten voorin.

'Een gratis douche van Slobber!' riep iemand anders en de meisjes liepen gruwelend weg.

In de aula was het nu mogelijk om dingen te kopen. Een ontstellend dikke Surinaamse vrouw stond achter een klein buffet. Daar lagen Marsen, Nutsen, Bounty's en koeken. Er was een koelkast met frisdrank. En er was zelfs een soort van terrarium, waarin sausijzenbrood en worst lag te smoren.

Olivier had geen geld bij zich. Wel een broodtrommel en, los in zijn tas, een banaan.

Hij doorzocht zijn tas – en vond alleen die banaan.

Zijn trommel! Koortsachtig graaide hij in de hoeken. Maar het ding was verdwenen.

'Ik... Ik ga iets zoeken,' mompelde hij, vooral voor zichzelf. En hij rende meteen naar de kelder.

Ravi wachtte hem op, wat later, op de plek waar Olivier hem had achtergelaten. Natuurlijk was zijn trommel spoorloos gebleven. Een onvervalste rotdag! Zie je wel...

Ravi lachte hem tegemoet. Weer met zo'n stille lach. Dat joch vond 't dus *leuk* dat zijn broodtrommel kwijt was! Olivier nam zich voor om zijn nieuwe vriend verder maar te negeren.

'Hé!' hoorde hij Ravi zeggen.

Olivier liep langs met zijn kin omhoog.

'Hé! Hallo!'

'Wát nou!' blafte Olivier, zich omdraaiend. Toen zag hij eindelijk wat Ravi voor zich uitgestoken vasthield: zijn trommel.

'De conciërge had 'm gevonden,' zei Ravi.

'Daar was ik net naar op weg,' zei Olivier. 'Maar toch bedankt... Ik bedoel... Erg bedankt.'

Ravi knikte. Híj had zijn boterhammen in een plastic zakje. En bovendien droeg hij een zakje met een soort geel spul met zich mee.

Ze liepen naar buiten. Door de drukte van het plein liepen ze naar de rand van het grasveld.

'Waterhoentjes,' zei Olivier gewichtig. Hij wees.

'O ja?' vroeg Ravi.

'Ja,' zei Olivier. 'Die daar, met dat witte achterwerk. Vrij schuw. En dat is een meerkoet. Die hebben witte snavels. Mensen halen ze meestal door elkaar.'

'En dat?'

'Vlaamse gaai.'

'Hoe weet je dat?'

'Gewoon. Ik hou van vogels.'

‘In India,’ zei Ravi, ‘woonden we naast een plantage. Daar waren heel veel vogels. Parkieten. Honingzuigers. Koekoeken. En slangen ook. Cobra’s. Die zaten soms in de tuin.’

Het joch *praatte*. Eindelijk.

‘Cobra’s?’ vroeg Olivier op een toon die suggereerde dat hij precies wist waarover hij sprak.

Ravi knikte.

‘Eén keer heeft een van de honden er eentje gepakt,’ zei hij. ‘Ze vochten samen.’

‘Wie won?’

‘Onze hond. Die beet ’m dood.’

Olivier knikte alsof hij dit had verwacht.

‘Wat heb je d’rmee gedaan?’

Ravi haalde even zijn schouders op.

‘Gewoon,’ zei hij. ‘Bekeken… Ik herinner me ook nog dat er vaak kraanvogels vlogen boven ons huis. Hele vluchten.’

‘Kraanvogels? Wauw!’

‘Ken je die dan?’

‘Jazeker!’

Ravi praatte nu door, alsof er, dankzij die kraanvogels, een kraan was opengedraaid. Hij vertelde over ‘een bos in de buurt’, waar tijgers hadden geleefd. En hoe hij daar naartoe was gegaan, op een nacht, met een stel vrienden. Hoe spannend dat was, al hadden ze dan geen tijger gezien.

Over jakhalzen vertelde Ravi, en over de olifanten die door rijstvelden liepen. Over de reusachtige spinnen die soms binnendrongen in huis. Over vliegende honden en over de gieren die op dooie koeien zaten, langs de weg.

Intussen at hij van dat gele spul en hij liet Olivier proeven. Het bleek een soort zoutje te zijn, zoals Olivier nog nooit had gegeten; kruidig en scherp. Dat spul, dat maakte de verhalen nog beter.

Oliviers dagboek

Terwijl hij terugfietste, met tegenwind, bedacht hij dat niemand hem 'Ollie' had genoemd. Dat was mooi, maar hij moest blijven oppassen. Geen stomme opmerkingen maken. Niet struikelen over drempels of in slaap vallen in de klas, zoals hem ooit een keer was gebeurd.

'Er is hoop op een rooskleurige toekomst,' mompelde Olivier.

Met een voldaan gevoel kwam hij thuis.

Zijn huis lag aan de de rand van Zuideroog. Aan de Blauwe Kruisweg. De huizen stonden er los van elkaar en hadden voor- en achtertuinen.

Direct na Oliviers achtertuin begon het bos. Na zo'n twintig minuten lopen ging dat over in een brede strook duinen. Daarachter lag het strand. Alleen op rustige avonden, als een licht briesje landinwaarts woei, hoorde Olivier vanuit zijn slaapkamer het gezucht van de zee. Hij vond dat het mooiste, meest geruststellende geluid op de wereld.

Nu smeet hij zijn fiets tegen het hek naast de voordeur. Hij pakte zijn sleutel en ging naar binnen.

Hij mompelde: 'De aarde was woest en ledig.'

Inderdaad, er was niemand thuis. Zijn moeder, die notaris was, zou 's avonds pas komen. Zijn vader, een amateur-archeoloog, was bezig met opgraven in de Ziltlanden, een gebied in de buurt. En zijn zus zat waarschijnlijk in De Fuik, daar kon je flipperen en biljarten.

Olivier trok een keukenkast open, vond een pak Bastognekoeken, scheurde dit stuk en stak er een in zijn mond. Hij deed de tv aan, deed 'm weer uit. Hij doorzocht de post. Hield een brief voor zijn zus tegen het licht, had even de neiging om die open te maken, maar bedacht zich toen op het laatste moment. Hij schonk zichzelf een glas cola in en met de koeken en het glas liep hij naar boven.

Zijn slaapkamer zat direct onder het dak, aan de achterkant van het huis. Ongeveer de helft van zijn kamer bestond dus uit schuine wand, met een uitbouw, waarin één groot raam. Vanuit dat raam keek hij tegen de dennen en, iets naar opzij, tegen de achterkant van het huis van de buren. Er stond een verrekijker paraat op de vensterbank.

Hij deed een cd in de speler en gooide zichzelf op bed. Robbie Williams zong over de liefde. Olivier keek naar de tijgerposter tegen zijn deur en dacht aan Ravi. Hij stelde zich voor hoe hij 's nachts een gebrul zou horen, dan zou hij met zijn zaklantaarn naar buiten schijnen; en nog net zou hij een gestreepte vacht zien verdwijnen tussen de struiken van de achtertuin.

O. Quint, ontdekker van de Zuideroogse tijger, ging 't door hem heen. Een volkomen nieuwe soort!

Hij sprong overeind en landde met beide voeten op het pak Bastognes. Het pak barstte uiteen, stukken koek schoten weg over de vloer.

'Een indrukwekkend resultaat,' mompelde Olivier voldaan.

Met een sierlijke beweging trapte hij het pak in een hoek. Zo. Nu lag de kamer vol met kruimels en stukken. Een slagveld. De aarde was ledig en woest.

Hij ging zitten aan zijn bureau en trok een van de laden naar buiten. Onder die la, alleen zichtbaar als die la in z'n geheel werd weggehaald, lag een rood boekje. Voor op het boekje stond in slordige letters: *Het geheime leven van Ollie Quint.*

Olivier streepte het woord 'Ollie' door met een zwarte viltstift. Erboven schreef hij met grote letters: *Olivier.*

Waarom, dacht hij, heb ik *zelf* 'Ollie' op mijn dagboek gezet? Waarom?

Hij bladerde tot hij een blanco pagina vond. Hij begon te schrijven.

Woensdag

Ik heet Olivier. Niet meer Ollie. Dafne Zeligman zit rechts voorin. Als ze lacht gooit ze haar hoofd achterover. Dat deed ze vandaag zeker drie keer. Ze schrijft met links. Ik zal haar in de gaten houden. Mijn zus deed heel stom. Ik ben niet meer op Iris. Want Iris is een stomme trut. Ze is verdorven.

Op de terugweg gezien: 1 bruine kiekendief. 2 geelgorzen. Ravi zit naast me. Hij heeft tijgers gezien.

O. Quint. Ontdekker van de Zui

De deur van zijn kamer zwaaide plotseling open, gevolgd door de klap toen hij tegen de muur kwam. Olivier dook in elkaar.

'Je schrok!' riep Lotte, terwijl ze naast hem kwam staan. 'Wát was jij aan het doen?!'

Olivier veegde het boek naar zich toe en verborg het onder zijn trui. Lotte pakte hem bij zijn schouders.

'Geef hier.'

'Nee!' riep Olivier. 'En ik schrok NIET!'

'Geef hier!' riep Lotte.

Ze trok hem met stoel en al achterover, langzaam ging de leuning richting de vloer. Een doffe bons; nu lag hij op zijn rug op de grond.

'Ik waarschuw je!' riep hij.

Ze ging lachend op 'm zitten. Ze graaide onder zijn trui, maar Olivier bleef het boek stevig omklemmen.

'Ik waarschuw je!' riep hij weer. 'Mijn wraak zal vreselijk AU!'

Ze duwde haar knieën hard in zijn schouders.

'Zo, brugpikkie.'

'Wat was jíj vervelend,' zei Olivier zacht.

'Hoezo?'

'Je liep popi te doen in de aula. Met die stomme Iris!'

'Ik dacht dat jij Iris leuk vond.'

'Iris is een stomme stomme trut! Als je niet oppast ga je net zo stom kijken.'

Lotte kwam opeens overeind.

'Ach jongetje, jij bent gewoon beledigd.'

Ook Olivier krabbelde op.

'Wat heb jij met de Bastognekoeken gedaan?' vroeg Lotte.

'Waar slááт dat op?'

'Van nu af aan wil ik niet meer dat je me Ollie noemt.'

'Hoe moet ik je dan noemen? Eikeltje?'

Ze lachte hard.

'Ik heet Olivier. Niet Ollie. Dat moet je niet meer zeggen.'

'Dan wil ik lezen wat je aan het schrijven was.'

'Vergeet 't maar!'

Lotte maakte weer aanstalten om 'm beet te pakken. Olivier kreeg een inval.

'Je mag het lezen,' zei hij, 'als...'

'Als wat?'

'Als ik die brief mag lezen die jij hebt gekregen.'

Lotte kleurde.

'Wat weet jij van die brief?' vroeg ze bozig.

'Jaaa....'

'Ach joh! Jij weet helemaal niks!'

'Dan ga ik nú op zoek.'

Olivier stormde plotseling weg. Lotte rende achter hem aan.

'Ollie! Verdomme! Je gaat NIET naar m'n kamer! Je gaat NIET...'

'Olivier!' krijste Olivier.

Hij rende, nog steeds met het dagboek onder zijn trui, naar haar kamer, die op dezelfde verdieping lag, aan de andere kant van de gang. Direct toen hij daar binnenkwam zag hij de brief liggen op haar bureau. Hij graaide hem naar zich toe. Het volgende ogenblik kreeg hij het volle gewicht van zijn zus op zijn schouders.

'Klein péstkopje! Afblijven!'

Olivier smeet de brief door de kamer. Onmiddellijk raapte Lotte hem op en stopte hem weg onder het kussen van haar bed.

'Noem je me voortaan Olivier?!'

'Oké hoor,' zei Lotte.

'En zul je altijd beleefd en onderdanig zijn?'

'Ja-ha. En nu wegwezen.'

'En zul jij mij erkennen als je eeuwige heer en meester?'

'Natuurlijk joh! En nou opgedonderd! Uit m'n kamer!'

'Wat zeggen wij daar achteraan?'

'Hè?'

'Wij eindigen nu voortaan elke zin met: Meneer Olivier.'

'Weg! Weg uit m'n kamer! Meneer Eikeltje!'

'Há, je hebt meneer gezegd! Dat betekent dat ik je nu in mijn macht heb.'

Hij stond nog even te treuzelen. Toen liep hij weg.

Meneer Quint

Aan het eind van de middag kwam zijn vader. Eerst de klap van de voordeur, daarna de typische, wat schuifelende stap door de gang.

Op welke tijden meneer Quint naar huis kwam was altijd een raadsel. Soms kwam hij pas om tien uur 's avonds binnen, met groezelige handen en zanderige kleren. Dan liep hij direct door naar zijn studeerkamer. En dan kon het dat hij de volgende ochtend alweer vroeg was verdwenen. Door deze gewoontes zagen zijn kinderen hem soms dagenlang niet.

Olivier vond zijn vader nu in de keuken. Daar stond hij, kauwend op een broodje, te kijken uit een raam; een lange, magere, kalende man, gekleed in een tweedjasje met vlekken.

'Zo Mitsy.'

Zo noemde zijn vader hem als hij goed gehumeurd was.

'Viel 't mee vandaag?'

Olivier knikte.

'We hebben een muzieklerares die doof is.'

Zijn vader lachte, nogal gedempt, want hij nam net een hap brood.

Olivier vertelde van het incident met de bandrecorder. En weer imiteerde hij de stem van mevrouw Van Duin.

Zijn vader had het broodje nu op.

'Zo is dat,' zei hij. 'Bij muziek gaat het om luisteren. Lijkt je klas een beetje aardig?'

'Er zit een jongen naast me uit India. Die heeft vroeger tijgers gezien. Hij woonde naast een oerwoud.'

'Hoe komt hij nu dan hier?'

'Hij heeft de hele wereld afgereisd,' zei Olivier. 'En nu woont hij hier.'

Meneer Quint keek op zijn horloge.

'Zeg, weet jij toevallig hoe laat je moeder thuiskomt?'

'Nee.'

'We zullen d'r wel eens bellen. En als ze laat is halen we wat. Of we gaan even eten bij de race-nees... Heb jij Lotte al gezien?'

'Die zit boven.'

Neuriënd liep meneer Quint naar de telefoon.

De race-nees

Een half uur later zaten ze tegenover elkaar in Nieuw Peking, een restaurant op loopafstand van hun huis. Oliviers moeder zou ernaartoe komen vanuit haar werk. Maar natuurlijk, ze was er nog niet.

Daar kwam de ober.

'Nafond mieneer.'

'Nafond,' zei Oliviers vader. 'Wij wil graag twee saté. Twee. Met witlijs. En biel. Bier, bedoel ik... En voor mijn zoon bami met kiep. En plenty kloepoek.'

Olivier keek nadrukkelijk van hem weg.

'Twee witlijs?' vroeg de ober.

Meneer Quint boog oosters het hoofd. 'Twee witlijs.'

Lotte lachte smalend, maar Olivier siste: 'Pap! Doe normáál!'

Vanuit zijn ooghoeken keek meneer Quint naar zijn zoon. Verbaasd, leek het. Al wist je nooit zeker.

Goddank, de ober liep terug naar de keuken.

'Ja,' zei meneer Quint. 'Op jullie moeder moeten we maar niet wachten.'

Ook dat was iets wat zich altijd herhaalde.

Meneer Quint vertelde langdurig over de opgraving waar hij aan deelnam; ze hadden kortgeleden de grondvesten ontdekt van een huis uit de tweede eeuw. Dat werd nu blootgelegd, schepje voor schepje. Meneer Quint sprak over wijnkruiken, over bronzen naalden en over speelschijfjes van aardewerk.

De avond, dacht Olivier intussen, verloopt volgens vaste patronen. Dat was een zin uit een boek die hem altijd was bijgebleven.

Lotte zat haar nagels te vijlen en Olivier bestudeerde het aquarium naast hun tafel. Daarin zwommen enkele roze vissen.

Vissen zonder vel, dacht Olivier. *Blote* vissen. Even zag hij zichzelf bloot door dat aquarium zwemmen.

'Ik wil voortaan Olivier genoemd worden,' zei hij toen plotseling. Zijn vader was nog bezig geweest aan een zin.

'Wat?' vroeg hij wazig.

'Niet meer Ollie. Ik wil voortaan gewoon Olivier genoemd worden.'

'Waarom, m'n jongen?'

'Ach, hij is bang dat-ie wordt gepest,' zei Lotte verveeld. 'Onze Olliebollie is nu een brugpikkie.'

'Is dat zo?' vroeg zijn vader lachend.

'Ja,' zei Olivier. 'Dat is zo. Waarom hebben jullie me trouwens in godsnaam Olivier genoemd?'

'Naar Olivier Twist,' zei zijn vader.

'Konden jullie zelf dan niets verzinnen?'

'Dit hébben we verzonnen,' zei zijn vader. 'Olivier. Dat is toch een leuke naam?'

'Mwoh...'

'Ik wilde vroeger Floris heten,' zei meneer Quint. 'Niet Willem. Ik ben ook gepest vroeger. "Willempie," riepen de jongens uit de buurt. "Willempie kén 't niet." Er waren zelfs leraren die me Willempie noemden.'

'Àààch,' zei Lotte.

'Dan begrijp je dus wat ik bedoel,' zei Olivier.

'We noemen je wel Eikeltje voortaan,' zei Lotte. 'Eikeltje Quint.'

'Dan noem ik jou eh... truttenkop! Truttenkop Quint!'

'Nou!' zei meneer Quint.

Het eten werd gebracht. Omdat deze Chinees altijd zo belachelijk snel was met opdienen noemden ze hem 'De race-nees'.

Meneer Quint stak onmiddellijk een stokje saté in zijn mond. Hij begon gulzig te kauwen. Toen keek hij nadenkend, vouwde zijn handen en mompelde een kort gebed.

'Te laat!' riep Lotte. 'Je hebt al gegeten! Dat was dus ongezegend voedsel!'

'Hou jij je bekje nou maar bij je eigen bordje,' zei meneer Quint licht geïrriteerd.

Mevrouw Quint

Plotseling stond mevrouw Quint naast de tafel. Ze zag er gejaagd uit. Fronsend keek ze naar haar smullende familieleden.

'Zo,' zei ze. 'Ik ben iets later dan verwacht. Maar jullie zijn dus al aan 't eten. Smakelijk hoor!'

En ze lachte dat kleine, geërgerde lachje dat ze alle drie zo goed van haar kenden.

'Ze hadden honger,' zei meneer Quint.

'*Jij* had honger,' bitste mevrouw Quint.

Ze schoof aan. Gelukkig, de ober kwam direct naar haar toe.

'Alleen een soepje,' zei mevrouw Quint. 'Heeft u tomatensoep... Nee?... Hè, dat was nou precies waar ik zin in had... Nou, wat heeft u dán voor soep?'

De ober noemde zeven verschillende soorten. Mevrouw Quint luisterde en zei vervolgens: 'Ach, doet u me dan maar een paar loempia's. Met wat brood en knoflookboter... Wat? Geen knoflookboter?... Hè!'

Ook mevrouw Quint vertelde langdurig over haar belevenissen van de dag. De heer Doedens had dit, 'die-trut-van-een-secretaresse' had dat, en er was iets fout aan de Ferrari, de auto maakte een klappend geluid in de bochten. De loempia's kwamen en mevrouw Quint viel aan; maar na één hap vertrok haar gezicht, want zoals ze zelf zei, 'die dingen waren vanbinnen nog bijna bevroren!' De ober kwam terug, de loempia's reisden weer naar de keuken. En intussen waren de borden van haar kinderen en man leeggeraakt zodat mevrouw Quint als enige met honger moest wachten.

De avond verloopt volgens vaste patronen, dacht Olivier voor de tweede maal.

Er viel een stilte. Oosterse synthesizermuziek drensde zacht maar nadrukkelijk door Nieuw Peking.

'Ik heb school gehad,' zei Olivier, om de leegte te vullen.
'Dat is waar!' zei mevrouw Quint. 'Hoe ging 't?'
'Hij is...' begon Lotte.
'Nee,' zei mevrouw Quint. 'Laat Ollie nu even vertellen.'
Beledigd wendde Lotte zich af.
'We hebben een dove muziekleraress,' zei Olivier gauw. 'En een leraar biologie die praat met consumptie. De eerste rij is ondergespuugd. Ze moesten hun gezicht schoonvegen toen ze uit de klas kwamen.'
'Jasses! Echt waar?'
'Natuurlijk is dat waar. Ik ben blij dat ik niet voorin zit.'
'Ollie heeft een nieuwe vriend gemaakt,' zei meneer Quint.
'Olivier!' zei Olivier. 'Ik wil niet meer Ollie genoemd worden. Maar gewoon Olivier. Zo heet ik toch?'
'Wat voor vriend?' vroeg zijn moeder.
'Een jongen uit India. Hij heeft in het oerwoud gewoond. Daar heeft hij tijgers gezien. En hij had slangen als huisdier.'
'Waarom woont hij nu dan in Nederland?'
'Hij heeft moeten vluchten,' zei Olivier geheimzinnig.
'Vluchten? Waarvoor?'
'Voor de regering. Zijn vader was spion, geloof ik.'
'Spion? In het oerwoud?'
Olivier knikte. De loempia's kwamen weer terug. Mevrouw Quint sneed er een stuk af en nam een hap.
'Hm. Het is íets beter...'
'Ze hebben d'r natuurlijk alleen maar even op gespuugd,' zei Lotte.
Opeens begon mevrouw Quint hartelijk te lachen.
'Nou,' zei ze, 'dan zijn ze toch warmer.'

Mevrouw Quint schopte haar schoenen uit onder de tafel, en zuchtte. Ze dronken koffie. Meneer Quint en Olivier aten lychees.
'Willem!' fluisterde mevrouw Quint. 'Kun je *iets* minder slobberen?'

'Ik heet geen Willem,' zei meneer Quint. 'Van nu af aan wil ik Floris worden genoemd. En Mitsy heet Olivier.'

'Geef mij maar eens een lychee,' zei mevrouw Quint.

Meneer Quint hield een lepel omhoog met drie wit-roze vruchten.

'Eén,' zei mevrouw Quint, ze pakte de lepel aan en at de drie vruchten op.

'Je mag ook best een eigen portie,' zei meneer Quint.

'Nee, dit was precies goed.'

Met een lichte teleurstelling keek meneer Quint naar zijn bakje, dat nu leeg was.

'Goed,' zei hij. Hij stak een vinger omhoog en riep hard: 'De lekening, assublief!'

'Willem!' siste zijn vrouw met een pijnlijk gezicht.

'Ik ben nog aan mijn koffie,' zei Lotte. 'Waarom hebben we toch *altijd* haast?'

'Ik kan toch wel afrekenen?' zei meneer Quint.

Olivier stond op.

'Ik loop vast naar huis,' zei hij. 'Anders mis ik de Simpsons.'

Zodra hij buiten was begon hij te rennen.

Het andere leven

Vaak had Olivier het gevoel dat er een ander leven bestond dan hetgeen dat hij leidde. Dat andere leven speelde zich af áchter de dingen. Net buiten zijn blik. Dat andere leven, dat moest iets ongelofelijks zijn; iets rijks en warms en kleurigs. Heel opwindend. Maar op de een of andere manier leek het alsof dit bestaan zich altijd verborg. Achter bomen. Of net over de horizon. Of aan de andere kant van een duin. Altijd vlak in de buurt, maar toch meestal net buiten zijn beeld.

Nu, terwijl Olivier alweer normaal voortstapte over de stille laan, leek het ook zo. De meeste gordijnen van de huiskamers waren gesloten, maar een warm licht scheen erdoorheen. En achter de gordijnen waren de mensen. Die deden vriendelijke en leuke dingen met elkaar. Of vieze dingen. In ieder geval dingen waar híj niet bij was.

Daarom ook bespiedde hij, behalve dieren, ook mensen, op afstand. Alsof het dieren waren. Alsof die mensen hem zo, zich onbespied wanend, een geheim zouden onthullen; en dat geheim zou alle vragen beantwoorden en al zijn verwachtingen waarmaken.

Daarover gingen zijn gedachten terwijl hij daar liep. Telkens kwam hij door de lichtkring van een lantaarn. Eerst werd hij achtervolgd door zijn schaduw, dan werd hij ingehaald en groeide zijn schaduw voor hem uit. Dan was hij weer in het donker. En veranderde hij zelf in een schaduw.

Zijn ouders waren anders dan de andere mensen, dat wist hij wel zeker. Andere mensen hadden het leuk met elkaar. Andere mensen stelden vragen en luisterden echt naar het antwoord. Bij andere mensen verliep de avond altijd verschillend. Het verhaal van Ravi was daarvan het bewijs. Ravi had deelgenomen aan dat 'andere' leven; totdat hij hier was gekomen...

Ergens uit de bosrand, achter de huizen, klonk een schor, piepend geluid.

'Bosuil,' mompelde Olivier.

Algauw was hij bij zijn huis. Hij ging naar binnen en liep rechtstreeks naar boven. Hij liet het licht in zijn kamer uit. 'Wij nemen positie in,' zei Olivier tegen zichzelf. 'Nu is het een zaak van wachten.'

Hij ging zitten op een stoel voor het raam. Zo'n veertig, vijftig meter ver was het volgende huis. Tussen de takken van een boom door kon hij een stuk van de achterkant zien.

Dit keer duurde het niet al te lang. Op de zolderkamer, waar hij naar keek, ging het licht aan. In dat licht verscheen, als een schim, Melissa, Oliviers buurmeisje; iets ouder dan Lotte. Hij kon alleen het bovengedeelte zien van haar lichaam.

Zijn adem stokte. Het verborgen leven werd langzaam onthuld.

Melissa – breed en roodharig – stond iets te bekijken, waarschijnlijk zichzelf, in een spiegel, maar die hing net buiten Oliviers zicht. Zenuwachtig draaide hij aan zijn kijker. En wat hij hoopte gebeurde: ze bukte zich en wurmde zich uit haar rok – of was het een broek? Ze stroopte zich uit haar truitje. Nu droeg ze alleen nog maar een bh. Haar borsten waren rond en zwaar.

Ook de bh ging uit. De borsten kwamen verend tevoorschijn.

Verborgen vruchten, ging het door Olivier heen.

Ze had donkerroze tepels. Ze nam haar borsten in haar handen, alsof ze ze woog.

Olivier hoorde zich ademen. Hij durfde zich nauwelijks te verroeren. Hij had het gevoel dat hij eigenlijk in de verkeerde kamer was, hij zou dáár moeten zijn, waar hij op uitkeek. Dan zou hij eindelijk aan dat andere leven kunnen beginnen; hij zou die borsten aan kunnen raken.

Melissa verdween uit het beeld en kwam toen terug met om

haar lichaam een handdoek. Ze schoof weg uit de kamer.

Beneden klapte de deur van het huis. Hij hoorde stemmen. Olivier sprong op, knipte het licht aan, rende weer terug naar het raam en rukte de gordijnen dicht. Hij ging liggen op bed.

Maar de stemmen bleven beneden en opnieuw stond hij op.

De tieten van Melissa. Verborgen vruchten maar ik kon ze zien. Ze voelde eraan met haar handen. Ik ben Olivier de schaduw. Hij die ziet maar niet gezien wordt. Haar tepels zijn donkerrood.

Deze notities wonden hem op. Hij deed het licht weer uit en de deur van zijn kamer op slot. Hij trok zijn kleren uit. En stil, nog steeds luisterend naar de stemmen in huis, begon hij zichzelf te bespelen.

Idioot

Hij had zichzelf beschreven als 'Olivier de schaduw' en vaak was dat precies zoals hij zich voelde; hij was iemand die de dingen bekeek, zonder echt mee te doen.

Vooralsnog was hij daar wel tevreden mee. Na die eerste schooldag werd alles vrij snel gewoon. De uren volgden elkaar op, telkens verschillend en toch met een soort sleur. Hij kreeg Frans van mevrouw Lindhout, een hysterisch oud wijf met een vlinderbril. Mevrouw Lindhout liet zichzelf in de klas 'madame Landoet' noemen; buiten de klas zei iedereen 'Lindwurm'.

Hij kreeg informatica van De Grauw, een vriendelijke, slaperige man die bang leek te zijn voor zijn eigen computers. Hij kreeg Engels – mevrouw Veenboer –, Nederlands – meneer van Baal –, aardrijkskunde, gymnastiek, techniek, verzorging en tekenen. Vooral dat laatste vak was een lichtpunt. Al vanaf de eerste les kwamen er jongens staan bij zijn tafel 'om te kijken hoe hij het deed'. Hier was hij geen schaduw. Hier was hij een leider. Maar echt blij met die aandacht was Olivier niet.

En zo strekte het leven zich uit van pauze tot pauze. Olivier had al de tweede dag zijn leren tas thuis laten staan. Alleen sukkels en blokhoofden sjouwden zo'n ding met zich mee; en dus droeg hij zijn boeken in een plastic tas van Albert Heijn.

Toen Iris hem daarmee zag gaan riep ze: 'Hé Ollie! Ga je boodschappen doen voor je moeder?'

Olivier ging haar sindsdien uit de weg. Mede daarom ging hij nu tijdens de pauzes meestal naar buiten, met Ravi.

Ravi was geen vluchteling. Zijn vader was Indiaas en zijn moeder kwam uit Rotterdam. Ze was gescheiden en weer teruggegaan naar Nederland, met haar kinderen, dat was alles.

Op een woensdagmiddag, toen een dubbel uur gym uitviel, nam Olivier hem mee naar zijn huis. Onderweg wees hij Ravi de plekken waar hij bepaalde vogels had gezien. En op zijn kamer toonde hij hem zijn verzameling schedels. Hij had er tientallen. Als hij een beest vond, overreden of aangespoeld, dan nam hij dat mee. Hij legde het neer in de tuin en een week later was het schoongeknaagd door de maden. En kon hij de schedel voegen bij zijn collectie.

Nadat de schedels waren bekeken tuurde Ravi door de kijker naar een paar mezen, die zaten in de takken van de dennen. Als vanzelf keek Olivier ondertussen naar het slaapkamerraam van Melissa.

Opeens draaide Ravi zich om.

'Ah!' zei hij. 'Dáárom staat die kijker dus hier.'

Olivier kleurde.

'Natuurlijk,' zei hij.

'Wie woont daar?'

'Melissa van Looy,' zei Olivier, met een lach.

Ravi keek weer terug naar de mezen.

Korte tijd later liepen ze via de tuin het bos in. Olivier wist een holte in een dode boom waarin een specht had gebroed. Naar dat gat stond zijn vriend ietwat verveeld te kijken.

'Zeg,' vroeg Olivier onverwachts, 'zijn er eigenlijk meisjes in onze klas die jij leuk vindt?'

Er verstijfde iets in Ravi's houding.

'Ik wel,' zei Olivier. 'Er zijn er twee die ik leuk vind.'

'O,' mompelde Ravi.

Het was even stil.

Als hij niks vraagt, dan zeg ik niks meer, dacht Olivier.

'Wie dan?' vroeg Ravi ten slotte.

Toch nog. Al keek Ravi hem nog steeds niet aan.

'Daphne,' zei Olivier. 'En Marike ook wel.'

'Marike?'

Het klonk spottend.

'Ja. Maar Daphne vind ik leuker, geloof ik.'

'Marike loopt in zelfgemaakte kleren.'

Dat was hem dus opgevallen. Ergens uit het bos klonk de roep van een fazant.

'En jij?' vroeg Olivier. 'Wie vind jij leuk?'

Ravi haalde kort zijn schouders op.

'Marike in ieder geval NIET,' zei hij plotseling nadrukkelijk.

'En Daphne?'

'Weet ik veel... Wel aardig.'

'Wel aardig? Doe normaal! Daphne is meer dan "wel aardig"!'

'Dus jij bent verliefd op Daphne?'

'Misschien,' zei Olivier uitdagend. 'Misschien ben ik dat wel.'

Een groot en verrukkelijk gevoel ging door hem heen. Ja, het was zo! Elke dag, besefte hij nu, ja, elk uur dat het mogelijk was, bespiedde hij Daphne. Dat was op de eerste schooldag begonnen, en het was 'm niet gaan vervelen, integendeel. Hij was gaan houden van de manier waarop ze schreef, heel ingespannen, met links, waarbij ze haar rechterarm vouwde om haar schrift. Hij hield ook van haar achterhoofd, en van haar iets opgetrokken schouders. En natuurlijk van haar neus. Het meest nog hield hij van haar mond, die breed was en vrolijk.

Een paar maal had hij getracht om met links te schrijven, om te zien hoe dat voelde. En hij probeerde soms om haar af te luisteren als ze zat te fluisteren met vriendinnen. Ja, het drong opeens tot hem door: hij was verliefd!

'Idioot,' zei Ravi somber.

Hij liep langzaam verder het bos in. Olivier had even zin hem te stompen.

Olivier de schaduw

Ze hadden met z'n drieën gegeten, Lotte, zijn moeder en hij; kant-en-klaarmaaltijden, die hoefden alleen maar voor een minuut in de magnetron. Geen afwas. Natuurlijk moest zijn moeder daarna nog 'stukken nakijken'. En zijn zus keek naar een show met Robert ten Brink. Olivier vond Robert ten Brink niet om aan te zien. Dat valse lachje, dat was misselijkmakend.

En zo was hij opnieuw de tuin ingelopen. Het hekje over. Tussen de stammen in het dennenbos was 't diep donker.

Olivier had nu zin om te sterven. Hier moest hij doodgaan, alleen en ellendig. En de volgende ochtend zou Daphne hem vinden. Of nee, ze zou huilen bij zijn kist, waarin hij lag opgebaard met een wit gezicht. Met opkomende tranen stelde hij zich zijn begrafenis voor. Muziek van Robbie Williams. En *zij* zou zeggen dat hij 'haar grote, stille liefde' geweest was. Ze zou ontroostbaar zijn, zoals iedereen...

Olivier hoorde iets kraken. Gespannen tuurde hij in de richting van het geluid. Hij kon niets ontdekken. Het bos rook naar hars.

De geur van de dood, ging 't door Olivier heen.

Nu beeldde hij zich in dat ook Daphne hier ronddwaalde. Zonder een woord kwam ze hem tegemoet in het donker. Daarna omhelsde ze hem, hij voelde haar lichaam tegen zich aan...

Iets was er veranderd. Een nacht eerder zou hij alleen maar hebben gehoopt op uilen of nachtzwaluwen, of misschien zelfs een vos. Nu hoopte hij meer op Daphne.

Hij ging zitten tegen een boomstam en bekeek de achterkanten van de huizen. Daar waren, in tegenstelling tot voor, de meeste gordijnen geopend. Meneer Van Looy keek bijziend in zijn krant. En bij de linkerburen stond mevrouw Nathan in de serre, bezig met het begieten van planten. En daarboven, op de eerste verdieping, was Robbie, een etterig knaapje, die op zijn kamer een echte mensenschedel had liggen; Robbie was aan het gooien met pijltjes.

Olivier de schaduw, dacht Olivier weer. Een die ziet, maar niet wordt gezien.

Hij veerde plotseling overeind en liep terug naar het huis. Hij sloeg met de keukendeur. Hij had zin in schreeuwen of rennen.

In de woonkamer zat Lotte voor de tv. Een moment keek hij mee naar een gesprek van Robert ten Brink met een dik meisje. Het dikke meisje vertelde huilend over haar liefde, die had ze verloren.

Zo praten mensen alleen op tv, ging het even door Olivier heen. Nooit in het echt. Hoe kún je zo praten als er miljoenen mensen naar je zitten te kijken?...

Hij griste de afstandsbediening uit Lottes hand. En klikte naar een andere zender – een tenniswedstrijd verscheen.

Woedend sprong Lotte op uit haar stoel.

'Geef terug!'

'Nooit!' riep Olivier. 'Het moet nu maar eens afgelopen zijn!'

'Waar sláát dat op, klein pestjoch!'

'Pestjoch? Zo praat je niet tegen je heer en meester!'

Lotte achtervolgde hem rond de bank.

'Ollie, geef terug! Verdomme!...'

'Olivier! Ik heet Olivier! Olivier! Olivier! Het moet nu maar eens afgelopen zijn!'

'Jíj bent afgelopen zodadelijk! GEEF DAT DING TERUG!'

'Je bederft je jeugd!' schreeuwde Olivier. 'Later zul je me dankbaar zijn!'

Lotte begon proestend te lachen. Hijgend stond ze aan de ene kant van de bank; Olivier stond aan de andere kant, net zo hard hijgend.

‘Geef nou teru-hug!’

‘Robert ten Brink is slecht voor je! Daar smelten je hersens van!’

Lotte nam een reusachtige sprong, half over de bank. Ze kreeg een van zijn benen te pakken.

‘Luister!’ riep Olivier, nu op zijn zij op de vloer liggend. ‘Je krijgt ’m terug als je mij iets zegt!’

‘Wat dan?’

‘Maar je mag ’t tegen niemand zeggen.’

Lotte werd opeens serieus.

‘Wat dan?’ vroeg ze opnieuw.

‘Wat doe je als je iemand leuk vindt?’

‘Wat?’

‘Wat je dan doet! Als je iemand leuk vindt.’

De afstandsbediening was niet langer belangrijk.

‘Wie vind jij dan leuk?’ vroeg Lotte.

‘Iemand uit... Doet er niet toe. Wat doe je dan? Als je iemand leuk vindt?’

Lotte lachte. Een samenzweerderig lachje.

‘Als je iemand leuk vindt... dan... dan kun je een briefje schrijven.’

Een briefje! Bij Olivier ging er een licht op. Dat was een idee!

‘Wat zet je daar dan in?’

‘Iets leuks. Je moet nooit meteen zeggen: “Ik vind je leuk”. Of “Ik wil met je gaan” of zo. Dat is stom. Je moet iets grappigs erin zetten.’

‘Wat dan bijvoorbeeld?’

‘Nou, ooit een keer hadden we les van Lindwurm. Die heb jij toch ook?... Nou, die trut stond weer eens ontzettend te schreeuwen. Echt niet normaal meer. Alleen maar omdat we wat zaten te keten. En toen kreeg ik een briefje van een jongen en daarin stond: “Zullen we samen Lindwurm vermoorden?” Dat was... zo grappig! En ook zo romantisch... Dat was ’t meest romantische briefje dat ik ooit heb gehad.'

Olivier had 't door. Een briefje. Natuurlijk! Hij had 't zelf kunnen bedenken.

Hij liet de afstandsbediening los en rende naar boven.

De paraplu van Douwe

De volgende ochtend zat hij met spanning in het lokaal. Wel honderd grappen had hij de vorige avond bedacht. Honderd grappen die hij zou kunnen schrijven aan haar. Stuk voor stuk had hij ze weer afgekeurd. Het moest iets van het moment zijn. Iets wat precies op het juiste moment in hem opkwam.

Nu leken twee uren daarvoor het meest geschikt: het uur biologie, gegeven door Slob, en het door Lindhout gegeven uur Frans. Ergens tijdens die uren moest er bijna wel iets grappigs gebeuren. Iets waarop hij leuk zou kunnen reageren. Biologie was 't meest waarschijnlijk. Dan zat Daphne voorin, en werd ze bespat door het spraakwater van Slob.

Nu zaten ze nog bij het eerste uur, Nederlands. De meeste leerlingen met nat haar, het motregende buiten. Een jongen, ene Douwe, had zelfs een paraplu tegen zijn tafel staan.

Aansteller, dacht Olivier.

Hij mocht die Douwe niet erg. Dit was voornamelijk om zijn uiterlijk: Douwe had staalblauwe ogen, een scherpe neus en het soort van haar dat helden hebben in films; een wat glad, maar toch opvallend gezicht.

Wat een slomo, dacht Olivier, moet je dat zien.

In het lokaal rook het stevig naar vochtige sokken. De ruiten waren beslagen. Van Baal – een lange, nekloze man – las iets voor van Paul Biegel, iets wat Olivier al kende van thuis.

Ook Daphnes haar hing nat om haar hoofd. Olivier stelde zich voor hoe ze haar truitje zou uitdoen. En daarna de rest. En hij zou toekijken door zijn kijker. Die voorstellingen maakten hem warm onder zijn vochtige kleren.

Hij dacht aan zijn buurmeisje en daarna meteen weer aan Daphne. In zijn hoofd smolten die twee samen tot één verrukkelijk wezen.

De zoemer zoemde. Zo langzaam mogelijk sjokte de klas door de gang, in de richting van het biologielokaal.

'Ik wil niet meer, ik wil gewoon niet!' riep Marike. Marike, die rokken droeg die altijd wat vreemd waren – duidelijk zelfgemaakt. Marike, die wat kleiner was dan de rest van de klas, maar een drukte kon maken alsof ze drie verschillende leerlingen was; ook zij zat bij biologie op de eerste rij.

Ze keerde zich plotseling om.

'Je krijgt een koek van me als ik op jouw plaats mag zitten!' zei ze.

Olivier keek om zich heen.

'Olivier... Je krijgt een koek van me als we van plaats ruilen.'

Jazeker, ze praatte echt tegen hem.

Olivier lachte.

'Mooi not,' zei hij stoer. 'Ik heb vanmorgen al genoeg regen gehad.'

'Ááántáh... Toe! Olivier! Twéé koeken!'

Grappig smekend keek ze hem aan. Even dacht hij erover om haar om een zoen te vragen. Geen koek. Maar een zoen. Iemand als Marike was nog gek genoeg ook om 't te doen.

Hij schudde zijn hoofd. Híj leek wel gek! Hij was op Daphne. Niet op Marike. Voor Daphne zou hij wel voorin zijn gaan zitten; *alles* had hij voor haar gedaan.

'*Drie* koeken!' riep Marike nog, maar lachend liep Olivier door.

Het biologielokaal was nog leeg. Naast de deur hing een papier:

Ben zo terug.
Ga maar vast zitten.
Slob

De meisjes voorin schoven haastig hun tafels naar achteren.

Een paar jongens, daar weer achter, protesteerden.

'Kom maar, Daphne!' riep ene Brammetje, het kleinste jongetje van de klas, met de grootste mond. 'Je mag bij mij op schoot!'

'Ik word nog liever bespuugd door Slob,' zei Daphne.

Op dat moment kwam Slob het lokaal ingelopen.

Toen Slob, staand voor de klas, begon met de les – iets over eencellige dieren – en er een rilling van afschuw ging door de eerste rij, wist Olivier plotseling wat hij moest schrijven. Hij scheurde een stukje papier uit zijn schrift en schreef:

Wil je schuilen onder mijn paraplu?

Precies wat hij zocht! Een glasheldere grap, maar toch romantisch van toon. Nu was er één groot probleem: hoe kreeg hij dit briefje bij Daphne?

Hij vouwde het dicht. Buitenop schreef hij haar naam.

Opgewonden hield hij haar in de gaten. Zij zat, helemaal aan de andere kant van het lokaal, op de eerste rij. Eigenlijk heel dichtbij. En tegelijkertijd eindeloos ver.

Moest hij opstaan en gewoon naar haar toe gaan? Onmogelijk. Moest hij het briefje door laten geven? Geen denken aan! Iedereen zou het lezen. Moest hij er dan een propje van maken en het gooien? Ook niet. Ze zou denken dat ze bekogeld werd...

Maar toen kwam er, als door een wonder, een mogelijkheid.

'Wie,' vroeg Slob, 'kan er een dwarsdoorsnede schetsen van een virus?'

Onmiddellijk stak Olivier zijn vinger omhoog. Als enige.

'Jij dus,' zei Slob. 'Kom maar naar voren.'

Olivier stond, het papiertje in zijn rechterhand geklemd, op. Maar in plaats van rechtstreeks te lopen naar het bord, zwalkte hij de klas door met een vreemde, onlogische bocht – langs de tafel van Daphne. Daar liet hij in het voorbijgaan zijn briefje vallen.

Pas toen hij bij het bord stond zag hij waar het neer was gekomen: op de vloer, naast haar linkervoet. Niemand had het zien vallen. Ook zij niet.

'Ga je gang,' zei Slob.

Nu pas besefte Olivier dat hij geen idee had hoe een virus eruitzag.

Traag schetste hij op het bord een cirkel. Humor. In godsnaam iets grappigs! Zo zou hij zich hieruit misschien kunnen redden. En bij Slob kon je zoiets wel doen.

In de cirkel tekende Olivier een grote lachende mond en twee ogen: een *smile*.

De klas grinnikte.

Slob likte nerveus langs zijn lippen.

'Een virus,' zei hij, 'is niet rond. Weet je nog?'

'Dit is een heel dik virus,' zei Olivier.

Nu lachten de leerlingen hard.

'Ga maar weer zitten,' zei Slob. Eigenlijk, bedacht Olivier, was het geen onaardige man.

Maar terwijl hij terugliep naar zijn tafel hoorde hij het gefluister.

'Naast je voet!' siste Marike. En Olivier zag dat Daphne zich bukte, ze pakte het papier van de grond en vouwde het open.

Met grote ogen hield hij haar in de gaten. Ze las. En... glimlachte. Daarna keek ze rond door de klas. Haar blik bleef hangen bij de paraplu van Douwe, die stond opnieuw naast z'n tafel.

Zijn *naam*! Met een schok ging het door Olivier heen dat hij vergeten had om zijn naam onder het briefje te zetten!...

Zo moest hij toezien hoe zijn liefde en die Douwe elkaar in de ogen keken. Opnieuw glimlachte Daphne. En Douwe glimlachte terug.

Sneetje Wittebrood

'Die Douwe,' zei hij, toen hij weer met Ravi door de aula liep, 'dat vind ik zo'n kwal.'

'Huh... Wat?'

'Douwe. Die denkt geloof ik dat-ie alles kan. Met die stomme paraplu. Douwe vind ik trouwens een idiote naam.'

Ravi haalde zijn schouders op. 'Hij lijkt me wel aardig.'

'Aardig?! Die slomo? Hij denkt volgens mij dat-ie geweldig is.'

Ravi zei niks terug.

'We zouden hem eens goed te pakken moeten nemen,' zei Olivier. 'Volgens mij heeft-ie iets lafs.'

'Misschien heeft-ie honger,' zei Ravi.

Ze waren aangeland bij het buffet waar mevrouw Maria haar waren verkocht. Er werd gezegd dat ze het grootste gedeelte van haar spullen zelf opat. Dus dat ze daarom zo dik was.

Olivier kocht een Bounty, Ravi een Mars. Ze liepen etend naar buiten.

'Die Douwe heeft iets lafs,' zei Olivier opnieuw. 'Volgens mij zouden we hem eens goed te pakken moeten nemen.'

'Goed joh,' zei Ravi. 'We rammen hem gewoon helemaal in elkaar.'

Hij grinnikte zacht. Daarna maakte hij een prop van het papier van zijn Mars, en mikte die handig een prullenbak in, vele meters verderop.

Na de pauze hadden ze Engels en Olivier wilde opvallen, koste wat kost. Door opvallen zou hij alsnog Daphnes aandacht veroveren. Hij zou haar aan het lachen maken, dat was beter dan de een of andere wraak op die Douwe. Dan zou ze ook glimlachen tegen hém. En later zou hij haar uitleggen dat dat briefje van hém was...

Om te beginnen – als een soort van test – imiteerde Olivier Rolf. Dikkige Rolf, met zijn treurige spraakgebrek; een gewillig en makkelijk proefkonijn.

The lazy dog jumped over the fence, moest Rolf zeggen.

'Te flepi dop junkt te femps,' haspelde Rolf.

'Plap plap plop te plep!' zei Olivier hard.

Veel leerlingen, waaronder Rolf zelf, begonnen te lachen.

'Meneer Quint, dat is bijzonder onsportief,' zei mevrouw Veenboer.

Maar mevrouw Veenboer, met haar aardige bruine ogen, die kon hij wel aan.

'I am só sorry,' zei Olivier en weer lachte de klas, en zelfs mevrouw Veenboer.

Niet veel later was Linda Wittebrood aan de beurt.

'What do you want for breakfast this morning?' las mevrouw Veenboer.

Maar nog voor Linda haar mond had geopend, riep Olivier: 'Hé Linda! Doe mij een sneetje wittebrood!'

Het was puur toeval dat hij Linda – een onopvallend meisje met een bril – koos als mikpunt. Olivier was gewoon niet langer een schaduw, dat was eigenlijk alles; opvallen *moest* hij – en opvallen *deed* hij. Feitelijk had 't niets met Linda te maken.

Spottend en scherp had hij zijn grap gelanceerd door de rustige klas. En de leerlingen lachten harder dan ooit. Meisjes keken naar 'm om. Je zag ze denken: wat heeft díe nou opeens? Met voldoening constateerde Olivier dat hij het middelpunt van de belangstelling was.

Maar daarna zag hij hoe zijn slachtoffer kleurde. Vuurrood. Ze sloeg haar ogen neer en keek naar de grond.

'Olivier!' zei mevrouw Veenboer. 'Nog één zo'n leuke opmerking en je gaat je melden.'

Hij knikte. Opnieuw keek hij naar Linda. Die keek nog steeds, een beetje ineengedoken, omlaag.

Het is niet erg, dacht Olivier. En nog een tijdlang bleef hij dat in gedachten herhalen: het geeft niet. Het is helemaal niet zo erg.

Hij had gehoopt dat ze hem, na die Engelse les, iets zou zeggen. Iets pinnigs. Ze had hem ook best een trap mogen geven. Of ze had zijn tas leeg mogen schudden of ze had met krijt mogen gooien. Het deed er niet toe. Als ze maar íets had gedaan.

Maar Linda was muisstil weggeslopen. En Olivier had zijn grap teruggehoord van meerdere kanten. Kleine Brammetje, het pestkopje, had 'm al overgenomen.

'Sneetje Wittebrood! Ha ha ha!'

Het schalde door de gang van het Rhijnviscollege.

Het geeft niet, zei Olivier opnieuw tegen zichzelf. Het zijn maar woorden. Schelden doet geen pijn.

Hij trapte langzaam naar huis en de regen motterde neer en doorweekte zijn haar en zijn broek. Er liep een doornatte hond op de stoep. Die hond – met een hangende kop, zonder baas – maakte hem haast aan het huilen.

Wat je kunt vinden op het strand

Kwam het onderwerp 'meisjes' aan bod, dan werd zijn vriend stug, wendde z'n hoofd af, keek een andere kant uit of trok zijn schouders omhoog. Dat was jammer. Aan de andere kant werd Ravi hierdoor dus geen concurrent. Even had Olivier het vermoeden gehad dat zijn vriend ook verliefd was op Daphne – maar nu kon hij zich dit niet meer voorstellen. Ravi táálde gewoon niet naar meisjes.

Dus keken ze samen naar vogels. Ravi, snel van begrip, wist algauw net zo veel als hijzelf.

Dat schaterende geluid in de verte? Groene specht.

Dat silhouet op de oever? Een kluut.

Die wittige vlek op het kanaal? Middelste zaagbek. Een makkie!

Samen zwierven ze door het bos, door de duinen en over het strand. Olivier hield er vooral van om langs de vloedlijn te lopen; daar vond je de meest interessante dingen: verpakkingen met Russische opschriften, een pop zonder benen, vormeloze voorwerpen van roestig metaal, roggeneieren, oude schoenen en lijken.

Ook Ravi was een schedelverzameling begonnen. Dat gaf wél concurrentie. Als ze over het strand liepen ging het erom wie 't eerst 'Voor mij!' riep. Dat had dan betrekking op een stip aan de horizon; waar ze samen op af renden. En al rennend vervormde de stip, en veranderde in... een plastic zak? Nee, toch een bol veren! Wie het eerst 'Voor mij!' had geroepen had de eer om die bol op te pakken aan een vleugelpunt en er het zand vanaf te schudden. Waarna het plotseling een noordse stormvogel bleek te zijn.

Vooral na een storm lagen er zeldzame vogels. Op een zondagmiddag vonden Ravi en Olivier behalve die stormvogel, drie zeekoeten, een jan-van-gent en zelfs, als klapstuk, een velduil.

Die was voor Ravi. 'Voor mij!' riep Oliviers vriend. En hij rende weg, in de richting van een bruine hoop die tussen het helmgras lag te wachten, tegen de wand van een duin. Olivier liep op een sukkeldraf mee, hij vervloekte zichzelf dat niet híj die hoop als eerste gezien had.

Een velduil! Met zijdezachte veren en een ongelofelijk mooie blond-bruine tekening op de vleugels. Met gekromde, behaarde tenen en een grote, verdroogde wond in zijn borst. Ravi hield de vogel grinnikend aan een slagpen.

'Je hebt erg veel mazzel, baasje!' zei Olivier.

'Niks mazzel. Pure kunde,' zei Ravi tevreden.

Nadat hij de vogel in een zak had gestopt – speciaal voor dit doel hadden ze plastic zakken – liepen ze verder. De vorige avond had het gestormd, nu was het een warme herfstdag. De zee was kalm en het oppervlak schitterde, alsof er vonken op lagen. Vaag bekende mensen uit het dorp liepen hier met hun hond. De herfst was de beste tijd; in de zomer krioelde het van de toeristen.

De honden raceten uitgelaten over het zand. Eén was er, met beide voorpoten, bezig aan een kuil. Het deed Olivier denken aan een voorval van een paar weken terug.

'Gisteren,' begon hij, 'is er nog iets grappigs gebeurd. M'n vader is namelijk gisteren in een kuil gevallen. Daar ben ik niet bij geweest, maar toen hij thuiskwam zat hij onder de modder! Er stond water in die kuil, geloof ik. Hij doet opgravingen. Maar dat had ik al eens verteld, geloof ik.'

'Ja,' zei Ravi.

''t Was mooi, joh! Mijn moeder had net de een of andere collega op bezoek. En toen kwam mijn vader opeens druipend de huiskamer binnengelopen! Echt van top tot teen grijs van de modder! En weet je wat hij zei? Hij zei: "Goeiemiddag. Ik ben van de gemeentereiniging. Uw riolering is weer helemaal in orde!"'

Het voorval – zijn vader die plotseling als een griezelige, onherkenbare modderman in de kamer had gestaan – had Olivier eigenlijk aan het schrikken gemaakt, maar nu lachte hij hard bij de herinnering.

Maar Ravi lachte niet mee. Hij mompelde iets.

'Wat?' vroeg Olivier.

'Je vader kómt tenminste thuis,' herhaalde Ravi, iets harder.

Die opmerking trof Olivier als een dolksteek. Ravi's vader, bedacht hij zich, woonde nog steeds in India. Olivier merkte opeens hoe weinig hij eigenlijk nog wist van wat er in zijn vriend omging.

'Spreek je je vader nog wel eens?'

Ravi haalde onwillig zijn schouders omhoog.

'Soms.'

'Dan bellen jullie, of zo?'

'Ik kan moeilijk bij 'm langs gaan.'

Olivier durfde er niet over door te vragen. Er vloog een bergeend over; maar een bergeend was nu niet belangrijk genoeg.

'Ik was liever in India blijven wonen,' zei Ravi zacht.

Dat maakte dat er iets samentrok in Oliviers keel.

'Misschien kun je later weer terug,' zei hij.

Ravi maakte een gebaar tussen knikken en schudden in.

Olivier was op dat moment blij dat Ravi die uil had gevonden. Het was alsof die velduil iets goedmaakte voor 't verlies van een sprookjesachtig India.

Zwijgend liepen ze terug. Ze hadden nu de wind tegen en de zon in hun rug. Het strand had de kleur van honing. Fijn zand woei er in vlagen vlak overheen. Aan de vloedlijn trippelden strandlopers. En hoog in de lucht vloog een vliegtuig dat een witte, vloeiende lijn trok tegen het diepe blauw.

Zo sjouwden ze drie kwartier voort met hun zakken, vol met stinkende buit. De wind veegde hen schurend in 't gezicht. Olivier had zand in zijn schoenen. Hij voelde zich nog steeds ongemakkelijk, omdat Ravi bleef zwijgen; de heenweg was leuker geweest.

In de buurt van de plek waar een zandweg de duinen inging – de weg naar Oliviers huis – lagen er kleren los op het strand. Met drie felgekleurde badhanddoeken ernaast.

Olivier keek, uit routine, naar de zee in de verte. En zag een viertal meisjes – vier dunne figuurtjes – dartelen tussen de golven.

'Jij moet gewoon meegaan!' gilde een meisje. 'Jij moet gewoon meegaan!'

En een ander meisje riep terug: 'Alleen als jij eerst gaat!'

Die stem, die leek op...

Zij wás het! In een oranje badpak. Meer dan vijftig meter van hem verwijderd, toch kon hij haar nu duidelijk herkennen. Hij pakte zijn kijker. Jazeker! Dat was Daphne die voorover sprong, plat op haar buik in het water belandde, gilde, weer overeind kwam... En dat andere meisje was die vriendin met de poedelkrullen, Claire.

Ravi wierp een korte blik in hun richting, maar toen hij begreep waar het om ging liep hij verder.

Olivier liet zijn kijker zakken. Het liefst was hij naar de vloedlijn gelopen, om iets tegen die meisjes te zeggen. Maar daar schoof langzaam maar zeker de rug van zijn vriend weg. Spelbreker! Het leek wel alsof hij meisjes *haatte*.

Olivier herkende nu de kleren van Daphne; haar overhemd, zwart met witte bollen. Haar spijkerbroek met stiksels. Haar oranje sokken. Hij kende die kleren goed.

En dat was dus haar onderbroekje...

Blauw met witte strepen...

Even keek hij weer naar het dollende groepje. Ze leken hem niet te zien. Vervolgens keek hij weer naar de kleiner wordende rug van Ravi.

Hij bukte zich. Hij griste het broekje naar zich toe en frommelde het gauw in zijn jaszak. Toen holde hij weg, in de richting van Ravi.

De geur van Daphne

Ravi had over de meisjes geen woord gezegd. En Olivier had erover gezwegen. In zijn achtertuin bekeken ze de dode vogels. Die velduil, die bleef schitterend.

Ravi glimlachte voldaan.

'Ik laat 'm hier achter,' zei hij. 'En als hij over een week verdwenen is vallen er doden.'

Ravi had geen tuin; geen plek om de maden te laten knagen.

'Ik hou 'm wel in de gaten,' zei Olivier.

'Stel je voor dat iemand hem jat,' zei Ravi.

'Dat is me nog nooit gebeurd.'

'Ja, maar stel dat het nú wel gebeurt.'

Dat soort gesprekken hadden ze al vaker gehad.

Nadat zijn vriend weg was gefietst – eindelijk alleen! – rende Olivier naar zijn kamer. Hij deed de deur op slot en haalde het broekje tevoorschijn. Hij duwde zijn neus diep in de zachte stof. Het rook naar wasmiddel en zand. En nog iets anders...

Olivier kleedde zich uit. Helemaal. Naakt stond hij midden in zijn kamer. Bijna eerbiedig trok hij het lichtblauwe onderbroekje aan. Hij huiverde. Het maakte hem opgewonden...

Er werd op zijn deur gebonst.

'Ollie! Wat ben je aan het doen?!'

Lotte. Bliksemsnel, struikelend over de pijpen, wurmde Olivier zich in zijn spijkerbroek.

'Ik... Ik ben me aan het omkleden.'

'Doe je daar de deur voor op slot?'

'Ja-a! En wat dan nog?'

'Volgens mij doe je iets anders.'

Zijn T-shirt. Snel, snel!

'Wat zou ik dan moeten doen?'

'Iets stiekems! Doe open, Ollie!'

'Olivier! Eerst 'Olivier' zeggen!'

Zijn trui. Zijn sokken...

'Olivier! Aufmachen! Und schnell!'

Nog één sok. Toen die aan was liep Olivier naar de deur. En terwijl hij met één hand het zweet van zijn voorhoofd veegde liet hij met de andere Lotte binnen.

Ze liep onmiddellijk langs hem heen. Ze tuurde met een roofzuchtige blik door de kamer. Het enige verdachte was Oliviers onderbroek, liggend op bed.

'Wát was jij aan het doen, mannetje?'

'Omkleden. Dat had ik al gezegd.'

'Hmmm. Ik geloof er niks van.'

'Wat moet jij hier eigenlijk?'

'We gaan eten. Je moet komen.'

Achter Lotte aan liep Olivier naar beneden. Hij voelde zich heel vreemd. Het was alsof hij Daphne zelf bij zich droeg, zonder dat iemand dit zag.

Het verhoor

De dag erna stapte Olivier in de grote pauze nietsvermoedend met Ravi over het plein, tot Daphne plotseling voor zijn neus stond. Ze had 'm duidelijk opgewacht. Achter haar stonden drie meisjes, onder wie Claire en Marike.

Het was Olivier in de uren daarvoor, in de klas, opgevallen dat Daphne enkele keren in zijn richting had gekeken. Niet zomaar. Niet toevallig. Echt in zijn richting. Alsof ze hem voor het eerst werkelijk *zag*. Maar glimlachen, zoals ze naar Douwe had gedaan, deed ze niet. Het waren *onderzoekende* blikken. Blikken die Olivier hadden doen blozen.

'Zo Olivier,' zei Daphne.

Hij knipperde met zijn ogen. Hij was zich opeens erg bewust van wat hij die vorige dag had gedaan. En erger nog: hij had het bewijs bij zich. Opnieuw droeg hij haar broekje onder zijn spijkerbroek.

Even kreeg hij 't gevoel dat ze dwars door zijn kleren kon kijken.

'Eh... Hoi.'

Naast hem stond Ravi die deed alsof hij aandachtig naar iets in de verte keek.

'Olivier, was jij gisteren op het strand?'

Hij had 't graag ontkend. Maar dat ging niet met Ravi erbij.

'Ja, hoezo?' zei Olivier hard. Te hard. Zijn stem had iets schrils.

'Wat deed jij daar?'

'Wat gaat jou dat aan?'

'Heb je ons nog gezien?'

Olivier keek haar even recht aan. Ze had groenblauwe ogen. De kleur van de zee, dacht hij poëtisch.

En naast haar neus had ze sproeten. Niet veel. Een paar lokken had ze tot vlechtjes geweven, die vlechtjes werden bijeengehouden aan het uiteinde door houten gekleurde kralen.

Olivier haalde zijn schouders op.

'Ik weet niet,' zei hij.

'Wij waren aan het zwemmen,' zei Daphne.

'O, waren *jullie* dat?'

Weer klonk zijn stem niet helemaal goed. Niet rustig.

Daphne merkte het ook. Olivier zag dat ze iets wantrouwends kreeg op haar gezicht.

'Ja,' zei Olivier. 'Dan hebben we jullie gezien. Wij waren op zoek naar dingen.'

Zijn stem klonk wel goed nu. Ontspannen. Maar wat een stomme opmerking! *Wij waren op zoek naar dingen.*

'Wát voor dingen?'

Daar had je het al. Olivier voelde dat hij moest aanvallen. Overbluffen. Anders was hij erbij.

'Dooie vogels,' zei Olivier. 'Wij zochten naar dooie vogels, Daphne.'

Eindelijk keek ze nu ook naar Ravi. Ravi keek terug. Doodrustig.

'O...' zei Daphne. 'Enne... Nou... laat ik het maar zeggen. Iemand heeft iets gejat. Iets van Claire. Terwijl wij aan het zwemmen waren.'

'Wat dan?' vroeg Ravi.

Nu begon Daphne te blozen. Ze schudde haar hoofd.

'Gewoon... Kleding... Iemand heeft aan Claires kleren gezeten. En volgens mij zag ik jullie lopen.'

Olivier voelde iets in zijn maag krimpen. Maar Ravi glimlachte.

'Wat moeten wij met de kleren van Claire?' vroeg hij.

Achter Daphne giechelde een van de meisjes. Dat was Marike.

'Aan ruiken!' riep ze. 'Of aflikken!'

'Gádver!' riep Claire.

De meisjes lachten. Alleen Daphne bleef zowel Olivier als

Ravi aankijken. Ergens op de achtergrond klonk het geschreeuw van enkele jongens uit hun klas: 'Hé Wittebrood!' riep er iemand. 'Sneetje Wittebrood! Mag ik je smeren?'

Ook dat nog, dacht Olivier.

'Misschien zijn die kleren wel weggewaaid,' zei Ravi.

'Ja, Daphne!' zei Olivier, plotseling zeer kortaf. 'Daar kunnen wij toch niks aan doen?'

Hij voelde zich misselijk worden.

Haar voorhoofd fronste zich even.

'Wat moeten jullie nou met dooie vogels?' vroeg ze.

'Die zijn in ieder geval interessanter dan jullie kleren,' zei Olivier boos.

Hij had gewonnen. Hij voelde dat hij had gewonnen. Maar, god, *waarom*...

Daphne draaide zich om. Samen met het groepje liep ze weg. Olivier en Ravi keken hen na. De meisjes lachten gillend. Ook Claire, die haar handen gespreid hield op haar gezicht.

Bliksemflits

In de wc had hij zich ontdaan van het broekje van Claire. Het was niet langer een object van liefde geweest, maar van afschuw. Hij spoelde het weg. Daarna had hij langdurig zijn handen gewassen.

Nu, terwijl hij onder een diepgrijze lucht naar zijn huis reed, gingen er vragen door 'm heen. Wat had Daphne precies gezien? Waarom had *zij* hem aangesproken en niet Claire zelf? Wat vermoedde Ravi? En hoe kon hij ervoor zorgen dat hij niet langer 'verdacht' was?...

Het verborgen leven speelde zich niet langer af achter de dichte gordijnen van huizen. En ook niet achter bomen of struiken, of achter een duin. Het verborgen leven was achter de voorhoofden van de mensen. Tussen hun oren. Daar leefden dagdromen, verlangens, geheimen... Olivier had dat nog nooit zo sterk gevoeld als op deze middag. De voorhoofden van de mensen, dat waren de gordijnen waarachter hij eigenlijk wilde kijken.

Hij stelde zich voor dat hij een apparaatje bedacht waarmee hij gedachten zou kunnen zien. Zo moeilijk moest dat niet zijn. Gedachten waren een soort van stromen, zoiets als de wind of als elektrische stroom. De wind kon zichtbaar worden gemaakt door de dingen die erin wapperden. En stroom kon je zien in lampen of op meters.

Olivier keek uit over een weiland met schapen. Daarachter was bos. Dit was altijd het mooiste stuk van de tocht van en naar school.

Ook zijn eigen gedachten, leek het nu, waren verborgen. *Waarom* had hij dat broekje gejat? *Waarom*? Het was een stupide actie geweest. Heel onvoorzichtig. En waarom toch, ja, *waarom* moest het zo zijn dat hij het *verkeerde* broekje...

Maar misschien was het toch ergens goed voor; voor het eerst had hij met Daphne gepraat...

Als hij toch alleen maar háár gedachten kon lezen! Dat zou genoeg zijn...

Vanuit de wolken flitste een grillige streep omlaag. Het kwam neer in het bos. En direct daarna rommelde donder.

Olivier trapte harder dan eerst. Een paar meeuwen scheerden laag over. Nog geen regen.

Het onweer, dat was ook elektriciteit. Elektriciteit die hing in de lucht. Even zichtbaar. Een moment. Maar haar gedachten had hij niet kunnen zien. Die frons, was dat twijfel geweest? Of ergernis? Of iets anders?... Waarom toch kon je er *nooit* helemaal zeker van zijn wat mensen bedoelden?

Hoe meer hij zich afvroeg over de mensen, hoe minder hij leek te weten. Het leven was zo anders dan op de tv. Dáár wist je precies wat er in mensen omging. Soms hoorde je zelfs hun gedachten, tijdens een film; dan klonk hun stem terwijl ze niets zeiden. Of je zag het aan hun gezichten. Of mensen vielen huilend in elkaars armen terwijl Robert ten Brink ernaast stond te kijken. Of ze praatten over seks of over de dood van een echtgenoot, in de vijfuurshow. Of ze maakten ruzie bij Jerry Springer. Mensen op tv zeiden dingen die je geen normaal mens ooit hoorde zeggen.

Mensen in het echt deden gewoon wat ze hoorden te doen. En zelfs zijn vader en moeder zeiden nooit van die dingen, die praatten nooit over verdriet of de liefde, nooit waar Olivier bij was in ieder geval. Het was zo... *omgekeerd.*

Zijn moeder kwam thuis, om een uur of zeven. Er werden pizza's besteld. Ze aten, met z'n drieën, want Lotte was die avond bij Iris. Er werd gepraat over de opgraving van het huis uit de tweede eeuw, over de toestand van de Ferrari en over de meligheid van de pizza. Even was er een moment dat Olivier schreeuwend wilde opstaan van tafel. Dat hij zijn diepste gevoelens had willen spuien. En dat hij had willen roepen: 'Kunnen jullie nu voor één keer zeggen waar het om gaat?'

Natuurlijk deed hij dat niet. Hij at zijn pizza en dacht: de avond verloopt volgens vaste patronen. Hij kon er niets aan verhelpen.

Het 'andere' leven was die avond nog dieper verborgen dan anders. Zelfs zijn buurmeisje schoof haar gordijnen dicht. Het was alsof ze de laatste tijd doorhad dat Olivier zat te gluren. Hij had haar niet meer kunnen betrappen.

Dafne heeft sproeten bij haar neus. Haar ogen hebben de kleur van de zee. Ze kwam vandaag naar me toe en we hebben gepraat. Dat was omdat ik xxxxxxxxxxxxxxxxxxxxxxxxx. Ik weet niet of ze me leuk vindt.

Een moment dacht hij na.

Ik weet niet wat ze denkt. Ik weet eigenlijk ook meestal niet wat Ravi denkt. Ik weet ook niet wat mijn ouders denken.

Weer dacht hij na.

Mensen op tv zeggen vaak andere dingen dan mensen in het echt.
Dafne.
Dafne.
Dafne.
Vind ze me leuk? Ik wou dat ik haar kon vertellen dat ik

Hij klapte zijn dagboek dicht en sprong overeind. Hij liep naar zijn moeders studeerkamer en klopte aan.

'Wat is er?' zei de deur.

Olivier liep naar binnen. Hij kwam bij 't bureau staan waarachter zijn moeder zat.

'Ja?' vroeg mevrouw Quint terwijl ze doorging met schrijven.

'Ik... Ik... Ik wil morgen geen pindakaas op m'n brood,' zei Olivier.

Zijn moeder lachte.

'Goed,' zei ze. 'Geen pindakaas.'

'Ook geen kaas. Maar iets anders. Iets heel anders.'

Nu keek zijn moeder eindelijk op.

'Kwam je me dat vertellen?' vroeg ze.

'Ja,' zei Olivier.

'Of is er iets?'

Olivier trok even zijn schouders op.

'Eigenlijk niet.'

Mevrouw Quint had nu iets nadenkends gekregen.

'Ollie... Zit je ergens mee?'

Olivier schudde zijn hoofd.

'Echt niet? Dan moet je het vertellen hoor... Goed. Ik vind 't vervelend om je weer weg te sturen, maar ik moet dit echt afhebben voor morgen.'

Olivier liep de studeerkamer uit. Hij zette in de woonkamer de tv aan en keek naar een film waarin een Amerikaans jongetje 'I love you, mom,' zei tegen zijn moeder. En daarop zei die moeder: 'I love you too, sweetheart.'

Een geslaagde grap

Op de een of andere manier *kon* het niet. Je kon niet zomaar zeggen wat je dacht. Olivier had opeens het gevoel dat hij al zijn woorden moest *controleren* voordat ze naar buiten mochten.

Meestal lukte dat wel. Maar niet altijd. Soms was het alsof er een duiveltje in hem huisde, een duiveltje dat hem de stomste dingen liet zeggen. Vooral in de klas.

Die middag kwam meneer Ris binnenlopen in het aardrijkskundelokaal. De klas was rumoerig, de hele dag al, want die avond zou het Openingsfeest plaatsvinden in de aula; daar was iedereen meer bij met z'n gedachten dan bij het nut van stuwmeren in China. Maar nu meneer Ris binnenkwam stierf het geroezemoes weg. Meneer Ris praatte even zacht met de leraar aardrijkskunde, daarna nam hij het woord.

'Ik moet even ernstig met jullie praten,' zei meneer Ris. 'Er gebeuren hier namelijk dingen die niet kunnen.'

Dingen die niet kunnen, dacht Olivier. Die kunnen dus niet.

'Jullie zitten nu op 't Rhijnvis en dat betekent dat jullie geen kleine kinderen meer zijn,' vervolgde meneer Ris. 'Ik heb het hier over pesten.'

Hij keek ernstig rond. De klas staarde ernstig terug.

'Pesten is iets heel ergs. Dat kán dus echt niet! En jullie kunnen misschien denken dat het alleen maar een lolletje is. Maar voor degene die gepest wordt voelt dat dus anders. Misschien weten jullie al over wie ik het heb.'

Veel leerlingen keken nu naar Linda die met een hoofd als een boei naar de grond zat te staren. Sneetje Wittebrood; om de haverklap werd ze zo genoemd, vooral door de jongens.

'Het is zelfs zo erg geworden dat Linda erover gedacht heeft om naar een andere school te gaan. Bram! Dit is werkelijk... Dit is werkelijk ab-so-luut NIET grappig!'

Meneer Ris keek nu echt kwaad, iets wat nog niet eerder was voorgekomen.

'Goed. Ik zeg jullie dit één keer: Linda wordt van nu af aan niet meer gepest met haar naam. Ik reken erop dat jullie je voortaan als volwassenen gaan gedragen. Maar mocht dat *niet* het geval zijn... dan kan ik jullie zeggen dat de eerstvolgende lolbroek kan rekenen op een zware straf! Dat is een kinderachtige maatregel, maar blijkbaar kan het niet anders. En als laatste kan ik jullie mededelen dat Linda van nu af aan een andere achternaam heeft.'

Iedereen keek verbaasd. Meneer Ris knikte en zei: 'Linda gebruikt vanaf nu de achternaam van haar moeder.'

'En die is?' vroeg Marike.

'Wilfers,' zei meneer Ris. 'Linda heet nu heel gewoon: Linda Wilfers.'

Meneer Ris maakte aanstalten om weer te vertrekken. Op dát moment lachte Olivier een kort, snerpend lachje door de doodstille klas; waardoor het nóg stiller werd. En in die stilte zei hij zacht, maar ó zo duidelijk hoorbaar: 'Linda wil vers wittebrood.'

Even was iedereen met stomheid geslagen. Toen begonnen twee jongens hikkend achter hun hand te lachen. En de rest van de klas volgde.

Het gezicht van meneer Ris was vreemd. Hij probeerde heel boos te kijken. Maar het lukte niet helemaal. Met moeite hield hij zijn mond in bedwang. Toen blafte hij: 'Olivier Quint! Meekomen! Nu meteen!'

Met een slap gevoel in zijn benen stond Olivier op.

Straf

Opgelucht stapte hij even later door de gangen, op de terugweg naar het aardrijkskundelokaal. Meneer Ris had geluisterd. Olivier had uit kunnen leggen dat hij alleen maar hardop had gezegd wat hij gedacht had. En zelfs had hij meneer Ris verteld dat hij vroeger zélf was gepest met zijn naam.

Meneer Ris had vervolgens gezegd dat Olivier de aula moest aanvegen, na school. Hij kon het allemaal wel begrijpen, zei hij, maar hij voelde zich verplicht, na die toespraak, om straf te geven. En daarna had hij Olivier gezegd dat hij voortaan voorzichtig moest zijn met het eruitflappen van zijn gedachten. Toen mocht Olivier weg.

Nu zag hij Linda. Blijkbaar was ze even de klas uitgelopen.

Op het moment dat ze hem zag bleef ze stilstaan. Eén verstarde, paniekerige seconde keken ze elkaar aan. Meteen daarna maakte Linda een bocht, naar de andere kant van de gang.

'Linda...' begon Olivier.

Ze schoot haastig weg en verdween om een hoek.

Na het laatste uur stond Olivier in de aula te vegen. Leerlingen uit hogere klassen waren in zijn buurt in de weer met nietpistolen en glimmende banen papier. Op het podium werden speakers opgesteld, en een drumstel. Het leek nu net alsof Olivier met zijn bezem deelnam aan de voorbereidingen van het Openingsfeest.

Nadat hij zo'n tien minuten bezig was geweest kwam Ravi voorbij – samen met Douwe.

'Zo,' zei Ravi. 'Vergeet je de hoeken niet?'

Hij lachte wreed.

'Wat ga... Wat gaan jullie doen?' vroeg Olivier.

'Voetballen,' zei Ravi, alsof dit de gewoonste zaak van de wereld was.

Douwe kwam ernaast staan.
'Als je zin hebt om mee te doen...' begon hij.
'Nee, dank je,' zei Olivier, die niet erg van sport hield.
'Hij veegt liever,' zei Ravi, weer met zo'n lach.
'Ik krijg jou nog wel, mannetje,' zei Olivier.
'Maar eerst moet de aula glimmen,' zei Ravi.
Douwe lachte nu ook. Hij liep verder.
'Tot vanavond,' zei hij nog.
'Doeg,' zei Olivier.

Hij keek zijn vriend na met een lichte verbazing. Weer ging het door hem heen dat je de gedachten van anderen eigenlijk nooit kon raden. Op welke stille, onmerkbare manier had Ravi afgesproken met Douwe? En hoe kwam het dat hij, Olivier, er nooit enig idee van had gehad dat Ravi van sport hield?

Olivier veegde, en voelde zich eenzaam.

Maar op de fiets, terug naar huis, was hij opgewonden. Een feest! De hele klas zou er zijn. Prachtige beelden gingen nu door zijn hoofd. Hij zag zichzelf dansen met Daphne. Soepel bewegend zou ze tegenover hem staan. Hij zou ervoor zorgen dat hij grappig was. Hij was niet langer een schaduw!

Daarna dacht hij als vanzelf weer aan Linda. Even moest hij lachen om zijn eigen vondst. Wil vers wittebrood! Je moest er maar op komen. Maar de uitdrukking op Linda's gezicht...

Het geeft niet, zei Olivier tegen zichzelf. Het is echt niet zo erg.

Zo bleven opwinding en een knagend gevoel van schuld zich afwisselen in zijn hoofd. Maar er was ook nog iets anders, iets kleiners, iets vervelends, wat *achter* zijn gedachten leek te liggen – het vage besef dat je in je hoofd eigenlijk altijd alleen was; dat niemand ooit je gedachten zou kunnen zien, en dat het best eens zou kunnen dat dat 'andere' leven misschien wel helemaal niet bestond...

Iedereen weet 't

'Voor tien uur is er toch geen zak te doen,' had Lotte gezegd. Maar dat was niet waar. Het was om acht uur al druk bij de ingang – voor het overgrote deel brugklassers.

Olivier hing zijn jas op en liep naar de aula. Boven de grote middenruimte was een soort van zwevend plafond aangebracht, van die banen glitterpapier, waarin rood en paars licht weerkaatste. Stampende muziek vulde de school, spannend als een op hol geslagen kudde paarden.

Olivier kocht wat consumptiebonnen. Daarnaast was de 'bar' – een rij tafels bedekt met crèpepapier – waar je geen bier of wijn kon krijgen, maar cola en 'cocktails', zoals een handgeschreven bord meldde. Die cocktails bestonden uit vruchtensap met een beetje gemalen ijs, opgesierd met een klein parapluutje.

Hij probeerde een cocktail. Het parapluutje, dat 'm hinderde bij het drinken, stopte hij achteloos weg in een zak van zijn overhemd.

De aula was nog grotendeels leeg. Olivier voegde zich bij een groep jongens uit zijn klas. Hij werd hartelijk begroet; dat kwam door z'n grap, dat was duidelijk. Hij was die middag in aanzien gestegen. Hij was nu: Olivier-waarmee-je-kunt-lachen. En bovendien: Olivier-die-straf-had-gekregen. Dat laatste telde ook mee. Hij was opeens iemand geworden die durfde. Iemand die lak aan de leraren had. Geen dooie.

Dat idee maakte hem vrolijk. Deze avond, dacht Olivier dromerig, deze avond wordt *fan-tas-tique*!

Fantastique – dat was een grappig nieuw woord, afkomstig uit de saaie Franse les van die middag. Dat woord, dat had Olivier even herinnerd aan een glanzende, regenboogkleurige knikker die hij ooit had ontdekt tussen een hoop oude kranten op straat.

Marike stond onverwachts naast hem. Ze droeg een vreemd jasje van blauwgroene lapjes en een truitje dat haar navel bloot liet.

'Hoi!' riep ze, waarbij haar stem nauwelijks uitkwam boven het geraas van de muziek. 'Jij weet wel wat je moet zeggen, hè!'

'Hoezo?'

'Over Linda! Vanmiddag!'

'Dat kwam gewoon in me op,' riep Olivier licht gevleid. ''t Was niet de bedoeling om te pesten.'

'Als jij 't niet had gezegd had iemand anders het wel bedacht,' riep Marike.

'Jij zeker!' riep Olivier.

Ze lachte.

'Ik niet, hoor!' riep ze. 'Ik ben niet zo goed in het bedenken van grappen.'

'Maar wel in het maken van kleren!' riep Olivier. Het was eruit geweest voordat hij 't wist.

Opeens werd ze onzeker.

'Ja!' riep ze. 'En kleren, daar weet jij natuurlijk alles van, Olivier!'

'Hoezo?'

'Niet telkens 'hoezo' zeggen. Jij hebt dat broekje van Claire gejat!'

Olivier voelde zich weer eens rood worden. Maar, goddank, hij bedacht meteen dat het in dit licht niet zou opvallen.

'Jij bent een broekjesjatter!' riep Marike. 'En volgens mij vond Claire het nog *leuk* ook!'

'Waarom zou ik een broekje jatten van Claire?' riep Olivier met een viezig gezicht.

'Volgens mij ben jij veel slechter dan je lijkt.'

Olivier lachte en keek naar de grond.

'En nou doe je net alsof je verlegen bent.'

'Ik ben ook eigenlijk heel verlegen.'

'Dat zeggen slechte mensen altijd van zichzelf.'

Olivier keek een andere kant op. Wat moest hij met die Marike? Vanuit zijn ooghoeken zag hij dat hij bekeken werd door de jongens uit z'n klas. Brammetje maakte wiegende, schalkse gebaren met zijn heupen. Olivier gooide zijn kin omhoog – Wát nou?!

Brammetje kwam naar 'm toe.

'Dansen!' riep hij. 'Je moet met 'r dansen!'

Olivier zei niks terug.

'Kom op nou, slomo! Je ziet toch dat ze dat wil?!'

Brammetje keerde zich naar Marike.

'Olivier wil met je dansen!' riep hij hard. 'Maar hij durft 't niet te vragen!'

In de aula werd het langzamerhand drukker. Maar gedanst werd er nog niet.

'Straks!' riep Olivier, om ervan af te zijn.

'Oké!' riep Marike. En ze liep weg.

Ook Ravi verscheen. 'Nette vloer!' riep hij rondkijkend. 'Maar volgens mij ben je de hoeken vergeten.'

'Heb je lekker gevoetbald?' riep Olivier terug.

'Ja!' riep Ravi.

Verder vertelde hij niets, wat Olivier irriteerde.

Ravi haalde een cocktail. Net op het moment dat hij daarmee terugkwam zag Olivier Daphne. Ze droeg een knalrode blouse. Een zwart rokje daaronder. Had ze zich opgemaakt?... Of leek het alleen maar zo, in dit licht? Ze liep straal langs hem heen; maar ze wás er in ieder geval – op haar had hij staan wachten.

Fantastique... dacht Olivier en hij probeerde iets te bedenken, iets leuks, om aan haar te vertellen. Een opening, een grap. Een glanzend en toch vanzelfsprekend begin. Hij voelde een elleboog in z'n zij.

'Zag je Daphne?' riep Brammetje. 'Wat een stuk, hè! Ik heb gehoord dat ze verliefd is op iemand uit de vierde.'

Olivier keek hem pijnlijk getroffen aan.
'Op wie dan?'
'Op Stef! Die is gitarist!' zei Brammetje. 'Daar kunnen *wíj* natuurlijk niet tegenop!'
Wij. Brammetje vergeleek zich met Olivier. En Brammetje aasde blijkbaar op Daphne, net als hij... Dat ergerde hem plotseling enorm.
'Kan mij wat schelen,' zei Olivier hard. 'Ik vind die Daphne niks!... Van wie heb jij dat trouwens gehoord?'
'Iedereen weet 't,' zei Brammetje.
Iedereen behalve ik, dacht Olivier mismoedig.

Hij danste – zoals beloofd – met Marike. De meeste meisjes dansten alleen, slechts hier en daar deed er een jongen mee. Verder stonden de jongens pratend of kijkend aan de kant.

Zo ook Ravi. Olivier zag zijn vriend zwijgend staan in een hoek, hij vroeg zich af of Ravi zich wel vermaakte.

Maar direct daarna zag hij, over de schouders van Marike, hoe een lange jongen stond te praten met Daphne. Stef; dat moest 'm zijn. De jongen had krullend haar dat enigszins door een haarband in toom werd gehouden. Daphne moest haar hoofd achterover buigen om hem recht te kunnen aankijken. Ze lachte en de jongen grijnsde terug.

Onwillekeurig moest Olivier even denken aan Robert ten Brink; die had ook zo'n zelfingenomen grijnsje.

Opeens wist Olivier met een stekende zekerheid dat hij geen enkele kans had; niet tegen dat stuk verdriet, niet tegen die haarband; zoveel ouder, interessanter en zekerder dan hijzelf...

'Ik heb even genoeg gedanst!' riep hij naar Marike; de muziek bonkte zo hard door zijn hoofd dat hij zich alleen nog maar door te schreeuwen verstaanbaar kon maken.

Hij keerde zich botweg om en stapte naar Ravi.

Maar Marike liep achter hem aan.

'Hé Olivier!' schreeuwde ze. 'We waren nog aan het dansen!'

Dat zorgde bij hem voor een nieuwe vlaag wrevel; wrevel om die stomme Ravi, die rustig voetbalde met de vijand, en wiens schuld het eigenlijk was geweest dat hij 't verkeerde broekje had gestolen, want als hij niet was doorgelopen, dan was het nooit gebeurd; en nijdig was hij ook op Marike die hem 'broekjesjatter' had genoemd, die zo nodig met hem moest dansen, die wel met hem praatte, terwijl ze in niets leek op Daphne; Daphne die nog steeds bij die gluiperd stond...

'Ga maar met Ravi!' riep Olivier.

En voordat Ravi kon reageren gaf Olivier zijn vriend een stevige duw in de richting van het midden van de aula.

'Hé joh!' riep Ravi geërgerd.

'Toe maar!' schreeuwde Olivier.

Eén moment stonden Marike en Ravi, wat houterig, tegenover elkaar te bewegen. Toen was net het nummer voorbij. Ravi liep meteen terug naar de zijlijn.

De muziek zweeg. Alleen het geroezemoes van de stemmen was hoorbaar. Schijnwerpers flitsten aan op het podium en de gymleraar verscheen voor een microfoon.

'Goeienavond jongelui!'

Het kaatste hol door de ruimte.

'Om dit Openingsfeest extra luister bij te zetten hebben we een band bereid gevonden om vanavond voor jullie op te treden. De meesten van jullie kennen ze zo langzamerhand wel! De bandleden zitten in de vierde klas. En als ze de gespijbelde uren nou netjes hebben gebruikt om te repeteren, dan moet het haast wel een geweldig optreden worden. Jullie begrijpen het nu wel; ik heb het hier over niets minder dan onze eigen schoolband: THE GRAVEDIGGERS!'

Er werd geklapt. De band kwam tevoorschijn en zette in met het eerste nummer.

Neerslachtig keek Olivier toe. Ze konden spelen, die Gravediggers, maar de zanger was een idioot en een aansteller, vond hij. Die sprong op en neer alsof hij een graat in z'n keel had. En de gitarist – die *patser*! – die haatte hij uit 't het diepst van zijn hart.

Na elk nummer kreeg de band applaus en gejuich. Olivier keek naar Daphne. Ze stond zo'n acht meter voor 'm uit. Aan haar achterhoofd meende hij te kunnen zien hoe aandachtig ze alles op het podium volgde.

Vlakbij, dacht Olivier. En eindeloos ver.

Opnieuw voelde hij zich een schaduw. Het was zo *bitter* allemaal.

Opeens lag de zanger op zijn rug. Het geraas van de muziek stierf weg, het werd stil in de aula, er klonk alleen nog een snerpende, rondzingende toon. Iedereen hoorde de zanger kreunen.

Hij werd overeind geholpen door de gitarist. En hinkend verdween de zanger achter de hoge gordijnen.

Kort daarop begon de muziek van de draaitafel weer.

Deze afloop van het optreden vervulde Olivier met een wrede voldoening.

'Volgens mij hoorde dat erbij!' riep hij tegen Ravi.

'De dood maakte een waardig einde aan The Gravediggers!' riep Ravi terug. Gelukkig, Ravi had hem die duw dus vergeven. Daphne was nu uit 't zicht verdwenen. Bijna op de plaats waar ze had gestaan stond nu plotseling Claire. Claire, die telkens leek te verschijnen als een soort plaatsvervangend spook. Ze lachte hem ook nog toe. Olivier knikte stuurs terug. Goddank, op dat moment dook Lotte op uit de menigte.

Cola-tic

'Zo Ollie!' riep Lotte.

Wij zijn in een lankmoedige bui, dacht Olivier.

'Is dat 'm nou?!' schreeuwde hij terug. En hij wees naar een jongen die, nog grotendeels, achter haar stond. Pas toen zag hij dat het de gitarist was van The Gravediggers. Met zijn arm om Lottes middel.

Ergens in Oliviers geest begon er een zachte zon te schijnen...

'Zo,' zei de jongen. 'Dus jij bent dat kleine broertje.'

Hij had een zware stem waarmee hij zich, ondanks de muziek, gemakkelijk verstaanbaar kon maken.

'Mooi einde van jullie optreden!' riep Olivier overmoedig. 'Hoorde dat erbij?!'

De jongen keek even verbaasd.

'Wat een bijdehand broertje heb jij,' zei hij tegen Lotte.

'Een vreselijk ventje!' riep Lotte. 'Hij heeft de prullenbak meer dan verdiend!'

Hierop trok de jongen een halfvolle fles tevoorschijn.

'Ja!' riep Lotte. 'Voer hem maar dronken! Daar wordt hij rustig van.'

'Hier. Probeer dat maar eens, broertje van Lot.'

Olivier zou zich niet laten kennen. Hij nam de fles aan en zette hem tegen zijn mond.

Die slok brandde een schrijnend gat in zijn keel. Vlammend golfde de vloeistof omlaag naar zijn maag. Hij moest 'r bijna van kotsen. Maar hij hield zijn lippen stijf op elkaar. Het bijtende gevoel ebde weg. Hij bestudeerde het etiket. Bacardi.

'Lekker?' vroeg de jongen.

'Fantastique!' riep Olivier. Zijn stem klonk vreemd rauw.

'Dan mag je de rest hou-en,' zei de jongen. 'Verdun het maar met cola of zo. Maar één ding: als je betrapt wordt heb je hem zelf meegenomen. Oké?'

Olivier knikte.

'Hé!' riep Lotte. 'Geef je hem die hele fles? Idioot! Dat kun je niet maken.'

De jongen omhelsde haar en fluisterde iets in haar oor.

'Nououou!' riep Lotte en ze deed alsof ze hem op zijn wang ging slaan.

Ze boog zich naar Olivier en riep: 'Niet in je eentje opdrinken, hoor! Denk eraan! Als er wat gebeurt heb ík het anders weer gedaan. Serieus, dat moet je me beloven! Gooi het maar weg of zo. Oké?... Beloofd?'

Olivier knikte. Lotte liet zich wegtrekken door de gitarist. Weer fluisterde hij iets in haar oor waar ze schaterend om lachte. Olivier had zijn zus maar zelden zo vrolijk gezien.

Ravi stond nog steeds in zijn hoek. Olivier hield de fles voor zijn neus.

'Kijk! Voor in de cola!'

Ravi keek bedenkelijk. Maar Olivier plensde de drank al in Ravi's halfvolle beker. Meteen nam Ravi een slok. Hij vertrok geen spier.

'Best lekker,' zei hij, iets vrolijker.

Ook Brammetje kwam nu voor een cola-tic. En meer jongens kwamen erbij staan. Olivier schonk en keek om zich heen; hij hoopte vurig dat Daphne ergens vlak in de buurt was. Ze zou zien dat hij drank had, net als die gitarist...

Intussen bleef hij maar bijschenken. Hij was nu weer even een held. Geen schaduw, geen dooie; maar iemand die durfde. Iemand die lak had aan alles en iedereen.

De fles was nu, op een bodem na, leeg. Nog steeds geen Daphne te zien. Olivier zette de hals aan zijn mond. Opnieuw een schrijnend gevoel, maar het kon hem niets schelen. Van een afstand smeet hij de fles in een bak. Rinkelend spatte het ding uit elkaar.

Het geluid van die exploderende fles, in de holte van die metalen bak, dat zweepte hem op. Was Daphne onvindbaar? Dan wás dat maar zo! Het *deed* er gewoon niet meer toe. Waar het om ging was het nú. Nú zou hij lol hebben. De laatste tijd had hij constant zorgen gehad. Zorgen om alles en iedereen. Maar waarom toch eigenlijk?

WAAROM?

Zijn zorgen waren nu weg. 'Nu, nu, nu!' mompelde Olivier op het ritme van de muziek. Dat schokte zinderend door hem heen, donderend als de dreun van een heipaal. Het was iets geweldigs, dat ritme. Het zoog hem met zich mee. Hij *verdronk* erin, en hij liet zich rustig verdrinken, zonder zich teweer te stellen...

Hij ging staan dansen. Alleen. Hij *moest* zich bewegen. Gehoorzamen aan dat galopperende ritme. Hij voelde zich heer en meester van de dansvloer. Zó had er nog nooit iemand gedanst! Kijk, daar had je Marike weer...

Ze keek verbaasd in zijn richting.

'Jij moest toch dansen?' schreeuwde Olivier uitdagend. 'Toe dan!'

Ze lachte en die lach maakte haar mooi.

'Ik begin ook een band!' riep Olivier. 'En jij mag achtergrondzangeres worden!'

'Serieus?' riep Marike.

'Ik ben altijd serieus! Dat is 't hem nou juist! Slechte mensen kunnen gewoon niet anders!'

Marike schaterde.

Ze lacht omdat ze wíl lachen, ging het even door Olivier heen.

'Ik ga cola halen!' riep ze. 'Wil jij ook?!'

Hij knikte. Het kon 'm niet schelen wat ze deed.

Algauw was ze terug. Ze gaf hem een beker met cola, die pakte hij dansend aan. Hij voelde zich langzaam vermoeid worden;

zijn kuiten leken zwaarder dan ooit, het zweet droop van zijn voorhoofd. Maar hij *moest* blijven bewegen.

Bewegen tot je neervalt, bedacht hij vaag. Zoals indianen dat doen. En dan krijgen ze visioenen...

Er dreunde van achteren iets tegen hem op. Dat was Ravi, zag hij toen hij omkeek. Ook Ravi danste, tegenover Claire, die hem verwonderd stond aan te gapen. Ravi bewoog zich vreemd woest en schokkend, en hij hield zijn armen gestrekt. Het was alsof hij dacht dat hij vloog. Alsof hij dacht dat hij een vogel was geworden.

Olivier lachte.

Met overslaande stem schreeuwde hij: 'Idioot!'

Ravi leek niets meer te horen. Hij glimlachte wazig en klapwiekte rond in zijn eigen luchtledige atmosfeer.

Toen Olivier zich weer omdraaide zag hij dat Marike stond te wrijven over haar kleren. Op haar spijkerbroek zat een donkere vlek. En ze stond half in een plas. Oliviers beker was leeg.

'Stommeling!' riep Marike. 'Moet je m'n broek nou zien!'

'Sorry hoor!' riep Olivier, die nu plotseling was beledigd. 'Het was bedoeld voor je jasje!'

Wat zei hij *nu* weer?! Waarom probeerde hij toch *altijd* grappig te zijn?...

Marike dook plotseling naar voren. Alsof ze hem wilde slaan. Olivier sprong opzij en schoot weg in de chaos.

Ontsnapping

Toen Olivier merkte dat Marike hem volgde rende hij verder. Hij kwam terecht in een gang. Het leek op een tunnel. Door de ramen kwam nog wat licht, van de lantaarns op straat. De stenen vloer schoof met een merkwaardige snelheid door onder zijn voeten; hij hoorde zijn stappen weerkaatsen. En achter hem die van Marike. Hij was plotseling de hoofdpersoon in een film...

'Olivier! Als ik je te pakken krijg!...'

Hij vluchtte uit voor de vijand. Rechtdoor, toen naar rechts, een gang in waar het nog donkerder was. Daar zag hij, tot zijn schrik, een groot, bultig iemand staan tegen de muur... Nee, het waren *twee* lichamen, verstrengeld tot één.

'Hé Ollie! Ben je tikkertje aan het doen?'

Iris! Met een jongen! Olivier rénde door. Achter hem klonk haar gegiechel, snerpend als het gelach van een heks...

Op zijn tenen holde hij verder, om zijn stappen te dempen. Het trappenhuis; over de treden vloog hij omhoog.

Daarna draafde hij door een gang over de eerste verdieping. Langs het wiskundelokaal.

Langs Engels...

De wc's...

De lerarenkamer...

Daar, naast een deur, was een donkere nis. Hij verborg zich. Hijgend.

Wat nu? Moest hij, via een omweg, weer terug naar het feest?

Nee. Hij zou op haar wachten. Als ze langs die nis kwam zou hij 'r bespringen....

Het feest galmde en bonkte, ergens schuin onder zijn schuilplaats. Zijn gehijg was weer afgenomen tot ademen. Er kwamen geen voetstappen. Olivier stak zijn hoofd uit de nis en keek in de schemerige gang. Niemand!

Hij kwam tevoorschijn. Wat nu? Terug naar het feest. Hij bedacht toen dat er vlakbij een deur was, naar buiten, naar een brandtrap langs het gebouw. Die deur, dat leek hem nu een soort van wonderbaarlijke uitgang – een lichtpunt aan het einde van een stelsel van bedompte en dreigende gangen, zoals hij die soms in z'n dromen doorliep. Die deur, bedacht hij, was natuurlijk op slot. Maar, half hopend, liep hij er toch maar naartoe.

De klink van de deur gaf tot zijn verbazing moeiteloos mee. Meteen daarna woei de zeewind in zijn gezicht. In de verte klonken geluiden van auto's. Hij keek uit over het straatje dat langs de zijkant liep van de school.

Over de trap bonkte hij opgetogen omlaag. De nacht koelde hem af. Het maakte zijn hoofd weer helder.

Hij liep naar het voorplein. Daar was al de ingang...

'Olivier?'

Als door een slang gebeten keek hij om. Achter hem, leunend tegen het standbeeld, stond Daphne.

De droom die leven heet

Haar haren woeien op rond haar hoofd. Haar huid leek bleek tegen de donkere nacht.

'Hoe kom jíj nou hier?'

'Over de brandtrap...' zei Olivier. Het was prettig om weer eens normaal met iemand te praten.

'Over de brandtrap?'

'Marike zat me achterna. Maar wat doe jíj hier?'

Ze haalde haar schouders op.

'Ik had even geen zin in dat feest.'

Het werd steeds killer. Olivier rilde onder zijn overhemd.

'Ik ga trouwens zo dadelijk naar huis,' zei Daphne.

'O... Nou... Dan ga ik maar naar...'

'Naar Marike zeker.'

'Hoezo?'

'Ach... Zomaar...'

Een vogel vloog over. Roepend.

'Scholekster,' zei Olivier onwillekeurig.

Daphne grinnikte.

'Een schol-ek-stur,' imiteerde ze hem bekakt.

Even waren ze stil.

'Ik ga naar huis,' zei Daphne opnieuw.

'Oké,' zei Olivier. En hij wilde zich omdraaien.

'Zeg,' zei Daphne. 'Kun jij me niet even thuisbrengen?'

'Hè... Waarom?... Kun je dat zelf niet?'

Hij corrigeerde zichzelf meteen: 'Wacht!... Ik bedoel oké! Ik... Wacht even! Niet weggaan! Ik kom terug!'

Hij rende de school in voor zijn jas.

Even later liepen ze met hun fietsen naast elkaar over straat. De droom die leven heet, dacht Olivier onwillekeurig.

Dat was weer een zin uit een boek. Maar 't klopte wel mooi. Dit was een net uitkomende droom. De beloning aan het eind van de tunnel. Bijna had hij die droom nog verprutst door zijn eigen onnozelheid. Maar hij had zich hersteld! Goddank. Hij bekeek Daphnes profiel; dat was nog net zo mooi als 't was op die eerste schooldag. Maar nu had hij haar eindelijk voor zichzelf. *Eindelijk...*

'Jij weet alles van vogeltjes, hè?' doorbrak ze zijn stroom van gedachten.

'Ja,' zei Olivier. 'Alles.'

'En jij zoekt dus naar dooie vogels op het strand.'

'Ik verzamel schedels.'

'Rare hobby. Heb je ook schedels van mensen?'

'Nee. Maar ik ken wel iemand die mensen opgraaft op het kerkhof. Een buurjongen van me. Die gaat daar 's nachts naartoe. En de schedels verkoopt hij.'

'Gádver!' riep Daphne.

'Het is gewoon een hobby. Zoals andere jongens voetballen. Of Pokémonkaarten verzamelen.'

'Pokémonkaarten zijn stom. Erg kinderachtig.'

'Ja. Dat vind ik ook. Voetballen vind ik trouwens ook stom. Daarom verzamel ik dus schedels.'

'Wil je bioloog worden of zo?'

'Net als Slob zeker,' zei Olivier. 'Nee, dank je. Ik wil zanger worden in een band.'

Bij het woord 'band' fronste Daphne haar voorhoofd.

'Vond je The Gravediggers niet goed vanavond?' vroeg ze.

'Erg goed,' zei Olivier. 'Vooral het einde van hun optreden. Dat was nog 't mooiste.'

Daphne giechelde.

'Eigenlijk,' zei ze, 'ben jij best vals.'

'Ik?'

'Ja, Olivier! Jij bent een veel valser mannetje dan je lijkt. Je lijkt altijd zo aardig en zo. Maar je verzamelt dooie beesten. En je jat dingen. En je maakt gemene grappen in de klas.'

Gek, dacht Olivier. Eerst Marike, nu zij... Opeens begreep hij dat zijn gedachten net zo onzichtbaar waren voor haar als de hare voor hem. En weer voelde hij even die eenzaamheid, zoals hij die 's middags had gevoeld, in de aula.

Hij moest zichzelf uitspreken. Nu meteen! Hij moest alles ophelderen, alles moest hij haar laten zien. Zijn diepste gedachten! Als dat nu niet kon, dan zou het *nooit* kunnen.

'Ik jat niks,' zei hij. 'En die grappen...' Olivier lachte even inwendig bij de herinnering aan zijn woordspeling. 'Weet je, ik had 't helemaal niet zo bedoeld. Wat Linda betreft, bedoel ik. Het kwam gewoon in me op. En als ík die grap niet had gemaakt, had iemand anders hem wel verzonnen.'

'Ja, maar jij hebt 'm dus gemaakt.'

'Weet ik wel. Maar...'

Ergens in z'n binnenste brak er iets open.

'Weet je. Ik moest mee met Ris. Dat heb je gezien. En van Ris kreeg ik straf. Hij was kwaad, joh! Maar goed, die straf vond ik niet zo erg. En toen liep ik terug door de gang. En toen kwam ik Linda tegen. En...'

Hij bleef staan. Ze bleef op hem wachten. Het licht van één eenzame lantaarnpaal bescheen hun gezichten en maakte de schaduwen hard als op een zwartwit-foto zonder grijs. Hij probeerde haar aan te kijken, maar zag op de plaats van haar ogen alleen maar twee donkere vlekken.

'Ik voelde me best rot toen! Linda bleef maar naar de grond kijken. En ze zei gewoon niks. Zo had ik 't niet bedoeld. Zo had ik 't gewoon echt niet bedoeld...'

Om Daphnes mond was iets wat leek op een lach.

'Dus je hebt spijt van die opmerking?'

'Eigenlijk wel.'

'Dan ben je misschien niet zo vals als ik dacht.'

Langzaam liep ze door.

'Ik zal het wel tegen Linda zeggen,' zei ze. 'Maandag. Dan zeg ik het wel. Dat je spijt hebt.'

'Doe dat maar,' zei Olivier. Hij had het er warm van gekregen.

Een auto reed hen tegemoet. En hield even in terwijl hij passeerde.

'Ik ben wel blij dat je me thuisbrengt,' zei Daphne.

'Ik ook,' zei Olivier. 'Dat ik weg ben van dat feest,' voegde hij er haastig aan toe.

Ze kwamen nu bij een plein met een zandbak en struiken. Alles droefgeestig oranje belicht.

'Olivier?'

'Ja?'

'Ben jij verliefd op mij?'

Even had hij de neiging om gewoonweg 'ja' te zeggen. Maar hij was zichzelf voor.

''k Weet niet,' zei hij. 'Ben jij verliefd op mij?'

Daphne antwoordde niet. Opnieuw leek ze zo onmerkbaar te lachen.

'Ik ben een tijdje verliefd geweest op een jongen uit de vierde,' zei ze.

'Ja,' zei Olivier. 'Hij heet Stef.'

'Hoe weet jij dat?'

'Ik zag jullie. Ik zag je met hem praten. Hij is gitarist in de band.'

'Hij is echt geweldig,' zei Daphne dromerig. 'Maar hij valt niet op meisjes uit lagere klassen.'

'Hij gaat met mijn zus,' zei Olivier nors.

Nu stond Daphne even stil.

'Is dát *jouw* zus?'

'Eh... Nee. Ik bedoel, ja,' zei Olivier, die al spijt had van zijn opmerking. 'Ik kan 't ook niet helpen.'

'Je hoeft je niet te excuseren.'

'Nee?'

'Het doet er niet toe. Het doet er gewoon niks toe. Stef en

ik... waren toch niet voor elkaar bestemd.'

'Nee,' zei Olivier. 'Maar misschien zijn wij wel voor elkaar bestemd.'

Daphne schudde haar hoofd zodat 'r haren wapperden.

'Hier is een bankje,' zei ze. 'Laten we even gaan zitten.'

Alles was van droomstof gemaakt. De huizen aan de overkant van de straat. De paarse lucht erboven. Het geruis van de wind. Het geknisper van een paar bladeren die voort werden geschoven over de tegels. Het was onecht allemaal, bedacht Olivier. Het zou allemaal weer verdwijnen. En dat terwijl hij 't liefst tot het einde der tijden hier zou willen zitten, ondanks de kou. Alles was nu zoals het altijd zou moeten zijn.

Daphne leunde een beetje naar hem over. En hij sloeg een arm om haar schouders.

Wat was er nu nog tussen hen in? Een paar laagjes stof! Verder niets!

Droomstof, dacht Olivier.

'Jij ruikt ergens naar,' zei Daphne.

'Dat is Bacardi,' zei Olivier trots. 'Gekregen van iemand uit de vierde.'

'Stef had ook drank bij zich,' zei ze. 'Wie ken jij in de vierde?'

'M'n zus natuurlijk. En een vriendin van haar.'

'En daar heb je een slok van gekregen?'

'Nee, een hele fles! Dat was goed, joh! Ik heb iedereen van onze klas dronken gevoerd.'

'Zie je wel, jij bent wél vals! Een beetje de klas dronken voeren! Als ze daarachter komen word je van school getrapt!'

Olivier grinnikte gelukzalig.

'Dan loop ik weg,' zei hij. 'En jij gaat mee. Dan gaan we samen naar eh... India. En daar trouwen we. In India mag dat al op je twaalfde. En we krijgen zevenentwintig kinderen. En we nemen een olifant als huisdier. Die noemen we Stef. Stef de olifant.'

Ging hij te ver? Nee. Ze giechelde.

'Jij bent echt anders dan je lijkt,' zei Daphne. 'Veel grappiger. En ook wel aardiger...'

'Maar ik leek al zo aardig?!'

'Netjes! Dat leek je. Heel netjes en zo. Met van die keurige schoenen.'

Olivier nam zich voor om de volgende dag onmiddellijk nieuwe schoenen te kopen. De meest vreemde, meest waanzinnige schoenen die hij maar zou kunnen vinden!

Daphne pakte zijn arm en kneep er zacht in. Olivier had het gevoel dat hij smolt.

Maar ze stond op.

'Ik ben bijna thuis,' zei ze. 'Breng je me naar de deur?'

De droom liep alweer op z'n einde! Iets in Olivier riep jammerend: 'Niet nu al!'

Hij ging staan.

'Luister!' zei hij ernstig. 'Ik moet je nog iets vertellen.'

Haar fiets had ze al overeind getild. Olivier pakte haar stuur.

'Wat dan?' vroeg ze opkijkend.

'Dat briefje,' zei Olivier. 'Dat was van mij.'

'Briefje? Wat voor briefje?'

'Vorige week. In de klas. Toen raapte je dat briefje op tijdens biologie. Dat had ík daar neergegooid, niet Douwe.'

'Had jíj dat geschreven?'

'Je werd weer bespuugd door Slob. En toen heb ik dat geschreven.'

Precies tegelijkertijd zeiden ze: 'Wil je schuilen onder mijn paraplu?'

Ze lachten.

'Maar je hád helemaal geen paraplu bij je!' zei Daphne.

Opeens ging Olivier een licht op. Een inval. Een *geweldige* inval!

'Nu wel,' zei hij triomfantelijk.

En uit de borstzak van zijn overhemd haalde hij een klein, verfrommeld parapluutje tevoorschijn.

‘Hier,’ zei hij, terwijl hij het uitvouwde. ‘Het is voor jou. En als je weer biologie hebt kun je eronder schuilen.’

Daphne keek naar zijn uitgestoken hand. Even leek het alsof ze heel hard moest lachen. Toen pakte ze met twee handen zijn pols.

‘Kom ’ns hier,’ zei ze.

Boven hun fietsen voelde Olivier haar tong binnendringen in zijn mond.

Het spiegelbeeld van een held

Het 'andere' leven bestond niet alleen op tv of achter de voorhoofden van mensen. Het bestond echt. En het was nog veel mooier dan Olivier zich had voorgesteld. Het maakte hem dronken; dronkener dan die Bacardi had kunnen doen.

Daphne hield van hem!

Op mij, op mij, op mij, zong het in zijn hoofd.

Ze was door een vaalgele deur verdwenen. Hij had nog minutenlang naar die deur staan kijken. En naar de ramen op de eerste verdieping van het huis. Pas toen er ergens een hond blafte was hij eindelijk weggefietst.

Nu kronkelden en draaiden de straten zich voor 'm uit. Hij trapte slingerend voort, ontweek maar net een stilstaande auto.

Het was alsof hij Ravi nu plotseling begreep; Ravi, die gevlogen had op de dansvloer. Maar Ravi had er drank voor nodig gehad. Terwijl hij...

Op mij, op mij, op mij!

Ollie-knollie.

Ollie-krentenbollie.

Niks! Hij was *Olivier*! Geen dooie. Geen schaduw. Iemand die durfde. Iemand die lak had aan alles en iedereen. Toekomstig zanger van een geweldige band. De vriend van Daphne Zelichman.

Ze had haar hand in zijn nek gelegd. Hij voelde nog duidelijk die hand. En hij proefde haar nog.

De straat liep opeens schuin omhoog. Daarna lag hij, zonder dat hij enig idee had *hoe* het was gegaan, tussen de takken van een struik. Een struik met stekels, ergens in een plantsoen. Het rook er naar vochtige aarde. Zijn fiets lag onder hem, de stangen drukten tegen zijn buik. Stikkend van de lach bleef hij liggen. Gevoelloos voor pijn. Pas toen hij, ergens tussen zijn haar, iets vaag voelde prikken duwde hij de takken uiteen en kwam hij wankelend overeind.

Twintig minuten later was hij thuis. Hij sloeg de buitendeur baldadig hard achter zich dicht.

Direct daarna ging het licht in de gang aan. Mevrouw Quint kwam aanlopen vanuit de woonkamer.

'Zo, ben je daar eindelijk.'

Toen veranderde haar gezicht.

'Ollie! Ollie, wat is er gebeurd?'

Ze riep haar man erbij.

'Willem! Willem, kom vlug! Er is iets met Ollie!'

Ook meneer Quint kwam nu de gang in, lopend op zijn pantoffels. Olivier keek hen aan met een lach over zijn hele gezicht. Hij had toch wel aardige ouders, eigenlijk. Belachelijke mensen natuurlijk, maar ze bedoelden het goed... Waarom deden ze nu zo vreemd?...

In de grote gangspiegel zag hij zichzelf plotseling staan. Was híj dat?... Of... iemand anders?... Een straaltje bloed kroop omlaag over het voorhoofd van dat spiegelbeeld. Het vloeide in meerdere kleine stroompjes uiteen over zijn wang. Het zag er prachtig dramatisch uit, vond Olivier. Hij was trots op dat bloed. Een held. Daar stond een echte held.

Hij voelde als vanzelf aan zijn voorhoofd. Het stroompje was warm. Hij plukte een doorn uit zijn haar.

'Lieve jongen, zeg toch iets!' riep mevrouw Quint zenuwachtig.

Olivier kon alleen maar grijnzen.

Tanja's song

Tanja en Mike

Mike trekt aan de gashendel van zijn brommer. 'Als je nu niet meekomt, ga ik alleen.'

Tanja zucht, drukt haar helm in Marjans armen en gaat achterop zitten. Dan maar zonder, ze krijgt de gesp van het rotding echt niet vast. Haar armen legt ze stevig om Mikes middel.

'Goed vasthouden,' zegt Mike tevreden. Snel doet ook hij zijn helm af en hij geeft hem aan Marjan. Als hij optrekt, knijpt Tanja haar ogen dicht.

'Succes!' roept Marjan.

Mike stuurt door een smal steegje naar de achterkant van de huizenrij. Daar loopt een grindpad waar ze lekker kunnen scheuren.

Glimlachend legt Tanja haar wang tegen Mikes rug, eventjes maar. Ze kijkt naar zijn handen, die stevig de hendels vastklemmen. Mike heeft echte jongenshanden: breed, met een paar donkere haartjes erop. Je kunt de spieren en de aderen over zijn handen zien lopen.

Hij ruikt altijd zo zacht, zo vriendelijk. Tanja slaakt een zucht. Als je hem ziet lopen in zijn vale spijkerbroek en baseballshirt, zou je niet zeggen dat hij zo zalig rook. Je zou verwachten dat hij naar benzine rook, of zo, in plaats van... lekker.

'Even slippen?' vraagt Mike terwijl hij de voorrem inknijpt.

'Kijk uit!' roept Tanja, maar ze lacht toch. Mike weet heus wel wat hij doet.

Ze rijden tot aan de grote weg. Aan de overkant woont tante Annie, maar daar gaan ze niet naartoe. In plaats daarvan zet Mike de brommer stil. 'Wil jij eens proberen?'

'Ik?' Ze springt op: gaaf! Maar ze roept: 'Kan ik toch niet!'

Mike haalt zijn schouders op. 'Dan moet je het leren.'

Haar hart bonkt. Zal ze het doen? Dan moet Mike achterop, met zijn armen om háár middel.

'Ik leer het je wel,' zegt Mike. 'Ga zitten.'

Tanja's wangen glimmen van plezier. Mike legt zijn hand op haar schouder, die wordt meteen warm.

'Rechts is voor gas en links is de rem,' zegt hij. 'Oké?'

Tanja knikt. Mike helpt haar op het zwartleren zadel. Zodra ze zit, legt hij zijn hand tegen haar heup en gaat achterop zitten. 'Toe maar.'

Voorzichtig draait Tanja de hendel naar zich toe.

Langzaam rijden ze over het grindpad, langs de huizen van de buren. Steeds verder draait Tanja de hendel naar zich toe. Haar lichtbruine haren wapperen in Mikes gezicht. 'Goed zo,' zegt hij, maar Tanja voelt hoe hij zijn vingers extra stevig in haar middel plant.

Ze is niet bang voor een aanrijding, want iedereen uit de wijk gaat altijd direct in het gras lopen zodra ze brommergeronk horen.

Als Tanja het steegje in rijdt naar het pleintje, staat Marjan hevig te gebaren. Haar ogen zijn groot en haar mond is verwrongen. Tanja begrijpt direct dat de wijkagenten eraan komen.

'Blijf zitten,' zegt Tanja tegen Mike. Ze wil dóórrijden, van het plein af. Er is al eens een brommer van Mike in beslag genomen, dat zal deze keer niet gebeuren. Ze trekt het gas ver open, veel te ver. De brommer scheurt ervandoor, vlak langs Marjan, die geschrokken wegspringt. Shit, de brommer is natuurlijk opgevoerd. Tanja crost een steegje in dat ook op het grindpad uitkomt. Maar ze kan de bocht niet lekker maken en de brommer gaat veel te hard.

'Remmen!' roept Mike.

Tanja rijdt recht op de struiken af die langs de waterkant staan.

'Draaien!' gilt Mike. En: 'Remmen!'

In plaats daarvan laat Tanja zomaar het stuur los. Ze gilt terwijl ze haar armen voor haar gezicht vouwt. Ze rijden recht op de uitgebloeide rododendrons af.

Mike is er op tijd vanaf gesprongen en tilt nu de brommer van Tanja's benen.

'Ga naar Marjan!' sist hij. Dan rent hij weg, met de brommer aan de hand. Hij wil niet wéér aangehouden worden met een opgevoerde brommer, dat begrijpt Tanja meteen. Bovendien is hij pas veertien, dan mag je nog helemaal geen brommer rijden.

Zo nonchalant mogelijk wandelt Tanja naar Marjans huis. Gelukkig deed de val geen pijn, alleen met haar linkerbeen hinkt ze een beetje. Hoewel ze de agenten nergens ziet staan, hoeft dat niet te betekenen dat zij háár ook niet in de gaten houden, dus ze is voorzichtig.

Ze opent de deur en de hordeur van Marjans keuken. Haar moeder is er niet, zoals meestal. Tanja loopt de trap op naar Marjans kamer.

Haar vriendin ligt languit op het Garfielddekbed, te staren naar Garfieldposters aan de muur, met in haar armen een pluchen Garfield.

'Dat was op het nippertje!' Sinds kort rookt Marjan.

'Zeg dat wel!'

'Ik heb alvast cola voor je ingeschonken.' Voorzichtig neemt ze een trekje van haar sigaret en ze blaast de rook meteen weer uit.

Langzamerhand krijgt Tanja haar normale hartslag terug.

Marjan is net zo oud als Mike, ook veertien. Ze is al twee keer blijven zitten. Ma vindt Mike eigenlijk te oud voor Tanja, maar met Marjans leeftijd heeft ze geen moeite. Lekker consequent.

Marjan en haar moeder zijn vijf jaar geleden uit een andere

stad naar Zuideroog, Wijk Noord verhuisd. Haar ouders waren pas gescheiden, maar op een avond was haar vader langsgekomen om flinke heibel te trappen. Uit het huis klonk gescheld en geschreeuw, gekletter van rondvliegend servies. Marjan stond buiten in haar eentje op het plein. Tanja's moeder had meteen medelijden en stuurde Tanja naar haar toe.

'Ga dat meissie even zeggen dat ze hier sjippies komt eten.' Als ma emotioneel wordt, krijgt ze haar Amsterdamse accent een beetje terug.

Het klikte meteen. Nu zijn ze al vijf jaar beste vriendinnen, ze vertellen elkaar alles en ze begrijpen elkaar altijd.

In groep acht hebben ze een test moeten doen. Wist zij veel dat die belangrijk was, ze had gewoon haar best gedaan. Tanja had niet verwacht dat ze een hoge score had, want ze had best wel stomme fouten gemaakt.

Toch moet ze nu naar het Zeikpis Schijtcollege, het kakkersinstituut van Zuideroog.

Tanja hoort ma nog roepen: 'We hebben een professor in de familie!'

En pa schudde zijn bierflesje voordat hij het opende, waardoor het bier als champagne door de kamer spoot. 'Op de professor!' riep hij. Tante Annie en ome Cor kwamen meteen een biertje drinken. Iedereen was blij.

Marjan was de enige die begreep wat de hoge score werkelijk betekende: dat Tanja werd verbannen. Naar de kakkers en de studiebollen van het Rhijnvis Feith. Helemaal alleen.

Iedereen gaat naar het vmbo in de Van Karstenstraat: Betsy van de achterburen, Wendy van daarnaast en de tweeling aan de overkant, Achmed en Marisha. En Mike natuurlijk. Tanja had er ook heen gewild, alles beter dan het suffe Rhijnvis.

Nee, het enige leuke aan die dag was dat ze Mike voor het eerst ontmoette. Tanja ziet het nog voor zich. Marjan en zij liepen naar het veldje achter het huis, aan het einde van het grindpad. Daar ploften ze in het gras. Marjan stootte haar elleboog tegen Tanja's bovenarm en riep: 'Tadaa!' Ze haalde twee flesjes bier onder haar trui vandaan.

'Hoe heb je dat gedaan?' riep Tanja. Marjan haalde haar schouders op. Ze plopte de doppen van de flesjes en drukte er een in Tanja's hand. Tanja giechelde. Moest ze nu bier drinken? Een hele fles?

Ze klonken de flesjes tegen elkaar en zetten ze aan hun mond. Eventjes kneep Tanja haar neus dicht, maar ze bedacht dat dat er belachelijk uitzag. Dus dronk ze, al was het met gefronste wenkbrauwen.

Als je niet gewend bent te drinken, kun je van een slok al op je kop staan. Tanja en Marjan dronken meer dan een slok, veel meer. Langzamerhand werden ze luidruchtig en lacherig.

Toen kwam Mike erbij. Nog steeds vinden Tanja en Mike het ongelooflijk dat ze elkaar nooit eerder hadden ontmoet. Mike was die avond op hun gelach afgekomen, kijken of er iets te doen was.

Tanja zag meteen dat hij anders was dan de jongens uit groep acht. Mike knikte vriendelijk toen hij naast haar kwam zitten en keek haar serieus aan als ze iets zei. Hij lachte haar niet één keer uit, integendeel. Elke keer als hij naar haar glimlachte, glinsterden zijn ogen.

Toen Tanja opstond om naar huis te gaan, begon haar wereld ineens te draaien van alle alcohol. Tanja viel létterlijk voor hem, dat kan Mike niet genoeg benadrukken.

Die avond bracht hij haar naar huis. Dat vindt mama nog steeds zo keurig van hem dat ze Tanja niet wil verbieden met hem om te gaan. Ondanks het leeftijdsverschil. Mike was toen al bijna veertien en Tanja was nog pas elf. Ze gaan nu vier maanden, drie weken en vijf dagen met elkaar.

Jongens en huiswerk

Mike komt vast niet meer naar het huis van Marjan, anders was hij er allang geweest. Geeft niks, morgen ziet ze hem wel weer op het pleintje.

'Zullen we ons toneelstukje doen?' vraagt Tanja. Marjan en zij hebben samen meegedaan aan het afscheidstoneel van groep acht. Dat was hartstikke leuk.

'Nah.'

'Zullen we dan een nieuw toneelstuk verzinnen?'

'Geen zin.'

'Playbacken?'

Marjan drukt haar sigaret uit in de superkleine asbak die ze in een lade onder haar bed bewaart. Haar moeder komt pas over twee uur thuis van haar werk, dan is de rook alweer weggetrokken.

'Zal ik Edwin of Hans kiezen?' vraagt Marjan. Sinds ze afgelopen zomer voor het eerst heeft gezoend, is ze niet meer opgehouden aan jongens te denken. Ze is ook gaan roken en heeft haar haren geblondeerd.

Tanja haalt haar schouders op. Zij heeft nog niet gezoend, ook niet met Mike. Hij heeft haar één keer op haar mond gekust, maar Tanja denkt dat het eigenlijk per ongeluk ging. Meestal krijgt ze een zoen op haar wang. Daarnet legde hij zijn hand tegen haar heup, maar dat was alles.

'Ik moet gaan,' zegt Tanja. 'Huiswerk.'

'Pfft.'

Tanja klopt haar broek nog een laatste keer af. Als mama de modder- en grasvlek bij haar knie ziet, moet ze weer voor straf zelf een bonte was draaien. Hopelijk zit ze druk te kletsen, straks, dan stopt ze de broek snel onder in de wasmand.

'Heb jij leuke jongens in de klas?' vraagt Marjan.

'Jongens?' Tanja trekt haar wenkbrauwen op. Ze zit nog maar kort op die rotschool, een paar dagen maar, een weekje. Nee, twee weken alweer. Maar ze heeft nog geen tijd gehad om naar de jongens te kijken.

Tanja denkt diep na.

Er is Douwe, een Fries. Die knauwt op zijn woorden alsof hij bij elke klank op zijn tong bijt. Er is Ravi die nooit wat zegt, hij zit naast Olivier die altíjd iets moet zeggen. Sjee, die kan zijn mond niet houden.

Olivier is een eikel. Denkt dat-ie leuk is, maar zit ondertussen Linda te treiteren. Het kan Tanja niks schelen, maar toch.

En verder...

Tanja bijt op haar onderlip.

Leuke jongens?

Dan schudt ze haar hoofd. 'Ik heb geen idee.'

'Zullen we een patatje halen?'

Tanja schudt haar hoofd. 'Ik moet naar huis.'

'Ik weet het,' zucht Marjan. 'Je hebt huiswerk.'

Het Rhijnvis Feithcollege

De school lijkt een fabriek, daar hebben de Noordwijkers mooi gelijk in. Massaal gaan de kakkers erin en na de bel komen ze er ook allemaal tegelijk weer uit. Bij het vmbo aan de Van Karstenstraat zijn tenminste ook tíjdens de lesuren mensen op het plein. Of er staan mensen buiten het hek te wachten, vriendjes van leerlingen bijvoorbeeld.

Zo gaat het tenminste ook bij Stefanie op school: als zij om half drie uit is, komt ze meestal toch pas tegen zessen thuis. Stefanie is Tanja's zus, maar ze doen nooit wat samen. Niet dat Tanja iets met haar zou willen doen, zeker niet.

Gezellig hangen op het schoolplein, dat gebeurt niet op het Rhijnvis. Na school gaat iedereen meteen weg, lekker bij mammie aan de thee, of zo.

Hijgend komt Tanja op school aan. Als ze niet zo'n pokkeneind hoefde te fietsen naar die rotschool, zou het allemaal minder erg zijn. Maar nu moet ze ook nog op een tweedehandsje dat ome Cor voor haar heeft opgeknapt, dat rijdt niet erg soepel.

Meteen de eerste ochtend hield Van der Wiel haar al aan. Agent Van der Wiel woont vlak bij het plein en deelt bekeuringen uit wanneer hij maar kan. Achter zijn rug noemen ze hem Agent Debiel. Iedereen uit Wijk Noord doet dat, ook de volwassenen.

Tanja's vader is al eens bekeurd wegens openbare dronkenschap omdat hij lawaaiig was tijdens een barbecue met de familie.

Er zijn maar weinig mensen die Van der Wiel niet graag eens flink de waarheid zouden zeggen, maar als je dat doet, moet je óók betalen – wegens belediging van een ambtenaar in functie, of zoiets.

'Zo, mevrouw De Vries,' zei hij die eerste ochtend. Tanja draaide met haar ogen, maar zei niks – je moet geen onnodig risico nemen. 'Dus jij mag naar het Rhijnvis Feithcollege.'

Het Rijnpis Schijtcollege, ja, dacht ze. Ze vroeg zich af waar hij zich mee bemoeide.

Hij wandelde om haar fiets heen. 'Heb je deze gekregen?'

Tanja knikte.

'Moet je hiermee naar school?'

Tanja knikte en zuchtte.

'Hou je dat wel vol?'

Tanja knikte en zuchtte en draaide haar ogen uit hun kassen.

'Ga dan maar,' zei hij eindelijk.

Tanja vertrok.

Sindsdien ziet ze hoe Van der Wiel haar elke ochtend nakijkt. Wachtend op een kans het ding in beslag te nemen.

In de zomervakantie was Mike eens meegefietst naar haar nieuwe school. Er was natuurlijk niemand. Mike had een sjekkie staan draaien terwijl Tanja uitvoerig balend om het kille betonnen gebouw heen was gelopen. Ze had toen meteen gezien dat de fietsenstalling achter de school was.

Daar gaat ze nu omlaag de kelder in. Ze zet haar fiets op slot. Niet dat het nodig is, wie wil dat verroeste brik van haar nou jatten? Terwijl er allemaal gloednieuwe exemplaren omheen staan? Toch moet ze voorzichtig zijn, er is niet eens genoeg geld voor een nieuw brikkie, heeft mama gezegd. Pa werkt tenslotte niet, die zit in de uitkering vanwege zijn rug. Wat mama zwart bijverdient als schoonmaakster, maakt nog steeds geen vetpot. Dus gaat elke dag het slot stevig op de oude Batavia. Dat is Tanja's bijdrage.

Ook een nieuwe schooltas heeft ze niet kunnen kopen, maar daar is Tanja niet rouwig om. Met zo'n stijf leren geval had ze alleen maar voor gek gelopen. Brugklassers worden er stevig op afgerekend als ze zo'n ding hebben.

Even had het ernaar uitgezien dat Tanja met een plastic tas

van de supermarkt moest gaan lopen, dat zou een ramp zijn geweest. Maar gelukkig kocht Stefanie nieuwe schoenen bij de Bata en mocht Tanja de linnen tas hebben. Dat was nou eens aardig van haar.

Via de binnentrap loopt Tanja de aula van de school binnen. Daar staat Maria, de kantinevrouw. 'Dag Tanja,' zegt ze vriendelijk.

Tanja zwaait terug. 'Dag Maria!'

Ze glimlacht; Maria is de enige andere Noordwijker op het Rhijnvis. Ze woont aan de overkant van het plein, vlak naast Van der Wiel. Vorige maand heeft iedereen haar nog horen schelden. Iemand had haar iets toegesist als 'rot-Turk', terwijl ze Surinaamse is. Opvliegend als ze is, was ze pittig gaan schelden.

Op het Rhijnvis is Maria een stuk verlegener dan thuis. Kinderen graaien onbeleefd naar haar Marsen en Nutsen en maken grapjes om haar dikke kont – ze proberen het niet eens zachtjes te doen. Het is jammer dat ze niet wat meer van zich af bijt, vindt Tanja, want dat kan Maria anders heel goed.

'Hé Tanja,' hoort ze dan. 'Bestel je een ranja?' Tanja laat haar schouders zakken. Olivier, de Klier van Hier. Zo noemt ze hem. Ze kan hem voldoende bijnamen geven, want op '-ier' rijmt veel. Olivier nul Vertier. Olivier zonder Humorspier. Olivier de Treiterkoerier.

'Ja,' zegt Vincent. 'Waar eten we lasagna, Tanja?'

'Daar is ze,' zegt iemand anders. 'Tanja de bijtende piranha.'

Tanja trekt haar mond scheef en Maria haalt haar schouders op.

'Ha. Ha. Ha,' doet Tanja terwijl ze met haar ogen draait.

'Trrrrrr!' doet de zoemer.

Op De Dagobertschool was geen zoemer. Daar kwamen juf Ans en juf Fatima gewoon bij de deur staan en dan wist je dat je naar binnen moest. De kinderen hoefden zich nooit te haasten om op tijd te zijn. Dat waren de juffen zelf vaak niet eens!

‘Schiet op,’ zegt Maria. ‘Je komt nog te laat.’

Tanja haalt haar schouders op. Dan komt ze toch te laat? Het is toch niet normaal dat iedereen, zeker vijfhonderd man, begint te dringen als een of andere zoemer door een of andere vinger wordt ingedrukt?

Louisa is een bitch

'Tanja, je bent te laat,' zegt meneer Van Baal. Tanja knikt. Hij kijkt haar aan. Hij zucht. 'Ga maar zitten.' Tanja knikt opnieuw en loopt naar haar tafeltje. Meneer Van Baal begint te lezen uit het basisboek voor Nederlands.

Helaas moet Tanja de rest van het jaar naast ene Louisa zitten. Jammer genoeg heeft ze geen 'nee' durven zeggen tegen deze opdringerige kleine bitch, die het in haar hoofd heeft gehaald dat ze per se naast Tanja moet zitten.

De allereerste dag was alles zó nieuw geweest. In de aula had Tanja midden in de menigte gestaan alsof ze eigenlijk een nare droom had. Er kwam een kalende man het podium op – sommige brugklassers waren gaan giechelen, misschien van de zenuwen. Hij was het hoofd van de school en heette Cruijff, net als Johan. Hij hield een toespraak waarvan de inhoud Tanja was ontgaan – het was zo vroeg, dat ze ongemerkt was weggedoezeld. Toen ineens was iedereen weggelopen.

Tanja was wakker geschrokken.

'Waar moet ik naartoe? Wat doen jullie?'

'We moeten ons rooster halen bij lokaal 13b,' zei iemand. Het krioelde van de mensen, maar ze had zich gewoon met de stroom mee laten voeren.

Op het rooster stond dat haar allereerste les op 'de grote school', op het ongelooflijke Rhijnvis, zou plaatsvinden in lokaal 2c. Dat betekende: tweede verdieping, derde lokaal. Makkie.

Uit de gigantische massa bleven zo'n dertig kinderen over: haar medebrugklassers, haar voorlopige klasgenootjes. Sommigen gingen snel zitten en 'bewaakten' de tafeltjes tot vriendjes van de lagere school erbij kwamen. Tanja had geen vriendinnen meegenomen van de lagere school. Was het maar waar.

Iedereen leek elkaar te kennen. De moed was haar in de schoenen gezonken. Wat, als niemand haar wilde? Wat, als ze alleen overbleef? Marjan zou zeggen dat ze het goed had gedaan, maar Tanja had weinig zin de komende jaren een buitenbeentje te blijven.

Hoe zou het in de Van Karstenstraat zijn? Marjan kende waarschijnlijk bijna iedereen in haar klas: Achmed en Marisha, Wendy en Priscilla. Zíj had voor het kiezen waar en naast wie ze wilde zitten. Had Tanja de test maar slechter gemaakt, dan had ze ook naar het vmbo gekund. Dan zouden Marjan en zij zeker naast elkaar zijn gaan zitten.

In ieder geval was ze alvast naar achteren gelopen. Dat was een tip van Marjan. Achterin kon je het beste keten.

Vlak voordat meneer Ris was binnengekomen, had Louisa gesist: 'Pssst.' Verbaasd keek Tanja om.

'Kom hier.' Louisa hield met haar armen de laatste twee tafeltjes bezet.

Tanja schudde van 'nee', geen idee waarom. Maar Louisa liet zich niet afschepen en knikte van 'ja'. Toen was Tanja maar naar haar toe gegaan. Zomaar.

'Hèhè,' zei Louisa.

Tanja vond haar meteen al niet aardig maar toen ze wilde opstaan om naast iemand anders te gaan zitten, was meneer Ris binnengekomen. Een zware man met een bril en een volle baard. Er stonden nog kinderen midden in de klas omdat ze niet wisten waar ze moesten gaan zitten.

'Ja!' zei meneer Ris. 'Jij gaat daar zitten. En jij daar. En daar is nog een tafel vrij.'

Misschien had meneer Ris haar ook wel naast Louisa gedirigeerd, maar dan had ze er tenminste niets aan kunnen doen. Nu was ze uit zichzelf gegaan. Dat was het erge.

Louisa vond niks leuk en alles stom. 'Wat een lelijke man,' mopperde ze. Of: 'Wat een zeikerd,' als iemand een vraag stelde. Er was een meisje, Linda Wittebrood, dat ook met haar naam werd gepest, net als Tanja. Maar Linda had er duidelijk last van. Ze werd elke keer vuurrood en één keer was ze tijdens de pauze in huilen uitgebarsten. 'Wat een suffe muts,' besliste Louisa onverbiddelijk. En in de pauzes stond ze aan te pappen met kinderen uit de tweede klas. Die leken haar nog aardig te vinden ook. Trut.

'Tanja?' vraagt meneer Van Baal. 'Let je op?'

Tanja knikt. Als ze het goed voelt, begint ze nu te blozen.

Wie doet er mee?

Het tweede uur hebben ze hun klassenleraar meneer Ris. Hij geeft wiskunde, maar bij 1d moet hij ook andere zaken bespreken.

'Geachte klas 1d, ik wil jullie even vertellen dat de school over twee weken een Openingsfeest houdt. Iedereen mag komen, maar de avond is speciaal georganiseerd voor brugklassers.'

'Yeah!' klinkt het. Ook Tanja kijkt op – een echt feest, wauw!

'Het feest begint om acht uur en speciaal voor jullie zal optreden onze enige echte schoolband, The Gravediggers. Doe voor de zekerheid maar watjes in je oren! Twee weken daarna, meteen na de repetitieweek, houden we onze fameuze Rhijnvis Playbackshow. Is er iemand die wil meedoen?'

'Ja!' roept Tanja. Ze steekt haar hand op. Een playbackshow! Daar zijn Marjan en zij hartstikke goed in!

Meneer Ris kijkt haar peinzend aan en zegt: 'Even denken...' Hij loopt met zijn vingers langs de klassenlijst met namen. 'Tanja,' knikt Tanja. 'Tanja de Vries.'

'Natuurlijk,' zegt meneer Ris. 'Bedankt.'

Pas dan valt het Tanja op dat iedereen uit 1d achterom kijkt en haar aanstaart. Ze schrikt. Heeft ze iets verkeerds gezegd?

'Een playbackshow?' vraagt Louisa. In haar voorhoofd staat een diepe frons. De afkeuring druipt van haar gezicht.

Hoezo? denkt Tanja. Geeft niemand anders zich ervoor op?

'Nog iemand?' vraagt meneer Ris. Maar in de klas blijft het ijzig stil. Tanja krijgt er de zenuwen van – had ze niks moeten zeggen?

Louisa krast met haar pen in haar schrift en fluistert opnieuw: 'Een playbackshow?'

Tanja zegt niks. Ze haalt haar schouders op en begint ook in haar schrift te krassen. Vanbinnen gaat ze ter plekke dood.

Wat doe je!

'Kom mee,' zegt Mike. 'Gaan we crossen.'

Tanja knikt. 'Naar CafetaRia!'

'Effe snacken.'

Tanja weet nu wel hoe ze haar helm moet vastgespen. Het was even oefenen, maar het is niet moeilijk meer. Mike heeft ook een helm, eentje met een klep die je voor je gezicht kan zetten. Zo ziet niemand dat hij eigenlijk nog geen brommer mag rijden.

Ze gaat achterop zitten en houdt Mike stevig vast. Voeten op de steuntjes, daar gaan ze.

Tanja laat de wind langs haar gezicht blazen en ze geniet. Als ze door een kuil rijden, deint de vering lang na en wordt ze stevig tegen Mike aangedrukt. Na een paar minuutjes zet Mike zijn brommer naast de vele andere die voor CafetaRia staan.

'Marjan is er ook!' Tanja rent voor Mike uit. Marjan zit met grote gebaren tegen Betsy te praten.

'Marjan!' roept Tanja als ze de deur van CafetaRia opentrekt.

'Heee!' gilt Marjan. Dan vertelt ze verder. Tanja gaat tegenover Betsy aan het tafeltje zitten. 'Dus Edwin zegt dat-ie dacht dat wij verkering hadden, maar ik zeg tegen hem: mooi niet dus!'

'Néé,' grinnikt Betsy.

Tanja glimlacht. 'Heb je toch met hem gekust?'

'Ik zeg, ik maak wel effe zelf uit met wie ik het doe en wanneer, zeg.'

'Hou op!' lacht Betsy.

'Maar toen bleek dat Hans ineens dacht dat híj mijn nieuwe vriendje was. Komt-ie eraan na de pauze, terwijl Edwin net met me staat te praten, en zegt-ie dat Edwin moet oprotten omdat ik nu een betere vent heb gevonden. Kwaad! Kwáád datie was!'

'Hij wist misschien nog niet dat het uit is,' zegt Tanja.

'Gingen ze knokken?' vraagt Betsy.

'Zo!' zegt Marjan. 'En niet zo'n beetje!'

Tanja schrikt. 'Hebben ze gevóchten?!'

'Hans moest naar de dokter voor een hechting, zeg.'

'Ooo!' zegt Tanja.

'Dus nu ga ik misschien toch maar met Mario verder.'

Betsy begint opnieuw te lachen. 'Moet je doen!'

Mike heeft bij Ria besteld en vraagt of Tanja ook iets wil. 'Patatje met,' zegt ze. En tegen Marjan: 'Over een week of vier hebben we playbackshow. Doe je mee?'

'Ga je playbacken?' vraagt Marjan.

Tanja knikt. 'Doe je mee?'

'Dan moet je 'Sex me hard and sex me good' doen, van de TwinTowers.'

'Nee, joh.'

'Dat is toch lachen.'

'Je maakt een grapje.' Tanja kijkt haar vriendin onderzoekend aan.

'Ja,' zegt Marjan. 'Ik maak een grapje.'

Tanja glimlacht.

Op de terugweg mag Tanja rijden. Ze is best handig geworden in het bedienen van de hendels – de brommer heeft geen versnellingen, dus dat is gemakkelijk. Mike houdt haar stevig vast. Eerst heeft hij zijn handen tegen haar heupen. Maar blijkbaar kan hij zich niet zo goed vasthouden want hij legt zijn handen om haar middel. Dan schuiven zijn handen naar haar buik. En dan naar haar benen.

'Wat doe je?' vraagt Tanja. Omdat zij nu rijdt, draagt ze de grote helm. Daarmee kan ze niet goed omlaag kijken.

'Niks,' roept Mike tegen de wind in. Hij wrijft nog even over haar bovenbenen, kriebelt langs haar heupen en begint langzaam haar T-shirt uit haar broek te trekken.

'Mike!'

'Dat ben ik.'

Ze giechelt. Niemand kan zien wat hij doet, want zijn vingers zitten onder haar jas. Ze aaien haar blote buik. Dan legt hij zijn handen om haar borsten, plotseling.

'Wat doe je!' gilt Tanja.

'Niet schrikken!' roept Mike. Maar het is te laat. In een paniekreactie heeft Tanja zowel het gas opengedraaid als de rem vastgezet. Ze glibberen over het fietspad.

'Gas los, gas los!' roept Mike.

'Welke is dat ook alweer?'

Dan glijden ze met hun knieën over de berm.

'Auw!'

Ze schieten door het gras en komen vlak voor een grote eik tot stilstand.

'Wat doe je nou?' roept Mike. Hij ziet lijkbleek en duwt de brommer van hen af.

'Wat doe *jij* nou?' zegt Tanja.

'Ik... ' hij glimlacht, 'voelde je borsten.'

Tanja glimlacht ook. 'Moet je dat niet netjes vragen?' Haar hoofd is net zo rood en suf als een gekookt bietje.

Mike trekt een Bambihoofd. 'Mag ik aan je borste-'

Lacherig stompt Tanja tegen zijn schouder, zo hard dat Mike bijna achterover valt.

'Ah?'

'Nee.'

'Aaahhh?' Mike brengt zijn gezicht heel dicht bij het hare. Tanja schuift achteruit en komt tegen de boom te zitten.

'Nee.' Zenuwachtig begint ze te giechelen.

Mike kust haar. Op haar mond. Tanja sluit haar ogen. Dan kust hij haar weer. En weer. Hij heeft zachte lippen. Tanja slaat haar armen om hem heen. Mike schuift tegen haar aan. Hij komt in haar armen liggen, met zijn hoofd op haar schoot. Hij plukt een grasspriet en steekt die tussen zijn tanden. Hij plukt nog een grasspriet en geeft die aan Tanja. 'Ah?' vraagt hij. Giechelend schudt Tanja haar hoofd.

Mike kijkt haar aan, met twinkels in zijn ogen. Tanja kijkt terug. Hoe langer ze elkaar aankijken, hoe serieuzer hun blik wordt. Dan komt Mike overeind, hij legt zijn hoofd tegen haar borst. Tanja vergeet te lachen, maar kijkt hem nog altijd aan. Ze aait door zijn haren. Dan geeft Mike haar een kus. Tanja opent haar mond. Mike likt haar lippen, hij bijt er zachtjes in. Dan proest Tanja het uit. 'Wat doe je nou!'

Mike grinnikt en springt op. Hij pakt haar hand en trekt haar omhoog. 'Kom,' zegt hij. 'We moeten gaan.'

Over verhoudingen

Tanja heeft maar weinig gegeten, omdat ze net nog patat heeft gehad bij Ria. En omdat ze zojuist voor het eerst bijna heeft getongzoend, natuurlijk. Allemachtig, die Mike. Zie je wel hoe leuk hij is, zie je wel. Ze voelt hoe ze straalt. Hij is eng en spannend, maar zó leuk.

'Heb je veel huiswerk?' vraagt ma.

Tanja haalt haar schouders op. Zijn tong heeft haar bovenlip geraakt, een beetje onhandig tegen het hoekje aan. En zijn handen zaten aan haar borsten. Net heeft ze op haar kamer haar handen onder haar T-shirt tegen haar borsten gelegd. Met haar ogen dicht. Dit was wat Mike had gevoeld. Gewoon een stukje huid, om eerlijk te zijn. Toen ze haar T-shirt weer rechttrok, rook ze nog een vleugje geur van Mike.

'Hoeveel dan?' wil ma weten.

'Beetje wiskunde,' zegt Tanja.

'Makkie,' zegt pa.

'Ben jij goed in wiskunde?'

Pa heft zijn wijsvinger op. 'En of ik goed ben.'

Tanja glimlacht. Gelukkig, misschien wil pa haar helpen met die opgave over een klassenavond. Opgave 61d aan het begin van hoofdstuk 2.5, over verhoudingen:

Klas 1a en 1b houden samen een klassenavond. Esther en Sharla zorgen voor de chips. Per 5 leerlingen rekenen ze op 3 zakken chips. Ramon zorgt voor de pinda's. Voor elke 5 leerlingen rekent hij op 2 zakjes pinda's.

Op de klassenavond komen 45 leerlingen. Hoeveel zakken chips en zakjes pinda's zijn nodig?

En vraag 61e:

Er worden ook 32 flessen frisdrank gekocht. Dit is de prijslijst: frisdrank kost per fles € 1,25. Chips per zak € 0,80. Pinda's per zakje € 1,15. Hoeveel euro is er totaal nodig?

En tot slot vraag 61f:

Elke leerling betaalt € 2,00. Is dat genoeg om alles te kopen?

Als ze met vijfenveertig leerlingen zijn, die allemaal twee euro betalen, hebben ze negentig euro. Dat heeft Tanja net uitgerekend. Is dat genoeg? Ze heeft geen idee.

In de klas zit iedereen de hele tijd te knikken naar meneer Ris. Tanja gaapt hem soms alleen maar versuft aan.

'Ik wil jou best helpen, meissie.' Pa zakt gewichtig achterover op de bank. Bij Tanja eten ze nooit aan tafel, maar voor de tv in de huiskamer. Is wel zo gemakkelijk.

'Pfft,' doet Stefanie, de trut. Ze steekt een halve aardappel in haar mond terwijl ze naar het scherm kijkt. Stefanie heeft allang getongd. Dat weet Tanja zeker. De jongens kwamen vorig jaar niet voor niks aan de deur. Marjan zei dat Stefanie voor geld met jongens wilde tongen, dat verhaal deed de ronde, maar daar geloofde Tanja niks van. Nog steeds niet, trouwens.

Stefanie steekt de walmende aardappel in haar mond en zit nu met open mond te kauwen. Alsof er nooit een jongenstong in heeft gezeten.

'Ga je boek maar halen,' zegt pa.

Tanja loopt naar de gang en pakt het wiskundeboek uit haar tas.

'Deze,' wijst ze.

'Even kijken,' zegt pa. 'Even kijken. Dan heb je dus vijfenveertig leerlingen. Zitten die in één klas?'

'Nee, dat staat er toch: klas 1a en 1b.'

'O ja. Even kijken. Drie zakken chips en twee zakjes pinda's, dus dat is vijf keer vijfenveertig–'

'Neehee, ze zijn met vijfenveertig, maar ze hebben niet per stuk zoveel chips. Per vijf leerlingen!'

'Eens zien...'

'Als jij het ook niet snapt...'

'Moet je horen, het is lang geleden dat ik lts deed. Laat je vader maar eens rustig kijken.'

'Jahaa.'

Als pa het óók niet snapt, wat moet ze dan? Langzaamaan krijgt Tanja er de kriebels van. Wat pa doet, slaat nergens op. Tanja weet dat dát in ieder geval niet klopt! Maar als hij het niet weet... wie moet ze het dan vragen? Ma? Stefanie? Marjan?

'Laat maar zitten,' zegt Tanja.

'Nee, nee, wacht even.'

'Pa. Jij snapt het ook niet.'

'Laat me nou even!'

'Nee!' roept Tanja onverwacht fel.

'Tanja,' zegt ma.

Ze grist het boek uit pa's handen en loopt de kamer uit.

'Sjongejonge,' moppert pa. 'Nou, nou.'

Maar Tanja reageert er niet op. Zonder iets te zeggen loopt ze naar buiten.

'Hoi Tanja.' Op het pleintje staat Marjan met Betsy en Wendy te kletsen.

'Zullen we even naar binnen gaan?' vraagt Tanja.

'Oké.' Marjan ziet natuurlijk wel dat Tanja baalt.

'Kom je meteen terug?' vraagt Betsy.

'Ja,' zegt Marjan over haar schouder.

Tanja gaat de trap op en ploft op Marjans Garfieldbed.

'Wat is er?'

'Pa kan me niet helpen met wiskunde.'

'Is dat erg?'

'Over een paar weken heb ik een repetitie.'

'Nou en?'

'Ik wil wel een goed... Nou ja, ik wil niet meteen de slechtste van de klas zijn. Toch?'

'Pfft.'

'Jezus!' roept Tanja ineens keihard.

'Zeg, doe effe normaal.'

Tanja zucht. Voelt ze tranen prikken? Nah, maar ze baalt wel behoorlijk. Ze baalt pokkeklereteringtroep.

Marjan gaat naast haar zitten en aait door Tanja's haren, heel lief. Tanja legt haar hoofd tegen Marjans schouder.

'Wat geeft het?' zegt Marjan, dit keer met een troostende stem. 'Dan kom je toch gezellig bij ons op school?'

Tanja haalt haar schouders op.

'We houden altijd een plekkie voor je vrij, hoor.'

Tanja glimlacht.

'Gaat het alweer beter?'

Tanja knikt.

'Mooi,' zegt Marjan. 'Vertel me dan eindelijk maar eens wat je met Mike hebt uitgespookt vandaag. Want ik heb heus wel gemerkt dat je errug lang bent weggeweest, mevrouwtje.'

Er is een uur voorbijgegaan. Veel te lang; tenslotte moet Tanja nog huiswerk maken. Maar het was zo spannend om te vertellen over Mikes tong en zijn tanden en handen. En het was zo fijn om als vanouds met Marjan te lachen.

'Kom eens?' vraagt Marjan.

Tanja loopt naar haar toe.

'Omhoog kijken.' Marjan ritst een rood etuitje open.

Tanja kijkt omhoog, ze vertrouwt Marjan volkomen. Die legt de muis van haar hand tegen Tanja's wang en trekt met een kohlpotlood een zwarte lijn onder haar oog. Dan moet Tanja omlaag kijken en krijgt ze een accent boven haar oog.

Nu pakt Marjan haar mascara, blauw. 'Niet schrikken, hoor,' zegt ze. 'Het lijkt even of ik in je ogen ga prikken, maar dat is niet zo.' Tanja laat haar wimpers blauw kleuren.

'Mooi?' vraagt Tanja.

'Mooi,' zegt Marjan tevreden.

Als Tanja in de spiegel kijkt, ziet ze dat ze een stuk ouder is geworden. Dat is fijn, ze hoeft niet zo nodig meer kind te zijn.

'En nu naar buiten, want als het goed is, staan Betsy en Wendy nog op me te wachten.'

Wanneer ze zich 's avonds uitkleedt, vindt Tanja de mascara en het potlood in haar zakken. Die Marjan, wat een schat.

Meneer Van Baal geeft straf

Shit, ze moet zich een ongeluk fietsen om nog op tijd te zijn. Het is toch al zo'n roteind, van iedereen uit de klas moet Tanja het verst fietsen. Dat weet ze zeker. En de lessen beginnen ook veel te vroeg. Om half negen. Tanja moet om zeven uur uit bed. Dat is toch niet normaal?

Ze heeft zich niet eens kunnen opmaken, terwijl ze dat per se wilde doen. Marjan heeft haar niet voor niks haar bloedeigen make-up gegeven! Bovendien wordt ze er een stuk volwassener door, dat is ook belangrijk. Gelukkig heeft ze meneer Van Baal als eerste, van Nederlands. Die is tenminste niet zo streng als ze wat later binnenkomt. Andere leraren hebben al gedreigd dat ze haar naar de directeur zullen sturen als ze nog één keer te laat komt. Maar meneer Van Baal laat haar altijd binnen, al is het met een zucht.

Voordat ze het lokaal binnenloopt, gaat ze naar de wc's. Snel haalt ze het potlood uit haar zak. Ze trekt haar oogleden strak en tekent een mooie lijn. Nu nog mascara.

Voordat ze gisteren ging slapen, meteen nadat ze de make-up vond, heeft ze zich nog twee keer opgemaakt. Elke keer haalde ze het er met wat zalf en een zakdoek vanaf en deed ze het opnieuw op. Vanaf de gang kunnen pa en ma het licht niet zien branden in haar kamer, dus er kwam niemand zeuren dat ze moest gaan slapen. Ze kan het al zonder te vlekken. Vanaf nu wil Tanja het elke dag doen, net als Marjan.

De kinderen uit de tweede klas, waar Louisa in de pauzes mee staat te praten, maken zich ook altijd op. Zij zijn populair, iedereen kijkt een beetje tegen hen op. Nog steeds vindt Tanja het gek dat ze Louisa aardig vinden. Maar ze heeft ook wel bewondering voor Louisa gekregen, omdat ze met hen durft te praten. De meisjes uit die groep roken sigaretten alsof het breekbare juweeltjes zijn die tussen hun vingers langzaam smelten. Tanja heeft nog nooit zoiets gezien, tenslotte staan Marjan en Stefanie altijd met hun sigaretten te zwaaien. Zij zeggen 'peuken' terwijl de populaire tweedeklassers over 'sigaretjes' praten.

'Mag ik een sigaretje van jou?' Of: 'Doe mij een peuk.' Wat een verschil, toch?

Eerlijk is eerlijk: gaandeweg is Tanja nieuwsgierig geworden naar de kinderen met wie Louisa zo graag praat.

Zo, ze is klaar. Ze kan de klas in.

Maar als ze op de deur klopt, als meneer Van Baal haar wenkt en zij naar binnen stapt, ziet ze hoe Louisa haar wenkbrauwen fronst. De trut. Zij mag zich wél opmaken, maar Tanja zeker niet? Zeker bang dat ze niet langer het mooiste meisje uit de klas is!

'Tanja,' zegt meneer Van Baal.

In één tel is haar hoofd vuurrood. Hij gaat toch niet iets zeggen over de make-up? Bespaar haar deze afgang, please please please! Meneer Van Baal kijkt haar lang nadenkend aan. Dan zegt hij: 'Ik moet je helaas straffen.'

'Hoezo?' vraagt Tanja. Haar stem slaat over.

'Omdat je wéér te laat bent.'

'O.' Ze laat haar schouders zakken. Gelukkig, thank you thank you!

'Ik hoor dat je bij andere leraren ook te laat komt.'

Tanja hangt haar tas om haar schouder. Iedereen kijkt naar haar. Toch wandelt ze kalm door het lokaal naar de deur. Iedereen ziet natuurlijk dat ze make-up op heeft, maar dat kan haar niks schelen – ze doet in ieder geval alsof.

'Wat ga je doen?' vraagt meneer Van Baal.

'Ik ga naar de directeur,' zegt ze verbaasd. Straf betekent toch dat je naar de directeur moet? Verschillende klasgenoten hebben al straf gehad. Zoals Olivier die dacht dat-ie leuk was toen hij zei: 'Linda wil vers wittebrood.' Nadat Linda haar achternaam 'Wittebrood' had laten vervangen door 'Wilfers', speciaal tegen rotgeintjes van Olivier Geen Manier.

Wilfers. Wil vers. Ha. Ha.

Meneer Ris had hem toen voor straf mee de klas uit genomen. Hij moest toen toch naar de directeur? Niet dan? Ineens weet Tanja het niet meer zeker.

'Ga maar zitten,' zegt Van Baal. 'Ik geef je een andere straf. Je moet een opstel voor me schrijven.'

Gemompel stijgt op uit de klas. Maar Tanja vindt het niet erg. Ze hebben pas één keer eerder een opstel moeten maken en dat vond ze heel leuk. Het was een opdracht bij het hoofdstuk *SchrijfWijzer* uit het *Basisboek*. Ze moest een vijfde alinea schrijven bij een verhaaltje over vooroordelen. Toen heeft ze geschreven dat zij net zo goed kan brommer rijden als welke jongen ook!

Meneer Van Baal vervolgt: 'Ik wil dat je in een opstel schrijft waarom je altijd te laat bent.'

'Oké,' knikt Tanja. Heeft ze tenminste wat te doen als Marjan met Mario staat te kwijlen.

Zie je dat ik mooier ben?

In de pauzes staat Tanja meestal bij de kantine van Maria. 'Gaat-ie?' vraagt Maria elke dag en Tanja haalt dan bij wijze van antwoord haar schouders op. Ze zou graag met iemand praten, het liefst gillen van de lach, zoals velen doen. Maar ze kent niemand en de enige die ze een beetje kent, Louisa, heeft al veel vrienden die nog populair zijn ook. Maria geeft haar altijd een gratis kopje thee, dat is fijn. Zo staat ze stil te drinken, als plotseling iemand haar hand pakt.

Met een ruk draait Tanja zich om.

'Rara, wie ben ik.' Louisa lacht een brede lach. Tanja had niet verwacht dat ze zo vrolijk kon zijn. 'Kom eens mee,' zegt ze terwijl ze Tanja aan haar hand meetrekt.

'Maar...'

Louisa reageert er niet op.

Zigzaggend wandelen ze om plukjes brugklassers, met een boog om kussende laatstejaars en ietwat gehaast langs derdeklassers. Eenmaal aan de overkant loopt Louisa de wc in.

'Wat doe je?' Tanja moet lachen.

Pas als ze haar tegenover de spiegel heeft getrokken, laat Louisa Tanja's hand los.

'Wat is er?' vraagt Tanja.

'Kijk eens naar jezelf.'

Tanja trekt haar wenkbrauwen op. Ze heeft blauwe ogen, en donkerblonde haren tot aan haar schouders. Sproetjes van de zomer, maar die verdwijnen vanzelf in de winter. Door de zwarte kohl lijken haar ogen groter, door de mascara lijken ze blauwer.

'Zie je niks?'

Tanja schudt haar hoofd.

'Kijk nu eens naar mij.'

Tanja draait zich een halve slag om. Louisa heeft donkere ogen met pretlichtjes erin. Donkerbruine haren, bijna zwart, die over haar schouders hangen. Geen sproeten, geen pukkels.

'Ik zie groot verschil,' zegt Tanja.

'Ja?'

'Ja.'

'Zie je hoeveel mooier ik ben?'

Tanja trekt haar mond scheef: móóier? Niks mooier! Ánders!

'Ik bedoel de make-up!' zegt Louisa snel.

'Wat ben jij een trut,' spuugt Tanja. Ze wil de wc uit stampen, maar Louisa houdt haar tegen.

'Sorrysorry, ik bedoel de make-up, echt.'

'Trut.'

'Wacht even, vijf minuutjes. Ik wil je iets laten zien. Echt.'

Tanja draait met haar ogen. 'Snel dan.'

'Goed.' Haastig vist Louisa een potlood, een poederdoos en een kwast uit de zakken van haar spijkerjasje. In haar broekzak zit een mascara. Uit haar kontzak plukt ze wattenstaafjes.

'Heb je dat allemaal bij je?' vraagt Tanja verbaasd.

'Sta maar even stil.'

'Wat doe je?'

Louisa aait met haar vingers langs Tanja's gezicht, heel zachtjes. Ze kijkt haar onderzoekend aan, neemt haar nauwkeurig in zich op. Dan tipt ze het uiteinde van een wattenstaafje nat onder de kraan. 'Omhoogkijken,' zegt ze. Te overrompeld om tegen te sputteren, doet Tanja wat haar wordt gevraagd. 'Zoveel kohlpotlood onder je ogen, dat gaat uitlopen,' zegt Louisa. 'Dan zie je er ordinair uit.' Ze praat langzaam, ze is geconcentreerd op Tanja's gezicht.

'Voorzichtig.' Tanja voelt hoe het wattenstaafje onder haar ogen heen en weer gaat.

'Ik haal er een beetje van weg.'

'O.'

Louisa tuurt langs Tanja's huid. 'Even kijken,' zegt ze. Met de kwast roert ze door de poederdoos, waarna ze hem een paar keer langs Tanja's jukbeen strijkt. 'Ogen dicht.' Ze poedert hetzelfde spul op Tanja's oogleden. 'Lippenstift moet je liever niet in een heel andere kleur dan je oogschaduw kiezen,' zegt Louisa. 'Dan word je net een kerstboom. Ik heb lichtbruin bij me, glanzend, wil je die?'

Tanja haalt haar schouders op, ze weet het niet, ze begrijpt echt niet waarom ze toch staat te knikken.

'Klaar,' zegt Louisa dan. 'Kijk maar.'

Tanja draait zich om. De zwarte streep is een dun lijntje geworden. Haar ogen lijken groter vanwege de lichtbruine oogschaduw, haar wangen lijken smaller. Dankzij de lippenstift zijn haar lippen vol en zacht. Haar hele gezicht is zachter en stralender geworden. Ze heeft twinkels in haar ogen, net als Louisa. Is zíj dit?

'Mooi?' vraagt Louisa.

Tanja knikt. Ze is net zo mooi als het meisje met wie Louisa de hele tijd staat te lachen – en die is knap, hoor! 'Mijn vriendin Marjan–' wil ze uitleggen.

'Jaja,' onderbreekt Louisa haar. 'De les begint weer, we moeten gaan.'

Zuchtend trekt Tanja de wc-deur achter hen dicht.

'Oei!' roept De Klier. 'Ranja-Tanja heeft haar make-up aangepast!'

'En jij loopt graag in meisjeskleren,' kaatst Louisa direct terug. De klas begint te lachen, maar Olivier wordt knalrood – je zou haast denken dat er iets van waar was. Tanja glimlacht. Zij wist ook best iets te zeggen, maar Louisa deed het sneller en vele malen boosaardiger dan zij had gedurfd.

'Damesss?' vraagt Slobber van biologie vriendelijk, en spuugt de hele eerste rij onder met zijn zinderende 's'-sensatie.

Tanja en Louisa gaan snel zitten. Voordat ze haar boek op tafel legt, glimlacht Tanja dankbaar naar Louisa. Maar die heeft het te druk met haar agenda om het te zien.

Bijles

Het tweede lesuur. Meneer Ris zet zijn bril af en steekt de poot in zijn mond. Hij denkt na. 'Stel, Tanja,' zegt hij, 'dat wij met de klas uit eten gingen.'

'Jaaa!' roepen sommigen. Er wordt gelachen.

'We mogen kiezen uit drie gerechten, want we hebben een kortingsmenu geregeld.'

'Pizza, patat en sushi,' zegt Olivier. Opnieuw gelach.

'Er zijn tien pizza's beschikbaar, en half zoveel porties sushi. Hoeveel mensen moeten dan patat eten?'

Tanja trekt haar wenkbrauwen op. Het koude zweet breekt haar uit. Van de zenuwen kan ze amper denken. Tien pizza's, helft sushi, helft sushi... Vijf. Euh. Tien pizza, vijf sushi. Is vijftien! Nu de patat. Met z'n hoevelen zijn ze in de klas?

'Dat is dan twaalf patatjes, meneer,' zegt Olivier weer eens voor zijn beurt.

Meneer Ris laat zich niet uit het veld slaan. 'Twaalf patat, dat klopt. Maar, Tanja, de helft wil mayonaise, een derde wil ketchup. Hoeveel mensen eten de patat zonder?'

Shit, ze was er bijna. Rot-Olivier! Tanja haalt haar schouders op. Meneer Ris probeert het niet te laten merken, maar Tanja heeft heus wel in de gaten dat hij zucht.

'Laat ik me bij de som houden,' probeert de leraar. 'Hoever ben je gekomen?'

Tanja fluistert zo zacht dat het bijna niet te verstaan is. 'Ze hebben negentig euro.'

'Heel goed. En verder?'

Tanja is nu zo rood dat ze bijna paars lijkt.

'En verder?'

Tanja krijgt een brok in haar keel. Is zij nu de stumper van de klas? De eerste afvaller? Zie je wel, ze hadden haar gewoon naar de Van Karstenstraat moeten sturen!

'Verder niks.'

'O,' zegt de mond van meneer Ris, maar hij maakt er geen geluid bij. 'Heb je thuis geen hulp gevraagd?'

Tanja knikt. 'Maar pa wist het óók niet.'

Meneer Ris wrijft zijn wijsvinger langs zijn kin. In de klas kun je een speld horen vallen. Eindelijk kijkt hij op. 'Kom na de les maar even bij me,' zegt hij.

Tanja schrikt. Moet ze nablijven? Voor nóg meer wiskunde? 'O,' fluistert ze. De kinderen kijken haar geschrokken aan, behalve Louisa, die zegt: 'Kunnen we dan nu verder?' Dat zegt ze vast niet om Tanja te helpen.

De hele les is Tanja verder afgeleid. Ze ziet alleen maar de anderen, die snappen de sommen wel. Linda Wittebrood – sorry, Linda Wílfers – is niet mooi, ze is slungelig en heeft al puisten. Op sommige dagen ruikt ze uit haar mond. Maar ze hoeft geen bijles. Olivier nul Plezier zit duidelijk niet op te letten, maar zijn huiswerk kon hij kennelijk wel maken.

Louisa heeft een spiegeltje uit haar etui gepakt en bestudeert haar gebit. In haar schrift staan keurig de antwoorden achter de sommen.

Iedereen kijkt ontspannen naar het bord. Douwe steekt zijn vinger op om de verhoudingstabel van opgave 62 in te vullen.

En hee, wie is dat nou? Halverwege de klas, vlak bij de deur, zit een meisje dat Tanja niet eerder is opgevallen. Is die er de hele tijd al bij? Ze heeft een beetje pluizig haar, mét krullen, dat is leuk. Zachtjes stoot Tanja Louisa aan. 'Wie is dat?' fluistert ze.

'Marike,' antwoordt Louisa.

Marike? Marike?! Wat een naam! Tanja glimlacht.

Marike,
is niet wijs.
Haar naam is
daarvan
het bewijs.

Zooo, wat heeft Marike een rare kleren! Tanja grinnikt in zichzelf. Maar ze heeft wel mooie ogen, ziet ze, nu Marike opzij kijkt. Haar ogen lichten even op en dan slaat ze ze verlegen neer. Die Marike… zit naar Olivier te lonken! Allemachtig! Ze is écht niet wijs!

'Marike kijkt naar die eikel,' fluistert Tanja.

Ze zit naast Daphne, die kent Tanja wel. Daphne is net zo mooi als Louisa, maar minder pinnig. Daphne is bovendien volwassener, ze heeft al borsten. Alle jongens zijn verliefd op haar.

'Maar Olivier,' vult Louisa aan, 'zit al weken op Daphne te azen.'

'Neeee.' Tanja kan het niet geloven. Denkt hij echt dat hij kans maakt bij Daphne? Ze zou wel gek zijn!

Louisa grinnikt. 'Vanaf hier kunnen we alles in de gaten houden.'

Tanja knikt. Misschien heeft ze tóch de goeie plek gekozen!

'Voordat ik de les afsluit, wil ik vragen wie er naar het Openingsfeest komt,' zegt meneer Ris. 'Steek je handen maar op.'

Vingers schieten de lucht in; pangpangpang. O jee, Tanja is vergeten te vragen of ze mag. Eigenlijk heeft ze nooit het plan gehad om te gaan. Waarschijnlijk vinden Mike en Marjan het niks om naar het kakkersinstituut te komen.

'Even tellen, twee, vier, zes…'

Louisa ramt met haar elleboog tegen Tanja's arm. 'Opsteken,' zegt ze.

'Nou zeg.' Maar Tanja steekt toch haar hand op.

'Goed,' zegt Louisa. 'Laten we samen gaan.'

'Nee,' zegt Tanja. 'Ik neem mijn vrienden mee.' Het zal effe lekker worden als Louisa gaat bepalen wat Tanja moet doen.

Meneer Ris knikt tevreden en wijst naar Tanja. 'Weet je al wat je op de playbackshow wilt doen?' Met één verfstreek is Tanja rood geworden. In één zucht is de klas stilgevallen. In één zwaai zijn alle hoofden naar haar gezwiept.

Alweer...

Tanja schudt haar hoofd.

'Het is al bijna, hoor,' waarschuwt Ris. 'Eind van de week Openingsfeest, dan repetitieweek, over twee weken playbackshow.'

Tanja slaat haar ogen neer. 'Ben ik de enige die meedoet?' vraagt ze zacht.

'Haha!' gilt Het Knaagdier. 'Ze durft niet, zie je wel!' Het groepje klierjongens begint te giechelen als een stel melige klojo's.

'Jij durft anders ook niet in je onderbroek!' kaatst Louisa terug. Tanja kijkt haar niet-begrijpend aan – waar hééft ze het over?

Simon giechelt: 'Wat is er met je onderbroek?'

Vincent roept: 'Olivier heeft een vieze broek!'

Dat zal hem leren met zijn rotopmerkingen. Zou Louisa net zo'n hekel hebben aan De Sluitspier als Tanja? Opnieuw kijkt ze Louisa dankbaar aan, dit keer kijkt die trots terug.

'Er doen wel degelijk veel leerlingen mee,' zegt meneer Ris. 'Laat je niet afschrikken omdat 1d nou eenmaal te bang is.' Hij knipoogt naar haar. Tanja glimlacht dankbaar.

'Meester is verliefd,' probeert een van de klierjongens. Maar de rest van de klas zucht geërgerd. Gelukkig. De meeste kakkers zijn nog niet zo bot als Noordwijkers wel denken.

Waarom ik altijd te laat ben

'Wacht effe, An,' zegt ma in de hoorn van de telefoon als ze Tanja ziet binnenstappen. En tegen Tanja: 'Wat ben je laat.'

Tanja knikt. 'Ik moest naar meneer Ris, onze klassenleraar. Hij geeft me bijles in wiskunde want–'

Ma onderbreekt haar: 'Wat heb je op je gezicht?'

Tanja haalt haar schouders op, maar kijkt toch verlegen naar de vloer. 'Oogschaduw.'

Ma is even stil, ze denkt na. Dan knikt ze. Dat had Tanja kunnen weten. Ma vindt altijd alles goed.

'Ik moest zeggen dat Marjan en Betsy alvast bij Ria zitten. Niet te veel snoepen, hoor, we gaan op tijd aan tafel.' En in de hoorn: 'Ja, daar ben ik weer.'

Tanja laat haar schouders zakken. Ze loopt de trap op, haar kamer in. Ze gaat niet naar CafetaRia.

Vanaf haar bed kijkt ze haar kamer rond. Er staat een tafeltje, dat heeft pa speciaal voor haar in elkaar gezet. Maar Tanja heeft er nog nooit aan gezeten; haar huiswerk maakt ze in de keuken, aan de eettafel die ze verder toch nooit gebruiken. Aan de muur hangt een lijstje uit groep acht met welke jongens het leukste zijn. In kinderachtig handschrift staat er:

Nummer 1: Edwin

Nummer 2: Arno

Nummer 3: Erwin

Enzovoort.

Dat ze dat open en bloot aan de muur heeft gespeld!

Mike staat er niet op, want die kende ze toen nog niet. Op De Dagobertschool dacht ze nooit aan zoenen. En al helemaal niet aan voelen.

Mikes handen hadden haar borsten gevoeld. Voor de zoveelste keer legde ze haar eigen handen ertegen. Het voelt zacht. En warm.

In de vensterbank ligt een stapel cassettebandjes met goeie nummers die ze van de radio heeft opgenomen. Aan de muur hangen posters van paarden, foto's van de klassenvoorstelling uit groep zes, en een foto na het eindfeest van groep acht.

Marjan en zij staan in een dikke omhelzing, Wendy en Betsy ook. Er staan een heleboel vriendinnen in omhelzing, want toen Marjan en Tanja ermee begonnen, wilden ze ineens allemaal.

Tanja glimlacht.

Ze pakt een schrift uit haar linnen tas en legt het op de tafel. Ze gaat zitten, met een pen in haar hand. Ze schrijft op:

Waarom ik altijd te laat ben.

Op de Dagobertschool kwam ze nooit te laat, want Marjan haalde haar elke ochtend op. Bovendien hoefden ze maar een klein stukje te lopen. Nu moet ze bijna een half uur fietsen op dat oude ding. En de goede kleren uitzoeken, natuurlijk. En nog make-up opdoen. Dan heb je maar een klein beetje tegenslag nodig – wekker verkeerd gezet, alarmsignaal niet gehoord – en je bent al te laat.

Ze komt Van der Wiel 's ochtends vaak tegen. Als hij dagdienst heeft, gaat hij zo'n beetje tegelijk met haar van huis, hoera. Elke keer vraagt hij of ze het volhoudt op het Rhijnvis, of ze niet te laat is, hij heeft zelfs een keer gevraagd of haar tas wel geschikt is als schooltas! Ze heeft geen idee waar hij op uit is, dus ze antwoordt elke keer beleefd.

Ik kom elke dag te laat op school. Niemand weet hoe dat komt, alleen ik weet het. Het komt namelijk doordat ik elke ochtend door de politie word aangehouden. Dat mag niemand weten.

De politie zit achter me aan sinds ik drie ben. Ze hopen eindelijk eens de drugs te vinden die ik smokkel.

Tanja glimlacht. Drugs?!

Ik ben heel erg rijk geworden van mijn werk als drugskoerier. De politie verwacht een grote slag te slaan bij mijn arrestatie, dus houden ze me elke keer aan.

Ik word ondervraagd en gefouilleerd, maar ze vergeten mijn fiets te doorzoeken. Daar zitten de drugs in. Vroeger zaten ze in mijn driewieler, toen in mijn kinderfiets en tegenwoordig in mijn goeie oude Rhijnvisfiets.

Tanja knikt tevreden: Rhijnvisfiets, dat is goed. Eigenlijk moest het een straf zijn, maar verzinnen waarom ze altijd te laat is, vindt ze heel leuk!

Ze kijkt naar haar schrift en daarna naar het jongenslijstje aan de muur. Haar handschrift is duidelijk volwassener geworden. Ze wordt al echt een dame, vooral sinds ze zichzelf zo mooi kan opmaken!

Meteen nadat Louisa haar had opgemaakt, was Tanja dezelfde make-up gaan kopen. Ze had gevraagd of Louisa het erg vond, maar die had haar hoofd geschud. 'Tuurlijk niet, je hebt het wel nodig ook,' was het tactvolle antwoord geweest.

Tanja had meteen twee setjes make-up gekocht van haar zakgeld: een voor haar en een voor Marjan. Het mooie kastanjebruine poeder, de zwarte mascara, de lichtbruine lippenstift. De komende drie weken zou ze niks meer kunnen kopen!

Toen naar CafetaRia, waar Marjan hevig zat te tongen met Mario. Het lukte nog nét om haar even te spreken te krijgen.

'Tadaa!' zei Tanja blij.

'Cadeautjes!' riep Marjan uitgelaten. Ze hield het stapeltje pakjes als een trofee boven haar hoofd. Tanja glom van trots. Rits, rats, papier open...

'Mooi hè?'

'Ik heb jóú toch pas make-up gegeven?'

'Maar deze is zó mooi. Ik heb hem ook op, zie je wel?'

'Ik zie niks.'

'Dat is omdat-ie subtiel is.'

'Ga je met kakwoorden tegen me praten, Tanja?'

'Subtiel. Dat je geen kerstboom lijkt.'

'Ik lijk geen kerstboom.'

'Dat bedoel ik niet...' Het liep helemaal verkeerd. Elke keer als ze het wilde uitleggen, zei ze iets wat het erger maakte.

Uiteindelijk kwam Mario vragen of Marjan nog lang wegbleef. Hij kreeg het koud, zei hij, en Marjan moest erom glimlachen. Ze pakte zijn hand en ging weer in het hoekje op zijn schoot zitten tongen.

Tanja en Marjan hebben elkaar niet eens gedag gezegd.

Heel soms bewaar ik de drugs ook op andere, bijzonder geheime plaatsen. Onder mijn haren, bijvoorbeeld. Mensen denken dat mijn kapsel uit echt mensenhaar bestaat, maar in werkelijkheid is het een pruik die voldoende ruimte laat aan vele zakjes heroïne. De juten hebben er nooit aan gedacht, en ik werd almaar rijker en rijker. Als ik zou willen, kon ik de school opkopen en alle docenten laten ontslaan, zo rijk ben ik. (Dus kijk maar uit, meneer Van Baal!)

Ik doe alsof ik arm ben door met een Bata-tas te lopen, maar in werkelijkheid bezit ik een dozijn diamanten tassen in alle soorten en maten: rugzak, schoudertas, sporttas, noem maar op. Als mensen wisten hoe rijk en bijzonder ik was, zou ik niet meer gewoon–

Onverwacht zegt een stem: 'Ga je mee?' Tanja schrikt ervan. Het is Mike. Ma heeft hem zeker binnengelaten.

'Ja,' zegt ze. 'Even deze zin afmaken.'

–over straat kunnen.

'Waar gaan we naartoe?'

'Naar Ria.' Mike haalt zijn schouders op.

Tanja trekt haar mond scheef bij de gedachte aan de eeuwig tongende Marjan. 'Laten we ergens anders naartoe gaan,' zegt ze.

Mike kijkt haar aan. Zo serieus, dat Tanja er nerveus van wordt. Hij heeft lang bedenktijd nodig om te beslissen of hij zal zeggen wat hij wil zeggen. Dan lacht hij. 'Ik weet wel iets.'

Kussen in de voerbak

Ze zijn een heel eind bij Wijk Noord vandaan gereden, over de weg richting Vissersplaat. Shit, wat een grote huizen staan hier en wat een lappen grond eromheen! Zou dit zijn waar die Anouk uit *Het recht op geluk* is gaan wonen? Ze zeggen toch dat zij in Zuideroog een huis heeft? Sjee, wat een sjieke buurt!

Tanja is hier maar zelden geweest – ze kent de route die Mike neemt slecht. De rijke buurt gaat over in een boerenlandschap van weilanden en soms akkervelden. Halverwege de onverharde weg is Mike een smalle landweg ingereden. Is dit waar hij uithangt als hij niet op het pleintje is? Als hij hier iets leuks kent, waarom gaan ze dan altijd naar CafetaRia?

Kennelijk heeft Mike geheim willen houden waar ze nu naartoe gaan. Zou het illegaal zijn?

Tanja heeft haar handen om zijn middel. Daar heeft ze nooit veel achter gezocht, terwijl hij pasgeleden ineens haar... Voorzichtig tasten haar vingers over zijn jas, langs zijn heupen, over zijn bovenbenen. Mike reageert er niet op, zou hij niks voelen? Is de stof van zijn broek te dik? Moet ze harder op zijn vel drukken?

'Hier is het,' zegt Mike.

Hij zet de brommer stil en Tanja stapt af. Ze zakt een paar centimeter weg in de modder.

'Wat is hier?'

Er staan bomen, verderop loeien koeien. Precies wat je in een weiland verwacht. Prikkeldraad eromheen. Niks bijzonders.

'Kom,' zegt Mike. Hij pakt haar hand en zij wandelt achter hem aan. Boom boom boom, modder modder modder, koud koud...

'Wanneer zijn we er?'

'Hier is het.'

'Dít?' Tanja fronst haar wenbrauwen. In het weiland staat een rijtje verroeste voerbakken naast elkaar, die trouwens op kleine badkuipen lijken. Kennelijk hebben hier vroeger varkens rondgeknord. Boven de voerbakken is een overkapping van golfplaten.

Mike knipoogt en loopt naar de roestige kuipen. Hij haalt er een plastic tas uit, waar zakken chips in zitten. Onder de rechterbak bewaart hij flesjes Amstel. 'Blijven ze lekker koel,' zegt hij.

'Kom je hier om chips te eten en bier te drinken?'

Mike knikt.

'Waarom?'

Hij haalt zijn schouders op.

'O.'

'Ik wil je nog vragen het niet–'

'Ik zal het aan niemand vertellen.' Tanja trekt haar jas dicht, ze heeft het koud gekregen. Moet ze nu zeggen dat ze het mooi vindt, alleen maar omdat ze verkering heeft met Mike?

'Kom eens hier,' zegt Mike. Hij gaat in de middelste kuip zitten en trekt haar tegen zich aan. Dit is duidelijk de zitbak, want er ligt een deken in – ook al is die ongelooflijk goor geworden, hij is tenminste niet nat. Als hij zijn benen uit elkaar doet, kan zij er precies tussen zitten.

O, denkt Tanja. Dit is wel romantisch, eigenlijk.

Zodra ze zit, doet Mike zijn armen om haar heen. Tanja glimlacht.

'Ik was strafwerk aan het schrijven,' vertelt ze.

'O ja?'

Tanja knikt. 'Over waarom ik altijd te laat ben. Ik heb gezegd dat ik drugskoerier ben en dat de politie–'

Mike kust haar hals. Oei, wat zijn z'n lippen zacht.

'Dat de politie–'

Hij streelt door haar haren en aait haar armen. Hij kneedt haar benen en ritst haar jas een stukje open.

'Mike.'

'Ja.'

Zijn hand is warm en streelt haar hals, haar bovenarmen... Tanja legt haar hoofd tegen zijn schouder, veilig. Hij voelt haar beginnende borsten en haar buik.

In groep acht ging ineens haar borst zeer doen, als iemand ertegenaan botste, bijvoorbeeld. Vanaf toen moest ze zichzelf beschermen bij basketbal en durfde ze niet meer volop mee te vechten bij rugby. Ze was zeker niet de eerste, best veel meiden in groep acht hadden al borsten. Sommigen waren zelfs al ongesteld, maar die waren het erg jong geworden, zei ma. Waarschijnlijk komt het bij Tanja pas rond haar veertiende, want bij ma had het vroeger ook best lang geduurd.

Mike kust haar nek, haar wang, haar oog. Tanja draait haar gezicht naar hem toe en kust zijn wang. Hun adem maakt hen warm. Mike heeft stoppeltjes. Hij scheert zich al. Zijn wang is ruwer dan de hare, met meer putjes en vlekjes.

Dan kust ze zijn mond. En hij kust haar mond. Ze doet haar ogen open, even maar. Wat ruikt hij lekker. Dan opent ze haar mond en tongkust ze hem.

Marjan heeft het eens zo uitgelegd: je moet met je tong om de andere tong heen draaien. Tanja moest het maar oefenen met een theelepeltje, vond Marjan. Je mag nooit te ver je tong in de mond van de ander steken, zei ze, want dan moet-ie kotsen. Je moet ook niet je tong al te zuinig binnenhouden, want dan moet de ander naar je op zoek en dan moet *jij* misschien nog kotsen. Je tong mag niet te hard zijn, ging ze verder, want dan is die net een aangespoeld stuk hout. Maar ook niet te zacht, want dan is die net een weke mossel. In al deze gevallen moet dan de kus-expeditie als mislukt worden beschouwd.

Maar Mike draait geen rondjes om haar tong. Er zijn geen woorden voor wat hij doet. Hij likt haar tong met zijn tong – nee, dat klinkt vies. Hij aait haar tong met zijn tong – getver.

Hij stréélt haar tong met zijn tong.

Marjan is gedumpt

Tanja mocht weer terugrijden. Ze wordt er steeds beter in; dit keer had ze ondanks de helm best een gesprekje kunnen houden met Mike. Niet dat ze dat deed, want ze was sprakeloos na alle gebeurtenissen, maar het had gekund, zeker weten. In plaats daarvan, i.p.v., wees Mike haar de weg naar huis. Dat was ook een soort gesprek.

Als ze thuiskomen zijn Marjan en Betsy net terug van Ria. Ze staan op het pleintje te roken met Marisha en kijken verveeld om zich heen.

'Hé!' zwaait Tanja enthousiast.

'Niet te veel aandacht trekken,' vindt Mike. Hij neemt het stuur van haar over en rijdt door voordat Van der Wiel hem te pakken kan nemen. Tanja zwaait hem na en draait zich dan glunderend om. Marjan geeft een korte glimlach terug.

Tanja zucht verliefd: 'Het was zooo romantisch!'

'O ja?' vraagt Betsy.

'Ik heb de heeeele middag in zijn armen gelegen en hij heeft me de heeeele middag gekust.'

'O,' zegt Marjan.

Marisha kijkt haar gevoelloos aan en draait zich zonder iets te zeggen om. Ze loopt gepikeerd weg.

'Wat is er met haar?'

Betsy en Marjan halen hun schouders op.

'Hij ruikt zo lekker,' zucht Tanja.

'Mmm.'

'Is er verder wat gebeurd?' vraagt Betsy.

'Nee joh,' giechelt Tanja. 'Hij wilde wel maar ik–'

Ineens valt Marjan uit. 'Je moet eens ophouden er zo truttig over te doen!' Ze trapt boos haar peuk uit. 'Preuts wicht.' Ze stampvoet weg.

'Nou nou.' Iets beters weet Tanja niet te zeggen.

'Niet op letten,' zegt Betsy vriendelijk. 'Mario heeft 'r net gedumpt.'

'O.'

Betsy knikt geheimzinnig en wenkt Tanja dichterbij. Ze fluistert in haar oor: 'Terwijl hij d'r altijd in mocht, de klootzak.'

Tanja kijkt Betsy met grote ogen aan. Ze vergeet te knipperen.

'In háár, weet je wel.'

'O.' Tanja heeft ook nog steeds geen adem gehaald.

'Maar jij bent níét gedumpt, terwijl Mike–'

'Mike is nergens in geweest.' Het liefst wilde ze dat haar stem niet in staat was geweest deze zin uit te spreken.

'Dus nou voelt ze zich hartstikke misbruikt.'

'O.'

'Maar zo zijn jongens gewoon. Ja toch? Zo zijn ze.'

'O. Ja.'

Dan wandelt Betsy achter Marjan aan naar binnen. Tanja twijfelt. Vroeger zou ze zich geen seconde hebben afgevraagd wat ze moest doen, dan was ze direct achter Marjan aan gerend. Maar nu is het allemaal ingewikkelder – tenslotte kent ze Mario niet eens. Ze heeft hem één keer horen vragen of Marjan weer met hem kwam tongen. De rest van de tijd werd het zicht op zijn gezicht belemmerd door het hoofd van Marjan. Hoe moet ze haar nu troosten?

Bovendien, en dat was pijnlijker, ging het de laatste tijd sowieso niet meer goed tussen hen. Marjan was boos toen Tanja nieuwe make-up had gekocht en daarvóór had ze geweigerd met de playbackshow mee te doen – daar moet ze trouwens nu écht snel iets voor bedenken.

Of Marjan meegaat naar het Openingsfeest, durft Tanja niet meer te vragen, Marjan vindt tegenwoordig alles stom. Misschien doet ze het maar niet.

Ze krijgt het koud.

Ze gaat naar huis.

'Aha, Tanja. Mooi. Haal je even wasmiddel voor je moeder?' zegt ma.

Tanja zucht, grijpt de huisportemonnee uit de keukenla en maakt rechtsomkeert naar de supermarkt.

Meteen na het eten is Tanja naar haar kamertje vertrokken. Ma vroeg waarom ze niet bleef zitten om *Het recht op geluk* af te kijken. Tanja zei dat ze huiswerk moest maken en ma knikte instemmend.

Maar ze gaat geen huiswerk maken.

Ze heeft de deur op slot gedraaid en zich helemaal uitgekleed. In het handspiegeltje probeert ze zichzelf te bekijken. Als ze voor de lamp gaat staan, valt haar schaduw op de muur. Zo kan ze zichzelf ook zien.

Haar borsten zijn niet heel groot, maar ook niet klein meer. Als ze zo snel blijven groeien, moet Tanja een bh gaan kopen. Hemel, wanneer moet je zoiets eigenlijk doen? Met *wie* moet ze dat doen? Niet met Marjan, maar zeker niet met Stefanie, de trut! Als ze met ma gaat, weet de hele familie er straks alles van, dat is ook geen optie. Maar... ma moet het toch weten, want Tanja heeft geen geld en dus moet ma betalen. Wat, als ze het met pa gaat overleggen? Om te kijken of ze daar wel geld voor hebben! Hemel! Dan gaan ze met zijn tweetjes naar Tanja's borsten zitten gluren! Waar Mike zojuist aan heeft gevoeld! Met grote ogen zit Tanja naar de muur te staren.

Niet aan denken, besluit ze. Er is nog tijd.

Ze gaat op bed liggen. Op haar rug. Ze ligt boven de dekens. Ze doet haar ogen dicht en kriebelt over haar lichaam. Haar gezicht, haar hals, haar borsten, buik, billen...

Mike ging verder vanmiddag, veel verder dan ze ooit waren gegaan, ze kreeg niet de kans het aan Marjan te vertellen. Opeens begon hij aan haar broek te frunniken, Tanja schrok zich rot. Zijn vingers bewogen zenuwachtig, maar schoven ondertussen wel haar rits open.

'Wat doe je?' fluisterde Tanja.

'Niks.'

Het was heerlijk zijn warme handen over haar blote buik te voelen, en over haar heupen. Het maakte niet uit dat ze in een voerbak voor varkens lagen, Tanja vond het perfect.

Mike ging in haar broekje. Hij friemelde daar wat. Daar werd ze ongemakkelijk van. Ze wou dat ze niet die lelijke oude onderbroek had aangehad, maar ja, wie denkt daar nou bij na? Kun je aan de stof voelen hoe oud en afgedragen een onderbroek eigenlijk is?

Ze moet nog wennen aan het feit dat er haartjes groeien, ook onder haar armen. Ze kriebelt door haar nieuwe haren alsof ze nieuw garen moet testen. Het lijkt wel nepgras. Is dit wat je dan voelt? Vindt Mike dit nou leuk?

Toen gebeurde het. Ze had grote ogen opgezet en een korte, maar hevige gil geslaakt. Mike ging *tussen* haar benen. Ze trok zijn hand weg en veerde overeind.

'Auw!' riep Mike, want Tanja drukte zijn vingers klem tussen haar knieën en de voerbak.

'Wat doe je nu?' vroeg ze.

Mike deed zijn best niet te vloeken om zijn hand. Hij keek haar aan met grote, van pijn doortrokken ogen, en zei: 'Ik–'

'Nee, zeg het toch maar niet.'

Nu ze op bed ligt, beleeft Tanja dezelfde schrik opnieuw. Dat is wat Mike probeerde!

Echt iets voor haar om er niet eerder aan te denken. Het is een raadsel hoe ze ooit op het Rhijnvis terechtkwam.

Het Openingsfeest

'Kom vanmiddag maar even met me mee naar huis,' zegt Louisa.

'Hoezo?' vraagt Tanja.

'Kleren lenen voor vanavond.'

'Ik hoef geen kleren te lenen,' bijt Tanja haar toe. De 'g' van 'geen' klinkt als een grom, 'gggrr'. En de 'kl' van 'kleren' als 'klap voor je kanis'. Tanja klemt haar kaken op elkaar, wat kan Louisa een rotkind zijn.

Wat kan
Louisa
een rotkind
zijn.

'Zeker weten?'

'Mijn eigen kleren zijn goed genoeg.'

'O.'

Pissig kijkt Tanja voor zich uit.

'Kom je me anders gewoon ophalen?'

'Ik ga met mijn vriend naar het Openingsfeest. Niet met jou.'

'Heb jij een vriend?'

Tanja draait haar hoofd; wat stelt Louisa die vraag verbaasd. Heeft zíj dan geen vriend? Waarom komen haar wenkbrauwen niet naar beneden, doet ze haar mond niet dicht? Natuurlijk heeft Tanja een vriend. Iedereen heeft toch een vriend?

Betsy is met Hans, Wendy met Arno – de geluksvogel – en Marjan heeft ondertussen nieuwe verkering gevonden bij Bert, die al negentien is. Marisha is de enige zonder verkering, maar daar heeft Tanja geen medelijden mee. Marisha is gewoon niet aardig. Zo vals als ze Tanja altijd nakijkt. Haar ongelooflijk grote oorbellen klingelen van valse gedachten, elke keer als Marisha haar hoofd draait om Tanja met een vuile blik na te kijken. Maar Tanja trekt zich er niks van aan.

'Natuurlijk heb ik een vriend,' antwoordt Tanja eindelijk.

'O.' Louisa kijkt nog altijd met grote ogen.

'Dus ik kom met hem.'

'Ja.'

'Als je wilt, stel ik hem wel aan je voor.'

'Oké.'

Toch heeft Louisa een punt geraakt. Ineens is Tanja zich bewust geworden van het feit dat ze kleren draagt die weleens hopeloos uit de mode kunnen zijn. Ze draagt eigenlijk altijd een spijkerbroek met T-shirt, daar voelt ze zich lekker in. Hebben de anderen dat niet aan? Daar heeft ze nog niet op gelet. Ze leunt iets naar achteren en gluurt onder hun tafeltje. Louisa heeft een felgekleurde rok aan, jee.

Maar, denkt Tanja, zij telt niet, zij is verwaand.

Naomi van Akel draagt een spijkerbroek, zie je wel. Net als haar tweelingbroer Bart natuurlijk. Linda Wilfers ook. Verder niemand? Tanja trekt haar wenkbrauwen op, haar mond wordt een voorzichtige glimlach: goh! Ingeborg heeft een gele broek aan en Claire een lichtblauwe. Daphne draagt een rok, een hele korte, met hippe laarzen eronder.

's Avonds op het feest is Tanja nog steeds bezig de kleding van andere leerlingen te bestuderen. Marike draagt op haar spijkerbroek een heel bijzonder jasje met lapjes in blauw, paars en groen. Zoiets heeft Tanja nog nooit gezien. Louisa en Daphne zijn duidelijk het mooist gekleed, zij hebben vast de rijkste ouders. Daphne heeft een knalrode blouse aan boven een zwart kokerrokje dat ontzettend strak langs haar lichaam loopt. Onder het rokje draagt ze bijpassende rode laarzen. Ze heeft zich donkerder opgemaakt dan op normale schooldagen, dat is handig vanwege alle discolichten, daar had Tanja weer eens niet bij nagedacht. Haar donkere, glanzende haren dansen over haar rug. Oei, wat kan die soepel dansen.

Van Louisa heeft Tanja gehoord dat Daphne met een jongen uit de vierde gaat – zie je wel dat iedereen verkering heeft. Hij schijnt gitaar te spelen in de schoolband. Het verbaast Tanja niks, Daphne ziet er veel ouder uit dan twaalf, ze lijkt wel achttien!

Louisa lijkt minder oud, maar is daarom niet minder mooi. Ze heeft een zwarte glanzende jurk aan tot op haar knieën, met sjieke pumps eronder. Door de glitters in haar donkere haren lijkt ze net een prinses.

Tanja voelt een golf van verrukking door haar lijf. Wat is ze blij dat ze is gekomen!

Aan het plafond van de aula hangen spiegelballen, waardoor de ruimte in een echte disco is omgetoverd. Aan de balk boven het podium hangt een rij lampen die de dansvloer afwisselend rood, geel of blauw kleuren. De gordijnen voor het podium zijn open, er staan microfoons en instrumenten, straks gaat de schoolband optreden. Langs de ramen, aan de overkant van het podium, staat een rij tafels waar crêpepapier overheen is gevouwen. Er hangt een groot bord boven met het woord 'Bar'. De leraren staan er drankjes te schenken. Ze zijn vrolijk en lachen met alle leerlingen. Dat zoiets bestaat!

Mike is er zojuist heen gelopen om een drankje te halen voor Tanja en zichzelf. Het is druk bij de bar, het zal wel even duren voor hij terug is. Dit Openingsfeest is vele, vele, vele malen leuker dan een avond bij Ria!

'Tanja,' zegt een jongensstem.

Nieuwsgierig kijkt Tanja om. Het is Douwe, de jongen met het knauwende accent. Wil hij grappig wezen? Vragen of ze een glaasje ranja wil?

'Ik...' Dan zegt hij iets dat klinkt als: 'Ik von ut stuhkie luuk.'

'Sorry?' Tanja glimlacht bemoedigend.

Douwe zet een stap dichterbij en roept in haar oor: 'Het stukkie.'

'Stukkie?'

Hij zal toch niet écht een grap met haar uithalen? Tanja duwt haar oor zowat tussen zijn lippen en dwingt hem daarmee te herhalen wat hij zegt. Luid en duidelijk verstaat ze: 'Ik vond het stukje leuk.'

Langzaam herhaalt Tanja: 'Ik vond het stukje...'

'Jouw strafwerk.'

'Mijn opstel!' zegt ze dan enthousiast. Het verhaaltje over te laat komen, dat ze van meneer Van Baal moest voorlezen in de klas.

'Vond ik leuk.'

'Vond je het leuk? Echt waar?'

Douwe knikt.

'Echt waar?' herhaalt Tanja ongelovig. Ze kijkt de jongen onderzoekend aan. Hij heeft blonde stekeltjes, met gel erin. Dat heeft Olivier ook, maar bij Douwe staat het mooi, echt mannelijk. En zijn ogen zijn knalblauw. Dat kan ze zelfs in dit licht zien. Hij kijkt haar vriendelijk aan. Hij probeert haar niet te pesten en ook niet te versieren. Hij is niet zenuwachtig en niet macho. Hij vond haar opstel over de drugssmokkel leuk. En dat kwam hij vertellen. Wat... áárdig!

'Echt waar,' knikt Douwe.

'O,' stamelt Tanja plotseling verlegen. Wat moet ze nu zeggen? Dat ze het zelf ook leuk vond? Is dat niet verwaand? Misschien moet ze een compliment terug maken? Maar wat dan?

Ze weet niks over hem, eerlijk gezegd heeft ze het te druk met zichzelf gehad. Dat hij knap is, zal ze zeker niet noemen. Dat wekt verkeerde ideeën.

'Hoi Douwe!' roept Louisa dan uitgelaten. Ze heeft kleine zweetdruppeltjes op haar wangen van het dansen.

'Hoi,' knikt Douwe terug.

'Waar is je vriend?' vraagt Louisa.

'Drankjes halen,' zegt Tanja.

Louisa knikt. Terwijl ze nieuwsgierig om zich heen kijkt, bewegen haar benen op het ritme van de muziek.

Tanja kijkt ook om zich heen. Gelukkig zijn meer kinderen in spijkerbroek, al heeft Linda Wilfers er wel een glanzend hempje boven. Tanja had niks anders dan een schoon T-shirt. Kijk, daar loopt Marike. Dat jasje is wel heel bijzonder met al die verschillende lapjes stof. Echt leuk!

Ze staat bij die achterlijke Olivier, geen idee wat ze in hem ziet. O, het lijkt toch wel alsof ze een soort gesprek hebben. Waar zou het over gaan? Is het mogelijk met De Klier iets van een conversatie te voeren?

'Jezus,' hoort ze de stem van Mike. 'Wat een kleuterschool zeg, het Rijnpis Schijtcollege.'

Tanja kijkt hem vragend aan.

'Ze hebben geeneens bier!' roept hij boven de muziek uit. 'Je kan niet gewoon betalen, nee, je moet eerst consumptiebonnen kopen bij de garderobe. Alsof we op de kinderkermis zijn. En daar staat me een koe van een wijf!'

Getergd sluit Tanja haar ogen. Die 'koe', dat is mevrouw Fleur van handenarbeid. Tanja gaat graag naar handenarbeid. Ze denkt erover het tafeltje dat pa voor haar heeft gemaakt, te beschilderen. Daarover wil ze mevrouw Fleur advies gaan vragen.

Maar ze zegt Mike niet wat ze denkt. Ze laat haar schouders zakken. Ineens realiseert ze zich wat hij hier ziet, wat Marjan hier zou zien, en Betsy en Wendy en Marisha: verwende nesten van veel te rijke ouders. Allemaal kleine kinderen in dure kleren die misschien kunnen leren, maar niks van de wereld weten. Wie van hen moet elke dag boodschappen doen? De afwas? Soms zelfs koken? Wedden dat de helft het nog niet eens kan?

Welke Rhijnvissers weten hoe het is om door je moeder te

worden uitgescholden als ze een depressieve bui heeft, zoals Marjan? Om een dronken vader te hebben? Een zwaar gevoel vult haar lijf. Ineens is Daphne niet meer mooi, maar verwend. Louisa is plotseling een gevoelloze bitch in haar knappe buitenkantje.

Tanja schudt haar hoofd, maar ze krijgt het beeld niet meer van haar netvlies.

Op het podium flitsen schijnwerpers aan en de gymleraar verschijnt voor de microfoon.

'Goeienavond jongelui!' roept hij.

'Tsss,' sist Mike laatdunkend. Zoveel vrolijkheid vinden ze in Wijk Noord ongepast bij een man. Mike vindt de docent een mietje, zeker weten.

'Om dit Openingsfeest extra luister bij te zetten hebben we een band bereid gevonden om vanavond voor jullie op te treden. De meesten van jullie kennen hen zo langzamerhand wel! De leden zitten in het vierde jaar!'

'Stoer, hoor,' zegt Mike minachtend. 'Het vierde jaar...'

Komt het door alle opwinding dat Tanja zich misselijk voelt? Ze weet het niet.

'En als ze de gespijbelde uren nou netjes hebben gebruikt om te repeteren, dan moet het haast wel een geweldig optreden worden!'

'Ha. Ha. Ha,' doet Mike gemeen en keihard. Sommige mensen kijken om. Geschrokken kijkt Tanja een andere kant op.

'Jullie begrijpen het nu wel; ik heb het hier over niets minder dan onze eigen schoolband: THE GRAVEDIGGERS!'

Iedereen begint te klappen, behalve Mike. Na twee keer klappen, laat Tanja het er ook maar bij. Ze zucht.

Mike puft: 'Een schoolband. Pfft.'

'Kom,' zegt Tanja. Ze pakt zijn hand. 'We gaan.'

'Eindelijk,' zegt Mike.

Als de band het eerste nummer inzet, vraagt Tanja bij de garderobe hun jassen terug. Ze heeft Louisa geen gedag gezegd.

Louisa doet mee

De maandagochtend na het Openingsfeest is Tanja behoorlijk chagrijnig.

'Waar was je nou ineens?' vraagt Louisa.

Tanja haalt alleen maar haar schouders op.

Ze ligt met haar gezicht in haar armen op tafel en het hele uur kan er geen lachje vanaf. Als meneer Ris vraagt wat er aan de hand is, haalt ze alleen haar schouders op, lekker onbeleefd. Gelukkig laat Louisa haar verder met rust.

Tanja wéét niet wat er aan de hand is, behalve dat de wereld niet doet wat zij wil. Voor het eerst in de zes-maanden-en-een-week-plus-drie-dagen dat Mike en Tanja verkering hebben, kregen ze ruzie. Niet eens om het feest, maar om iets anders, nota bene.

Sinds een aantal dagen vindt Tanja het leuk om plaatjes te knippen uit tijdschriften, om er daarna een nieuwe afbeelding van te maken. Ze hebben dat een keer gedaan bij handenarbeid en Tanja vond het zo leuk, dat ze het thuis ook ging doen. Afgelopen zaterdag had ze bijvoorbeeld een groot hoofd geknipt uit de Privé, die via oma en tante Annie altijd bij ma komt. Het was het gezicht van Anouk van Raalte, de plaatselijke soapster uit *Het recht op geluk,* waar Stefanie altijd naar kijkt.

Uit andere plaatjes had ze ogen geknipt. En uit weer een ander plaatje een mond. Die stukken plakte ze over de ogen, neus en mond van Anouk van Raalte, tot er een nieuw gezicht ontstond. Zo werd het een grappig portret, echt gek, van een *alien* leek het wel. Mooie achtergrond erbij.

Toen Mike haar kwam ophalen, wilde ze graag laten zien wat ze had gemaakt, maar hij had er geen oog voor. Zei alleen 'jaja' en dat-ie zo snel mogelijk weg wilde omdat de brommer buiten stond. Dat vond Tanja niet leuk en dat zei ze hem ook. Hij werd boos en is toen in z'n eentje vertrokken. De hele dag is hij niet teruggekomen.

Op het pleintje had ze wel Marjan zien staan, maar die was met Betsy en zelfs Marisha, met die enorme achterlijke oorbellen van d'r.

Dus wilde Tanja er niet bij gaan staan, ook niet toen Marisha een half uur later was vertrokken. Haar huiswerk was al na een uur af en toen bleef er niks anders over dan met pa en ma tv te kijken, want Stefanie was natuurlijk uitgegaan.

Zondag was ze wel naar Marjan gegaan, maar het was gewoon niet leuk geweest. Ze wist niks te zeggen en Marjan leek zich ook met haar te vervelen. Toen was ze maar weer naar huis gegaan. Ze wilde nog een portretje knippen, maar de Privé was aan gort en er waren geen andere tijdschriften.

Toen wilde ze leuke kleren bij elkaar zoeken, maar die heeft ze gewoon niet. Alleen maar stomme T-shirts van de Wibra. Ze had zich mooi opgemaakt, maar die make-up was als een vlag op een modderschuit want bij zulke lompe kleren paste mooie lippenstift écht niet. Ellendig was ze op bed gaan liggen. Ze huilde een beetje, maar niet echt, dat wilde ze per se niet.

Toen heeft ze maar een rijmpje gemaakt:

Niemand vindt mij aardig
dat is niet eens merkwaardig
want ik ben lelijk en ook stom
ik ben rottig en ook dom
mijn lot is dus rechtvaardig

Even dacht ze dat ze iets had geschreven wat ze pas bij Nederlands hadden geleerd, een limerick. Ze zocht het na in de lesboeken, maar toen zelfs de limerick niet bleek te kloppen – de eerste regel eindigde niet met een plaatsnaam – werd ze pas echt ongelukkig en besloot ze overal mee op te houden. Vanaf dat moment had ze alleen maar op bed gelegen. Als ze nou tenminste nog in slaap was gevallen.

Het liefste zou ze alles terugdraaien naar hoe het was. Weer lekker in groep acht zitten. Waar kleine kinderen tegen je opkijken en waar Marjan haar vriendin is voor het leven. Waar ze per se in een omhelzing op de groepsfoto willen, waar juf Ans en juf Fatima hen van het speelplein roepen na de pauze, in plaats van zo'n suffe zoemer.

Maar ja, ondertussen heeft ze gezien hoe leuk en divers de kleren van haar klasgenoten zijn, hoe mooi de make-up van Louisa is, hoe fijn het is om verhaaltjes te schrijven en hoe graag ze wil plakken en knippen. Zelfs de gymlessen vindt ze leuk, het liefst doet ze softbal met de klas. En Douwe was zó aardig op het feest, dat wil ze altijd wel, dat mensen zo met haar praten, dat mensen vriendelijk reageren op dingen die ze heeft gedaan of gemaakt. Mike wil er niet eens naar luisteren.

Meneer Van Baal heeft haar nooit naar de directeur gestuurd terwijl ze nog steeds vaak te laat komt. Morgen moet ze weer een opstel inleveren omdat ze niet op tijd was – tegenwoordig mag ze zelf een onderwerp bedenken. Hij zegt dat hij graag haar opstellen leest, meneer Van Baal, hij vindt dat ze het goed kan. Dat is toch fantastisch?

Meneer Ris is heel geduldig tijdens de bijles. Hij legt haar alles uit wat ze wil weten, het gaat heel goed met wiskunde. Wat wil ze nog meer?

Ja, vrienden wil ze. Maar die heeft ze niet meer...

'Tanja is gewoon bang, meneer!' gilt Olivier door de klas. 'Omdat ze niet weet wat ze moet playbacken!'

Kijk, en hier heeft Tanja nu dus écht geen zin in. Woedend kijkt ze hem aan. Ze gromt: 'Ik weet wél wat ik moet playbacken.'

'O ja? O ja? Wat dan?'

Iedereen kijkt om. Het kan Tanja niks schelen. Ze draait met haar ogen. 'Ik ga níks playbacken.'

'Zie je wel! Ze durft niet!'

'Ik durf wél ' zegt Tanja boos.

'Je gaat toch níks playbacken?' zegt hij pesterig.

'Dat komt doordat... ik écht ga zingen, sukkel,' zegt Tanja.

Een schok gaat door de klas. Sommigen zeggen hardop 'Oooh', anderen bijten op hun lip. Behalve Douwe. Die knikt en zegt: 'Goed idee. Dat kun je vast heel goed.'

Tanja verstaat precies wat hij zegt.

'O,' zegt Olivier zachtjes.

'Eikel,' scheldt Tanja nog na.

'Nou nou,' zegt meneer Ris.

'En Louisa doet ook mee,' zegt Tanja. 'We doen het lied 'Als je mij kiest' van Rineke de Groot.'

'O?' zegt Louisa.

'Ja.' Tanja duldt geen tegenspraak. Haar leven is al klote genoeg. Over twee weken doen Louisa en zij 'Als je mij kiest' van Rineke de Groot. Of ze nou kunnen zingen of niet. Verdomme.

Lekker ordinair, zeg

In de pauze staat Tanja bij Maria, met gefronste wenkbrauwen en een donderwolk boven haar hoofd.

'Gaat het wel goed?' Maria geeft Tanja niet alleen een kopje thee, maar dit keer ook een gevulde koek.

'Ik heb ruzie met Mike.' Tanja neemt een hap.

'Ben je nog steeds met Mike?' vraagt Maria.

Tanja knikt.

Is Maria verbaasd? Hoezo?

Maar Tanja kan niet vragen waarom Maria haar wenkbrauwen optrekt, sowieso hebben ze meestal niet de tijd veel informatie uit te wisselen, vanwege alle leerlingen die eten of drinken willen kopen. Maar dit keer is er een andere reden: Louisa is Tanja komen halen.

Louisa is weggelopen bij het groepje mooie, populaire tweedeklassers, speciaal om Tanja bij de hand te pakken en door de aula mee naar buiten te loodsen. Tanja kan niet helpen dat ze zich vereerd voelt. Bij het trapje op het plein staat Louisa stil, ze steekt charmant een sigaretje op, en vraagt: 'Wélk nummer gaan we doen?'

Tanja fluistert: 'Sorry hoor, ik...'

'Hoeft niet,' zegt Louisa. 'Ik vind het leuk! 'Kies voor mij', heet het zo? Lekker ordinair, zeg, te gek!'

'"Als je mij kiest". Zo heet het.'

'Geweldig!'

'Mijn ma is een grote fan,' zegt Tanja. Ineens moet ze er zelf ook om lachen. Tegenwoordig is het minder geworden, maar vroeger draaide ma het nummer de hele dag, toen Tanja in groep zes en zeven zat. Elke dag de hele dag. Noemde Louisa het ordinair? Dat was het ook. Ai, wat een vreselijk nummer is het eigenlijk. Jee, het kán gewoon niet!

Als je mij kiest
Toe, kies voor mij
(snik)
Als je mij kiest
Ben ik pas blij

Dat is het refrein.

'Zal ik het refrein zingen?' vraagt Tanja. Ze grinnikt.

Louisa glimt van plezier en wacht gespannen af. Tanja kijkt steels om zich heen en fluisterzingt: 'Als je mij kiest, kies voor mij.' Ze snikt de snik die Rineke de Groot heeft grootgemaakt en giechelt erom. Louisa zet grote ogen op en roept: 'Nééé!' Maar Tanja knikt van 'ja' en zingt verder: 'Als je mij kiest, haha, ben ik pas blijhijhahaha.'

'Wat goed!' gilt Louisa. Ze legt haar arm om Tanja's schouder en leunt zwaar terwijl ze zich de stuipen lacht.

Tanja voelt de tranen in haar ogen springen. 'Ja hè?' Haar middenrif begint zeer te doen – zoveel lachen is ze niet meer gewend. Haar benen zijn slap, als ze niet uitkijkt, staat ze zo in haar broek te plassen. 'Hou op!' grinnikt ze tegen Louisa, maar die is in een slappe lach gegleden en heeft zwarte mascaratranen over haar wangen lopen.

Als de zoemer gaat, wandelen ze nog steeds giechelend naar de les.

De dag komt helemaal goed! Als ze met haar fiets aan de hand over het schoolplein loopt, staat Mike haar ineens op te wachten. Zie je wel! Ze hebben nog steeds verkering! Gelukkig maar!

Hij komt op een perfect moment, Tanja heeft zóveel te vertellen. Oei, wat heeft ze vandaag genoten! Tijdens de Franse les kreeg ze ineens een briefje toegeschoven. 'Reste chez moi...' stond erop, 'Blijf bij mij'. Mevrouw Lindhout, 'madame Landoet' van Frans, staat erop dat de leerlingen in haar lokaal zo veel mogelijk Frans spreken. Dat is leerzaam, vindt ze. Louisa keek strak naar het bord om niet in de lach te schieten. De rest van het lied besloten ze in het Frans te vertalen:

Bij mij geniet je meer
Dat blijkt ook elke keer
Ik ben beter dan die ander
Als je wilt zal ik verander – eeen

Eerst moest Tanja natuurlijk de gewone tekst aan Louisa schrijven, want zij kende die nog niet – dat was al goed voor een paar giechelaanvallen in de klas.

'Excuse moi, madame.' Ze zeiden het wel twintig keer voordat madame Landoet plotseling uitviel: 'Nu heb ik er genoeg van, kom maar voor het bord.'

Tanja werd vuurrood en Louisa groengeel. Oeps! Als twee bambi's kwamen ze onvast overeind. Ze schuifelden naar het bord – maar de meligheid zat nog te veel in hun lijf om lang serieus te kunnen blijven. Ze keken elkaar zo min mogelijk aan, want dan ging het zeker mis.

'Vertel iedereen maar even wat jullie aan het doen zijn.' Madame Landoet dacht kennelijk dat ze hen nu een gênant geheim liet bekennen, want ze leek nogal zeker van haar straf.

'We zijn aan het vertalen,' zei Louisa met afgeknepen stem. Ze keek er zo lief mogelijk bij. Terwijl Tanja instemmend knikte, beet ze op haar lip, ze voelde opnieuw de tranen in haar ogen springen. Haar kin trilde, zelfs haar wangen trilden. Met alle kracht die ze had, knokte Tanja tegen een aanval van slappe lach. Een traan rolde nu over haar wang. Een paar kinderen begonnen te giechelen.

'En wát vertalen jullie?'

'Ons playbacklied,' zei Louisa.

Tanja bracht nog altijd geen woord uit, maar Lindhout was het daar niet mee eens. Onverwacht fel riep ze: 'Zeg jij ook eens iets!'

Tanja keek haar niet aan, maar haalde diep adem en zei:

'Chez moi geniet tu plus...'

Meteen schoot Louisa in de lach.

'Ce blijkt chaque fois en dus...'

Nu begon de klas giechelig door elkaar te praten. Bij de derde zin lachten sommigen hardop, ook mevrouw Lindhout bleef niet langer boos.

'Je suis beter que die ander
Si tu veux je veux verander – eeen'

Louisa zong mee bij de uithaal 'verander – eeen', wat met gejuich en geklap door klas 1d werd onthaald.

Tanja en Louisa maakten een diepe buiging, toen haastten ze zich lachend terug naar hun plekje achterin de klas.

Mevrouw Lindhout haalde haar schouders op, wachtte tot iedereen weer rustig was en ging verder met de les – wat kon ze anders?

Maar dat was niet alles. Net, toen ze haar fiets uit de stalling ging halen, stond die rotte Olivier daar weer. En weet je wat? Dit keer vroeg hij eens niet of ze liever oranje of rode ranja dronk – begrijpt hij eindelijk dat een grap na zes weken afgezaagd wordt – maar hij zei zomaar 'hoi'. Nou ja! Niet dat Tanja iets terugzei, wat denkt hij wel, maar toch.

En nu is Mike gekomen!

'Hoi!' roept ze. Hij zwaait niet terug, maar geeft wel een kus op haar wang. 'Ga je mee?' vraagt hij. Als Mike glimlacht, ziet hij eruit als een filmster. Zijn tanden zijn wit en recht, zijn zachte lippen vol en rood.

Tanja knikt. Ja, ze gaat mee. Natuurlijk gaat ze mee.

Tanja het Beest

Mike heeft vergeten een extra helm mee te brengen. Het geeft niet, want Tanja wil haar fiets toch liever niet achterlaten. Ze heeft Mikes schouder vastgepakt en hij geeft voorzichtig gas. Zo laat ze zich meetrekken naar het weiland. De wind glijdt door haar haren, ze gaan lekker hard. Als haar brikkie het maar houdt!

Ze rijden over de weg richting Vissersplaat. Langs de villa's met de gigantische tuinen. Stefanie heeft gezegd dat Anouk van Raalte in het hoekhuis woont, stom, er zijn hier helemaal geen hoekhuizen! Ineens ziet Tanja iets wat haar aandacht trekt.

Douwe.

Ja, dat is toch Douwe, de Fries? Wat doet hij daar? De school is pas net uit, hoe is hij zo snel in deze buurt gekomen? Of wordt hij misschien met de auto opgehaald, dat zou kunnen als hij uit deze rijke buurt komt.

'Dat is die jongen die mijn opstel leuk vond,' zegt Tanja, maar door het brommergeronk hoort Mike haar niet.

Wat kijkt Douwe geheimzinnig om zich heen, is er iets wat niemand mag weten? Tanja is zo nieuwsgierig naar hem en waarmee hij bezig is, dat ze vergeet op de weg te letten. Waar de onverharde weg een landweggetje wordt, zit een hoogteverschil, maar Tanja ziet het niet en klapt hard op haar stuur.

'Auw!' Ze glijdt onderuit.

'Shit!' roept Mike. Hij remt met piepende banden.

Tanja schuift over zand met grindsteentjes tot ze in de berm tot stilstand komt. Het valt mee, ze komt niet al te rottig terecht, ze heeft niks gebroken.

'Gloeiendegloeiendeklotezooi!' Boos staat Tanja op. 'Mijn broek!'

'Je hebt niks,' zegt Mike.

'Mijn broek!'

'Nou en?' vraagt Mike.

Nou en?! Nou en?! denkt Tanja boos. In deze broek kan ze zich niet meer vertonen. Maar ma gaat echt geen nieuwe kopen. Shit shit shit!

'Gewoon een vlek,' zegt Mike. 'Kom nou maar.'

'Gewoon een vlek?!' roept Tanja. Niemand loopt met een spijkerbroek waar grasvlekken in zitten. Die gaan er nooit meer uit. Ze loopt extreem voor lul, zo! Zie je Louisa met een mooie glimmende rok, of een kleurrijke broek, en dan zit daar Tanja het Beest naast, in een lompe saaie spijkerbroek met grasvlekken en een fantasieloos T-shirt.

Mike heeft zijn brommer aan de kant gezet. Hij raapt haar fiets op en drukt het stuur in haar handen. Hij slaat zijn arm om haar heen en zegt: 'Zo erg is het toch niet? *Ik* vind je toch mooi?'

Tanja kan er amper om glimlachen.

Hoe lang loopt Mike al in zijn outfit? Afhangende spijkerbroek met baseballshirt?

Olivier had vandaag een blauwe broek aan met blauwe gympen eronder en een trui in gebroken wit erboven. Het stond heel leuk, maar dat heeft ze natuurlijk niet gezegd.

Douwe ziet er ook altijd leuk uit. Nou is hij al snel mooi, omdat zijn gezicht zo gaaf en strak is; knalblauwe rustige ogen, rechte neus, mooie mond. Olivier is wat kleiner, maar Douwe is mooi lang en vast heel sterk. Vooral bij gym kun je goed zien hoeveel spieren hij heeft. Hij zegt er nooit iets van, Douwe, en je zou haast denken dat het hem niks kan schelen, maar hij is net een fotomodel.

'Gaat het?' vraagt Mike. Hij geeft een kus op haar wang.

Tanja knikt. Ze stapt op haar fiets. Ze mag Mike weer aan zijn arm vasthouden, hij rijdt extra langzaam verder.

'Is het zo goed?' vraagt Mike.

Tanja knikt. En zucht.

Ooo, wat erg!

'Probeer deze eens,' zegt Louisa.

Tanja staat zich in haar onderbroek dood te schamen, terwijl Louisa diverse kledingstukken uit haar kast pakt. Het eerste bezoek aan Louisa's huis had Tanja zich toch anders voorgesteld.

Meteen bij binnenkomst rende Louisa naar boven en trok Tanja achter zich aan. 'Je mag wel iets van mij passen,' zei ze en begon Tanja uit te kleden.

'Wat doe je?' stamelde Tanja benauwd.

'We gaan mooie kleren voor je uitzoeken,' zei Louisa.

'Maar, we zouden toch oefenen?'

'Schoenen uit.'

Wat erg! In haar sokken zitten gaten, haar onderbroek heeft maar voor de helft elastiek en haar hemd zit vol kleine gaatjes van motten. Ze had Louisa moeten tegenhouden, natuurlijk, en dat had ook best gekund, maar ze was zo nieuwsgierig te zien of ze inderdaad mooi zou worden. Wat een vernedering moest ze ervoor ondergaan...

'Hé, geen beha?'

Beschaamd had Tanja haar hoofd geschud.

Louisa haalde haar schouders op en zei: 'Moet je wel gaan dragen, hoor, anders krijg je hangtieten.'

'Hangtieten?'

'Weet je zeker dat je de potloodtest nog doorstaat?'

'Wat is dat?'

Had ze die vraag maar nooit gesteld. Voor ze het wist, had Louisa het hemd over haar hoofd getrokken, rats, en toen stond ze daar blóót.

'Hier.' Louisa geeft haar een potlood.

Tanja grijpt het ding, ze kan wel janken. Zo goed en kwaad als het gaat, beschermt ze haar borsten, maar tegelijkertijd wil ze niet vreselijk preuts overkomen.

'Wat moet ik hiermee?' vraagt ze.

Maar in haar paniek denkt ze alleen maar: als ik in ieder geval mijn tepels verborgen hou, in ieder geval moet ze mijn tepels niet zien.

Tegelijkertijd wil ze zo nonchalant mogelijk blijven staan – het is een onmogelijke opgave.

'Je moet hem onder je borst steken, zo,' zegt Louisa. Ze grist het potlood weer uit haar hand, trekt Tanja's armen weg.

'Neeee!' gilt Tanja. Meteen schrikt ze zich dood. Ze slaat haar handen voor haar mond en dan snel weer voor haar borsten. Alles gaat mis, het is een nachtmerrie.

Louisa kijkt haar bezorgd, maar met opgetrokken wenkbrauwen aan. 'Wat doe je nu?'

'Ik doe van alles!' gilt Tanja.

Ineens ziet ze de lulligheid van haar situatie in. Nog steeds liggen haar handen op haar borsten. Hoe langer het duurt, hoe grappiger ze het vindt. 'Ik ben én cool, én preuts.' Ze voelt haar lip alweer trillen.

Ook de mondhoeken van Louisa krullen. 'Lastig.'

'Niet lachen.'

'Pffthaha.'

'Kon ik toch haha niks aan doenhaha!'

'Nééé!' imiteert Louisa.

'Hahaha.'

'Je bent net Jan Klaassen zo!'

'Nee, Katrijn!'

'Hihi.'

'Hè, hè.' Tanja zit op de vloer uit te hijgen, Louisa ligt naast haar en kijkt haar vrolijk aan.

'Wil je nog kleren passen?'

'Jawel, maar ik moet voor het eten thuis zijn, dus liever eerst even oefenen.' Ze trekt haar hemd over haar hoofd en kijkt Louisa verlegen aan als ze zich de gaten herinnert.

'Leuk hemd,' zegt Louisa.
Tanja slaat haar ogen neer. 'Het is oud.'
'Nou en?'
Tanja glimlacht dankbaar. 'Zullen we een andere keer kleren passen? Dan laat ik je nu het lied horen.'
'Oké, geef maar.'
Tanja grabbelt het bandje uit haar tas. Ze is blij dat ze haar kleren weer aanheeft, ook al zijn die minder modieus dan die van Louisa.
De eerste tonen van het lied komen al uit de boxen.
'Er zit een blaadje bij met de tekst,' zegt Tanja.
Uit het hoesje frommelt Louisa een opgevouwen papier. Ze leest de tekst mee.

Als je mij kiest
Rineke de Groot

REFREIN:
Als je mij kiest
Toe, blijf bij mij
Als je mij kiest
Ben ik zo blij

Ik hou zoveel van jou
Ik blijf je altijd trouw
Maar waarom ging jij weg
Ik heb ook altijd pech – zeeeeeg

Ik dacht: jij bent mijn man
(Maar) Jij had een ander plan
Nu zit je bij die vrouw
Mijn schat waar ben je nou – auauauw

REFREIN

Bij mij geniet je meer
Dat blijkt ook elke keer
Ik ben beter dan die ander
Als je wilt zal ik verander – eeen

Mijn schat kom bij me t'rug
Kom snel en kom maar vlug
Toe laat ons samen zijn
Want dan hebben wij het fijn – fijijijn

REFREIN

Dus kom naar mij

Blijf bij mij

Hou van mij

Maak me blij

'Helemaal af,' knikt Louisa.

Trots knikt Tanja terug. 'Ik dacht dat deze pasjes misschien leuk zouden zijn.' Ze gaat in het midden van de kamer staan, met haar rug naar Louisa. Haar handen wrijven over haar rug terwijl ze de eerste tonen van het lied neuriet. Ze zingt: 'Als je mij kiest…' en tegelijkertijd springt ze een halve draai. '… toe, blijf bij mij.' Ze schudt haar heupen naar links en naar rechts. 'Als je mij kiest…' ze steekt haar handen naar voren en wenkt met haar wijsvingers dat iemand moet komen. '… ben ik zo blij,' dan doet ze haar armen omhoog.

Louisa kijkt haar glimlachend aan en zegt: 'Weet je wat wij altijd deden op de Emmaschool?'

'Heb jij op de Emmaschool gezeten?'

'Ken je die?'

Tanja haalt haar schouders op. 'Er zat een verwend kakkind op waar Marjan een keer ruzie mee had.'

'Waar zat jij dan op?'

'De Dagobertschool.'

'Bij die asocialen?!'

'We zijn niet asociaal.' Tanja kijkt haar nieuwe vriendin verbaasd aan. Ze voelt een lichte duizeling in haar hoofd. De wereld is niet zoals Noordwijkers denken. En de wereld is niet zoals de kakkers denken. Het is anders, allemaal anders. Louisa is kordaat, maar daarom nog geen trut. Marjan is een snol geworden, maar daarom niet stom. Olivier is bijdehand, maar dat maakt hem misschien geen eikel. Alles is anders dan je op het eerste gezicht denkt te zien.

Niet! Wel!

Pa en ma en Stefanie kijken naar *Het recht op geluk*. Tanja eet mee; aardappelen met een gehaktbal en bonen. Anouk van Raalte wordt bedreigd door een anonieme moordenaar, terwijl ze net haar eerste kind heeft gekregen uit de gruwelijke verkrachting van een paar maanden geleden. Haar moeder heeft een lesbische relatie ontwikkeld met Anouks beste vriendin en niemand weet dat Anouk zich soms afvraagt of ze misschien liever als man door het leven zou gaan. Heeft Anouk dan geen recht op geluk?

'Ik was vandaag bij een meisje uit mijn klas,' zegt Tanja.

'Ssst,' doet Stefanie, de trut.

'O ja?' vraagt ma.

'Ze heet Louisa. Ik zit naast haar.'

'O.'

'We doen mee aan de playbackshow, die is na de repetitieweek.'

Pa kijkt om en vraagt: 'Heb je repetitieweek?'

'De komende week,' knikt Tanja.

'Moet je dan niet leren?'

'Jawel.'

'Als je wilt, mag je wel gaan leren nu.'

'O,' zegt Tanja.

'Ga dat maar doen.'

'Oké.'

'Stil nou!' sist Stefanie boos.

'Trut,' zegt Tanja.

'Niet schelden,' vindt ma.

Tanja pakt haar bord en verdwijnt naar boven.

Op haar bed roert ze met haar vingers de aardappelen door de jus. Hoe zou het bij Louisa zijn? Zit zij nu met haar ouders te eten? Misschien eten ze wel aan die prachtige eikenhouten tafel die ze in de woonkamer hebben staan. Louisa heeft een broer, die heet Sandro. Hij zit al in de derde, net als de populaire kinderen waar ze in de pauzes mee praat. Dat zijn dus geen tweede-, maar derdeklassers.

'Ze zijn wel aardig of zo, hoor, maar ze praten alleen met me omdat ik het zusje van Sandro Paula ben,' zei Louisa. Tanja wist niet wat ze hoorde. 'Het maakt me niet veel uit,' ging Louisa verder. 'Anders sta ik toch maar alleen in de pauzes.'

'Ik sta óók alleen!' riep Tanja.

Ze vertelde dat ze zich ongemakkelijk voelt zodra de pauzezoemer gaat. Dan gaat ze maar weer naar Maria en drinkt ze een kopje thee.

'Dat meen je niet!'

Maar Tanja knikte.

Louisa vertelde dat ze het juist zo stoer vond dat Tanja Maria kent.

'Niet!' gilde Tanja.

'Wel!'

Toen bleek dat Louisa zich altijd een klein brugpiepertje voelt naast die rokende derdeklassers, terwijl Tanja altijd als een zelfverzekerde jonge vrouw stond te praten met Maria van de kantine, in Louisa's ogen.

Alles is anders dan het lijkt.

Tanja gaat aan haar bureau zitten. Misschien zou het leuk zijn het te schilderen in verschillende kleuren, dat zou het tafeltje al opknappen. Louisa heeft een kamer in wit en blauw met lila. Tanja's kamertje is stof en troep met rommel. In welke kleuren zou zij haar kamertje het liefst verven?

Een spannende dag

Mike en Tanja hebben de brommer op slot gezet en wandelen door het weiland. Gelukkig heeft het niet geregend en worden haar gympen niet al te vies. Zo'n repetitieweek is perfect, vindt Tanja, de gewone lessen gaan niet door, dus ze is veel vrij. Elke avond leert ze de repetitiestof, dat moet voldoende zijn. Overdag gaat ze oefenen met Louisa of plaatjes plakken of met Mike op de brommer. Misschien is het een idee ook weer eens naar Marjan te gaan.

'Voorzichtig,' zegt Mike. Hij houdt een stuk prikkeldraad voor Tanja omhoog. Als Tanja eronderdoor duikt, loeit Mike met de koeien mee.

'Gekkie,' lacht Tanja. Ze is blij dat ze naar de voerbakken gaan, het is alweer helemaal goed tussen hen. De laatste dagen probeert Mike de hele tijd háár hand in zíjn broek te krijgen, maar Tanja durft het steeds niet. Elke keer neemt ze zich voor om te doen wat hij wil dat ze doet – wat het ook mag zijn – maar elke keer trekt ze op het laatste moment terug.

Volgens Marjan is een piemel net een dikke rol rubber waar je een beetje in moet knijpen tot-ie klaarkomt. Maar volgens Louisa is Tanja overal heel vroeg mee. Louisa heeft nog niet eens getongzoend met iemand. Ze had wel een vriendje in groep acht en daar liep ze hand in hand mee, meer was het niet.

Tanja zou het prima vinden om met Mike hand in hand te lopen. Ze hoeft niet per se de hele tijd te voelen. Soms wilde ze dat Mike eens zonder brommer langskwam, zodat hij wat langer bleef als ze thuis waren. Dan kon ze ook eens iets aan hem vertellen. Of dat hij niet de hele tijd meteen begon te kussen, zodat ze eens iets aan hem kon vragen.

'Over een paar dagen is onze playbackshow,' vertelt Tanja.

Mike glimlacht.

'We hebben al goed geoefend, zal ik je straks een stukje voordoen?'

'Ja hoor.'

'We doen 'Als je mij kiest' van Rineke de Groot, wist je dat?'

'Nee.'

'Ken je het?'

'Jawel.'

'We doen het zo: 'Als je mij kiest. Toe, blijf bij mij. Als je mij–'

Plotseling drukt Mike zijn lippen op de hare. Hij ademt zwaar en friemelt haar T-shirt uit haar broek.

'Mwacht nwou ebven,' sputtert ze. Het is lastig praten als iemand zijn tong in je mond steekt. 'Ik was aan het zingen!'

Mike glimlacht. 'En ik was aan het kussen.'

'Dat gaat niet samen!' zegt Tanja boos.

'Sorry hoor.'

Stilte.

Nog steeds stilte.

De stilte is pijnlijk voelbaar geworden.

'Ik zei toch sorry,' zegt Mike eindelijk. Ze zijn bij de voerbakken aangekomen en hij pakt een biertje voor zichzelf.

'Ja.' Tanja klinkt nog steeds boos.

'Jij een biertje?'

'Nee.'

'Iets anders?'

'Misschien wil ik wel chips.'

Mike krijgt pretlichtjes in zijn ogen. 'Misschien lust je chips?'

Tanja glimlacht. 'Geef me chips.'

'Dus je wilt wél chips, maar geen kus?'

'Ja.'

Lachend bukt Mike zich om een zak chips te pakken, maar dan ziet Tanja het. Haar mond valt open. Haar hart staat stil. Die oorbel! Naast de chips ligt een oorbel! Marisha!

'Wat is er?'

Tanja hapt naar adem. Haar gezicht is bleek, haar ogen zijn groot. Ze wijst het ding aan.

'Wat?' Mike kijkt er onschuldig bij. Dan ziet hij het. 'O jee...'

'Heb jij...' stamelt Tanja.

Mike kijkt van haar weg.

'Met Marisha...?'

Langzaam haalt Mike zijn schouders op.

'Hoe kun je...'

Tanja's stem stokt; haar keel lijkt dichtgeschroefd. Haar armen worden slap, haar zicht wordt troebel. Met een ruk draait ze zich om en zet het op een lopen.

Terug wil ze, terug naar huis. Ze rent door het weiland, stapt in een koeienvlaai, maar rent door. Tranen stromen over haar wangen. Marisha! Op de geheime plek van Mike en Tanja! Vandaar dat Marisha zo boos doet! Ze hebben gekust! Misschien ook meer! Vast! Ze hebben vast seks gehad! Marisha met Mike! KutMike!

Het prikkeldraad scheurt haar T-shirt stuk en een paar plukken haar blijven erin hangen, maar Tanja rent en rent.

Spring maar achterop

Uitgeput van het rennen loopt Tanja over de onverharde weg, langs de akkervelden. Haar benen zijn slap van verdriet. Hier komt bijna nooit iemand langs, dus ze laat haar tranen de vrije loop. Soms schreeuwt ze. Soms komt er alleen maar wat gepiep.

Marisha en Mike. Hoe lang al? Misschien altijd al! Marisha mag geen vriendjes van haar vader, bij Marisha zijn ze heel streng. Natuurlijk doet ze het stiekem! Waarom heeft Tanja daar nooit bij nagedacht!

'Rotwijf!' schreeuwt ze. 'Met je rotoorbellen!'

Met háár vriendje nog wel. Hoe durft hij!

'Tanja?' hoort ze roepen, maar ze kijkt niet om. Dat kan alleen maar Mike zijn en als ze íémand niet wil zien...

'Tanja?'

'Rot op!' Ze schopt een steen de berm in.

'Wacht even!'

Haar gezicht kleurt bloedrood als ze toch omkijkt. Dat is Douwe!

'Wacht even!'

Tanja draait zich om, ziet haar klasgenoot in haar richting fietsen. Wat nu? Haar maag krimpt ineen. Ze schaamt zich dood dat hij haar zo ziet. Maar ze is ook opgelucht een bekend gezicht te zien. Verlegen omdat ze Douwe nauwelijks kent. En ook verdrietig om Mike en kwaad tegelijk.

Douwe stopt vlak naast haar. Bezorgd kijkt hij haar aan. 'Gaat het?' vraagt hij. En: 'Ik dacht wel dat jij het was.'

Tanja kan het niet helpen. Ze bijt op haar lip, terwijl de tranen over haar gezicht stromen en stromen. Ze schudt haar hoofd; nee Douwe, denkt ze, het gaat niet zo goed... Hij legt zijn arm om haar heen, maar daarvan moet ze alleen maar méér huilen.

Snikkend en snotterend staat ze in de armen van deze onbekende jongen. Het kan haar niks schelen.

'Sorry hoor,' zegt ze met afgeknepen stem.

'Geeft niet.'

Ze glimlacht en veegt met de rug van haar hand langs haar neus.

'Hier.' Douwe geeft haar een schone zakdoek.

Tanja snuit haar neus en maakt een prop van de doek.

'Wil je zeggen wat er is?'

Tanja haalt haar schouders op. 'Mijn vriend...' Ze slikt de rest van haar woorden in. Als ze vertelt wat er is gebeurd, staat ze meteen weer te janken.

'Hoe moet je naar huis?'

Tanja trekt haar schouders op.

'Spring maar achterop,' zegt Douwe. 'Ga maar met mij mee.'

Het maakt Tanja ook eigenlijk niet meer uit. Ze knikt.

Douwe trekt op en Tanja gaat op de bagagedrager zitten. Hij heeft een mooie, glimmende fiets waarop hij stevig trapt.

Terwijl de wind door haar haren waait, komt ze een klein beetje tot rust. Mike en Marisha, ze kan het bijna niet geloven...

Aan de rand van het centrum zet Douwe zijn fiets neer. Tanja kijkt naar het huis. Ze heeft ooit iemand horen zeggen dat Douwes moeder dominee is. Maar bij een pastorie had ze zich iets heel anders voorgesteld. Een oud huis, statig; niet zo'n modern bouwsel. Groot is het wel, Tanja denkt dat hun eengezinswoning er wel twee keer in past. Maar *zíj* hoeven weer niet over het kerkhof uit te kijken.

Douwe maakt de deur van de pastorie open en laat haar binnengaan voordat hij zelf het huis in stapt. 'Knap je maar even op,' zegt hij vriendelijk terwijl hij een deur opent.

Tanja kijkt hem vragend aan – hoezo? – maar als hij haar

naar de spiegel leidt, schrikt ze zich een ongeluk. De mascara! Helemaal uitgelopen. Tot aan haar kin. Ze lijkt Dracula wel! Heeft ze er de hele tijd zo uitgezien? Snel pakt ze een stukje toiletpapier van de rol, dat ze onder de kraan houdt voordat ze er haar gezicht mee dept.

'Douwe?' roept dan een volle vrouwenstem.

Tanja schrikt. Er is iemand thuis! Met zware bonken komt ze naar beneden. 'Is er iemand bij je?'

Waarom ze had aangenomen dat er niemand was, geen idee, maar Tanja had gewoon niet aan ouders gedacht.

'Ja, mem,' hoort ze Douwe zeggen.

'Is het die jongen uit je klas? Ravi?' hoort ze Douwes moeder.

Hé, denkt Tanja, zijn Douwe en Ravi vrienden? Daarvan heeft ze in de klas niets gemerkt. Snel wrijft ze met het papier over haar gezicht, de zwarte strepen gaan er niet gemakkelijk af.

'Neu,' zegt Douwe.

'Wie dan?'

'Ze zit op het toilet.'

'O? Is het een méísje?'

'Mem.'

'Ik zal niks geks zeggen.'

Tanja begrijpt dat ze snel uit de wc moet komen – straks denken ze nog dat ze zit te poepen! Het zwart is nog niet helemaal weg en haar wangen zijn rood van het wrijven, maar ze kan nu echt niet langer op zich laten wachten. Ze stapt de wc uit.

'Dag mevrouw,' stamelt ze en ze voelt haar wangen nog roder worden.

'Zooo.' Douwes moeder is een forse, vrolijke mevrouw. Ze neemt Tanja zó gretig in zich op, dat Tanja het idee heeft dat ze elk moment verkering wil vragen. Tanja schuift met haar voet over de grond.

'Dit is de dikke dominee,' zegt Douwe dan. Hij grinnikt. 'En dit is Tanja.'

'Heet je Tanja?'

'Ja, mevrouw.' Nog steeds staart Tanja verlegen naar de grond.

'Wat een leuk meiske,' knikt de dikke dominee – mag Douwe écht zijn moeder zo noemen? Ze loopt weg en schenkt twee glazen limonade in, voor Douwe en voor Tanja.

'Alsjeblieft,' zegt ze. 'Ik zal jullie kinderen maar alleen laten, niet?' En tegen Douwe: 'Als ze wil, mag ze best mee-eten, ik heb alleen geen tijd om te koken, dus we eten patatjes.' Dan knipoogt ze naar Tanja voordat ze weer naar boven vertrekt, bonk, bonk, bonk.

Douwe draait zich om. Hij glimlacht. 'Wil je dat?' vraagt hij.

Tanja schudt haar hoofd. 'Ik moet thuis eten.'

Maar ze wil niet thuis eten. Ze wil naar een vriendin, om alles te vertellen. Ze wil naar Marjan.

Waar moet ze heen?

Douwes moeder biedt aan haar met de auto naar huis te brengen, maar dat slaat Tanja vriendelijk af. Ma komt dan natuurlijk meteen naar buiten om te vragen wat er is gebeurd. Nee hoor, Tanja loopt wel; de afstand valt best mee als je je erop instelt. Bovendien wil ze niet naar huis, ze wil naar Marjan. En Marjan zit waarschijnlijk bij CafetaRia.

'Hee, Tanja!' wuift Marjan in de snackbar. 'Hoe is het?'

Opgelucht schudt Tanja haar hoofd: het is slecht. Meteen prikken de tranen weer in haar ogen.

'Lang niet gezien,' groet Ria.

'Doe maar een patatje met,' zegt Tanja, 'en jij?'

'Frikadel speciaal,' zegt Marjan.

Tanja gaat tegenover Marjan zitten en begint: 'Vanmiddag was ik met Mike...' maar dan hoort ze de wc doortrekken. Haar hart zakt in haar maag. De deur zwaait open. Tanja wordt misselijk. Geklingel van armbandjes. Getergd doet Tanja haar ogen dicht. Klingelingeling. Ja hoor: Marisha. Marjan is hier samen met Marisha.

'O ja?' zegt Marisha met een valse blik in haar ogen. 'Was jij vanmiddag met Mike? Goh, ik was gistermiddag nog met hem.'

Zoekend kijkt Tanja Marjan aan.

'Dus nu weet je het,' zegt Marjan. Ze zegt het niet gemeen, dat niet.

'Jij wist het?' vraagt Tanja.

'Het spijt me voor je.'

'En je hebt niets tegen mij gezegd?'

'Het spijt me.'

Tanja kijkt Marjan strak en ongelovig aan. Tranen rollen

over haar wangen, maar ze knippert niet met haar ogen.

'Waarom heb je niets gezegd?'

Marjan haalt haar schouders op. 'Ik wist niet...'

'Omdat ze nu mijn vriendin is,' onderbreekt Marisha.

Tanja staart Marjan aan.

Die slaat haar ogen neer. 'Je bent er bijna nooit,' fluistert ze.

'Ik zit de hele dag tussen onbekende mensen!' roept Tanja. 'Jij niet!'

Marjan zegt niks. Marisha kijkt haar uitdagend aan.

'Een patat met en een frikadel speciaal.' Ria zet de bakjes op de toonbank.

Tanja sist tegen Marisha: 'Eet jij het maar op. En stik er maar in!'

Waar moet ze heen? Naar huis? Lekker *Het recht op geluk* kijken met Stefanie? Op de bank met pa en ma? Pfft.

Tanja begint gewoon maar te lopen, ze heeft geen idee in welke richting. Ze knijpt haar ogen dicht en schudt haar hoofd, ze probeert het beeld uit haar gedachten te krijgen, het beeld van Mike die met Marisha kust. Mike die Marisha's broek openknoopt. Die haar borsten voelt. Misschien heeft zij wél aan zijn piemel gezeten. Waarschijnlijk hebben ze seks gehad. Mike en Marisha. Ongelooflijk.

Bijna zeven maanden heeft het geduurd. Wie weet hoe lang hij haar voor de gek heeft gehouden. Al die tijd keek Marisha al zo gemeen naar Tanja, daarom dus. En Marjan wist ervan. Maar zei niets.

Soms toetert een auto naar haar, soms roept een fietser iets, maar het kan Tanja niet schelen. Als ze een ongeluk krijgt, is het net goed. Dan zal Mike eindelijk weten wat hij haar heeft aangedaan. En Marisha ook. En Marjan. Hopelijk gaat ze dood, dan kunnen ze het nooit meer goedmaken, de klootzakken.

Na een half uur lopen is ze bij het huis van Louisa aangekomen. Zonder dat ze het wist. Louisa, daar had ze meteen naartoe moeten gaan. Ze had moeten weten dat Marjan haar vriendin niet meer was. Een piepgeluid komt uit haar mond, ze wacht tot ze een beetje is bedaard. Dan haalt ze diep adem en belt ze aan.

Een geweldige show

Mike is voorbij
Mike en Tanja: exit
Geen Mike voor mij
That's all.
That's it.

Dit zit de hele tijd in haar hoofd, alsof het een lied is. Heeft ze het één keer opgedreund, begint het weer opnieuw, ze kan er niks aan doen.

Mike is voorbij
Mike en Tanja: exit
Geen Mike voor mij
That's all.
That's it.

Ze glimlacht fier naar haar spiegelbeeld. Nog één dunne streek eyeliner en ze kan er helemaal tegenaan. Van Louisa heeft ze een mooie glimmende broek meegekregen en een superleuke blouse erop. Oei, wat staat dat goed!

Toen ze eergisteren huilend voor de deur stond, had Louisa een kopje kruidenthee gemaakt. Dat had Tanja nog nooit gedronken, maar ze vond het heel lekker. Sterrenmix heette het – prachtig.

Tanja heeft Louisa's ouders een hand gegeven, maar daarna gingen ze meteen naar het blauw met lila kamertje van Louisa. Daar heeft Tanja alles verteld. Alles. Van de brommer, het kussen en het voelen, tot aan het vreselijke moment waarop ze de oorbel van Marisha zag glinsteren naast de zak chips. En Louisa heeft de hele tijd geluisterd. Af en toe vroeg ze: 'Wat zei hij toen?' Of: 'Waarom vertelde je nooit iets tegen hem?' Vaak slaakte ze korte kreten, als: 'Tsss,' of: 'Belachelijk.' Het was heerlijk.

Louisa vond het walgelijk dat Mike was vreemdgegaan en zei dat ze blij was dat Tanja niet verder was gegaan met hem. 'Vonden ze je preuts?' vroeg ze verbolgen. 'Ze moeten je maar nemen zoals je bent!' Tanja moest erom lachen, maar Louisa was bloedserieus. 'Wat denkt-ie wel!' riep ze, of: 'Laat hem barsten!' Met luide stem vroeg ze: 'Weet-ie niet eens van onze playbackshow?!' Tanja moest een lach onderdrukken en schudde haar hoofd. Die Louisa. Wat een bitch vond Tanja haar eerst, maar kijk eens hoe lief ze haar nu opvangt.

Toen Tanja eenmaal was gekalmeerd, hebben ze haar ouders gebeld. Ma vond het goed dat ze bij Louisa was, Tanja had niet anders verwacht. Daarna hebben ze kleren uitgezocht. Tanja mocht álles passen, zelfs de kleren die net nieuw waren. Louisa hielp haar alsof ze een verkoopster was. Deze zwarte glimbroek stond het allerbeste, de kleurige blouse was er prachtig bij. Trots wandelde Tanja die avond naar huis, met in een plastic zak de fantastische outfit voor de playbackshow.

Vandaag had Louisa haar onder de les een piepklein cadeautje toegeschoven. In de pauze had Tanja het opengemaakt. Het was een zakje met kleine pareltjes erin, die kon je in je haren draaien, dan leek je net een prinses.

Vrolijk neuriënd staat Tanja de pareltjes in haar haren te draaien. De deur van de badkamer gaat open. Het is Stefanie, de trut. 'Wat doe je?' vraagt ze nieuwsgierig.

'Heb ik van een vriendin gekregen,' zegt Tanja.

'Laat eens zien?'

Tanja toont de glimmertjes die in haar hand liggen.

'Mooi,' zegt Stefanie, ze loopt de badkamer in. Ze glimlacht. 'Zal ik je helpen ze in te draaien?'

Tanja trekt haar wenkbrauwen op, maar ze zegt toch: 'Oké.'

Dus helpt Stefanie haar.

Tanja zegt: 'Als je wilt, mag je ze weleens van me lenen.'

Stefanie antwoordt: 'Ja, dat is leuk.' Ze kijkt Tanja lief aan. Het helpt.

Zo banaal was het niet

Giechelig staan Louisa en Tanja te wachten in de coulissen; de gordijnen aan de zijkant van het podium. Achter de microfoon staat de gymleraar. Enthousiast roept hij 'Goeienavond jongelui!' Even flitst een herinnering aan het Openingsfeest door Tanja's hoofd, toen Mike de gymleraar een mietje vond. Mietje of niet, ze heeft nu wél plezier.

Mike heeft geprobeerd met haar te praten. Mike wilde uitleggen waarom hij deed wat hij heeft gedaan, zegt hij. Alsof het uit te leggen is. Tanja loopt elke keer gewoon weg. Dan gaat ze snel naar binnen, bijvoorbeeld, of de supermarkt in.

Toen ze net in haar mooie kleren naar school fietste, kwam Mike op zijn brommer achter haar aan. 'Luister nou even!' Hij deed zijn helm ervoor af. Tanja stopte, maar stapte niet af en wilde hem ook niet aankijken. 'Marisha wilde per se met mij,' zei hij. 'Ik kon er niets aan doen.'

Belachelijk!

Toen hij merkte dat hij geen indruk maakte, begon hij te schelden. Tanja fietste door. Ze had geen zin om te horen hoe Mike hun verkering naar beneden zat te halen. Tieten. Neuken. Zo banaal was het niet geweest. Zo was het niet. Ze wilde niet dat het zo was. Het was verliefd en vrijen. Dat was het. Maar nu is het voorbij.

'Onze derde act van de avond wordt gedaan door twee lieftallige jongedames,' zegt de gymleraar. Jongens beginnen te fluiten en te joelen, meisjes applaudisseren en schreeuwen mee. 'Zij gaan niet playbacken, maar... echt zingen!'

'Yeah!' klinkt het.

Tanja en Louisa giechelen zenuwachtig naar elkaar. 'Ze doen het nummer 'Als je mij kiest' van Rineke de Groot.'

'Woeoeoe!' juicht de zaal. Achter de bar staan docenten en leerlingen drankjes te schenken en er is een echte dj ingehuurd voor straks, als het playbackgedeelte is afgelopen.

'Hier zijn ze dan: Tanja de Vries en Louisa Paula uit klas 1d!'

'Nu moeten wij, nu moeten wij,' zegt Tanja zenuwachtig. Ze duwt Louisa het podium op en rent er haastig achteraan. De eerste tonen klinken al, ze gaan voor de microfoons staan met hun rug naar de zaal. Ze friemelen met hun handen over hun rug – wat nieuw gejuich uitlokt – en springen precies op tijd om. Ze zingen: 'Als je mij kiest. Toe, blijf bij mij.' Door het gejoel moet Tanja lachen. Ze zwiept haar heupen van links naar rechts, steekt haar handen uit en zingt: 'Als je mij kiest. Ben ik zo blij.' Daar staan ze, met hun armen in de lucht, naar elkaar te lachen. Ze zijn een succes.

Helaas kan ze het publiek niet goed zien. Ze ziet handen de lucht in gaan en meedeinen op de muziek, maar het is te donker om gezichten te onderscheiden. Waarschijnlijk staat iedereen uit hun klas nu te kijken. Douwe staat misschien te knikken en denkt: goed zo, het gaat goed. Misschien heeft Olivier wel spijt van de stomme grapjes die hij met haar uithaalde, misschien wilde hij dat ze vrienden waren. Zou Maria er zijn? Dan kan ze in Wijk Noord vertellen hoe mooi en goed Tanja was.

Zo droomt ze, terwijl ze danst en haar lied zingt.

In de schoolband!

Lacherig en dronken van al het plezier, zwaait Tanja haar klasgenoten gedag.

Ze heeft best lang met Douwe staan praten, ze heeft hem verteld waarom ze zo moest huilen pasgeleden, wat er was gebeurd met Mike. Of, nou ja, ze heeft geprobéérd het te vertellen, want elke keer werd ze onderbroken als iemand weer een complimentje kwam geven. Douwe leek het helemaal niet erg te vinden dat het gesprek zo chaotisch verliep, hij glimlachte de hele tijd, alsof hij haar alle aandacht gunde.

Ze heeft een fantastische avond gehad. Na hun optreden kregen ze van iedereen complimentjes over hun dansje en dat ze goed konden zingen. Ook Louisa werd bedolven onder complimenten en aandacht, het was geweldig.

Toen ze naar de wc liep, werd ze aangesproken door een ouderejaars. Of ze even wilde meekomen. Nieuwsgierig wandelde ze achter de jongen aan naar de lerarenkamer. Daar zaten derde-, vierde-, en zelfs vijfdeklassers. In het midden van de kleine groep zat een jongen met een wandelstok, hij had zijn enkel in het verband.

'Ik ben Arthur,' zei de jongen.

'Hoi,' zei Tanja. Ze vergat een hand te geven, ze vergat haar naam te zeggen. Deze groep leerlingen maakte haar een beetje nerveus. Had ze iets verkeerds gedaan?

'Herken je ons niet?' vroeg de jongen vriendelijk.

Tanja trok haar wenkbrauwen op.

'Wij zijn The Gravediggers.'

De schoolband! Tanja fluisterde: 'Ik moest toen plotseling naar huis...' Wat liep Mike te zeuren, die avond. Ze heeft veel gemist, begreep ze later, want de zanger stond schijnbaar zo te springen op het podium dat hij uitgleed en moest worden afgevoerd. Tanja keek de jongen met de wandelstok aan. 'Ben jij de zanger?'

'De sluitingsact liep een beetje uit de hand zoals je ziet.' De jongen kuchte. 'Wij vroegen ons af... Nu we rustiger aan moeten doen op het podium, is het misschien leuk als er méér te zien is. We dachten aan meer mensen, bijvoorbeeld. Gezellige, vrolijke mensen. We dachten: zou je het leuk vinden bij ons te komen zingen?'

Het duurde anderhalve seconde tot Tanja glom als een lamp van zestig watt. 'Echt waar?' riep ze blij. 'Dat wil ik heel graag!'

'Mooi,' knikte het meisje dat met haar armen om een van de jongens heen zat.

'Doet Louisa ook mee?' vroeg Tanja.

'Misschien is het leuk als Louisa ook meedoet,' zei het meisje nadenkend. 'Ja, misschien is dat leuk. In ieder geval willen we dat er ook een jongen bij is. Niet alleen maar meisjes op de achtergrond.'

'Dat hoort niet,' knikte de gevallen zanger.

'O,' zei Tanja. Het maakte haar niks uit.

'Misschien kunnen we mijn broer vragen mee te zingen,' zei het meisje. 'Hij is ook een brugklasser. Dan hebben we uit bijna elk schooljaar mensen in de band.'

'Leuk,' zei Tanja. 'Ken ik hem?'

'Misschien,' zei het meisje. 'Hij zit in klas 1d. Hij heet Olivier.'

Tanja verstijfde. 'O, die ken ik wel.' Ze probeerde erbij te lachen, maar kon niet helpen dat het leek alsof ze een citroen had doorgeslikt.

'O ja? Wat leuk,' zei het meisje vriendelijk. 'Ik ben Lotte, zijn zus.'

'Ja,' knikte Tanja schijnheilig. 'Leuke jongen.'

'Dat is dan geregeld,' zei Arthur. 'Laten we nu weer gaan feesten.' En dat deden ze. Tanja danste en lachte en het leek alsof ze al jaren op deze school zat. In werkelijkheid was het Rijnpis Schijtcollege in een periode van een maand of twee veranderd in het Rhijnvis Feith. Ze was heus geen kakker, het was gewoon gezellig.

Op het pleintje staat Marjan nog met Betsy te roken. Marisha is nergens te bekennen, gelukkig, die moet van haar vader natuurlijk allang binnen zijn.

'Tanja!' roept Marjan.

'Hoi.' De herinnering aan hun laatste ontmoeting doet nog steeds zeer.

'Wat zie je er mooi uit.'

'Dank je.'

'Nieuw?'

Tanja schudt haar hoofd. 'Van Louisa geleend.'

'Louisa?'

'Mijn nieuwe vriendin.'

'O.'

'Dag.' Tanja maakt aanstalten om naar binnen te gaan.

'Wacht even.' Marjan kijkt Tanja met grote ogen aan en zegt: 'Sorry.'

'Het is al goed,' knikt Tanja, die nog steeds door wil lopen.

'Ik had jouw kant moeten kiezen.'

Tanja haalt haar schouders op. Ze voelt hoe haar keel langzaam wordt dichtgeschroefd. 'Dat ligt eraan,' zegt ze schor, 'als je liever met iemand anders bevriend bent...'

'Nee,' zegt Marjan beslist. 'Ik ben jóúw vriendin.' Ze is even stil en zegt dan: 'En Mike is een eikel.'

Tanja kijkt haar onderzoekend aan. 'Meen je dat?'

Marjan knikt hevig.

Tanja legt haar arm om Marjans middel. Dan beginnen ze te lachen.

Brief voor Douwe

Anouk

Ze kwam de kamer binnen, schopte met volmaakt gespeelde argeloosheid haar pumps in een hoek en plofte neer op de bank.

'Schat, ik ben helemaal áf,' zuchtte ze. 'Schenk jij even een glaasje lekkers voor me in?'

Er kwam geen antwoord. Een bezorgde frons gleed over haar voorhoofd en ze stond op.

'Lieverd, waar zit je?'

Ze liep naar de bar achter in de kamer. En daar, half onderuitgezakt tegen de koelkast, lag in een poel van bloed en whisky haar mysterieuze vriend van de laatste twee weken. Dood, het glas nog in de hand.

Ze gilde en gilde opnieuw.

Close-up, freeze, fade to black, titels.

'Ja, dat zat erin,' zei Douwe. Hij grijnsde. 'Dan had je je maar niet met die engerd moeten inlaten. Dom meisje.'

Hij nam een slok van zijn cola en liet die in zijn mond ronddraaien alsof het whisky was.

'Dom meisje,' zei hij nog een keer. Gewoon, omdat het zo goed klonk.

En dan sla ik een arm om haar heen en dan zeg ik: 'Dom meisje, kom maar hier, ik zal je beschermen.' En dat ze zich dan tegen mij aandrukt en met die grote bruine hertenogen van d'r naar me opkijkt. Net zoals ze dat bij al die andere mannen doet. Elke dag opnieuw, en elke twee weken bij een nieuwe.

Douwe wachtte even tot hij haar naam op de aftiteling voorbij had zien komen en zette de televisie uit.

'Tot morgen, Anouk,' zei hij. 'Het huiswerk wacht.'

In de gang kwam hij Jeltje tegen. Ze had een begrafenis geleid en was nog in toga. Op de een of andere manier stond die zwarte jurk haar goed. Douwe zag haar liever daarin dan in de slobbertruien die ze anders altijd droeg.

'Is het al afgelopen?' vroeg ze. 'Is er nog iets gebeurd?'

'Die engerd is dood,' zei Douwe. 'Ze heeft hem net gevonden achter de bar, in een plas bloed.'

'Jasses,' zei Jeltje. 'Maar ja, het zat erin.'

'Dom meisje,' zei Douwe.

'Machopraat,' zei Jeltje. 'Zo heb ik je toch niet opgevoed?' Ze gaf hem een tikje op zijn neus. Douwe vluchtte naar boven.

'Dikke dominee!' sneerde hij nog.

Van huiswerk maken kwam weer niet veel. Douwe had zijn geschiedenisboek opengeslagen voor zich liggen, maar meer dan door het raam naar de kerk staren deed hij niet. Het werd al schemerig. Elk moment kon de vleermuis uit de klokkentoren komen vliegen.

Kleine vleermuis, heb jij het wel naar je zin hier? Het zal wel. Jij woont er vast al je hele leven. Je weet niet beter. Maar ik vind het hier drie keer niks. Ik was veel liever in Friesland gebleven, in de oude pastorie met de weilanden en het kanaal erachter. Nieuwbouwhuizen passen niet bij mij. Geen mysteries, geen gekraak in de nacht. Geen kelder. En geen Hinke.

Nee. Niet aan Hinke denken nu. Die zit ver weg in Friesland en ze heeft sinds de verhuizing nog geen ansichtkaart gestuurd.

Douwe zuchtte en probeerde wat aan geschiedenis te doen. Het was een speciaal project over de Tweede Wereldoorlog, bedoeld om de nieuwe brugklassers van het Rhijnvis Feithcollege 'aan hun oren de historie in te trekken', zoals de leraar, meneer De Haan, het had gezegd. Er zat nog een spreekbeurt aan vast ook, later in de maand.

'Tegen het einde van de oorlog had het verzet zich volledig georganiseerd,' las Douwe. 'Met de regering in ballingschap werd nauw contact onderhouden. Geallieerde vliegtuigen dropten wapens en...'

In een zijmuur van de oude pastorie in Friesland zat een kogelgat. Douwe had horen vertellen dat daar in de oorlog iemand geëxecuteerd was, maar Jeltje zei nuchter dat de vorige dominee een verwoed jager was geweest. Douwe hield het liever op een executie. Het was een klein, volmaakt rond gat. Je kon er net je pink in steken. Hij had het Hinke een keer laten zien.

'Kijk: pink erin, pink eruit. Pink erin, pink eruit.'

'Viezerik!' riep ze. Maar ze lachte toch.

Douwe had er, zoals zo vaak, niets op weten te zeggen. Wat was er vies aan een pink in de muur? Hij bloosde als hij aan het voorval terugdacht. Alles is vies aan een pink in de muur, wist hij nu.

Niet aan Hinke denken.

Ze leek wel een beetje op Anouk. Dezelfde bruine ogen. Daardoor viel ze ook zo op, in die hoogblonde, blauwogige Friese klas van vroeger. Vroeger, een paar maanden geleden.

Waarom schrijft ze nou toch geen briefje, geen kaart? Of moet ik eerst wat van me laten horen? Dan weet ze meteen dat ik haar mis. Ik ga nog liever dood.

'Het wordt weer patat, helaas,' zei Jeltje. 'Ik ben veel te druk aan 't begraven geweest. Zet jij de frituurpan even aan? Hoe is het met je huiswerk? Heb je die schriftelijke overhoring nou al eens teruggekregen?'

'Lekker, o, goed, af, nee,' zei Douwe.

Jeltje lachte. 'Er was nogal wat volk vanmiddag. Het was notaris Van der Lek, weet je wel. Die schuin hierachter in dat enorme huis woonde. Ik hoor dat het al verkocht is ook. Nog vóór de brave man onder de grond lag, is er al zo'n ellendige yup opgesprongen. Bijna twee miljoen schijnen ze betaald te hebben. Dat zijn toch geen prijzen meer!'

'Het is een kast van een huis,' zei Douwe. 'En er is een joekel van een tuin omheen.'

'Maar toch, twee miljoen! Wie heeft er nou zoveel geld? Laten we hopen dat er mensen met kinderen in komen. Dan heb jij wat aanspraak. Verveel je je niet? Neem die leuke Indiase jongen nog 's mee, hoe heette hij ook weer?'

'Ravi,' zei Douwe. 'Die heeft een andere vriend.'

'Dan breng je die ander ook mee. Je moet een beetje initiatief nemen, anders wordt het nooit wat.'

Het wordt ook nooit wat. Dit huis is niks, het stadje stelt niks voor, de school is helemaal vreselijk. En het maakt niet uit dat ik nog maar heel kort op het Rhijnvis Feithcollege zit; beter wordt het toch niet.

'Wil je ook een kroket?' vroeg Douwe terwijl hij de friet sissend in het hete vet liet verdwijnen.

'Graag,' zei Jeltje. 'En wee je gebeente als je dikke dominee tegen me zegt.'

Na het eten liep Douwe de tuin in, dook tussen twee struiken door en kwam tussen de vervallen zerken op het achterafgelegen deel van het kerkhof terecht. Dit hier was een goede plek, vooral in de vroege avond zoals nu. Een oude plek.

De lucht was nog blauw, maar op aarde was de nacht al gevallen. De kleine vleermuis met het gat in de vleugel scheerde laag over de grond. Er zou wel regen komen, vannacht of morgen.

Van een eindje verderop klonk een ritmisch geschraap; daar was de grafdelver bezig notaris Van der Lek warm toe te dekken. Douwe liep in de richting van het geluid. Hij vond Cornelisse in een zee van bloemen, bezig het bergje op het verse graf netjes af te werken.

'Zo, meneer Mansholt,' zei de oude grafdelver. 'Avondwandelingetje? Kun je mooi m'n spullen even in het schuurtje zetten. En sluit dan meteen af, wil je. De sleutel zit in de deur.'

Douwe pakte de twee spades op en liep naar de kleine, roodstenen schuur die iets verder in een hoek van het kerkhof stond. Het was het enige gebouwtje dat nog aan vroeger herinnerde. De kerk en de pastorie waren vervangen door moderne misbaksels, maar deze schuur stond er al eeuwen en zou het nog wel wat langer volhouden ook. Cornelisse had Douwe verteld dat het ooit een knekelhuis was geweest, de plek waar de botten uit geruimde graven werden opgeslagen. Nu was het in gebruik als werkschuur.

Binnen was het aardedonker en hij moest op de tast het lichtknopje vinden. Hij zette de spades in een hoek en keek rond. Veel bijzonders stond er niet. Wat gereedschap, gieters, een stapel jutezakken en een vergeelde kalender aan de muur met meisjes die dertig jaar geleden opwindend waren geweest. Douwe onderwierp ze alle twaalf aan een nadere inspectie.

Rare kapsels. Maar die lijven mogen er zijn, als je tussen de vochtkringen en vliegenpoep door kijkt. Inmiddels zijn al die lijven een jaar of vijftig. Zoiets als mem dus.

De vloer was van aangestampte aarde. Alleen in de uiterste hoek, half verborgen onder de zakken, zag Douwe een randje hout.

Wat zou dat zijn? Een luik misschien? Het idee van een verborgen kelder joeg een tinteling door zijn lijf. Meer dan de kalendermeisjes hadden gedaan.

Hij trok de zakken weg. Het was inderdaad een luik, met ijzerbeslag op de hoeken en een zware ring in het midden.

Hij greep de ring vast en trok uit alle macht. Het luik wipte een stukje op. Douwe pakte een spade en wrikte die langs een rand. Opnieuw trok hij aan de ring, terwijl hij zijn voet op de steel van de spade zette. Het luik verschoof net genoeg om zijn vingers in de kier te kunnen wurmen.

Liggend op zijn knieën trok Douwe het luik beetje bij beetje opzij. Uit de opening woei hem een koude, muffe lucht tegemoet. Hij zag een gemetselde schacht van meer dan een meter diep. Verder kon hij niet kijken. Maar als er tocht was, moest het een grote kelder of gang zijn. Met misschien nog wel meer uitgangen.

Douwe stond op en dacht na. Hij had een zaklantaarn nodig, en touw. En bovendien mocht Cornelisse niks merken van zijn ontdekking. Die zou zich toch al afvragen wat hij al die tijd aan het doen was.

Douwe liet het luik open en legde de zakken er weer zo goed mogelijk overheen. Daarna deed hij het licht uit en sloot de deur, maar draaide die niet op slot.

'Waar bleef je zo lang, meneer Mansholt?' vroeg Cornelisse.

'Ik probeerde de vleermuis te vangen. Hij vliegt zo laag, vanavond.'

'Die beestjes krijg je niet. Die zijn te slim en te snel voor je. Heb je de sleutel? Ik ga maar 's een hapje eten. De dood maakt hongerig.'

'Wij hebben het allang op,' zei Douwe. Hij gaf Cornelisse de sleutel van de schuur en nam afscheid. Hij rende over het kerkhof, de tuin door en de garage in. De zaklantaarn had hij meteen te pakken, naar touw moest hij wat langer zoeken. Uiteindelijk nam hij de sleepkabel uit de kofferbak van de oude Peugeot.

'Ik ben nog even buiten!' gilde hij naar Jeltje, die net de mayonaiseborden in de afwasmachine schoof. Ze riep iets terug, maar Douwe verstond haar niet. En het interesseerde hem nog minder.

De eerste spatjes regen vielen al toen Douwe de deur van de schuur opende. Hij hield de lichtbundel van zijn lantaarn angstvallig op de vloer gericht en sloot de deur zorgvuldig. Daarna schoof hij de zakken aan de kant en scheen in het gat.

De schacht was zo'n twee meter diep, dat viel mee. De bodem was van aangestampte aarde. Douwe bond de sleepkabel vast aan de steel van een spade en legde die dwars over het gat.

Daarna nam hij de zaklantaarn in zijn mond, schoof achterwaarts op zijn buik over de rand en liet zich vallen.

Beneden was het fris, maar niet onaangenaam. Een beetje zoals in de kelder van de pastorie in Friesland, waar hij een keer met Hinke had staan zoenen.

Niet aan Hinke denken.

De ruimte was vrij groot. Douwe schatte hem op vier bij vier meter. Veel groter dan de schuur. De wanden waren van dezelfde rode baksteen en in de verste muur zat een metalen deur. Verder was er niets. Geen botten, geen dooie beesten. Dat viel alweer mee.

Douwe liep naar de deur en greep het roestige handvat. Hij moest zijn volle gewicht gebruiken om er beweging in te krijgen. Achter de deur lag een gang van een meter breed en anderhalve meter hoog, gemaakt van rotte planken en gestut met boomstammen en ruwe balken. De aarde op de vloer was minder hard en hier en daar modderig. Deze tunnel was een stuk slechter gebouwd dan de kelder, en misschien ook wel minder gebruikt.

Als er nou iets misgaat? Geen hond weet waar ik ben. Misschien kan ik beter teruggaan. Nee. Dit is het eerste avontuur sinds ik in Zuideroog woon. En het is iets waarvoor ik Ravi misschien kan interesseren, zodat hij wat minder met die verschrikkelijke Olivier Quint optrekt.

Douwe besloot door te zetten. Hij kon nog net rechtop staan. Zonder geluid te maken of de vermolmde planken en balken te raken, schuifelde hij voort. Ondertussen probeerde hij de afgelegde afstand te schatten. Vier meter, acht, vijftien... Er leek geen eind aan te komen.

Na dertig meter, dat schatte Douwe tenminste, maakte de tunnel een flauwe bocht en meteen daarna kwam er weer zo'n metalen deur. Alleen was deze één bonk roest. Douwe duwde er voorzichtig tegen en de deur gaf meteen mee, met een licht gerinkel aan de andere kant. Daar had natuurlijk een grendel gezeten die zo vermolmd was dat hij meteen was afgebroken.

En weer stapte hij een kelder binnen. Maar dit moest een kelder onder een huis zijn, want er stonden wat oude meubels en langs de lange wand waren wijnrekken gemonteerd – hoewel er geen flessen meer op lagen. Langs de tegenoverliggende wand liep een houten trap omhoog.

Nu ben ik een inbreker. Misschien zijn er mensen thuis. Als ik nu die trap opga, bellen ze de politie. Dat hebben ze misschien al gedaan. Misschien hebben ze die grendel horen vallen. Maar welk huis is dit? Ik ben vanuit de schuur steeds ongeveer naar het noorden gelopen, tot aan die flauwe bocht. Vanaf de hoek van het kerkhof dertig meter naar het noorden... Ik zit schuin achter mijn eigen huis – in het huis van notaris Van der Lek! Het huis van twee miljoen! En – niemand thuis dus! Een enorm, leeg, oud huis voor mij alleen.

Douwe sloot de verroeste deur, schopte de afgebroken grendel in een hoek en liep de trap op. Er lag een dikke laag stof op de treden, waar nog maar kortgeleden voetstappen in waren gezet. De familie had natuurlijk de wijnkelder geplunderd.

Boven aan de trap was een deur die niet op slot zat. Douwe duwde hem open en stapte een indrukwekkend hoge gang binnen, met een marmeren vloer en een versleten rode loper. Echt iets wat je bij een notaris zou verwachten. De wanden zaten vol lichte plekken waar ooit schilderijen gehangen moesten hebben.

Er kwamen heel wat deuren uit op de gang. Douwe opende ze allemaal. Een lege kantoorruimte, een archiefkamer vol metalen stellingkasten, een keukentje met lichtgele kastjes en een granieten aanrechtblad. In het toilet stond een gigantische pot, met een houten bril en in het glazuur een tekening van een berglandschap, met kasteel, helemaal in paars. Douwe had nog nooit zoiets belachelijks en tegelijkertijd geweldigs gezien.

Waarom wonen we niet hier? Waarom zitten we in dat duffe nieuwbouwhuis met z'n Gamma-pot en die frisse keuken met mo-

derne inbouwapparatuur? Dit is tenminste een húis.

Douwe wilde net de statige trap naar de eerste verdieping opgaan, toen een geluid van buiten hem met een ruk deed omdraaien. Autobanden op het grind. Door het glas-in-lood van de voordeur viel het licht van koplampen. Snel knipte hij de zaklantaarn uit.

'Wat is dat nou?' hoorde Douwe een mannenstem zeggen. 'Ik zie licht daarbinnen, verdomme! Het zullen toch geen krakers zijn? Ik mep ze d'r uit, dat tuig!' Voetstappen op de treetjes naar de voordeur, een sleutel in het slot...

Douwe keek om zich heen. De deur naar de kelder zat hem te dicht bij de voordeur. De wc was de enige mogelijkheid. Snel schoot hij naar binnen en trok de deur zo zachtjes mogelijk dicht.

Nee, niet op slot draaien, idioot.

De man stapte de gang in en deed het licht aan. Het schijnsel gleed onder de deur door over de vloertegels van de wc. Douwe drukte zich tegen de achtermuur, zijn voeten ver van het licht. Hij hoorde hoe deuren geopend werden, en lichten aangeknipt.

'Kom tevoorschijn, tuig,' riep de man. Daarna gingen zware voetstappen boven zijn hoofd de trap op naar de eerste verdieping.

Douwe haalde diep adem. Deur openen, sprintje naar de kelderdeur en zo snel mogelijk de tunnel weer in.

Nu!

Met bonzend hart opende hij de deur en stapte de gang in. Vijf, zes snelle stappen en hij was waar hij wezen wilde.

'Hoho, waar ga jij naartoe?' Een bekende stem!

Douwes hart sloeg over. Met zijn hand al op de knop van de kelderdeur draaide hij zich om.

Op de drempel van de keuken stond, in een elegante regenjas en hoge laarsjes, met twee handen steunend op een blauwe paraplu, Anouk van Raalte. Dé Anouk.

Daphne

'Hoe kom je aan die paraplu?' vroeg Jeltje.

'Gevonden op het kerkhof,' zei Douwe. 'Ik denk dat iemand hem vanmiddag vergeten is.'

'Vanmiddag regende het nog niet,' zei Jeltje.

'Better safe than sorry,' zei Douwe. 'Hang maar een briefje op bij de supermarkt. Ik moet ontzettend slapen.'

'Kus.'

Douwe daalde de trap weer af en deed braaf wat Jeltje hem vroeg.

'Maak je me wakker? Ik wil m'n geschiedenis nog even inkijken voor ik naar school ga.'

Ik doe dit goed. Ik doe ontzettend normaal. Ze heeft niets in de gaten. Maar ik wil nu wel zo snel mogelijk naar boven. Alleen zijn.

'Welterusten, lieverd.'

Douwe sprong met een paar treden tegelijk de trap op. Hij draaide de deur van zijn slaapkamer op slot en liet zich languit op zijn bed vallen.

Hoe had ze gekeken? Wat had ze precies gezegd?

'Stil, laat hij daarboven je niet horen. Hoe kom je hier binnen?'

En ik wist natuurlijk weer niets te zeggen.

'Een beetje op onderzoek in een leeg huis? Spannend. Maar je kunt beter weggaan voor Maarten beneden is. Heb je een paraplu? Het hoost buiten.'

Doodse stilte. Ik kreeg bijna kramp in mijn nek van het naar de vloer staren.

'Neem de mijne maar. Breng je hem wel terug? We zijn hier regelmatig de komende tijd, oké?'

Ze had zich voorovergebogen om de paraplu aan te geven. De regenjas was een stukje opengevallen. Douwe had een randje glimmende rode stof gezien, maar verder leek het of ze er niets onder aanhad. Niet dat hij écht iets gezien had, overigens.

'Ga nou maar snel.'

Hij was de voordeur uitgegaan. Op de oprit stond een zwarte Porsche.

Het was maar een klein eindje door de regen. Een stuk langs de Stationsstraat en dan rechtsaf, langs de kerk en weer thuis. Pas toen hij doorweekt was, had Douwe eraan gedacht de paraplu op te steken.

'Hoe kom je aan die paraplu?'

Mem, je moest eens weten.

Meer was er niet gebeurd. Maar o, die stem. Die ogen. En die glimlach! Ze had wel drie keer tegen hem geglimlacht. Drie keer! En ze leek totaal niet op Hinke, in het echt. Absoluut totaal niet.

Douwe werd wakker door een stralende ochtendzon die hem recht in het gezicht scheen. Gisteravond vergeten de gordijnen dicht te doen. En vergeten zich uit te kleden, zag hij nu. Hij was zo op zijn bed in slaap gevallen. Hoe laat was het? Als hij zijn hoofd uit het raam stak, kon hij de wijzerplaat op de klokkentoren zien. Kwart voor zeven. Belachelijk vroeg. Jeltje was waarschijnlijk nog niet eens op.

Hij liep naar zijn bureau en zette de radio aan. Er klonk iets Afrikaans, met veel trommels en gillerig gezang. Wel spannend.

Zal ik de blauwe paraplu uit de gang halen? Nee, dat is belachelijk. Stel je voor dat mem me bezig ziet. Ik blijf nog lekker even hier.

Vanuit zijn raam kon hij het huis van notaris Van der Lek zien, half verscholen achter de immense populieren in de achtertuin.

Zou ze er nog zitten? Zou ze daar geslapen hebben, met die Maarten? En wat hebben ze dan gedaan vannacht? Had ze daarom zo weinig aan? Wilden ze hun nieuwe huis inwijden? Maar er was vast geen bed meer. Beneden waren ook alle meubels weggehaald, op de archiefkasten na. Zouden ze het gewoon op de vloer gedaan hebben? Of op het keukenblok?

Douwe probeerde het zich voor te stellen, Anouk naakt op de rand van het aanrecht. Die Maarten had hij niet gezien, dus hij kon moeiteloos zichzelf ervoor in de plaats denken. Maar het beeld wilde niet kloppen, de kalendermeisjes kwamen er steeds tussen met hun rare pony's en vlechten. En Hinke, die hij één keertje halfnaakt had gezien, toen ze gingen zwemmen in het kanaal achter de pastorie. Heel kleine borsten had ze. Niet zoals Anouk.

Jeltje versliep zich, dus maakte Douwe haar wakker met een kopje koffie en een beschuitje kaas.

'Jongeman, waar heb ik dít aan te danken?' vroeg ze blij verrast.

'Ik dacht, dat kun je wel gebruiken na zo'n zware begrafenis.'

'Je bent een engel. Heb je nog wat aan je geschiedenis kunnen doen? Het spijt me dat ik je niet gewekt hebt. Er was zo'n interessante documentaire gisteravond. Het ging over het verzet, in de oorlog. Eigenlijk had je 'm moeten zien. Daar gaat dat project op school toch over? Je raadt nooit wie erin voorkwam!'

Dit is te veel ineens om op te antwoorden.

'Wat een heerlijke koffie,' ging Jeltje verder.

'Wie kwam erin voor?' vroeg Douwe.

'Cornelisse,' zei Jeltje en verslikte zich in een hete slok. 'Onze eigen ouwe doodgraver. Die schijnt nogal actief te zijn geweest.'

'Goh,' zei Douwe. Het kon natuurlijk, de man was bijna tachtig, ook al zou je hem dat niet geven.

'Heel actief. En dat zal ik ook maar eens gaan worden. Wat wil je op je brood? Kaas?'

Vlak voor Douwe de deur uit moest, was de lucht alweer dichtgetrokken en begon het zacht te regenen.

Een uitgelezen gelegenheid om mijn paraplu aan het volk te tonen. Ik laat de fiets thuis en wandel blauw beschut naar school. Gadverdamme, wat een taal.

Eenmaal buiten twijfelde hij. Links, langs het huis van notaris Van der Lek en proberen een glimp op te vangen, of rechtsaf naar school. Hij besloot het laatste, om niet de kans te lopen zijn paraplu meteen weer te moeten inleveren.

De paraplu kreeg niet de aandacht waar Douwe op gehoopt had. Hoe hij er ook mee zwaaide, hoe hij hem ook overdreven stond uit te schudden in de hal ('Hé, doe dat buiten, wil je,' riep de conciërge, en dat was toch nog een klein succesje) – geen van zijn medeleerlingen vroeg hem ernaar. Hij dacht alleen dat hij Ravi en Olivier Quint erover zag praten, van een afstandje. Ze moesten eens weten. Ze zouden strontjaloers zijn. Maar goed, als niemand je iets vraagt, kun je nergens over beginnen.

En het is misschien wel goed zo. Dit is mijn geheim. Ik heb helemaal geen zin om Anouk met iemand te delen. Die Maarten is al meer dan genoeg. Áls ik iets vertel, is het over de kelder. De tunnel en het huis zijn van mij.

In het biologielokaal zette hij de paraplu achteloos tegen zijn tafel. Meneer Slob, de beruchte spuugsproeier, had het over eencelligen.

Hij verspreidt er zelf ook behoorlijk wat, als hij een tijdje aan het woord is.

Olivier Quint probeerde grappig te zijn voor het bord. Ravi zat erom te lachen. Douwe liet zijn ogen door de klas dwalen. Eigenlijk kende hij niemand goed genoeg om zijn onderaardse kelder mee te delen.

Zijn blik bleef hangen bij Daphne Zelichman, het mooiste meisje van de klas. Wat had ze in haar handen? Een briefje, leek het. Wie had haar dat gegeven?

Ik moet eens wat beter opletten tijdens de les.

Daphne keek op en lachte even. Daarna draaide ze zich naar Douwe en lachte opnieuw. Stralend.

Als er op dat moment buiten op het plein een UFO geland was, zou Douwe niet verbaasder zijn geweest. Hij voelde hoe hij kleurde tot in zijn nek, maar hij wist er toch een glimlachje uit te persen.

Na het uur biologie was de kleine pauze en Douwe ging op weg naar de aula. Daphne haalde hem in op de gang.

'Grappig, dat briefje,' zei ze.

Vooral niet zeggen dat ik geen idee heb waar ze het over heeft.

'Vind je?'

'En het is een mooie paraplu. Beetje overdreven, met zo'n motregentje. Of had je hem niet daarvoor meegenomen?' Haar linkermondhoek krulde een beetje omhoog.

Wat bedoelen meisjes toch als ze iets zeggen?

Ze liepen een tijdje zwijgend naast elkaar. Douwe keek stiekem of hij Ravi ergens zag, of Olivier Quint. Maar die waren natuurlijk in geen velden of wegen te bekennen.

'Bevalt het je een beetje in Zuideroog?'

'Jawel hoor,' mompelde Douwe.

'Wat zeg je?'

Dat was dat verdomde Friese accent. Op de een of andere manier was Douwe voor de meeste mensen in Zuideroog volstrekt onverstaanbaar. Vooral voor de meisjes.

'Het bevalt wel,' zei hij, iets luider maar nog steeds zonder Daphne aan te kijken. 'Friesland was leuker.'

'Ja?' Daphne lachte. 'Hou je meer van blonde meisjes soms?'

Helemaal niet. Helemáál niet, stomme trut.

'Och,' zei Douwe.

'Op de meisjes-wc heeft iemand een hart getekend. "I love D.M." staat erin.'

Nou en? Diederik Maasbracht, Daniël Moerbeek, Deutsche Mark. Daphne Meligman.

Daphne lachte weer even, zag Douwe uit zijn ooghoeken.

'Ik weet ook wie het gedaan heeft,' zei ze. 'Maar ik zeg het niet.'

'Je zegt het wel,' zei Douwe. 'Je zegt "Ik weet ook wie het gedaan heeft". Dat zeg je net.'

Waarom zoek ik nou ruzie?

'Hállo, zijn ze in Friesland allemaal zo bot?' vroeg Daphne.

'Ik ben de enige,' zei Douwe. 'Ik ben uniek.'

'Zeikerd!'

Ze waren bij de aula aangekomen en Daphne rende weg naar een groepje meisjes. Ravi en Olivier stonden bij Maria, de dikke Surinaamse, repen te kopen. Overal was geschreeuw en geren. Douwe wist niet waar hij heen moest.

Misschien kan ik beter even naar buiten lopen. Beetje nadenken. Al heb ik geen idee waarover.

Tot overmaat van ramp realiseerde hij zich dat hij zijn paraplu had laten staan.

Het lokaal was leeg. Geen meneer Slob, maar ook geen paraplu. Het ding was gejat, dat was duidelijk. Maar door wie? Het kon niet iemand van de klas geweest zijn. Dat had hij moeten merken.

Toen hij weer wilde vertrekken, kwam meneer Slob binnen met twee armen vol papier en een halve boterham in zijn mond.

Dit is gevaarlijk. Als hij nu gaat praten, heeft hij genoeg munitie om me overhoop te blazen.

Maar Slob at keurig zijn mond leeg voor hij sprak.

'Nog niet genoeg geleerd, Mansholt? Heb je een vraag?'

'Nee, meneer, ik kwam mijn paraplu zoeken.'

'Ah, dat blauwe gevaarte. Ik heb het bij de conciërge gezet. In het vervolg neem je dat soort spullen niet meer mee de klas in, begrepen?'

Douwe knikte.

'Verder geen vragen? Dan wil ik nu graag wat correctiewerk gaan doen. Niet dat het zin heeft. De overgrote meerderheid kan ik ongezien een drie geven en dat zou de meesten nog meevallen ook. Niets weten ze. Niets willen ze leren. Ze zijn de godganse dag met biologie bezig, maar er iets meer van te weten willen komen, ho maar.'

'Hoe bedoelt u, meneer?' vroeg Douwe tegen beter weten in.

'Hormonen, ventje.' Meneer Slob glimlachte, maar het was een akelig lachje, vond Douwe.

'Het is een en al hormonen wat er door de klas vliegt. Ik heb je wel zien sjansen met die meid van Zelichman. Je weet dat het kriebelt, maar dat het testosteron heet, dat interesseert je niet.'

En jij weet dan wel dat het testosteron heet, maar kriebelt het nog? Dat is een goeie, die moet ik onthouden.

'Nee meneer,' zei Douwe.

Fout.

'Ga je schamen en laat mij met rust,' bulderde meneer Slob.

's Middags, bij Engels, had Olivier het op zijn heupen. Hij zat met een rood hoofd onzin uit te kramen, deed mensen na en maakte zelfs een flauwe grap over de naam van Linda Wittebrood. De klas vond het prachtig, maar Douwe zag dat Ravi niet lachte. En Daphne ook niet. Zelf was Douwe iets te vaak 'Douwe Egberts' genoemd om naamgrapjes nog leuk te vinden. Hij lustte niet eens koffie.

Het laatste uur was Geschiedenis. Het rooster voor de spreekbeurten werd uitgedeeld.

'Ik heb het eerlijk gedaan,' zei meneer De Haan. 'Ik heb geloot over de volgorde. De eerste kandidaat heeft maar een weekendje om zich voor te bereiden. Maar daar zal ik bij de beoordeling rekening mee houden, Douwe.'

Wie, ik? Als eerste? Meteen maandag al?

Na schooltijd haalde hij zijn paraplu bij de conciërge. Hij was blij dat hij hem weer op kon steken, want het regende nog harder dan die ochtend.

'Anouk zal me beschermen,' fluisterde Douwe terwijl hij het schoolplein overstak. Plotseling voelde hij een hand op zijn arm. Daphne dook onder zijn paraplu.

'Ik mocht toch schuilen? Dat stond op je briefje.'

'Welk briefje?' vroeg Douwe. Het was eruit voor hij er erg in had.

'Dat stond er toch: "Wil je schuilen onder mijn paraplu?" Eerst begreep ik het niet, maar het ging natuurlijk over Slob. Omdat die altijd zo spuugt.'

Laat ik het maar bekennen.

'Ik heb dat briefje niet geschreven,' zei Douwe.

'Maar je was de enige met een paraplu!'

Wat moet ik daar nou weer op zeggen?

'Het doet er niet toe. Wil je nog steeds niet weten wie jouw naam op de meisjes-wc geschreven heeft?'

Jawel.

'Niet echt,' zei Douwe.

'Als ik je paraplu mag lenen, zeg ik het.'

Moet je dat nou weer zien lachen, met die zeegroene ogen en die grappige neus. Wat moet ik hiermee? Mijn paraplu sta ik niet af, natuurlijk. Het is al erg genoeg dat Slob er met zijn bacillenvingers aangezeten heeft.

'Je mag met me meelopen. Ik breng je wel thuis.'

'Dat zou je wel willen, jongetje!'

Ze holde weg in de richting van de fietsenstalling.

'Domme Fries! Ik vertel het je nooit. Nooit!' riep ze nog.

Douwe stond stil bij het hek en wachtte tot ze op haar fiets voorbijkwam.

'Maak je om mij maar geen zorgen, Daphne Zelichman,' zei hij. 'Ik heb allang een vriendin.'

Cornelisse

Hinke, Anouk en Daphne. Hinke, Anouk en Daphne. H.A.D. Had ik ze maar. Hád ik maar. Ik blijf op twee gedachten Hinke: Anouk en Daphne. Sjongejongejonge...

De regen tikte het mee op de paraplu. Hikketatóek-i-tapte. Hikketatóek-i-tapte.

Douwe liep de omweg langs het huis van notaris Van der Lek. In de regen zag het er wat treurig uit. Achter de ramen brandde geen licht en er stond ook geen zwarte Porsche op het grind. De paraplu was dus nog een nachtje veilig.

Het hek naar het kerkhof stond open en Douwe bedacht dat hij wel even kon gaan kijken of de deur van de schuur nog los was. Dan kon hij vanavond misschien teruggaan om de bovenverdieping van het notarishuis te onderzoeken, al wist hij nog niet goed waarop.

De bloemen op het graf van notaris Van der Lek lagen er fris bij, in de regen. Cornelisse had ze netjes gerangschikt. De oude verzetsheld.

In de schuur was het licht aan. Douwe schrok. Hij wist zeker dat hij gisteravond alleen zijn zaklantaarn gebruikt had. Maar toen hij dichterbij kwam, hoorde hij gerommel binnen en hij besefte dat het Cornelisse moest zijn, die ergens mee bezig was.

Die weet dus ondertussen dat ik de deur niet op slot gedraaid heb. Laat ik maar maken dat ik wegkom, anders krijg ik weer een preek voor m'n kiezen.

Douwe draaide zich om en haastte zich tussen de zerken door naar huis. Eenmaal veilig achter de struiken keek hij even over zijn schouder. Cornelisse was nog steeds in de schuur bezig.

'Ben je daar, jongeman?' riep Jeltje vanuit de huiskamer toen hij de keukendeur binnenstapte. 'Hou je jas maar aan. Cornelisse was hier vanochtend en hij heeft een appeltje met je te schillen. Je mag je direct melden.'

Shit. De oude klikspaan! Dat valt me tegen van een verzetsheld.

Innerlijk vloekend stapte hij terug door de struiken, liep naar de schuur en klopte netjes aan.

Wat ben ik toch een watje. Een plichtsgetrouw watje.

De grafdelver stapte naar buiten en begroette Douwe met een korte hoofdknik.

'Zo, meneer Mansholt,' begon Cornelisse. 'Had ik jou gisteravond niet gevraagd de deur van dit huis op slot te doen?'

'Jawel, meneer.'

'En heb je dat gedaan?'

'Nee, meneer.'

'Nee, inderdaad. In plaats daarvan laat jij mijn spulletjes onbeschermd achter en zorgt er vervolgens voor dat ik vanochtend bijna een doodsmak maak door een openliggend luik!'

Het luik! Nooit meer aan gedacht!

'Ik ben daar, om het voorzichtig te zeggen, niet zo heel blij mee, meneer Mansholt. Wat dacht je eraan te gaan doen?'

'Ik zou het niet weten, meneer Cornelisse. Het spijt me heel erg.'

'Excuses zijn altijd een elegant begin.' De oude Cornelisse glimlachte zowaar even. 'En je maakt het helemaal goed met boete doen.'

'Hoe bedoelt u?'

'Jij bent toch domineeszoon? Jij hoort alles van boetedoening te weten. Je mag me morgen een ochtendje komen helpen. Er moeten een paar graven geruimd worden. Dat is een educatief karwei. Ik verwacht je om negen uur. Trek je oudste kleren aan.'

Niet eens zo gek. Botten en schedels. Een soort archeologische opgraving.

Jeltje had zowaar een driegangenmenu in de aanbieding en

daarna serveerde ze thee bij de televisie. Douwe liet zich naast haar op de bank zakken en zapte naar het zesde net, in afwachting van *Het recht op geluk*.

'Ik heb vandaag verder niets te doen,' zei Jeltje. 'We maken er een avondje van. Heb je het goedgemaakt met Cornelisse? Vind je het niet eng, graven ruimen? Je kunt hem natuurlijk wel mooi uithoren over de oorlog. Hoe was het op school? Vrienden gemaakt?'

Zucht.

'Olivier Quint was een meisje aan het afzeiken. Heel vervelend.'

'Olivier Quint?'

'Die vriend van Ravi. Ravi moest er niet om lachen, gelukkig. Ik ook niet. Hij maakte grapjes over haar naam.'

'Makkelijke grapjes.'

'Ja. En ik heb weer 's geluk. De Haan had geloot wie er het eerst zijn spreekbeurt moet houden.'

'En bingo?'

'Bingo. Maandag al.'

'Ach, dan ben je er maar vanaf ook.'

Het is best gezellig. Zal ik vertellen over Daphne? Gewoon, een beetje?

'Het schijnt dat iemand "I love D.M." in de meisjes-wc geschreven heeft.'

'Je meent het! Nou, het verbaast me niks. Je bent om op te vreten. Als baby'tje was iedereen al wég van je. Wat leuk. Weet je wie het is?'

'Ik ben helemaal niet knap,' zei Douwe en hij voelde onwillekeurig aan de twee puisten op zijn slaap.

Jeltje sloeg een arm om hem heen en trok hem even tegen zich aan.

'Ik ben blij dat het wat leuker voor je wordt op school. O, stil. Het begint.'

De tune van *Het recht op geluk* klonk en Jeltje was onmiddellijk met haar gedachten bij de buis. Douwe bleef nog even tegen haar aan liggen.

Eigenlijk wel lekker. Ik ben er te oud voor, dus het moet niet al te vaak gebeuren natuurlijk. Zou mem er vroeger uitgezien hebben als die meisjes op de kalender?

'Had jij vroeger vlechtjes, mem?'

'Sst. Kijk, daar komt jouw Anouk. En daar heb je diezelfde rechercheur weer. Die zal ook wel denken: wat is er toch met dat mens? Elke twee weken een vers lijk. Zou er soms gif in de grond zitten?'

De hele aflevering gebeurde er, zoals gewoonlijk, erg weinig, behalve dan dat Anouk twee keer in haar ondergoed stond en ook nog een keer in een halfdoorzichtig negligé. Douwe dronk liters thee en omdat hij voelde dat Jeltje bij de meest pikante scènes naar hem keek, wist hij zich redelijk in te houden.

'Het is een heel mooie meid,' zei Jeltje na afloop. 'En ik heb een verrassing voor je. Ze wordt je buurvrouw.'

Verrassing! Verrassing!

'Hoezo?'

'Ze heeft het huis van notaris Van der Lek gekocht. De vrouw van twee miljoen! Ik heb het net gehoord van een van de ouderlingen. Die man is toevallig makelaar, en hij heeft de verkoop zelf geregeld. Een leuke meid in het echt, zei hij. Als ik jou was, zou ik maar vast een verrekijker aanschaffen.'

Wie een paraplu heeft, heeft geen verrekijker nodig.

'Leuk, mem.' Douwe stond op en liep de kamer uit. 'Ik ga boven nog wat lezen.'

'Maak je het niet te laat?' riep Jeltje hem na. 'Vergeet niet dat er zwaar lichamelijk werk op je wacht, morgenochtend!'

Zaterdag, uitslaapdag. Zo was het geweest sinds Douwe zich kon herinneren, maar vandaag wachtte de boetedoening. Om half negen stond hij naast zijn bed en koos zijn oudste kleren uit. Er was volop keus.

Hij maakte wat boterhammen voor zichzelf, dronk een halve fles cola en vertrok naar het kerkhof, waar Cornelisse al stond te wachten met twee spades en wat jutezakken.

'Mooi op tijd, meneer Mansholt. En is het geen prachtige dag!'

Ze liepen naar een nog niet zo oude hoek van het kerkhof, waar de zerken nog keurig rechtop stonden. Op sommige graven lagen verse bloemen.

'D'r gaan er twee uit vandaag. Die ene hier heb ik goed gekend. Heb ik nog mee op school gezeten. We hebben van alles beleefd, samen.'

Douwe las op de steen dat het graf nog geen elf jaar oud was.

'Na tien jaar moeten ze plaatsmaken,' zei Cornelisse. 'Tenzij ze huur betalen. Maar wie zou dat voor hem moeten doen? Hij had geen familie. En hij komt weer netjes te liggen, hoor. Verderop, in het verzamelgraf. God weet hem wel te vinden als de tijd van de opstanding daar is.'

Cornelisse zette zijn spade in de grond en Douwe volgde zijn voorbeeld. Zwaar werk was het niet, de grond was zanderig en los, maar door de ochtendzon raakte Douwe toch snel bezweet.

'Dat is nog 's wat anders dan boekies lezen, hè?' lachte Cornelisse. 'Kom, we nemen even vijf minuutjes.' Hij haalde een sjekkie onder zijn pet vandaan en ging op de berg zand zitten roken.

Wacht eens even. Misschien kan ik wel iets met die ouwe Cornelisse.

'Mijn moeder zei dat u laatst op tv was,' zei Douwe.

'Wat? O ja, dat klopt. Allemaal onzin die programma's. Zoveel bijzonders deden we niet. Maar goed, als je al die andere rotzooi op tv ziet, maakt het ook niet uit.'

'U heeft toch in het verzet gezeten?'

'Allemaal al heel lang geleden.'

'Maar wat deed u dan?'

'Dat weet jij, wat ik deed. Je hebt het zelf gezien,' Cornelisse wees met zijn duim in de richting van de schuur. 'Die tunnel heb ik gegraven. Niet in m'n eentje natuurlijk. Jan hier, die we straks gaan ontmoeten, was er ook bij en nog een stel.'

Douwe was nu een en al oor.

'Waarvoor diende die tunnel?'

Cornelisse ging er eens lekker voor zitten.

'Het was een groot geheim natuurlijk. Maar ik denk dat ik het je nu wel kan vertellen.' Hij keek Douwe met een twinkel in zijn ogen aan. 'Zweer dat je niks tegen de moffen zegt!'

Flauw. Kom nou maar op met je verhaal.

Douwe glimlachte.

'In de oorlog zaten er nogal wat moffen hier in Zuideroog,' begon Cornelisse. 'Vanwege de kustverdediging, begrijp je. En d'r waren zat mensen die niet zo erg van die moffen hielden. De dokter bijvoorbeeld. Dat was een goeie kerel. Hij woonde hier pal achter in het huis van Van der Lek, God hebbe zijn ziel. D'r hebben daar heel wat mensen ondergedoken gezeten, terwijl de moffen er kind aan huis waren. Maar dat was niet alles. De dokter gaf ook nog leiding aan een speciaal clubje, waar ik in zat en Jan hier. Wij moesten, in opdracht van de regering in Londen, die kustverdediging saboteren. 's Nachts werden er wapens gedropt die wij dan ophaalden en verborgen hielden. Dat deden we dus onder de beenderen in de bottenkelder. Maar we moesten een andere ingang naar die kelder hebben, want op het kerkhof liepen we te veel in de gaten. Dus hebben we toen die tunnel gegraven, zodat we via het huis van de dokter bij de spullen konden komen. Want bij een dokter loopt voortdurend volk in en uit, dat wekt geen argwaan. Bovendien was die tunnel een mooie ontsnappingsroute voor de mensen die bij de dokter ondergedoken zaten, als het mis mocht gaan.'

'En is het misgegaan?' vroeg Douwe.

'Nee, nooit. Een godswonder, in feite. Het krioelde hier werkelijk van de moffen. Maar misschien dat dat juist ons geluk was. Die jongens gingen er natuurlijk niet van uit dat er vlak onder hun neus zulke dingen gebeurden.'

'Ik mag geen moffen zeggen van m'n moeder,' zei Douwe.

'En gelijk heeft ze,' zei Cornelisse. 'De Duitsers van nu, dat zijn Duitsers. Maar toen waren het moffen. Zo, en nu maar 's kijken hoe Jan erbij ligt.'

Het viel Douwe mee. Van de kist was bijna niets meer terug te vinden en het skelet was schoon. Ongeveer zoals het skelet in het lokaal van meneer Slob, op school. Al had een of andere grappenmaker daar altijd wel een sigaret tussen de tanden gestoken, of een condoom op het schaambeen geplakt.

'Een plekje in de zon, dat helpt,' zei Cornelisse. 'Als ze in de schaduw liggen, vind je heel wat anders terug. Minder fris, zal ik maar zeggen. Maar dit is absoluut Jan, hoor. Zie je die rotte tanden? Het was bepaald geen pretje om met hem naast je door een benauwde tunnel te kruipen.'

Een plekje in de zon. Dat is een goeie voor mem als ze weer eens ligt te bakken op haar handdoekje. 'Blijf maar lekker in de zon, mem. Daar val je lekker van af.'

Ze verzamelden de skeletdelen en de rotte houtresten van de kist en deden alles zorgvuldig in een jutezak.

'Wat gebeurt er met de steen?' vroeg Douwe.

'Die wordt van de week opgehaald om te laten vergruizen. Daar kan dan iemand z'n oprijlaan mee verharden.'

Zwarte Porsche op grind...

'Maar nou moet jij 's wat vertellen, meneer Mansholt. Ben jij die hele tunnel doorgekropen?'

Het heeft geen zin om te liegen.

'Ja. Helemaal gerust was ik er niet op, want het zag er nogal gammel uit.'

'Een beetje respect voor mijn werk, asjeblieft. Dus je bent in het huis van Van der Lek geweest?'

Een beetje liegen kan geen kwaad.

'Nee, ik kreeg die deur aan het eind van de gang niet open.'

'Dat klopt. De grendel zit aan de andere kant. En je hebt daar natuurlijk ook niets te zoeken. Het huis is verkocht. En blijf ook maar liever uit die tunnel vandaan. Hij is meer dan een halve eeuw oud, ondertussen.'

Dit is wat je noemt zo'n moment dat je het ijzer moet smeden. Het is heet.

'Maar de kelder?'

'Hoe bedoel je?' vroeg Cornelisse.

Hoe breng ik dit voorzichtig maar toch duidelijk?

'Die kelder ligt daar maar. Die is veilig genoeg. Als ik nou bijvoorbeeld een club had, ofzo. Een paar jongens. En als we dan de sleutel van de schuur hadden...'

Een club. Hoe kom ik erop...

Cornelisse keek Douwe lang aan en zweeg. Hij pakte een nieuw sjekkie vanonder zijn pet vandaan en stak daar zorgvuldig de brand in. De uitgeblazen lucifer wierp hij in het lege graf.

'Een paar dingen,' zei hij ten slotte. 'Hou de club klein, net als wij vroeger. Maak er een geheime club van. Jíj hebt de sleutel en verder niemand. Als ik troep vind, of er gebeurt iets anders, dan weet ik jou te vinden. En die gang metsel ik dicht. Is dat duidelijk?'

Douwe knikte ademloos. Cornelisse zocht wat in de zak van zijn jasje.

'Hier heb je de sleutel. Laat er maar een duplicaat van maken. Op je eigen kosten. En nogmaals: ik geef je één kans. Verpest het niet voor jezelf.'

God zegene de doodgravers! En nu nog even van man tot man.

'Ik heb ook een puntje,' zei Douwe zo volwassen mogelijk. 'Ik heb liever niet dat mijn moeder hier iets over hoort. We moeten de club klein houden.'

Cornelisse lachte luid.

'Maak je geen zorgen, jongen. Ik ben een verzetsheld, dat zegt de tv tenslotte. Van mij krijgt niemand iets te horen. Maar voor je de stad ingaat, help je me deze kuil dichtgooien.'

Douwe zette fluitend zijn spade in de berg zand.

'Wat had je eigenlijk misdaan?' vroeg Jeltje.

'Vergeten de deur van de schuur op slot te draaien.'

'En daar laat hij je een ochtend voor werken? Is dat niet wat overdreven?'

'Het was eigenlijk heel gezellig. Hij heeft over de oorlog verteld,' zei Douwe.

'Dat zal wel spannend geweest zijn,' zei Jeltje. 'Met al die tunnels en wapens. Handig ook, voor je project op school. Heb je een mooi onderwerp voor je spreekbeurt. Wist je trouwens dat hier ergens ook van die tunnels hebben gelopen?'

'Die zullen wel ingestort zijn,' zei Douwe zo nonchalant mogelijk.

'Die hele verzetsgroep zat hierachter, in het huis waar jouw Anouk nu komt te wonen. Hé, dat is ook toevallig. Dat valt me nu pas op.'

'Wat?'

'Die Anouk, die heet toch Van Raalte?'

'Ja, hoezo?' vroeg Douwe.

'Nou,' zei Jeltje, 'die verzetsgroep werd geleid door een huisarts. En nou mag jij raden hoe die man heette.'

Dat kan geen toeval zijn. Zulk toeval bestaat niet. Nu heb ik Anouk wat te vertellen. En ik kan haar iets laten zien!

'Jansen,' zei Douwe.

Moet ze maar niet van die domme spelletjes spelen.

'Rotjoch!' riep Jeltje.

Douwe vluchtte naar buiten, pakte zijn fiets uit de garage en racete de stad in, de sleutel naar Anouk warm in zijn broekzak.

Hinke

Onder een stralende zon fietste Douwe het centrum binnen. Hij reed langs de katholieke kerk – eeuwenoud natuurlijk, en gebouwd op een soort terp.

Waarom is mijn moeder geen pastoor?

Op het kerkplein stapte hij af en zette zijn fiets tegen een lindeboom. Bij de schoenmaker waren geen klanten, dus hij stond binnen een minuut weer op straat, een glimmend nieuwe sleutel in zijn hand.

IJsjesweer. Ik denk dat ik nog net genoeg geld heb.

Er zaten een paar jongens op het terras voor de snackbar, maar Douwe kende ze niet. Hij kocht een wafel met extra slagroom en ging aan een vrij tafeltje zitten.

Goed. De tunnel wordt dus dichtgemetseld. Maar dat zal Cornelisse vandaag niet doen. Hij moet tenslotte specie hebben, en stenen. Morgen is het zondag, dan werkt hij niet. Ik heb dus minstens tot maandagochtend de tijd, als ik dat huis nog wil bekijken. Ik kan vanavond gaan. Of vanmiddag al, als de kust veilig is. Het begint ergens op te lijken hier in Zuideroog!

En omdat toeval niet bestaat, kwam Daphne Zelichman het kerkplein opgewandeld. Ze liep recht op de snackbar af, maar ze zag Douwe pas toen ze al bijna binnen was.

'O, hai,' zei ze, en lachte haar lachje.

'Hallo,' zei Douwe.

Laat ik proberen niet zo erg Fries te klinken.

'Waar is je vriendin?' vroeg Daphne.

Welke vriendin? O, shit! Die vriendin.

'Die is een weekend weg, met d'r ouders. Grotten van Han.'

Hoe verzin ik het.

'Ken ik haar eigenlijk?' Daphne plofte ongevraagd neer op de stoel naast Douwe. Ze zag er goed uit, in die korte zwarte rok en dat knalrode bloesje. De bovenste knoopjes stonden open en Douwe kon zien dat de huid boven haar borsten net zo bruin was als haar armen.

Zou dat overal zo zijn?

'Ik denk het niet,' zei Douwe. 'Ze woont hier ook nog maar net. Ze zit niet bij ons op school.'

'Hoe heet ze?'

Ja, hoe heet ze. Zal ik het mezelf voor de verandering eens gemakkelijk maken?

'Hinke.'

'Hinke?'

'Ja.' Douwe keek Daphne onderzoekend aan, maar hij zag geen spoor van een lach. Naamgrapjes, daar had ze echt niks mee, gelukkig.

'Dat is zeker ook een Friese naam?'

'Ja, ze komt uit Friesland. Ik ken haar nog van vroeger. We zijn al een hele tijd met elkaar.'

Dat is waar én niet waar.

'Ook toevallig dat ze dan hier is komen wonen,' zei Daphne. Nu gleed dat lachje weer wel over haar gezicht.

'Toeval bestaat niet,' zei Douwe. 'Alles is voorbeschikt.'

'Domineeszoontje!' smaalde Daphne. 'Nou, vooruit, haal een ijsje voor me.'

'Ik heb geen geld meer.'

'Eerst geen paraplu en nu geen ijs... Wat heb ik eigenlijk aan jou, Douwe Mansholt? Een heer hoort een dame iets aan te bieden.'

'Ik wil je wel iets aanbieden,' zei Douwe, 'maar je moet het toch echt zelf betalen.'

Ze lachte, hardop nu. Het klonk als het gezang van de merel, 's avonds als de schemering daalde over de populieren achter het huis.

'Je mag ook wel een likje van mij,' zei Douwe.

'Viezerik!'

Nu heb ik bijna twee dagen niet aan Hinke gedacht, en opeens kan ik haar niet uit mijn hoofd krijgen.

'Niet weggaan.' Daphne stond op en liep de snackbar binnen. Even later was ze met een waterijsje terug.

'Wat een klap voor je geheimzinnige aanbidster,' zei ze, terwijl ze het papiertje van haar ijsje scheurde en het zorgvuldig naast de prullenbak mikte. 'Ik zeg nu maar helemaal niet meer wie het is. Dat zou wreed zijn.'

Alsof jij daar moeite mee hebt.

'Het interesseert me niet,' zei Douwe. 'Ik ben voorzien.'

'Ja, dat weet ik. Hinke.'

Daphne trok de kraag van haar bloes omlaag over haar schouders, leunde achterover in haar stoel en begon langzaam, met gesloten ogen, aan het ijsje te likken.

Godallemachtig! Waarom doen meisjes zulke dingen? Waarom doen vooral heel erg mooie meisjes zulke dingen?

Er gleed een druppel langs het ijsje naar beneden. Aan de onderkant bleef hij een oneindig ogenblik zacht trillend hangen, voor hij zich liet vallen en met akelige precisie neerkwam in de gleuf tussen Daphnes borsten. Ze slaakte een gilletje en Douwe zag hoe haar tepels opzwollen onder de rode blouse. Met een ruk wendde hij zijn hoofd af.

'Kóud!' hoorde hij Daphne zeggen.

Dat kan ik me voorstellen. Die druppel is vast meteen na het neerkomen verdampt.

'Zeg, ik moet weer eens gaan,' zei Douwe.

'We gaan vanmiddag zwemmen, met een stel. In de Oude Haven. Ga je mee?' vroeg Daphne.

Ja! Ja!

'Nee, ik denk van niet. Ik heb nog dingen te doen.'

'Ben je soms bang dat Hinke erachter komt dat je met andere meisjes zwemt?' Weer dat lachje.

'Ik zwem met wie ik wil.'

Zoals toen, in het kanaal, in Friesland.

Douwe liet zijn ogen even over Daphnes borsten glijden. Van de tepels was niets meer te zien.

De verdwijntrucs van David Copperfield zijn er niets bij.

'Nou, ik ga.' Hij stond op en liep zo ontspannen mogelijk naar zijn fiets. De vergeten wafel in zijn hand lekte een spoor van gesmolten roomijs over de klinkers. En achter hem klonk de merel harder dan ooit tevoren.

Cornelisse woonde aan de Stationsstraat en dat lag op de route, dus Douwe bracht de sleutel meteen maar even terug. Hij vond de grafdelver op zijn achtererf, druk in de weer met stenen en zakken cement.

'Even kijken wat ik nog heb staan,' zei Cornelisse. 'Misschien dat ik vanmiddag al een beginnetje kan maken. Heb jij wat omhanden straks?'

Tijd! Ik moet tijd winnen!

'Ik heb nog wat huiswerk. Over een uur of twee, is dat goed?'

'Nou, ik ben hier ook nog wel even bezig. Laten we zeggen om vier uur. Kom hier maar naartoe, dan kun je ook een kruiwagen rijden.'

Douwe keek op zijn horloge. Nog ruim anderhalf uur de tijd. Hij stapte op zijn fiets en reed met een vage zwaai ten afscheid de Stationsstraat uit, recht naar het kerkhof en de tunnel.

Hij stalde zijn fiets achter de schuur en probeerde zijn nieuwe sleutel uit. De deur ging zonder problemen open. Douwe sloot hem aan de binnenkant weer af, liet de sleutel in zijn zak glijden en viel in de hoek op zijn knieën. Het luik leek zwaarder geworden, maar hij kreeg het ten slotte van zijn plek en liet zich zwetend de schacht in zakken.

Beneden was het aardedonker, maar Douwe wist de weg. Hij trok de deur open en begon met zijn armen voor zich uit de dertig meter door de tunnel af te leggen.

Ik had natuurlijk net zo goed de zaklantaarn kunnen halen.

Die paar minuten hadden ook niet zoveel uitgemaakt.

In het donker leek de tunnel eindeloos. Van de flauwe bocht merkte Douwe niets, zodat zijn vingers onverwacht op het roest van de andere deur stuitten. Hij kreeg hem weer moeiteloos open. Die sukkel van een Maarten had de kelder dus nog niet gecontroleerd.

De kelder van Anouk. Ik zie haar nog staan met die laarsjes en die plu. Wat zou het geweldig zijn als ze nu ook toevallig thuis zou zijn, dan zou ik... Ja wat eigenlijk, haar zoenen? Of hard wegrennen? Nee, dan is de kans om te snuffelen voorgoed voorbij.

Er viel wat licht naar binnen, vanuit een paar raampjes hoog in de muur. Douwe was de trap op geslopen en luisterde een tijdje aan de kelderdeur. Doodse stilte.

Hij stapte de gang in en liep meteen naar het raam naast de ingang om het erf te inspecteren. Geen auto's, niemand.

Heel mooi. Hoe laat is het? Nog geen drie uur. Alle tijd.

In een paar sprongen was hij de trap op. Hij inspecteerde de deuren op de overloop. Drie slaapkamers, allemaal leeg. Een prachtige badkamer met een kuip op koperen pootjes en kranen zo dik als zijn onderarm. Maar nergens een bed, of kleren. Geen tandenborstel op de wastafel.

Een smalle trap tussen twee slaapkamers leidde naar de zolder. Het zonlicht viel er door twee minuscule dakraampjes naar binnen en Douwe zag een wirwar van balken en wandjes van hardboard, alles crème en poepbruin geschilderd met oranje en gifgroene accenten. De kleuren van de kalender met de oude meisjes.

Waar is die kalender trouwens? Ik heb hem daarnet niet zien hangen. Zou Cornelisse hem hebben weggehaald? Vindt-ie vast niet geschikt voor een clubje jonge jongens. Terwijl die kalenders daar nou juist voor bedoeld zijn!

Het zag er allemaal een beetje troosteloos uit. Het was duidelijk dat er al heel lang niemand meer op de zolder was geweest. Afgezien van Maarten dan misschien, in zijn vergeefse jacht op krakers.

Zou er nog iets te vinden zijn van die onderduikers?

Douwe stapte voorzichtig door de kleine doolhof. In een donkere hoek, half verscholen achter een grofgemetselde schoorsteen, vond hij een zwart kistje. Hij veegde het stof van de bovenkant en las:

Landmacht 30e sectie
G.J. van Raalte
GENIE. MOB. ADR.
KLN 7476 Vissersplaat 164a

Van de opa van mooie Anouk. Ik zit in haar geschiedenis te graven. Wat zou hierin zitten: wapens? Munitie?

De inhoud viel op het eerste gezicht tegen. Toen Douwe het deksel optilde, zag hij alleen papier. Rekeningen, zo te zien. Hier en daar een brief. Hij liet een paar stapels door zijn handen glijden tot zijn oog opeens werd getrokken door een overdaad aan kleur.

Het was een kindertekening. Kleuterwerk. Er stond een soort auto op met wat poppetjes eromheen. Een belachelijk grote zon scheen achter een wolk vandaan en in de lucht hingen wat V-tjes die vogels voor moesten stellen. Op de achtergrond stond een huis dat Douwe vreemd genoeg meende te herkennen.

Hij draaide het papier om. In de bovenhoek stond, in een keurig handschrift: 'Van Anouk, september 1966.'

Hoe oud is ze dan wel niet?

Met de tekening onder zijn T-shirt daalde Douwe de trappen weer af. In de kelder sloot hij de deur naar de tunnel. Daarna ging hij de trap weer op, opende een raampje in de keuken en klom naar buiten. Het raampje duwde hij zorgvuldig weer dicht.

Bij de hoek van het huis bleef hij even wachten. Niemand te zien, niks te horen. Hij liep langs de zijgevel, stak het grind van de oprijlaan over en wandelde ontspannen de Burgemeester Lievegoedsingel op. Rechtsaf de Stationsstraat, hoekje om, hek van het kerkhof door.

In de schuur bracht hij alles in de oude staat en sloot de deur weer af. Hij haalde zijn fiets tevoorschijn en trapte het korte stukje terug naar huis.

Jeltje lag, op haar buik, op een handdoek in de tuin. In badpak.

Als ze nou maar niet overeind komt.

'Ben je daar eindelijk, jongen? Waar hang je toch steeds uit, de laatste tijd? Doe jij dingen waar ik niks van weet? Heb je een vriendinnetje?'

'Ja, overal en nergens, nee, nee,' zei Douwe vermoeid.

'Goed, ik begrijp het,' zei Jeltje. Ze verhief zich op haar onderarmen. Haar grote, weke borsten zwabberden heen en weer.

Daar kan je een kilo ijs tussen gooien zonder dat er iets gebeurt...

Hij liep naar binnen, de trap op en recht naar zijn kamer. De deur draaide hij op slot. Op zijn bed haalde hij de kindertekening onder zijn T-shirt vandaan.

Natuurlijk, het is het huis van notaris Van der Lek. En die poppetjes, dat zal de familie wel zijn. Welke van die twee kleintjes is Anouk? Zijn dat staartjes, wat ik daar zie? Ja, dat zijn staartjes. Dat is dan duidelijk. Dag kleine Anouk. Je hebt jezelf niet zo erg mooi getekend. Je was als kleuter vast ook een plaatje. Om op te vreten, zoals mem dat zegt.

Douwe draaide de tekening om en las het jaartal nog een keer.

1966. Dan moet ze zo'n beetje veertig zijn. Ze wil vast niet dat mensen dat weten. Dat heb je met televisiesterren. Ik kan die tekening maar beter niet teruggeven. Anders weet ze dat ik het weet.

Natuurlijk geef je die tekening wél terug. Je had hem niet eens mogen meenemen. Je bent een dief, Douwe Mansholt. Een insluiper en een dief.

Er werd op zijn deur geklopt.

'Mag ik binnenkomen?'

'Dat hangt ervan af wat je aanhebt.'

Jeltje lachte kort.

'Een T-shirt, oké?'

Douwe schoof de tekening onder zijn kussen. Toen stond hij op en opende de deur. Jeltje had niets anders aan dan haar badpak. De dikke dominee in volle glorie. Ze hield een envelop in haar hand.

'Sorry,' zei ze, 'maar ik dacht dat dit belangrijker was dan jouw afschuw van het moederlichaam. Er was post voor je vandaag. Uit Friesland. Veel plezier.'

Ze gaf hem de brief, draaide zich om en drilde de trap af. Douwe keek haar even sprakeloos na voordat hij de brief bekeek. Hij was gericht aan Douwe Mansholt, Geesterweg 43, Zuideroog.

De postcode wist ze natuurlijk niet. Zoiets kan je toch opzoeken!

Hij draaide de envelop om: Afz. Hinke Tichelaar, Tzummerstraatweg 18, Skureterp,♥

Ze doet gewoon niet aan postcodes. Nooit geweten, ik heb nog nooit een brief van haar gehad. Met een hartje eronder. Toe maar.

Douwes vingers trilden toch toen hij de envelop openscheurde. Er zaten twee dunne velletjes in, roze natuurlijk en helemaal beschreven in het grote, ronde handschrift dat hij zo goed kende. Toen hij ze openvouwde, viel er een pasfoto tussenuit.

Hinke, met die lieve lach. Zo heel anders dan Daphne. Veel jonger, leek het. En helemaal anders dan Anouk, natuurlijk. Nee, daar haalde ze het lang niet bij. Toch sloeg er een warme golf door Douwes buik toen hij de foto bekeek.

Een, twee, drie in godsnaam.

Lieve Douwe,

Hoe is het daar, op dat oude eiland? Ik heb over Zuideroog gelezen en dus weet ik dat, dat het een oud eiland is. Dat zal je wel mooi vinden. Je houdt toch zoveel van oude dingen? Je hebt het vast erg naar je zin. Misschien dat je me daarom niet schrijft. Of heb je al een nieuw vriendinnetje?

O, Hinke, Hinke...

Ik wist niet zo goed of ik jou eerst zou schrijven, of dat ik moest wachten tot jij me schreef. Maar goed, nu ben ik dan maar begonnen. Ik mis je heel erg. Na de zomer ben ik naar de stad gegaan, naar het Bonifatiuslyceum. Daar had jij ook heen gegaan, weet je nog wel. Het is best wel leuk, maar ik ken nog niet zoveel mensen. Evert zit wel bij me in de klas, en Sicco en Martje. Ze doen je allemaal de groeten, hoor.

Gisteren ben ik nog even langs je huis gefietst. Ze zijn er druk aan het werk. De schuifdeuren lagen in de voortuin, in de ramen is overal dubbel glas gezet. Ik vind dat jammer. Maar straks komt de winter natuurlijk, dan is het wel weer lekker.

Heb je daar echt een vriendinnetje? Ik denk het wel, anders had je vast geschreven. Je weet mijn adres toch nog wel? Het staat op de envelop.

Het is misschien niet erg als je een vriendinnetje hebt. Dat is misschien wel beter. Sicco heeft gevraagd of ik met hem wil gaan, maar ik heb nee gezegd. Omdat ik jou nog zo mis.

Hinke hou op, hou op!

Meer weet ik niet te vertellen. Ik hoop wel dat je me terugschrijft. Zal je dat doen? En als je nu geen tijd hebt, dan mag het ook wel wat later. Maar niet zo heel laat.

Nou, dag lieve Douwe. Ik stuur je duizend kusjes en ik denk aan je.

Liefs, Hinke.

Douwe voelde de tranen branden achter zijn ogen.

Dit is de allerbeste brief op het allerslechtste moment. Wat moet ik hiermee? Wat moet ik nu? Ik moet de trein pakken, de eerste de beste trein naar Friesland. En dan moet ik me inschrijven op het Bonifatiuslyceum en de schuifdeuren terugzetten in de pastorie en voor een paar duizend gulden aan dubbel glas aan barrels slaan en dan naar de Tzummerstraatweg en zoenen, zoenen, zoenen tot het eind der tijden.

Maar iets anders dan heel hard huilen zat er niet in. Douwe sloeg met zijn vuisten in het kussen en begroef zijn gezicht erin.

'Douwe?' riep Jeltje van beneden. 'Meneer Cornelisse is aan de deur met een kruiwagen vol stenen. Het schijnt dat jij hem zou helpen met een metselklusje. Douwe? Hoor je me?'

Ik hoor je, mem. Ik hoor je. En ik kom al.

Maarten

Zwijgend, met vervelend rode ogen, sjokte Douwe achter Cornelisse aan. De zon scheen, de zwaluwen scheerden nog hoog in de lucht. Het was een prachtige herfstmiddag maar in Douwes hoofd stormde het en trokken zware donderwolken voorbij.

Nou moet die doodgraver niet denken dat hij er een slaafje bij gekregen heeft. Als ik in ruil voor die kelder vast kom te zitten aan een ouwe verzetsheld, dan hoeft het voor mij niet meer. Ik zou op weg naar Friesland moeten zijn!

Maar eigenlijk was het wel lekker. Douwe lag op zijn knieën naast het luik in de schuur en gaf een voor een de bakstenen door naar Cornelisse beneden. Dom werk, niet eens echt zwaar, en hij kon denken wat hij wilde.

Er kwam alleen geen lijn in zijn gedachten. Toen na een uurtje de stenen op waren en de tunnelopening half dichtgemetseld was, had hij alleen besloten bij de eerste gelegenheid de blauwe paraplu terug te gaan brengen, samen met de tekening en welgemeende excuses.

'Nou kan ik even niet verder,' zei Cornelisse terwijl hij zich met moeite uit het gat omhoog hees. 'Ik zal maandag nog wat stenen halen. Het begin is er. Hartelijk dank voor de hulp, meneer Mansholt. Niks voor niks in dit leven, moet je maar denken.'

Hij haalde een sjekkie onder zijn pet vandaan. Douwe wilde de schuur uitlopen, maar de oude man hield hem tegen.

'Je moeder zegt me dat je een opstel over de oorlog moet maken.'

O ja, school. Dat bestaat ook nog.

'Een spreekbeurt.'

'Ook goed. Ik heb nog wel wat spullen voor je, als je ze gebruiken kunt. Persoonsbewijs, illegale krantjes, een Duitse stalen helm, dat soort dingen. Je mag ze lenen.'

Aardige man. Gewoon een aardige man.

'Dank u wel. Ik zal eraan denken.'

'En als je meer wilt horen over het verzet, of over die tunnels, dan weet je me te vinden.'

Aardige man, maar nu is het genoeg.

Jeltje zat met thee in de tuin. Ze had gelukkig een trui aangetrokken.

'Wat schreef Hinke?' vroeg ze. Douwe wachtte even, maar het bleef deze keer bij één vraag.

'Dat ze op het Bonifatius zit. En dat ze de pastorie aan het verwoesten zijn. De schuifdeuren eruit, dubbel glas.'

'Heel verstandig. Had ik ook gedaan, als ik er het geld voor had gehad. Schreef ze verder niks?'

Waarom word ik nou meteen weer rood?

'Ze mist me.'

Jeltje sloeg een arm om zijn schouders.

'Is dat wederzijds?'

'Hou op, mem,' riep Douwe.

Er viel een korte stilte. Jeltje roerde peinzend in haar thee.

'Heb jij plannen voor morgen?' vroeg ze eindelijk.

'Niet echt. Ik moet alleen aan die spreekbeurt werken.'

'Dan is het misschien leuk als je een keertje in de kerk komt.'

Dat weer!

'Moet het?'

'Nee, het moet niet. Dat weet je. Maar ik zou het enorm op prijs stellen. De ouderlingen hebben al een paar keer gevraagd waarom ze je op zondag nooit zien. En ik trek me daar natuurlijk niets van aan, maar het wordt zo vermoeiend om elke keer weer uit te moeten leggen dat jij je eigen leven hebt.'

'Ik geloof nergens in.'

'We hebben morgen een jongerendienst. Met een popgroepje en alles. Het wordt echt niet vervelend, dat beloof ik je.'

'Als ik nou één keertje meega,' vroeg Douwe, 'hou je er dan weer voor een hele tijd over op?'

'Je bent een lieverd!' zei Jeltje en schonk zijn kopje nog eens vol. 'En om dat te vieren, eten we patat. Ik heb zo lekker in de tuin gelegen dat ik helemaal geen boodschappen heb gedaan.'

Dus morgen ook patat. Loof de Heer.

'Dan ga ik nu naar Cornelisse,' zei Douwe. 'Als ik morgen de hele ochtend kwijt ben, begin ik vanavond maar alvast aan die spreekbeurt.'

'De hele ochtend! Die dienst duurt maar een uurtje!'

'Maar het kost me minstens drie keer zo lang om ervan te herstellen,' zei Douwe en dronk zijn kopje leeg.

'Overdrijven is ook een kunst,' zei Jeltje. Ze liet zich uit haar stoel op de badhanddoek glijden en maakte aanstalten haar trui weer uit te trekken.

Douwe vluchtte over het garagepad de straat op.

Hinke, Anouk en Daphne. Hinke, Anouk en Daphne.

Douwe had er de regen niet meer voor nodig om in de maat te lopen. Maar het huppeltje dat in het rijtje namen verborgen lag, bleef ergens in zijn maag steken. Zijn voeten marcheerden als die van de Duitsers die lang geleden langs het kerkhof gelopen hadden. En zijn hoofd was leeg als een achtergelaten staalhelm.

Op de hoek van de Stationsstraat wilde hij oversteken om naar het huis van Cornelisse te gaan.

Hé, ho, kleutertje let op! Kijk links, rechts, nog een keer links en steek haaks over!

Hij wist nog net te voorkomen dat hij werd doodgereden door een zwarte Porsche.

Shit!

Douwe zag hoe de auto met gierende banden de Stationsstraat indraaide en meteen daarna weer linksaf de Lievegoedsingel opreed. Hij hoorde zelfs het knerpen van de gemalen grafstenen op de oprijlaan van het huis van notaris Van der Lek.

Of van dokter Van Raalte, of van... Jajaja.

Hij sprintte terug naar huis, negeerde Jeltje die met een boek in haar hand uit de keukendeur stapte, rende de trap op, haalde de tekening, greep op de terugweg de blauwe paraplu en vloog door de voordeur weer naar buiten.

Waarom ren ik?

Hij stond pas stil toen hij de zwarte Porsche zag staan blinken in de zon. Van Anouk of Maarten was geen spoor te bekennen. Die waren natuurlijk al naar binnen. Douwe hijgde en voelde hoe zijn hart zo ongeveer tegen zijn huig sprong.

Wat nu? Als ik aanbel en die Maarten doet open, wil hij natuurlijk weten hoe ik aan die paraplu kom. Maar goed, als Anouk opendoet, zal hij toch ook wel in de buurt zijn. Vertrouw op Anouk! Als ik maar één klein momentje alleen met haar kan zijn...

Anouk deed zelf open. Ze droeg een witte blouse met decolleté en een korte, zwarte rok.

'Ah, mijn paraplu. Dankjewel hoor,' zei ze en wilde de deur meteen weer sluiten.

'Mag ik even binnenkomen?'

'Je bent toch al binnen geweest?'

'Ja maar,' begon Douwe.

Wat moet ik in vredesnaam zeggen?

'Ik ben een enorme fan van u.'

Fout.

'Dat is prettig om te horen, maar je bent niet de enige. Als ik al mijn fans zou binnenlaten, had ik een nog groter huis moeten kopen.'

Dan maar meteen alles.

'Maar ik weet dingen over uw opa, en over dit huis. En ik heb iets wat van u is. Niet de paraplu, bedoel ik. Iets anders.

Van vroeger.'

Heel vroeger.

Anouk keek hem een tijdje aan. Douwe merkte dat hij gewoon terug durfde te kijken. Naar die prachtige bruine ogen, die dansende mond, de lange hals met het kuiltje onderaan en naar de zachte welving van haar borsten.

Haar gezicht! Kijk naar haar gezicht, sukkel!

'Iedereen waarschuwt me hiervoor,' zei ze. Ze glimlachte zowaar en hield de deur voor hem open. 'Maar kom toch maar even binnen. Ik ben thee aan het zetten. Wil je een kopje?'

'Graag, mevrouw.'

'Noem me asjeblieft geen mevrouw. En gewoon je en jij graag.'

In de gang keek hij omzichtig rond. Hij luisterde of hij boven of in een van de kamers voetstappen hoorde.

Anouk lachte weer. 'Maak je geen zorgen.' Ze liep naar de keuken. 'Maarten is er niet. Hij zit bij de aannemer om het bouwplan door te praten. Allemaal vervelend gezeur over geld en tijd. Dus ik dacht, ik ga nog eens in het huis rondsnuffelen. Net zoals jij eigenlijk, twee dagen geleden.'

Nog maar twee dagen?

'Maar moet u daar dan niet bij zijn? Ik bedoel, u moet toch ook zeggen wat u wilt dat er met het huis gaat gebeuren?'

'We weten precies wat er moet gebeuren,' zei Anouk met een lachje. 'Ik kan dat gerust aan Maarten overlaten.'

Op het aanrecht stond een grote plastic zak. Anouk haalde er een doos theezakjes uit en een stapel plastic bekertjes. Ze schonk er eentje vol kokend water uit een fluitketel waar het prijsplakkertje nog op zat en hing er een theezakje in. Daarna verhuisde ze het zakje naar een tweede bekertje en schonk er water bij.

Ik drink thee van het zelfde zakje als Anouk van Raalte!

'Nou, vertel maar eens wat je me te vertellen hebt.'

Douwe pakte de thee aan en blies omstandig. Anouk wipte

haar billen op het aanrecht en sloeg haar benen over elkaar.

Blijf naar haar gezicht kijken.

'Toen ik hier donderdagavond binnen was, heb ik niet ingebroken. Ik had een tunnel gevonden, onder de schuur hierachter. Die tunnel komt hier in de kelder uit. Volgens Cornelisse, de doodgraver, is die tunnel...'

'Leeft Cornelisse nog?' riep Anouk uit.

'Ja, die is hartstikke gezond,' zei Douwe. 'En hij heeft die tunnel zelf gegraven, in de oorlog, toen uw opa hier nog woonde.'

'Jóuw opa.'

'Nee, die van u,' zei Douwe verbaasd.

Anouk lachte hardop nu, duizend keer mooier dan Daphne Zelichman.

'Je zou 'je' tegen me zeggen, weet je nog?'

Let nou 's op, sukkel!

'Jouw opa,' zei Douwe met nadruk, 'jouw opa zat in het verzet, weet je dat?'

'Jawel,' zei Anouk.

Ach ja, natuurlijk weet ze dat.

'En vanmiddag ben ik nog een keer binnen geweest. Op zolder. En toen heb ik iets gevonden. Ik weet wel dat ik het niet mee naar huis had mogen nemen. Het spijt me heel erg. Maar ik geef het je terug. Hier.'

Douwe haalde de tekening onder zijn trui vandaan en schoof hem over het aanrecht naar Anouk toe. Ze pakte het papier niet op, maar staarde ernaar met de handen om haar bekertje thee. Zo bleef ze een tijdje zitten. Toen ze Douwe weer aankeek, zag hij tranen in haar ogen staan.

'Waar heb je die gevonden?'

'Op zolder, in een oud soldatenkistje vol rekeningen.'

Anouk stond op en gooide haar restje thee in de gootsteen.

'Dankjewel dat je hem hebt teruggebracht,' zei ze. 'En nu moet je maar weer gaan.'

Wat krijgen we nou? Zomaar weg? Zonder verhaal, zonder uitleg?

'Maar is alles wel in orde met je?' vroeg Douwe.

'Ach jongen, doe in vredesnaam niet zo ontzettend wijs,' riep Anouk.

Ze pakte hem bij zijn arm en trok hem mee de gang door. Hij kreeg de kans niet om zijn bekertje thee weg te zetten. Net toen ze de voordeur wilde openen, klonk het geluid van een sleutel in het slot en Douwe moest opzij springen om de openzwaaiende deur niet in zijn gezicht te krijgen. Een golf hete thee sloeg over zijn handen en met een kreet van pijn liet hij het bekertje vallen.

Op de drempel stond Maarten.

'Wat krijgen we nou weer?' vroeg hij. 'Word je lastiggevallen?' Hij keek Douwe zo dreigend aan dat die zijn brandende handen bijna vergat.

Anouk was minder onder de indruk.

'Koud water, snel,' zei ze. 'Kom mee.'

In de keuken draaide ze de kraan open en zette Douwe neer alsof hij een klein kind was.

'Hou je handen minstens een paar minuten onder de straal. En maak je geen zorgen om Maarten. Blaffende honden bijten niet.'

Ze liep terug de gang in maar liet de keukendeur open, zodat Douwe het gesprek woordelijk kon volgen.

'Wat is dat voor ventje?' vroeg Maarten.

Ventje.

'Gewoon, een jongen uit de buurt. Ik had hem mijn paraplu geleend en die kwam hij terugbrengen. Reageer toch niet altijd zo overdreven.'

'O, dus de volgende keer dat ik jou met tranen in je ogen iemand door de gang zie sleuren, moet ik vriendelijk goeiemiddag zeggen?'

'Ik was een beetje in de war.'

'Door die jongen?'

'Nee, natuurlijk niet.'

Natuurlijk niet.

'Het komt door het huis.' Douwe hoorde haar zuchten. 'Het is allemaal een beetje veel. Ik heb een oude tekening gevonden, op zolder.'

Ze verraadt me niet. Ze is geweldig.

'Wat voor tekening?'

'Ik heb hem zelf gemaakt, toen ik vier was. We staan er allemaal op. Opa in de deuropening. Het moment van vertrek. Ik tekende altijd het moment van vertrek.'

'Natuurlijk.'

'En hij heeft 'm al die jaren bewaard. In een kist, tussen de rekeningen. Daar kon ik opeens niet tegen.'

'Ik sta er meer van te kijken dat er nog een kist stond. Was-ie ergens verstopt of zo? Die notaris zal toch wel eens op zolder zijn geweest?'

Daar weet ze natuurlijk geen antwoord op. Ik trouwens ook niet.

Anouk zweeg. Douwe probeerde of hij door achterover te leunen een glimp kon opvangen van wat zich in de gang afspeelde, maar dat lukte nauwelijks en hij durfde niet weg te lopen bij de stromende kraan.

'Nou goed,' zei Anouk. 'Vertel 's, wat zei die aannemer allemaal?'

'Hij heeft op dit moment nog een klus, maar daar is-ie over een weekje wel mee klaar, denkt-ie. Dus als de vergunningen binnen zijn, kan hij meteen beginnen.'

'En dan?'

'Een maandje of twee, schat hij. Als je wilt, kun je op één januari open.'

Open?

'Dat is mooi.'

'Wil je niet weten wat het gaat kosten?'

'Als het maar mooi wordt.'

Anouk liep de keuken weer in. Ze nam Douwes handen vast en boog zich voorover om ze goed te kunnen zien, in het late middaglicht. Douwe keek langs de randen van een zwartkanten bh tot op het kleine vetrolletje boven de band van haar rok.

'Een beetje rood nog, maar het lijkt mee te vallen,' zei Anouk. 'Wil je nog iets drinken voor de schrik?'

Heel erg ontzettend graag.

Douwe knikte.

Durf ik het te vragen? Mag dat wel? Nou ja, ze ziet er weer een beetje normaal uit, niet meer zo vreemd kil als daarnet. En nee heb je.

'Gaan jullie hier niet wonen?'

'Wie?' vroeg Anouk. 'Maarten en ik? Nee, ik dacht 't niet. Ik hou zielsveel van hem, maar samenwonen gaat me een beetje te ver.' Ze keek Douwe lachend aan. 'Ik geloof dat jij het niet helemaal begrijpt. Maarten is mijn broer.'

Dokter Van Raalte

Tussen de populieren zag Douwe de oranje gloed van de ondergaande zon weerspiegeld in zijn eigen slaapkamerraam, zo'n honderd meter verderop. Een wonderlijk stille, zachte herfstavond. De merels zongen om het hardst en de kleine, gehavende vleermuis had vroeger dan anders zijn schuilplaats verlaten.

Maarten was zwijgend vertrokken en Anouk had twee klapstoeltjes uit de zwarte Porsche gehaald, zodat ze nu samen in de enorme serre aan de achterkant van het huis zaten.

Ze had met geen woord gesproken over die rare boosheid van voordat Maarten binnenkwam en Douwe had er ook niet meer naar gevraagd.

Steractrices hebben natuurlijk allemaal wel iets bijzonders. Laat maar zitten, het is nu net gezellig. Het wordt alleen wel een beetje laat. Mem zit allang klaar met de patat. Misschien heeft ze zelfs wel naar Cornelisse gebeld. Ze maakt zich vast grote zorgen. Had ik nou maar gezegd dat ik een vriendinnetje had. Maar wie heeft een vriendinnetje nodig met zo'n achterbuurvrouw?

'Dus jij bent een grote fan van mij.'

'Ja,' zei Douwe, 'ik kijk altijd. En mijn moeder meestal ook.'

'Ik kijk nooit,' zei Anouk. 'Ik vind het vreselijk om mezelf te zien op dat scherm. Wat is er gisteren gebeurd?'

'Die rechercheur kwam weer langs, omdat je vriend dood achter de huisbar lag. Mijn moeder dacht dat die man er zo langzamerhand gek van moest worden, elke twee weken een nieuw lijk. "Zou er soms gif in de grond zitten," zei ze.'

Kan ik dat wel aan Anouk vertellen? Is dat geen kritiek?

Anouk lachte klaterend.

'En het laatste lijk is het voorlopig ook niet,' zei ze. 'Zijn ze dáár pas met uitzenden? De opnames liggen al maanden voor! Ik kan zo langzamerhand wel eens een weekje vakantie vragen.'

Ze boog zich voorover en tikte Douwe op zijn knieën.

'En wat vind je dan zo goed aan me?' vroeg ze.

Ja, dan moet je vooral weer vooroverbuigen, als je dat vraagt. Daar kan ik toch geen fatsoenlijk antwoord op geven?

'Je lijkt op iemand die ik ken,' zei Douwe zacht.

Ook niet echt een compliment.

'Een meisje?'

Nee, een wit konijn, nou goed. En het is weer zover. Ik word rood.

'Hoe heet ze?'

'Hinke.'

Asjeblieft niet die klont in mijn keel. Ik weet wat dat betekent. Slikken!

'Woont ze ook in Zuideroog?'

Douwe schudde zijn hoofd. Hij voelde hoe de tranen van vanmiddag met dubbele heftigheid terugkwamen.

Niet huilen. NIET HUILEN!

Maar sneller dan hij het ooit had meegemaakt, liepen zijn ogen vol, en óver, en huilde hij alle eenzaamheid eruit.

'Jongen toch!' zei Anouk. 'Dat was nou ook weer niet de bedoeling. Nou kom. Kom.'

Ze schoof haar klapstoel tegen de zijne en sloeg een arm om hem heen. Douwe rook haar parfum en de geur van haar haren toen ze zijn hoofd zachtjes op haar schouder trok. Hij sloeg zijn arm om haar middel en hield haar stevig vast.

Ze gaf hem een kus. Een gewone kus, zoals hij ze van zijn moeder zo vaak kreeg. Maar anders, totaal anders. Een kus zoals hij er nog nooit eentje had gehad.

Dit is alles. Het kan niet mooier zijn.

En hij kreeg er nog eentje. Op zijn voorhoofd.

'Ik heb wijn gekocht,' zei Anouk. 'Hoe oud ben je? Mag je al wijn?'

Ze maakte zich los uit Douwes omhelzing en liep naar de keuken. Hij hoorde haar rommelen in de plastic tas en daarna de zachte plof van de kurk.

Ze gaf hem precies genoeg tijd om weer een beetje tot zichzelf te komen. Toen ze de serre binnenstapte, met de geopende fles en twee schone plastic bekertjes, had hij zijn tranen afgeveegd en zijn normale stem teruggevonden. Ze glimlachte en schonk de bekertjes vol tot vlak onder de rand.

'Zo, Romeo. Drink maar op.'

Ze weet nog niet eens hoe ik heet.

'Ik heet Douwe. Dat is Fries.'

'Dat had ik al begrepen.'

Accent...

'En Hinke lijkt me ook Fries, dus ik begrijp dat jij hiernaartoe bent verhuisd en dat je vriendinnetje daar is achtergebleven?'

Douwe knikte.

'Dat is erg. Maar Friesland is natuurlijk niet het eind van de wereld.'

Zuideroog wel.

'Schrijf je haar?'

'Ze heeft mij geschreven,' zei Douwe. 'Ik kreeg de brief vanmiddag. Ik had ook wel willen schrijven, maar ik dacht dat dat stom zou zijn.'

'Waarom dan?'

Ik kan alles vertellen. Anouk kan ik alles vertellen.

'Dan zou ze denken dat ik haar miste.'

'Maar je mist haar toch ook?'

Slikken.

'Ik begrijp helemaal niets van jongens,' zei Anouk. 'Van mannen trouwens ook niet.' Ze nam een grote slok van haar wijn en keek Douwe peinzend aan.

'Je hebt anders genoeg ervaring,' zei Douwe.

'Ik hoop niet dat jij zo dom bent om te geloven dat een soap ook maar iets met het leven te maken heeft,' zei Anouk streng. Maar meteen daarna lachte ze alweer.

'Ik heb eens een vriendje gehad, hier in Zuideroog. Ik denk

dat ik een jaar of vijftien was. Hij zal niet veel ouder geweest zijn, maar hij had wel al een brommer. Daar reden we op naar het strand, of naar de Oude Haven. Het was een vakantievriendje natuurlijk, ik logeerde hier bij mijn opa. In ieder geval, hij was mijn eerste echte liefde. En ik die van hem, weet ik nu. Maar hij zei het nooit. "Ben je verliefd op me," vroeg ik soms. Dan haalde hij hooguit zijn schouders op. Of hij riep: "Wie het eerst in zee is!" Ik werd daar erg verdrietig van. Ik dacht dat hij me niet leuk vond. Vanmiddag kwam ik hem tegen in de stad. Hij was helemaal van de kaart toen hij me zag. We hebben wat gedronken samen. En toen bekende hij dat hij me nooit heeft kunnen vergeten. Dat ik nog altijd zijn grote liefde was. „Ik kan die soap van jou niet zíen," zei hij. "Ik word gek van spijt als je in beeld komt." Maar waarom heeft die sukkel dat tóen niet gezegd? Dan was het misschien heel anders gelopen.'

Als ik zestien was en een brommer had, zou ik het durven zeggen. Of misschien toch niet.

'Je moet leven naar je gevoel,' zei Anouk ernstig. 'Tenminste, dat denk ik.' Ze nam nog een slok wijn.

Douwe probeerde ook een teug. Hij had nooit eerder wijn geproefd. Het was zuur, maar niet onsmakelijk.

Een beetje zoals dat drab waar mem de sla mee aanmaakt.

'Vond je het leuk in Zuideroog, toen je jong was?'

'Toen ik jong wás?'

'Sorry.'

'Ik vond Zuideroog heerlijk. Ik hou nog steeds van het strand en de duinen.'

'En je opa?'

Anouk was even stil. Douwe nam nog een voorzichtige slok wijn.

'Luister even heel goed,' zei ze. 'Ik wil je best dingen vertellen, maar ik moet zeker weten dat ze onder ons blijven. Als ik ook maar iets van wat ik jou vertel in de roddelbladen terugleees, weet ik je te vinden.'

Alsof je Cornelisse hoort over zijn schuurtje!

'Ik zeg niks,' zei Douwe.

'Mijn opa was een afschuwelijke man,' zei Anouk. 'Dokter G.J. van Raalte, verzetsheld en ploert.'

Pardon?

'In de jaren voor de oorlog was een dokter nog zoiets als een halfgod, weet je. Hij kon alles maken, er was geen mens die hem erop durfde aanspreken. En er was maar één dokter, dus je had geen keus. En als een mens een keertje iets heeft geflikt zonder dat het gevolgen krijgt, dan gaat hij door. Dan wordt het steeds erger. Zo gaat dat. Dus tegen de tijd dat ik mijn opa leerde kennen, had hij helemaal geen remmingen meer. Alles kon. Begrijp je?'

Nee.

'Maar wat deed hij dan?' vroeg Douwe.

Anouk schonk haar bekertje nog eens vol en bood de fles aan Douwe aan. Hij nam snel een slok om niet achterop te raken.

'Mijn opa hield erg veel van vrouwen, oké?'

'Bedoel je dat hij met zijn patiënten...'

Anouk knikte en keek Douwe peinzend aan. Haar ogen stonden waterig en ze had rode blosjes op haar wangen.

Komt dat door de wijn? Ik voel me zelf ook een beetje vreemd, niet onprettig, alsof ik zweef. Maar zij zal toch wel vaker gedronken hebben? Zou ze nu al dronken zijn, van twee glaasjes? Of heeft ze vanmiddag met dat oude vriendje zitten slempen?

'En niet alleen met zijn patiënten, jongen.'

Wacht even, ho even! Dit wil ik helemaal niet horen!

'Dus je begrijpt dat ik niet graag ging logeren,' vervolgde ze, iets te luchtig. 'Maar het moest. Mijn ouders studeerden nog toen ik geboren werd. Zonder het geld van opa hadden ze het niet gered. Het waren andere tijden.'

'Ze hebben je verkocht!'

'Nee, wat denk je wel!' zei Anouk, plotseling kwaad. 'Ze wisten van niets en ik durfde ze ook niets te vertellen. Ze wisten alleen dat ik niet graag uit logeren ging. Ze vonden dat ik daar maar mee moest leren leven. Bovendien heeft hij míj nooit aangeraakt. Ik heb alleen veel gezien. Veel te veel voor een klein kind.'

Anouk dronk haar beker in een paar slokken leeg. Douwe volgde haar voorbeeld. De wijn begon nu echt te werken. Zijn hoofd werd zwaar en Anouk leek verder van hem vandaan te zitten. Haar stem kwam uit een andere wereld en het blauw van de lucht achter de serreramen werd dieper en dieper.

'Maar het is allemaal al heel lang geleden,' hoorde hij haar zeggen. 'Anderen hebben er meer pijn van gehad dan ik.'

Zegt ze dat maar? Is dat een stoere houding of zoiets?

'Je hebt de tekening gezien. Het moment van vertrek. Ik tekende altijd alleen maar het moment van vertrek.'

Natuurlijk, zei Maarten. Hoe laat is het? Hoe laat is het nu?

'En jij, mooie jongen,' zei Anouk terwijl ze opstond om zijn bekertje vol te schenken. 'Wat is jouw levensverhaal?'

Mooie jongen...

'Kort,' wist Douwe uit te brengen. Zijn hoofd draaide nu, de ruitjes van de serre leken te walsen in hun sponningen en het blauw daarbuiten trok aan hem alsof het een afgrond was.

Anouk lachte weer.

'Zit er maar niet over in. Ga straks maar een mooie brief aan Hinke schrijven. Ze mag haar handen dichtknijpen met zo'n vriendje als jij. Ik zou er wat voor overhebben om een man te vinden die zo om mij moest huilen. Zorg dat je dat niet kwijtraakt onderweg, Douwe. Het maakt je nog mooier dan je al bent.'

Ze liet zich op de vloer naast zijn stoel zakken en pakte zijn hand vast. De brandblaar stak venijnig.

'Kom eens naast me zitten.'

Douwe probeerde gecontroleerd uit zijn klapstoel te glijden, maar kon niet voorkomen dat hij een grote golf rode wijn over Anouk morste.

'Sorry,' wilde hij mompelen, maar zijn tong weigerde iedere normale dienst. Net als zijn ogen trouwens: hoe hij ook zijn best deed, hij kon het effect van de wijn op haar tepels niet scherp krijgen.

'Geeft niet.' Ze stond op en liep naar de keuken. In Douwes ogen was ze een zwaaiende toren van zwart en wit, op wankele bruine benen.

Knoopt ze nou haar blouse los? Waarom, wat gaat ze doen? O, vanwege de dinges, de wijn. Ik wilde iets zeggen. Wat wilde ik zeggen?

'Sorry,' zei Douwe. Of iets wat daarvoor door moest gaan. In de keuken begon de kraan te lopen en Douwe voelde dat hij naar de wc moest.

Waar is de pot met de paarse bergen? Hoe kan ik opstaan? Waar is de deur?

Hij trok zich op aan de stoel, die met een galmende dreun in elkaar klapte. Zijn vingers zaten ergens tussen. Het deed geen pijn. Hij rukte ze los en kwam op handen en knieën terecht. Voetstappen op het parket. Twee armen onder zijn schouders. De geur van haar parfum.

Iets ongelofelijk zachts tegen zijn wang. Een borst, een warme, naakte borst. Iets ruws en krasserigs daarna. Warmte. Woorden? Welke, van wie?

Misselijkheid. Zure smaak, wijn, wijn. IJs. Cola. Kaas.

En niets meer.

Jeltje

Douwe werd wakker met een barstende hoofdpijn. Een straaltje zon scheen door een kier in de gordijnen recht in zijn ogen.

Gordijnen? Mijn gordijnen! Mijn kamer, mijn bed...

Hij richtte zich voorzichtig op. Het kloppen en bonken nam toe, maar de misselijkheid was weg. Hij zwaaide zijn benen over de bedrand en bekeek zichzelf. Naakt. Iemand had hem uitgekleed. En iemand had zijn tanden gepoetst, proefde hij.

Er is er maar één die dat soort dingen voor me doet.

De slaapkamerdeur zwaaide open en daar stond Jeltje, keurig gekapt en in toga, klaar voor...

De jongerendienst! Ook dat nog!

'Zo, dronken lor,' zei ze. 'Je hebt nog precies tien minuten om er pico bello uit te gaan zien. Ik wacht beneden op je.'

En weg was ze weer.

Geen vragen. Geen verklaring hoe ik thuisgekomen ben. Tien minuten. Douchen. 'Eerst water, de rest komt later.'

Hij sleepte zich naar de badkamer en regelde de straal zo koud af als hij durfde. Het water prikte op zijn huid en maakte hem klaarwakker. De hoofdpijn werd er niet minder van, maar leek wel beter te verdragen. Hij leunde met zijn onderarm tegen de douchedeur en liet de koude stralen in zijn nek kletteren.

Wat is er misgegaan gisteravond? Ik zie flarden voor me, ik hoor stukjes gesprek. Over die opa, dat afschuwelijke verhaal over die opa. De wijnvlek op haar witte blouse, en daarna die zachte borst. 'Mooie jongen,' had ze gezegd. 'Nog mooier dan je al bent.' En verder? Wat is er nou eigenlijk gebeurd?

Hij probeerde uit alle macht zich nog iets van die laatste momenten te herinneren. Maar hij had geen idee hoe lang hij in Anouks armen gelegen had, of wat ze had gezegd nadat hij was gevallen.

En mijn lijf voelt ook niet anders. Nou ja, die hoofdpijn natuurlijk. Maar verder?

Hij keek naar beneden, waar zijn piemel druipend en klein van het koude water onschuldig hing te bengelen.

Ik weet het niet.

Douwe probeerde iets te zingen, gewoon om te kijken of hij nog een stem had.

''t Hijgend hert, de jacht ontkomen,
schreeuwt niet sterker naar 't genot
van de frisse waterstromen
dan mijn ziel verlangt naar God.'

'Ja, spot er maar mee,' schreeuwde Jeltje van beneden. 'Als je nu komt, is er nog tijd voor thee.'

Douwe droogde zich af en zocht zijn netste kleren uit. De keuze was beperkt, maar hij vond een combinatie waarmee hij Jeltje gunstig dacht te kunnen stemmen. Met voorzichtige stapjes, zijn hoofd niet erger belastend dan noodzakelijk was, daalde hij de trap af.

In de keuken stond een kopje thee voor hem klaar. De dubbele boterham met kaas liet hij onaangeroerd. Jeltje was de afwasmachine aan het leegruimen.

'Mag ik weten waar jij gisteravond geweest bent?'

'Geen idee. Waar heb je me gevonden?'

'Ik heb je niet gevonden. Je bent thuisgebracht.'

Door Anouk? Of door de politie?

'Door Cornelisse. Hij zag je langs zijn huis zwalken. Je zei dat je naar Friesland ging. Je had niet eens door dat het station de andere kant op was. Ik ben anders wel ongelooflijk ongerust geweest, jongeman. Hoe kom jij aan wijn? Met wie was je samen? Met Ravi, of die vriend van hem?'

'Nee, met niemand. En hoe weet je dat het wijn was?'

'Kijk maar naar je lippen. Ik moet nu naar de kerk, ik verwacht jou daar ook als je je thee op hebt. Maar het laatste woord is hier nog niet over gesproken, dat begrijp je wel. Ik zou maar een goed verhaal klaar hebben voor straks, na de dienst.'

Ik zal mijn best doen.

Douwe nam een slok thee, zodat hij niet hoefde te antwoorden. Jeltje beende met grote passen de keuken uit. De buitendeur werd met een dreun in het slot gesmeten.

Stilte.

Wat zei Anouk ook alweer? 'Je moet leven naar je gevoel.' Daar heb je wat aan, als je je niets van je gevoelens kunt herinneren. Van nu af aan drink ik geen druppel alcohol meer. Het is genoeg geweest.

Hij stond op en zette zijn lege kopje in de vaatwasser. De boterham liet hij liggen, die kon hij over een uurtje nog wel opeten. Als hij zich beter voelde. Voor de spiegel in de gang kamde hij zijn natte haren nog even na en keek naar zijn spiegelbeeld. Op zijn lippen lag een zwarte rand die hij er met zijn vinger niet afkreeg.

De wijn...

Zijn ogen waren rood als die van de trouwste hond.

De ochtend was stralend. Douwe besloot, met het oog op zijn nette kleren, niet door de struiken te kruipen maar gewoon via de Geesterweg naar de kerk te wandelen.

Er liepen al behoorlijk wat mensen op het kerkhof.

Toch knap van mem. De meeste kerken lopen leeg, maar hier lijkt het elke week drukker te worden.

Veel jongeren, inderdaad. Douwe zag zelfs een paar gezichten van zijn klas. Maar van geen van hen kende hij de naam.

Grijze muizen op weg naar een popgroepjesdienst. En ik loop ertussen, in mijn nette pak. Domineeszoontje. En niemand weet wat ik gisteravond gedaan heb. Ik weet het zelf niet eens...

Toen Cornelisse door het hek van het kerkhof stapte, draaide Douwe zich om en ging geïnteresseerd een grafsteen staan lezen. Maar zo gemakkelijk kwam hij niet van de doodgraver af.

'Wilde avond gisteren, meneer Mansholt?'

Boetedoening.

'Het spijt me heel erg. Heb ik u veel last bezorgd?'

'Mij niet, maar je moeder zal minder blij geweest zijn. Ik mag hopen dat je niet van dat soort slemppartijen in mijn bottenkelder gaat aanrichten. En anders lever je die sleutel maar direct weer in.'

'Het was een ongeluk, meneer Cornelisse. Het zal niet meer gebeuren.'

Slijm, slijm. Wat ben ik toch een vreselijk kereltje af en toe.

'Het is in elk geval mooi dat je naar de kerk komt, vandaag.'

'Ik moest van mijn moeder.'

Cornelisse lachte, sloeg hem op de schouder en stapte de kerk in. Douwe volgde hem op een afstandje.

Eenmaal binnen koos hij een plekje ergens achterin en keek eens op zijn gemak rond. Eigenlijk viel de ruimte hem wel mee. Halfrond, erg wit en modern, maar het ochtendlicht viel prachtig naar binnen en zo ontstond er toch iets van een gewijde sfeer.

In een hoek stonden een drumstel en wat versterkers opgesteld. Een lange jongen met krullend haar en een haarband stond in zijn eentje wat op een gitaar te pielen. Hij kwam Douwe bekend voor. Misschien zat hij ook wel op het Rhijnvis Feithcollege, in een hogere klas.

Precies om tien uur verschenen de andere muzikanten. Ze zetten een snoeihard rocknummer in. Douwe genoot van de geschokte reacties van de oudere bezoekers en merkte nauwelijks dat er iemand naast hem in de bank schoof.

'Zo, Douwe Mansholt. Jij ziet er beroerd uit vanochtend. Feestje gehad? Of is Hinke terug uit België?'

Douwe draaide zich geschrokken om.

'Dag, Daphne.'

Geweldig antwoord! Scherp, snel...

'Goed zijn ze, hè? Vooral Stef. De gitarist...' Daphne keek met dromerige ogen naar de lange jongen met de krullen.

Zou ze iets met hem hebben?

'Kom jij vaak in de kerk?' vroeg Douwe.

'Nooit. Alleen vandaag. Ik kom niet voor God, ik kom voor Stef.'

Ja dus. Ze heeft een vriendje. Zo'n jongen met een haarbandje, waar alle meiden voor vallen. Uitslover.

Het nummer was afgelopen en Douwes moeder betrad de kerk. Ze ging nonchalant op de punt van een tafel zitten en begon, uit haar hoofd, te preken.

Doe asjeblieft niet te populair, mem.

'Jong zijn is topsport. Dat weten we allemaal, want we zijn allemaal jong geweest of we zitten er nog middenin. Vooral na je twaalfde gebeurt er veel en daar kun je behoorlijk onzeker over raken. Je krijgt het gevoel dat je alleen staat, dat je de enige bent wie dit allemaal overkomt.'

Wat krijgen we nou? We zouden het toch pas ná de preek over mij gaan hebben?

'Het kan prettig zijn om er met iemand over te praten. Maar waar vind je zo'n persoon? Je moeder, of je vader natuurlijk, valt meteen al af. Die begrijpen je toch niet, die zijn je vertrouwen niet waard.'

Zo erg is het ook weer niet, mem...

'Leraren op school zijn de vijand en aan de adviezen van je leeftijdgenoten heb je ook niet veel. Bovendien schaam je je dood.'

Dit is een bijzonder vervelende preek.

Douwe keek even opzij. Daphne zat met halfopen mond te luisteren. Ze mocht een slechte smaak voor jongens hebben, mooi bleef ze natuurlijk wel.

'Leuk mens, je moeder,' fluisterde ze.

'Enig,' bromde Douwe terug.

'Dan is het prettig,' ging Jeltje verder, 'dat er iemand is die jou heel goed kent. Die je vanaf je babytijd heeft bijgestaan en die er altijd zal blijven, tot in het uur van je dood en daarna. Iemand die nergens van opkijkt, die weet welke problemen je hebt en welke fouten je kunt maken. Iemand die niet oordeelt, maar luistert...'

Ik krijg het bange vermoeden dat ze het over God heeft.

'Zo iemand is God.'

En ja hoor. Het wordt tijd voor een stukje stevige muziek, asjeblieft.

'Jammer,' zei Daphne. 'Ik dacht even dat ze echt iemand wist.'

Na de dienst had Daphne alleen oog voor Stef en Jeltje stond wat na te praten met een paar ouderlingen, zodat Douwe zich ongezien uit de voeten kon maken. Hij liep om de kerk heen en kroop door het gat in de bosjes naar hun eigen tuin. De achterdeur was afgesloten, dus liep hij naar de voordeur en haalde de noodsleutel onder de platte steen naast het stoepje vandaan. Hij opende de deur en stapte de gang in.

Er knisperde iets onder zijn voeten. Een dubbelgevouwen papiertje, een kassabon zo te zien. De open zijde was, bij wijze van verzegeling, met een prijsstickertje dichtgeplakt. Er ging een schok door Douwe heen.

VOOR DOUWE – PERSOONLIJK, stond met dikgekraste letters tussen de bedragen voor wijn, thee, een fluitketel en plastic bekertjes geschreven. Met trillende vingers maakte hij het plakkertje los. De achterkant van de bon was dichtbeschreven in een haastig, kriebelig handschrift.

Lieve Douwe,

Je zult wel geschrokken zijn. Het spijt me heel erg, het had allemaal niet zo mogen gaan. Ik hoop dat je me kunt vergeven. En het blijft toch wel ons geheimpje? Ik had je thuis willen brengen, maar dat wilde je niet. Ik ben je gevolgd tot ik zag dat Cornelisse je thuisbracht. Dat heeft hij met mij vroeger ook zo vaak moeten doen...

Het handschrift werd nu kriebeliger omdat de kassabon bijna helemaal vol was.

Schrijf aan Hinke en hou haar in ere. Ik ben jaloers op jullie. Liefs, A.

Dus er is wat gebeurd! Meer dan ik me kan herinneren, anders had ze geen briefje hoeven te schrijven... Maar wát? En waarom is ze zo bang? 'Liefs, A.' en 'Het blijft toch wel ons geheimpje...' Nou, een geheimpje blijft het. Ik zou niet weten wat ik de roddelpers moest vertellen...

Douwe stak het briefje in zijn broekzak en klom de trap op naar zijn kamer. Hij haalde de foto van Hinke onder zijn kussen vandaan.

Je hebt anders wél gelijk dat je jaloers bent. Zo mooi als Hinke is niemand. Was het Hinke maar geweest, gisteravond. Gewoon Hinke, en zonder wijn. Dan was het allemaal heel anders gelopen.

Beneden werd de voordeur geopend en alweer met zo'n vreselijk dreun dichtgesmeten.

'Douwe Mansholt, beneden komen! Kruisverhoor!'

Douwe sjokte de trap af.

Ik kan alleen maar zeggen dat ik me niets herinneren kan. Als ze daar genoegen mee neemt.

Jeltje stond in de kamer met de rug naar de deur haar toga uit te trekken. Toen ze zich omdraaide, in een scheefgetrokken T-shirt en met een woeste harendans om haar boze hoofd, had ze nog het meest weg van een dikke toverheks.

'Vertel maar,' zei ze.

'Er is niet zoveel te vertellen.'

'Dat lijkt me stug. Het laatste wat ik weet, is dat je als een raket de deur uitging gistermiddag. Met die idiote paraplu. Een paar uur later vind ik je dronken op de stoep.'

'Zo is het gegaan, ja,' zei Douwe droog.

'Ik wil er graag iets meer over weten, jongeman.' Haar stem kreeg een dreigende klank.

Zal ik een grapje proberen?

'Als je het niet erg vindt, vertel ik het liever aan God.'

Maar Jeltje bleek niet gevoelig voor humor.

'Niet zo wijs, asjeblieft,' riep ze.

Dat heb ik al eens eerder gehoord. Zou ik echt wijs zijn? Op mijn leeftijd al?

'Ik tolereer absoluut niet dat mijn zoon van dertien zich te buiten gaat aan wijn. En dus wil ik weten hoe je eraan gekomen bent. Zodat ik maatregelen kan nemen.'

'Mem, asjeblieft. Dat kan ik niet zeggen.'

'Dan zal ik zorgen dat ik er op een andere manier achter kom. En jij hebt huisarrest. Een week.'

'Maar vrijdag is het schoolfeest!'

'Dat had je dan eerder moeten bedenken. Naar je kamer, vooruit! Ga maar aan je scriptie werken.'

'Spreekbeurt.'

'Whatever.'

Ik kan misschien de helft vertellen. Ik kan het briefje laten zien.

'Het waren geen jongens van school, mem. Kijk,' Douwe haalde de kassabon uit zijn broekzak, 'hier was ik gisteravond.'

Jeltje nam het papiertje aan en draaide het om en om in haar handen. Ze bekeek het aandachtig, las de voor- en de achterkant en keek Douwe daarna lang aan.

'Wie is die A?' vroeg ze uiteindelijk. 'Is dat het meisje dat vanochtend naast je in de bank zat?'

'Nee, dat is Daphne Zelichman. Van school. A is Anouk. Anouk van Raalte.'

Jeltje liet zich met een plof op de bank vallen. Ze las het briefje nog een keer aandachtig door.

'Jij hebt zitten slempen met Anouk van Raalte? En waar ben je dan zo van geschrokken?'

Van de seks, mem. Goh, dat zou inslaan zeg, als ik dat zei. 'Van de seks!'

'Ze vertelde een verhaal over vroeger. Een naar verhaal, meer niet. Daarom hebben we gedronken. Om te vergeten.'

En het is gelukt ook. Ik weet niets meer. Mijn wang tegen haar borst, dat wel. En dat ruwe – de kanten rand van haar bh? Maar verder? Al die tijd daarna, waar Anouk zich zo voor zegt te schamen? Weg, voor altijd weg.

'Om te vergeten. Waar háál je die taal vandaan,' zei Jeltje. 'Wat voor verhaal dan?'

'Dat mag ik niet vertellen. De roddelblaadjes, weet je wel. Ik heb beloofd het niet te vertellen.'

'Goed, dat begrijp ik. Maar vertel dan in ieder geval hoe je bij Anouk verzeild bent geraakt.'

Vooruit dan maar.

Douwe vertelde van de schuur en de tunnel, het huis van Van der Lek, de paraplu, Maarten, de thee, de wijn. Alleen de kelder hield hij voor zichzelf. En de bh, natuurlijk.

'Dat is de hele geschiedenis?' vroeg Jeltje toen hij klaar was.

Douwe knikte.

'Zeker en vast?'

Wat zeurt ze nou? Is het niet spannend genoeg zo?

'Dan zal ik eens met die juffrouw Van Raalte gaan praten. Treurige verhalen of niet, ze had beter moeten weten dan een jongen van dertien dronken te voeren. Ik loop meteen maar even langs dat huis.'

'Nee!' Douwe flapte het eruit voor hij er erg in had.

Jeltje glimlachte. Zo'n vervelend, superieur glimlachje dat moeders soms kunnen hebben.

'Wat is er? Mag ik niet even gaan kennismaken met je vriendin? Zo erg is dat toch niet, als alles wat je me verteld hebt tenminste echt waar is?'

'Het ís waar!'

Ze stond op van de bank en nam zijn kin in haar handen.

'Kijk me aan, Douwe Mansholt, en zeg me nog één keer of je me de hele waarheid hebt verteld.'

Niet de hele...

'Het is de waarheid,' zei hij zo oprecht mogelijk.

Waarom beef ik nou zo? Nu denkt ze natuurlijk dat ik sta te liegen.

'Waarom geloof je me niet, mem?'

'Omdat ik gisteravond een kwartier heb staan boenen om de lippenstift van je voorhoofd te krijgen. En ik kan me niet voorstellen dat Anouk van Raalte jou zo afgelebberd heeft.'

Ravi

De hele middag zat Douwe op zijn kamer. Hij werkte af en toe aan zijn spreekbeurt, maar het grootste deel van de tijd zat hij naar het huis van Van der Lek te staren en na te denken.

Waarom koopt ze het huis waar ze zulke vreselijke dingen heeft gezien? Voor twee miljoen plus de kosten van een enorme verbouwing. Is ze een, hoe heet dat ook alweer – een masochiste? Zou ze het fijn vinden om ongelukkig te zijn? Ziet ze af van Het recht op geluk*? Haha.*

Douwe keek naar zijn aantekeningen. EEN SMEERLAP IN HET VERZET stond erboven.

Geen onaardige titel. En weer eens wat anders dan alle heldenverhalen. Zou Cornelisse eigenlijk wel alles weten van zijn vroegere leider?

Hij schoof zijn spullen aan de kant en pakte een leeg vel.

'Lieve Hinke,' schreef hij. 'Dankjewel voor je brief. Ik wist ook niet goed wie het eerst moest schrijven. Ik ben blij dat jij het hebt gedaan.'

Je moet leven naar je gevoel. Vindt Anouk.

'Ik heb hier geen vriendinnetje. En ik denk ook niet dat dat zo snel gebeurt. Ik kom je snel opzoeken, als het kan. Ik mis je vreselijk. Ik heb...'

Hij las de brief nog eens over.

Zeven keer 'ik' in acht zinnen. Hartelijk gefeliciteerd, Douwe Mansholt. Dit lijkt me niet de brief die je naar Friesland moet sturen.

Hij begon opnieuw. Dit keer kwam hij vier zinnen ver voor hij het papier verscheurde. Vervolgens schreef hij 'Lieve Hinke' op een nieuw blad en bleef er een kwartier naar zitten staren. Toen nam hij zijn pen weer op en schreef in één ruk:

'Je brief maakte me erg aan het huilen. Nu weet ik dat ik je vreselijk mis. Natuurlijk had ik eerder moeten schrijven, maar ik was er te stoer voor. Of te stom, dat kan ook. Het liefst zou ik de trein naar Friesland nemen en heel lang met je zoenen. Misschien kan dat binnenkort ook wel. Of anders kom jij maar hiernaartoe. Het is hier niet zo mooi als in Skureterp, maar ik weet wel een paar plekjes en we hebben het strand natuurlijk. Wees niet bang, ik heb geen vriendinnetje. Jij bent mijn vriendinnetje tot in de eeuwigheid, amen.'

Zo is het goed. En al was het niet goed, dan kan ik het toch niet beter. Zal ik nog in een p.s. zetten dat Anouk van Raalte mijn achterbuurvrouw is? Nee, beter van niet.

Hij sloop de trap af en haalde een envelop en een postzegel uit de werkkamer van Jeltje. Daarna zocht hij de Tzummerstraatweg op in het postcodeboek, zette zijn eigen volledige adres op de achterkant en opende zo zachtjes mogelijk de voordeur.

'Waar ga jij naartoe? Je hebt huisarrest!' riep Jeltje vanuit de woonkamer.

'Een brief posten mag toch wel? Bovendien moet ik naar Cornelisse, voor mijn spreekbeurt.'

'Een brief aan wie?'

Ik heb geen geheimen voor mem.

'Aan Hinke,' riep Douwe.

'Ja, je hebt behoorlijk wat goed te maken,' hoorde hij Jeltje nog roepen. 'En direct naar huis, begrepen?'

Hij koos de brievenbus in de Stationsstraat, omdat hij dan vanzelf bij Cornelisse langs kwam. Bovendien kon hij zo de Lievegoedsingel vermijden. Op een onverwachte ontmoeting met Anouk zat hij bepaald niet te wachten.

Wat woont die man toch strategisch.

De doodgraver zat op het bankje achter zijn huis van de zon te genieten en Douwe nam plaats op de oude put tegenover hem.

'Wat was die dokter Van Raalte eigenlijk voor een man?' vroeg hij.

Cornelisse keek hem onderzoekend aan.

'Waarom wil je dat weten?'

'Omdat ik het morgen over verzetsmensen ga hebben op school.'

'Verzetsmensen, het woord zegt het al, zijn dus gewoon mensen. Daar zit van alles bij. In onze groep zaten niet alleen jongens van de kerk, maar ook communisten bijvoorbeeld. Prima kerels, niks op aan te merken.'

'En dokter Van Raalte?'

'Een dapper mens. En een sterke leider.'

'Ik heb ook andere dingen gehoord...'

Cornelisse zweeg. Hij pakte een sjekkie onder zijn pet vandaan, maar kon geen vuur vinden.

'Haal jij 's even een doosje lucifers uit de keuken, meneer Mansholt. In het bakje naast het gasstel.'

Douwe stond op en liep het huis binnen. Een echt oudemensenhuis, met bakjes voor 'zand' en 'soda' en afgetrapte kleedjes op de vloer. Een rekje met lange, stenen pijpen aan de muur. En inderdaad, lucifers in een bakje naast het gasstel.

'Dokter Van Raalte,' zei Cornelisse toen zijn sjekkie brandde, 'was geen heilige. Bepaald niet. Hij deed dingen waar een boel mensen het helemaal niet mee eens waren. Maar wij hadden geen mannenpraatgroep, begrijp je. Er waren andere dingen te doen. Ik heb ook geen zin om er nu nog over te praten. Wil je de spullen hebben?'

Douwe knikte.

Cornelisse stond op en liep zijn huis binnen. In de kleine woonkamer stond een enorm grote kast waaruit hij een vergeelde kartonnen map tevoorschijn haalde. Hij legde er een staalhelm en wat lege patronen bovenop. Douwe durfde ze bijna niet aan te pakken.

Hier heeft een hoofd ingezeten, een Duits hoofd. Een hoofd dat misschien allang dood is. Het zou zelfs kunnen dat dat hoofd ín deze helm aan stukken is geschoten. Mooi, al die geschiedenis. Maar ook erg écht.

'Hier zit alles in. Ik wil het weer netjes terughebben, begrepen? En zorg dat je niet lager dan een acht haalt voor die repetitie.'

'Spreekbeurt,' zei Douwe. 'Dank u wel.'

Nog vóór het eten had hij zijn spreekbeurt klaar. Tevreden rangschikte hij de spullen van Cornelisse in de volgorde waarin hij ze wilde laten zien: het persoonsbewijs, de bonkaarten en wat illegale krantjes waarvan er eentje de prachtige naam ETAPPE DER INEENSTORTING droeg.

Toen hij de map wilde sluiten, gleed er een klein papiertje uit dat hij eerder over het hoofd had gezien. Het was een korte brief, geschreven in een ongeoefend handschrift en vol met spelfouten.

Van Raalte, elendeling, denk maar niet dat ik niet weet wat je alemaal doet. Je denkt nu mischien dat je heel wat waart bent, maar als deze verdomde oorlog voorbij is, weet ik je te vinden, smeerlap. Dan zal ik wel zorgen dat je met je poten van andermans vrouw of zuster af zal blijve! Bereid je maar voor!

Eronder was, in een ander handschrift, een regeltje toegevoegd:

Briefje van Samuel de Haan, vanaf 1942 ondergedoken op de Lievegoedsingel, verdwenen augustus 1944.

Douwe las de brief een tweede keer.

Verdwenen? Hoezo, verdwenen? Opgepakt, vertrokken, gestorven? En waarom komt dat handschrift onderaan me zo bekend voor? Waar heb ik dat eerder gezien? Achter op de kleutertekening van Anouk! Het handschrift van dokter Van Raalte dus. Wat was dat voor een man, om doodgemoedereerd onder zo'n noodkreet te schrijven 'Briefje van Samuel de Haan'. Briefje! Die toevoeging moet van na de oorlog zijn, natuurlijk. Je gaat niet vastleggen dat er mensen bij je ondergedoken zitten als het overal nog krioelt van de Duitsers. Ik zal de brief aan mem laten zien. Misschien dat het de lucht een beetje opklaart tussen ons.

Hij ging naar beneden en vond Jeltje in de keuken, bezig de diepgevroren kroketten van elkaar te scheiden door ze met kracht op de rand van het aanrecht te slaan.

'Mem, kijk eens.'

'Wat heb je, weer een interessante kassabon?'

Oké, pijnig me maar, je hebt het recht.

'Veel spannender.'

'Dat kan bijna niet.' Maar ze veegde haar handen af aan de theedoek en pakte het briefje aan. Ze las het zorgvuldig door, draaide het om, legde het op de keukentafel en liet zich op een stoel zakken.

'Dat is zéker spannend. Heb je dat gevonden in die spullen van Cornelisse?'

Douwe knikte.

'En het is nog idioter dan je denkt, mem. Want ik weet niet of het er iets mee te maken heeft, maar mijn geschiedenisleraar heet ook De Haan.'

'Toeval,' zei Jeltje.

Toeval bestaat niet. Dat zou jij als dominee toch moeten weten!

'Het werpt in ieder geval een heel ander licht op de opa van Anouk,' zei Jeltje.

'Maar het klopt met de verhalen die ik gisteravond hoorde,' zei Douwe.

Jeltje bestudeerde het briefje opnieuw.

'Dus je bent echt bij Anouk geweest?'

'Natuurlijk,' zei Douwe. 'Ik lieg niet.'

'En die lippenstift dan?'

Nu is ontkennen verder onmogelijk. Het geeft allemaal niet meer.

'Ook van haar.'

Jeltje zweeg. Ze pakte een halfvolle fles wijn uit het aanrechtkastje en schonk zichzelf een glas in.

'Jij hebt zeker geen trek in een slokje?'

Douwe lachte en schudde van nee.

'Ik ga zéker een woordje met juffrouw Van Raalte spreken,' zei Jeltje. 'En of je nou door die heks verleid bent of niet, dat huisarrest blijft staan. Begrepen?'

Arme Anouk. Nou krijgt ze de dikke dominee op haar dak.

'Dek jij de tafel even? Ik heb nog wat sla gevonden in de groentela, die zal ik even aanmaken. Voor de nodige vitamientjes.'

'Doe voor mij geen moeite, mem,' zei Douwe, en hij haalde fluitend de borden uit de kast.

Op maandagochtend regende het, zodat Douwe de spullen van Cornelisse in een grote vuilniszak moest pakken. Ze pasten niet samen met zijn tas onder de snelbinders, dus legde hij ze op het zadel. Als een soort vluchteling, druipend en met zijn zwaarbeladen fiets aan de hand, kwam hij het schoolplein opgewandeld.

'Ga je verhuizen, Douwe?' schreeuwde Olivier Quint, die met Ravi en nog een andere jongen stond te schuilen onder de luifel van de hoofdingang. 'Ga je terug naar Friesland, slootje springen en koetje neuken?'

Hou toch 's je grote mond, idioot.

'Dan neuk je tenminste nog íets,' sneerde Douwe. Hij zag Ravi lachen.

Binnen stond Daphne bij een groepje meisjes.

'We hebben je gemist bij het zwemmen, zaterdag,' zei ze treiterig.

Meteen terugpakken.

'Ja, jammer. Maar het was gisterochtend heel gezellig in de kerk, vond je niet?' zei Douwe langs zijn neus weg.

De meisjes keken verbaasd.

'Wat doe jij in de kerk, Daphne Zelichman?' vroeg er eentje.

'Niks, ik kwam zomaar langs,' zei Daphne. Maar ze kleurde tot in haar nek en wierp Douwe een vuile blik toe. Hij liep fluitend verder.

Ik ben niet bang voor meisjes. Niet meer. En iedereen verstaat me. Het leven is geweldig.

'Ik hoop dat je er iets van hebt kunnen maken, Douwe,' zei meneer De Haan. 'Je hebt in ieder geval een imposante vuilniszak bij je.'

Douwe schuifelde door het lokaal naar voren en legde zijn spullen voorzichtig op het bureau van de leraar.

'Ik wil het gaan hebben over het verzet hier in Zuideroog, en dan vooral over twee mensen. Over meneer Cornelisse, de doodgraver op het kerkhof naast mijn huis. Hij was een gewone jongen uit het volk, maar hij heeft veel betekend tijdens de oorlog. En over dokter Van Raalte, die in het huis achter het kerkhof woonde. Hij was de leider van een verzetsgroep in dit dorp. Hij is ook de opa van Anouk van Raalte, jullie weten wel, van *Het recht op geluk*.'

'Miss Ondergoed!' brulde Olivier Quint.

'Hou je mond, Quint,' zei meneer De Haan. Hij nam Douwe onderzoekend op.

Is hij nou bleek, of lijkt dat maar zo?

'Ga door, Douwe. Het is een erg interessant onderwerp.'

De spreekbeurt ging goed. Douwe wist veel te vertellen, zonder iets over Anouks opa te verklappen.

'Verzetsmensen waren dus ook gewoon mensen,' citeerde hij Cornelisse. 'Daar had je allerlei types onder. Sommige mensen werden alleen maar helden omdat het oorlog was. Zonder de oorlog was het misschien anders met ze afgelopen.'

Heel, heel netjes gezegd.

Hij was bijna een half uur aan het woord en de klas luisterde geboeid. Douwe zat zo goed in zijn verhaal dat hij de tijd had zijn klas eens goed te bekijken.

Vooral Marike leek heel geïnteresseerd. Eigenlijk een leuk meisje, met die rare kleren van haar. Heel anders dan Tanja ernaast. Olivier was ook stil en Ravi glimlachte de hele tijd, alsof hij Douwe een beetje wilde bemoedigen. In de ogen van Daphne zag hij zelfs iets van bewondering en ze lachte wel vier of vijf keer naar hem.

Maakt me allemaal niet meer uit. Hinke heeft mijn brief misschien al gelezen.

'Voor een spreekbeurt waar je maar twee dagen aan hebt kunnen werken is dit fantastisch,' zei meneer De Haan toen Douwe uitgesproken was. 'Voor een spreekbeurt waar je een maand aan had gewerkt, zou het overigens ook geweldig zijn. Een tien, Douwe Mansholt. En ik vind het jammer dat ik niet hoger kan gaan. Dit belooft wat voor de rest van het project.'

De klas reageerde met een klein applausje. Het klonk niet helemaal gemeend, alsof ze bang waren voor hún beurt, later in de maand. Toch ging Douwe met een rood hoofd op zijn plaats zitten. Meneer De Haan stapte op hem toe en boog zich voorover.

'Ik heb het idee dat je eigenlijk nog méér weet,' fluisterde hij. 'Kom je na schooltijd even bij me langs?'

Douwe knikte stom.

'Fantastische spreekbeurt, man,' zei Ravi in de pauze. 'Hoe kom je aan al die spullen?'

'Dat heb ik toch verteld,' zei Douwe. 'Van die doodgraver geleend.'

'En die tunnels dan, waar je het over had?'

Kip, ik heb je. Nee, dat is niet aardig. Hij wil het gewoon graag weten. En ik wil het graag vertellen.

Douwe liet zijn stem dalen tot een geheimzinnige fluistertoon.

'Die heb ik met eigen ogen gezien. En jij mag ze ook zien, als je wilt.'

'Wanneer?' fluisterde Ravi.

'Vanmiddag. Als ik bij De Haan geweest ben.'

'Ik wacht op je in de fietsenstalling.'

'Maar denk erom,' zei Douwe. 'Als ze je vragen wat we gaan doen, dan zeg je: voetballen.'

'Ik hou niet van voetballen.'

'Des te beter. Ik ook niet. Het wachtwoord is voetballen, oké?'

'Oké.'

En nu wil ik nog iets weten.

'Zeg, Ravi,' begon Douwe, 'afgelopen vrijdag, bij Slob. Toen kreeg Daphne Zelichman zo'n briefje. Ze dacht dat het van mij was, maar...'

'Van Olivier,' zei Ravi. 'Ik heb 't hem zelf zien schrijven. Hij liet het vallen toen hij naar het bord ging om dat idiote virus te tekenen.'

'Dus Olivier is op Daphne?'

'Dat kan je wel zeggen.'

'Maar weet ze dat?'

'Meisjes weten alles. En als ze het niet weten, verzinnen ze het. Maar dat komt op hetzelfde neer, want ze verzinnen meestal de waarheid.'

'En weet – hij dat van haar?'

'Olivier weet niks.' Ravi lachte. 'Hij weet van haar niks, en hij weet niet wat ik weet, hij weet niet wat jij wilt... Wat wil jij eigenlijk?'

'Met Daphne niks.'

'Zeker weten?'

Eerlijkheid.

'Ze is prachtig. Ik heb zaterdag een ijsje met haar gegeten en...'

Eerlijk genoeg geweest.

'Nou ja,' zei Douwe, 'ik heb al een meisje. In Friesland. Dus.' En hij voegde er nog snel aan toe: 'Maar dat hoeft Olivier Quint niet te weten. En weet hij eigenlijk wel dat Daphne allang een vriend heeft?'

'Is dat zo?'

'Stef heet-ie. Een lange jongen, uit de vierde geloof ik. Hij speelt gitaar.'

'Arme Olivier. Hij weet al zoveel niet, dat dit er nog wel bij kan,' zei Ravi.

'Ik snap eigenlijk niet wat jij met zo'n jongen moet,' zei Douwe.

'Het is grappig,' zei Ravi. 'Hij praat net zo over jou als jij over hem. Jullie zouden eens met elkaar moeten praten. En dan bij voorkeur niet over Daphne Zelichman.'

De bel ging. De pauze was voorbij.

'Ik zie je in de fietsenstalling,' zei Douwe. 'We gaan vanmiddag voetballen.'

'Mijn grootste hobby,' zei Ravi.

Na het laatste lesuur bracht Douwe zijn tas en de vuilniszak met oorlogsspullen naar de conciërge. Alleen het briefje van Samuel de Haan stak hij in het borstzakje van zijn overhemd. Toen hij door de lange, betegelde gang op de eerste verdieping naar het geschiedenislokaal liep, bedacht hij wat hij in amper twee dagen allemaal te weten was gekomen.

En als ik me niet vergis, komt daar nu nog wat bij. Ik zou bij God niet weten wat. Over dokter Van Raalte misschien. Over Cornelisse. Want zo'n leraar bedenkt niet zomaar een project. Het moet ergens mee te maken hebben. Met namen. Met toeval. Jonge Friese held wordt speciaal overgeplaatst naar Zuideroog om wat losse eindjes aan elkaar te knopen. Zoiets.

Hij schudde de gedachten uit zijn hoofd en duwde de deur van het lokaal van meneer De Haan open. De leraar zat, met zijn rug naar Douwe toe, op de punt van zijn tafel. Hij was diep in gesprek met iemand die op de bureaustoel zat. Douwe kon vanuit de deurpost niet zien wie het was.

'Pardon…' begon Douwe.

'Douwe!' zei meneer De Haan. 'Kom verder!'

Hij draaide zich om en liep op Douwe toe. In een flits zag Douwe wie er op de stoel zat. Hij was niet eens echt verbaasd.

Ik had het kunnen weten – maar hoe eigenlijk? En waarom zak ik tóch bijna door mijn knieën?

Het was Anouk van Raalte.

De Haan

Douwe had geen oog voor wat ze droeg. Hij negeerde haar glimlach, hij negeerde zelfs haar gezicht, haar lijf, haar hele persoon. Het enige wat hij doen kon, was het briefje uit zijn borstzakje halen en het meneer De Haan aanreiken.

'Ik denk dat dit voor u is,' wist hij nog uit te brengen.

Daarnet kon ik alles nog aan. Toen dacht ik dat ik – jaja. Ik dacht maar wat. Ik denk gewoon te veel. Ik zou 's wat meer naar mijn gevoel moeten leven. Wie zei dat ook alweer?

'Je kent Anouk, geloof ik?' vroeg meneer De Haan, het briefje nog ongelezen in zijn hand.

Je weet dat de aarde rond is? Dat je hockey speelt met een stokje? Dat vrouwen borsten hebben? Man, de afdruk van haar bh staat nog in mijn wang!

'Ja,' zei Douwe zacht.

'Hoe gaat het met je?' vroeg Anouk.

Ja.

'Ja.'

'Mooi,' zei Anouk.

Meneer De Haan vouwde het briefje open en las. Er viel een loodzware stilte in het lokaal.

Als ik ook maar iets wil voorstellen, moet ik het zeggen. Gewoon de dingen zeggen die ik al meer dan een etmaal denk. Kan dat? Mag dat? Alles mag!

Douwe bestudeerde zijn schoenen een tijdje aandachtig, tilde zijn zware hoofd van zijn borst, haalde diep adem en zei: 'Lullig briefje.'

'Pardon?' vroeg meneer De Haan. 'Lullig? Dat zou ik niet zeggen. Dit is...' Hij haalde luidruchtig zijn neus op en gaf het briefje dat hij zojuist gelezen had aan Anouk. 'Lees maar. Dit is dus het hele verhaal. We hebben altijd zoiets vermoed en nu is er zekerheid.'

Meneer De Haan wendde zich weer tot Douwe.

'Dit is een document. Niet voor de wereld, niet eens voor heel Zuideroog, maar zéker voor mij persoonlijk. En ik begrijp niet...' hij keek Douwe bleek aan, 'hoe jij, na die prachtige spreekbeurt van vandaag, dit briefje als lullig...'

'Hij heeft het over een ánder briefje, Frits,' zei Anouk rustig. 'En wat dát briefje betreft, heeft hij gelijk.'

Ze zweeg en las. Daarna wendde ze haar hoofd af naar de ramen, zuchtte diep en las nog een keer.

Kleindochter Van Raalte heeft meer gevoel in haar lijf dan opa, zoveel is duidelijk.

'Ik neem aan,' zei Anouk, 'dat deze Samuel...'

Meneer De Haan, die haar al die tijd gespannen had aangekeken, knikte. Vervolgens draaide hij zich weer naar Douwe.

'Zat dit briefje ook bij de spullen van Cornelisse?'

'Ja.'

'Ik zal hem bellen of ik het mag houden. Het is het enige wat er nog van mijn opa over is, moet je weten. Hij is nooit teruggekeerd uit Duitsland. Nadat hij was verraden door...'

'Door mijn grootvader,' zei Anouk. 'En nu weten we ook waarom. Het is allemaal even verschrikkelijk. Jouw leraar Geschiedenis is het jeugdvriendje waar ik je over verteld heb, Douwe. Begrijp je het? Daarom werd het niks tussen ons, al kon hij het toen nog niet zeggen. Hij kon thuis niet aankomen met de kleindochter van de man die zijn opa de dood in had gejaagd. Ik wist van niks. Maar dit ene briefje...'

Er gleed een traan langs haar wang die even aan haar kin bleef hangen. Hij viel voor haar voeten op de vloer. Meneer De Haan liep op haar toe en sloeg een arm om haar heen.

'Er was zoveel dat we niet konden vertellen, toen. Het waren andere tijden. Maar we kunnen opnieuw beginnen.'

Hij kuste haar boven op het hoofd en ze glimlachte door haar tranen heen. Een kleine, waterige glimlach.

Daphne en Olivier Quint, Anouk en meneer De Haan. En ik

sta hier maar en kijk ernaar en ik vind het goed. Het is gewoon goed. Maar niemand kan nog beweren dat het echte leven niks met soaps te maken heeft!

'Wil je ons even alleen laten, Frits?' vroeg Anouk.

'Natuurlijk.'

Meneer De Haan liet haar los en liep het lokaal uit. Hij sloot de deur zachtjes achter zich.

'Ik moet je mijn verontschuldigingen aanbieden voor dat briefje,' zei Anouk. 'Het was inderdaad, zoals jij zei, lullig. En laf. Maar ik was erg in de war, en een beetje dronken. Dat is geen excuus, het is een verklaring. Het gesprek met Frits, zaterdagmiddag, had me van mijn stuk gebracht. En dat huis natuurlijk... En toen kwam jij. Je bent nu eenmaal een ontzettend knappe jongen, wist je dat? Ik vond het heerlijk om een tijdje met je te kletsen.'

Zo langzamerhand moet ik het wel geloven.

'Je krijgt mijn moeder op je dak,' zei Douwe.

'Heb je het haar verteld?'

Nou, vertéld...

'Mijn moeder is het soort moeder dat overal achter komt.'

'Ik zal met haar praten. Ik zal haar mijn excuses aanbieden, net zoals aan jou. Neem je ze aan?'

'Jawel,' zei Douwe. Hij haalde diep adem. 'Als je me vertelt wat er gebeurd is.'

Kijk naar de muur, kijk naar je schoenen. Wacht het oordeel af. Nee, kijk naar haar.

Anouk keek hem aan en glimlachte.

'Je bent een lieverd. Ik pak de eerste trein naar Friesland en ik ga die Hinke van je de ogen uitkrabben.'

Geen grapjes, asjeblieft.

'Kun je je helemaal niets meer herinneren? Weet je nog dat je gevallen bent?'

'Ik zat met m'n vingers tussen de stoel.'

'Juist. Ik heb je overeind geholpen en toen moest je spugen.

Ik heb je gezicht gewassen en daarna wilde ik je naar huis brengen, maar je zei dat je het wel alleen afkon. Toen ben ik je gevolgd. Dat heb ik geschreven.'

Is dat alles? Is er werkelijk verder niets gebeurd? Ik kan er moeilijk rechtstreeks naar vragen. 'Heb ik je borst gevoeld? Droeg je een kanten bh?' Nee, dat gaat niet. Ik zal nooit meer dan dit te weten komen.

'Zo is het gegaan?'

'Het is de waarheid,' zei Anouk.

Dan moet het maar zo.

'Eén ding begrijp ik niet,' zei Douwe. 'Als jij zulke vreselijke dingen hebt meegemaakt in dat huis, waarom wil je er dan wonen?'

'Ik ga er helemaal niet wonen,' zei Anouk. 'Ik heb het gekocht om er een tehuis van te maken. Een tehuis voor vrouwen en meisjes die slachtoffer zijn geworden van geweld. Begrijp je? Om het huis te zuiveren.'

Het huis te zuiveren, juist. Dat klinkt goed. En dat bedoelde Maarten dus met 'je kunt op één januari open'.

'Dan moet jij maar eens gaan praten met die mensen die *Het recht op geluk* bedenken,' zei Douwe. 'Dat is ook niet bepaald vrouwvriendelijk allemaal.'

'Je hebt gelijk. Daarom hou ik er ook mee op. Ik zei toch al dat er nog meer doden gaan vallen? Wacht maar een paar maanden. Ik word eruit geschreven.'

Dat hoeft nou ook weer niet.

'Maar,' waarschuwde Anouk, 'dat laatste wil ik al helemáál niet in de bladen lezen! Jij bent goed met geheimen. Ik vertrouw op je. Kom nog 's hier?'

Ze nam zijn kin in haar handen en kuste hem. Kort, maar vol op de mond.

Hou niet op, laat me nooit meer los.

Ze schrokken allebei toen de deur openging. Meneer De Haan stond op de drempel en keek wat verlegen naar zijn tenen.

'Het, eh, het spijt me,' zei hij. 'Ik dacht, het duurt zo lang. Maar ik wilde niet...' Zijn blik gleed schuw van Douwe naar Anouk en weer terug.

Hier staat een leraar die het even niet meer weet. Een interessant gezicht.

'Wat heb jij deze jongen voor zijn spreekbeurt gegeven, Frits?' vroeg Anouk.

'Een tien.'

'Doe mij dan een plezier,' zei Anouk en ze lachte haar dodenopwekkende lachje, 'en maak er een elf van.'

Ravi stond in de fietsenstalling.

'Voetballen?' vroeg hij lachend.

Waar gaat dit over? O, wacht. Voetballen, natuurlijk.

'Heb jij plaats op je fiets?' vroeg Douwe.

Zijn tas bleek nog wel bij Ravi achterop te kunnen, zodat de vuilniszak een plaatsje onder zijn eigen snelbinders vond. Zo fietsten ze samen het schoolplein af en staken de Burgemeester Lievegoedsingel over. De zwarte Porsche stond vlak voor het hek van de school geparkeerd.

'Mooi ding,' zei Ravi.

'Heeft me van het weekend bijna doodgereden,' zei Douwe.

'Dat heet doodgaan in stijl,' zei Ravi.

De regen van die ochtend was overgewaaid en de zon was doorgebroken. Ze sloegen linksaf de Geesterweg op en reden de pastorie voorbij, omdat Douwe eerst de spullen van Cornelisse veilig wilde afleveren. Bovendien had hij geen zin om door Jeltje aan zijn huisarrest herinnerd te worden.

De doodgraver zat op zijn plekje op het achtererf en schrok wakker van de fietsen op het grindpad.

'Zo, meneer Mansholt. Wat is het geworden, een zeven? Een acht?'

'Ik durf het bijna niet te zeggen,' zei Douwe.

'Als het een onvoldoende was, mag je komend weekend nog drie graven met me ruimen.'

'Hij heeft een tien,' zei Ravi.

Cornelisse viel even stil.

'Dat is geweldig, meneer Mansholt! Dat moeten we vieren. Wat drink je, limonade? En je vriend hier?'

'Dit is Ravi. En dank u wel, maar we gaan er weer vandoor. Er mist een briefje uit uw map. Daar belt mijn leraar Geschiedenis u nog over op.'

'Zo? Interessante vondsten? Ik hoor het wel. Bedankt dat je de spullen zo netjes hebt teruggebracht. Jullie gaan naar het kerkhof, neem ik aan? Denk je aan wat ik je gezegd heb?'

Douwe knikte en stapte weer op. Samen met Ravi reed hij het tuinpad af, een stukje over de stoep langs de Stationsstraat en in een rechte lijn door het hek van het kerkhof naar de schuur.

'Wat is dit voor een huisje?' vroeg Ravi.

'Daar bewaart Cornelisse z'n spullen in. Ik kan erin. Wacht...' Douwe zette zijn fiets tegen de muur en haalde de sleutel uit zijn zak. Met een triomfantelijk gebaar duwde hij de deur voor Ravi open.

'Ja, en nu?' vroeg Ravi.

'In de hoek, onder die zakken. Kijk zelf maar.'

Ravi vond het luik en samen trokken ze het van zijn plaats. In het schemerige gat was het bovenste deel van een houten ladder zichtbaar.

Die goeie Cornelisse.

'Dit is de oude bottenkelder,' zei Douwe. 'Wees niet bang, er ligt niets meer in. Wacht jij even hier, dan haal ik thuis een zaklantaarn.'

Van Jeltje was geen spoor te bekennen, dus Douwe was in een mum van tijd terug. Hij vond Ravi verdiept in de kalender met de oude meisjes.

'Hoe kom je daaraan?'

'Die lag in de andere hoek, achter die schep daar.'

Zeker van zijn spijker gevallen. Des te beter, dan kunnen we ons clubhuis wat aankleden.

Douwe knipte de lantaarn aan en daalde voorzichtig de ladder af. Daarna lichtte hij Ravi bij tijdens zijn afdaling.

'Gaaf,' zei Ravi. 'En waar is nou die tunnel?'

Douwe liet de lichtbundel langs de muren glijden. Op de plaats van de metalen deur stond een grofgemetselde muur. Douwe liep ernaartoe en voelde eraan. De specie was nog vochtig.

'Dichtgemetseld. We mogen hier van Cornelisse een clubhuis maken, maar die tunnel stond op instorten. Die heeft hij afgesloten.'

'Zonde.'

'Ach, het was maar een korte tunnel. En hij kwam eigenlijk nergens uit, weet je. Hij liep dood.'

'En je vertelde dat hij in dat huis van die dokter uitkwam!'

'Ja, vroeger. Maar de andere uitgang was natuurlijk allang afgesloten. Zo'n notaris is ook niet gek.'

Hádden ze dat maar gedaan... Nee, nee, dat meen ik niet.

'Wat gaan we hier doen, verder?' vroeg Ravi.

'Een beetje inrichten, lijkt me,' zei Douwe. 'In onze garage staan nog wel wat spullen. Die mist mem niet.'

'Mem?'

O, Friesland, Friesland.

Douwe kleurde en richtte de lichtstraal op Ravi.

'Mam, bedoel ik. Mijn moeder.'

De hele verdere middag waren ze aan het slepen met oude stoelen en kistjes en na een paar uur zag de bottenkelder er zowaar gezellig uit. Douwe had de kampeerlamp van Jeltje op een kistje in het midden gezet en die stond nu vrolijk te suizen. Ravi stak een oude spijker in het vochtige cement van de nieuwe muur en hing de kalender op.

'Welke maand?'

'Mei,' zei Douwe. 'Dat is de mooiste.'

Samen keken ze naar de verschoten foto van een meisje met

een cowboyhoed en hoge rijlaarzen en verder eigenlijk niets, op een rafelig touwtje om haar middel na. Geen vlechtjes. Ze keek een beetje verlegen, alsof ze ook niet goed wist wat ze met de situatie aan moest.

Net Hinke. Net Anouk. En zelfs wel iets van Daphne. Dit is het meisje dat alle meisjes is.

'Nu hebben we een clubhuis,' zei Douwe.

'En we hebben een prinses,' knikte Ravi.

'Dus zijn we een club. Maar we moeten de groep klein houden. Jij en ik zijn lid, maar we laten niet zomaar iedereen toe.'

'Over Olivier hoef ik zeker...'

'Die vooral níet!' brieste Douwe.

'We hebben het er nog wel eens over,' zei Ravi rustig. 'En wat vind je van meisjes?'

'Hoe bedoel je, wat vind ik van meisjes?'

'Als lid van de club.'

Ja, wat vind ik daarvan? Als Hinke komt, moet ze deze kelder zien natuurlijk. Maar daar hoeft ze geen lid van de club voor te zijn. Met meisjes erbij wordt het toch anders. Misschien niet slechter of beter, maar ánders.

'Dat zien we wel als het zover is. Er moet er zich eerst eentje aandienen,' zei Douwe.

Jeltje kwam pas rond etenstijd terug, zeulend met een enorme tas boodschappen. Douwe zat op de bank met een zak chips en wachtte op *Het recht op geluk*.

'Je raadt nooit wie ik in de stad zag,' begon Jeltje, zodra ze de tas in de keuken had gezet. 'Die Anouk van jou, met een man. Ze zaten op een terrasje. "Goedemiddag," zei ik, "ik ben de moeder van Douwe Mansholt." En die man zegt: "Dan mag ik u feliciteren. Ik heb hem vanmiddag nog een tien gegeven voor zijn spreekbeurt." Dat was jouw leraar Geschiedenis! Daar zat Anouk mee op een terras!'

Goh.

'Heb je wel een beetje normaal gedaan, mem?' vroeg Douwe.

'Ik wilde ontzettend kwaad worden, maar ze zagen er zo verliefd uit. Het paste eigenlijk niet. Ze vertelde trouwens dat ze al met jou gesproken had. En toen dacht ik, nou ja, goed, hij is dertien. En wat ziet ze er goed uit! Jij zal een spannende avond gehad hebben, zaterdag. Ik word bijna jaloers.'

Nou niet meteen weer overdrijven, mem.

'Maar vertel eens, jij had een tien! Of is dat niet waar soms?'

'Eigenlijk een elf, alleen bestaat een elf niet.'

Jeltje sloeg haar armen om hem heen en gaf hem een zoen in zijn nek dat het klapte.

'Mijn knappe, mooie jongen! Ik ben trots op je. Een tien, terwijl je een kater had! Wat heb je vanmiddag gedaan? Zag ik je nou met die Ravi fietsen, op de Stationsstraat? Je bent toch niet vergeten dat je huisarrest hebt, wel?'

Er blijven toch nog wat geheimen over.

De tune van *Het recht op geluk* vulde de kamer en Jeltje liet zich op de bank ploffen.

'Jaha, net op tijd! Idioot natuurlijk, dat ik me een ongeluk ren om naar Anouk van Raalte te kijken, terwijl ik haar een half uur geleden nog in de stad heb gezien.'

Ja mem, het is idioot. Het is allemaal even volstrekt, volslagen en totaal idioot.

De telefoon ging.

'O, wees eens een engel en neem hem even op, wil je. Ik kan niet meer op mijn benen staan. En als het voor mij is, lig ik in bad.'

Douwe liep naar de draadloze telefoon en tilde hem uit de wandhouder. Instinctief liep hij naar de keuken en sloot de deur achter zich.

'Douwe Mansholt.'

'Fijn, je bent thuis,' zei een zachte, Friese stem aan de andere kant van de lijn. 'Met mij.'

Ja, Hinke. Dat hoor ik wel.

Douwe

'Hoe is het nou?' vroeg Hinke.

'Goed, met jou?'

'Ook wel goed.'

Er viel een korte stilte.

'Ik heb je brief net gelezen,' zei Hinke. 'Ik wou meteen bellen.'

Ja, dat blijkt.

'Hij was er wel snel. Na één dag al.'

'Dat komt door de postcode,' zei Douwe.

'Wat zeg je?'

'Laat maar.'

En weer een stilte.

Zo schiet het niet op.

'Mis je me echt zo erg?'

'Jawel. Ik wou dat je hier in Zuideroog was. Dat meen ik echt.'

'Ik mis jou ook.'

'Ik ben blij dat je belt, Hinke.'

'Ik ben blij dat je thuis bent.'

'Ja, dat zei je.'

Douwe wroette zonder te kijken in Jeltjes boodschappentas en haalde er iets uit wat eetbaar voelde. Hij begon erop te kauwen.

'Wat eet je?'

'Een sperzieboon, geloof ik.'

Ik moet zorgen dat dit een gesprek wordt.

'Kun je niet hierheen komen, dit weekend ofzo?' vroeg Douwe. 'Er is ontzettend veel gebeurd, maar ik kan je niet alles door de telefoon vertellen.'

Ik kan je sowieso niet álles vertellen.

'Ik zou het heerlijk vinden, hoor,' zei Hinke. 'Maar ik weet niet hoe mijn ouders erover denken.'

'Moet mijn moeder anders even met ze praten?'

'Dat zou wel helpen, ja,' zei Hinke. 'Zou ze dat willen?'

'Ik vraag het gelijk,' zei Douwe. 'Dus je komt?'

'Als het mag, ja.'

'Dan hang ik op en ik vraag of mijn moeder terugbelt.'

'Nog niet ophangen! Ik moet je nog wat zeggen.'

'Wat dan?'

Even was het stil aan de andere kant. Toen klonk Hinkes stem, nog zachter, nog Frieser, nog mooier dan ooit:

'Ik hou van je.'

Hoeveel hebben die vier woordjes gekost? Miljoenen euro's, vele manjaren – greppels graven, kabels verbinden, computerprogramma's schrijven, wandcontactdoosjes op plinten vastschroeven. Honderden kilometers glasvezelkabel, tientallen verdeelkastjes, een paar schakelborden en centrales. Vier woordjes, veilig aan de andere kant.

Het duizelde Douwe. De geur van versgemaaid gras kwam in zijn neus, de ijzergeur van het water in het kanaal achter de pastorie. En ten slotte de geur van Hinkes haar, duidelijk Hinkes haar en niet dat van Anouk of Daphne.

'Ik ook van jou,' fluisterde hij.

'Wie was dat?' vroeg Jeltje toen hij de kamer weer binnenstapte.

'Hinke. Ze wil dit weekend komen logeren, maar misschien zijn haar ouders er niet zo vóór. Ik heb gezegd dat jij ze wel eventjes wil bellen.'

'Om ze gerust te stellen? Na dit weekend kan ik niet met droge ogen beweren dat ik jou in de hand heb, jongeman. Maar ik bel wel even. Gescheiden kamers, strikt toezicht, dat soort dingen?'

'Ja. Haar ouders zijn nogal streng. Vergeet niet te zeggen dat je dominee bent.'

'Dat weten ze wel.'

'Zeg het toch maar,' zei Douwe.

'Ik bel meteen als dit afgelopen is,' zei Jeltje.

Hij liet zich naast haar op de bank vallen en keek met haar mee. Anouk stond zich weer behoorlijk in de nesten te werken. De rechercheur geloofde haar niet, dat kon je zien aan de veelbetekenende blikken die hij haar elke paar seconden zond. En zij stond dan weer raar met haar ogen te draaien en aan haar schoudervullingen te trekken.

Stom gedoe. Ik vind die hele serie niet meer om aan te zien.

'Ik ga aan mijn huiswerk,' zei Douwe en stond op.

Jeltje keek hem verbaasd aan.

'Wil je niet weten hoe het afloopt?'

'Ik hoor het wel van jou als er iets spectaculairs gebeurt.'

'Kom je wel over een uurtje beneden? Ter ere van je tien heb ik iets lekkers gehaald.'

'Sperziebonen,' zei Douwe. 'Heerlijk.'

In het huis van notaris Van der Lek waren de lichten aan. Frits de Haan kreeg zeker een rondleiding.

Douwe stond voor zijn raam en dacht na over de dingen van de laatste dagen.

Ik zou het moeten opschrijven. Anders ben ik het over een paar jaar vergeten, of ik weet het niet precies meer allemaal. Het is te veel om te onthouden. En het is te gek voor woorden. Zou dat van nu af aan zo blijven? Is dat volwassen worden? Dan ben ik benieuwd of ik dat volhoud... Maar dat opschrijven is eigenlijk wel een goed idee.

Hij zocht op zijn plankje met schoolspullen naar zijn geschiedenisschrift. Daar had hij, vanwege het project, nog geen letter in geschreven.

En het is wel toepasselijk ook.

Douwe ging achter zijn bureau zitten. Hij haalde zijn vulpen uit zijn schooltas, schroefde de dop eraf, vouwde de kaft van het schrift zorgvuldig om, tilde zijn hand naar de bovenste regel en liet hem daar vervolgens werkeloos hangen.

'Wat mij nu is overkomen...' Nee. *'Zuideroog leek eerst zo saai, maar...'* Nee. *'Soms gebeuren er dingen die je verstand te boven gaan.'* Ah bah, nee.

Douwe legde de vulpen neer en stond op van zijn stoel. Hij liep een paar doelloze stappen door de kamer, tot zijn blik op het bed bleef rusten. Een hoekje roze papier stak onder het hoofdkussen uit. Douwe grijnsde gelukzalig.

Hij ging weer achter zijn bureau zitten, pakte de pen en schreef, in zijn mooiste handschrift, boven aan de smetteloos witte pagina:

Lieve Hinke,

Kun je geen genoeg krijgen van Vlinders?

Lees hoe het verder gaat in

Vlinders verliefd

(verschijnt november 2006)

www.vlinders4you.nl

vlinders vlinders

nders vlinders vl

vlinders vlinders

nders vlinders vl

vlinders vlinders

nders vlinders vl

vlinders vlinders

nders vlinders vl

vlinders vlinders

nders vlinders vl